田园乐

赵光鸣 著

新疆生产建设兵团出版社

图书在版编目(CIP)数据

田园乐 / 赵光鸣著. -- 五家渠 : 新疆生产建设兵团出版社, 2020.8(2024.4重印)
(绿洲文库)
ISBN 978-7-5574-0981-4

Ⅰ. ①田… Ⅱ. ①赵… Ⅲ. ①短篇小说—小说集—中国—当代 Ⅳ. ①I247.7

中国版本图书馆CIP数据核字(2020)第125540号

田园乐

出版发行	新疆生产建设兵团出版社
地　　址	新疆五家渠市迎宾路619号
邮　　编	831300
电　　话	0994—5677185
发　　行	0994—5677116
传　　真	0994—5677519
印　　刷	永清县晔盛亚胶印有限公司
开　　本	32开
印　　张	11.25
字　　数	240千字
版　　次	2020年8月第1版
印　　次	2024年4月第2次印刷
书　　号	ISBN 978-7-5574-0981-4
定　　价	52.80元

目　录

永远的路上(自序)

我出生的地方,叫北盛仓,属浏阳市的北乡。近代以来,浏阳出过许多名声显赫的人杰,但我们的那个赵家大屋,却只出一些不安分的小人物。多为工匠、脚夫、贩夫走卒之类,不耐烦耕田种地,总想着往外跑。我记忆中他们常跑的地方,是江西的铜鼓、萍乡一带,不晓得那崇山峻岭的崎岖路上,到底有什么东西在吸引着他们。

我的父亲就属于这些人中间的一个,他是个木匠,在我未出生之前,他已经在那样的山路上跑过不知多少趟了。后来,好像连这样的山路也跑烦了,他就和我的舅爷一起,报名参加了王震的招聘团,远赴新疆,而且去的是南疆的和田,距故乡有万里之遥了。父亲当时是穿军装的,属新疆军区后勤部编制,任务是制作织布机,以帮助南疆发展纺织业。从山清水秀的南方跑到塔克拉玛干大沙漠的南端,远离家乡,我不知道父亲饱尝的乡愁是怎样的滋味,亦无法想象他是怎样度过那几年的艰难岁月的,在我长大成人后,向来沉默寡言的父亲也从来没有向我讲述过他的这一段经历。我也没有向他探问过。我所知道的大致情况是,父亲1950年进疆,1956年转业到地方,成为桥工队的木模工,这期间舅爷因想家和无法适应新疆的水土和气候返回了老家，而我父亲却坚持留了下来，他坚持留下的理由我至今也是不甚了了，跟湖南相比，新疆是个荒凉遥远的地方，选择这样一个地方做安身立命之所，没有充足的理由是很难下决心的。

我常想，假如父亲当时选择了和我的舅爷一起回北盛老家，我的生活就会是另外的一种情形，而由于他做的是另一种选择，于是也就决定了我一生的命运。

父亲离家赴新疆时，我只有两岁，到我10岁的那年，才见到被我无数次想象过的他的真模样。那是1958年的暮秋，在长沙的一家客栈里，回湘探亲的父亲站在我和母亲面前，矮小，清瘦，纳言，好像还有点羞怯，总之和我想象的伟丈夫相去甚远。一个浪迹天涯的人所该有的沧桑感和风尘感，在他身上存留很少，看上去倒是有点像个书生，而且很年轻，几乎可以说是眉清目秀。面对这样一个真实的父亲，我感觉十分陌生，多少还有点隐隐的失望。

在长沙逗留的那几天里，我知道了父亲是个爱读书的人，他随身带的书里，除木模工手册外，还有《红旗谱》和《大地的海》等文学类书。在他和母亲上街的某天，我还在他的皮夹里发现了一个女人的照片，那女人穿着列宁装、大辫子、大眼睛。这个被父亲藏在皮夹夹层里的漂亮女人，肯定是他的情人，我牢牢记住了她的样子，然后把照片放回原处，心跳加速，满脸烧红。父亲的这个隐私，我一直深藏于心，没有告诉过任何人，但在20世纪90年代初《当代》发表的我的中篇小说《西边的太阳》里，我选用了这个细节，那时候他老人家还活在人世，但已经大病缠身，死神在不远的地方，渐渐向他走近了。父亲对我的作品，可能唯一读过的只有《远巢》，这篇《西边的太阳》，我肯定他不会读到。

我和父亲的关系，一直处得不很亲近，一是由于在他身边的时间比较少，二是由于彼此的奔忙，他的精神世界到底是怎么样的，我从来没有真正进入过。我对他的人生，是远视，其中还夹杂有想象和揣测。我认为世上的父与子，真正能做到亲密无间的很少，彼此的爱，是深藏于心的。

父亲阔别故乡八年后回到赵家大屋。在老家待了大约一个月，然后再次返程，回新疆去。这次去新疆，多了母亲和我，祖母坚决不愿同行，父亲只好让她老人家留在故乡。我至今还不能忘记和祖母生离死别的那个场面，祖母死于三年自然灾害时期，这次的分别，真正是永别。

在老家的那段时间，父亲把随身带的几本长篇小说，送给了他少年时代的几个朋友，唯有那本《大地的海》没有送人，在西去的列车上，我似懂非懂地读了这本书，这是我生平的第一次文学阅读，并且记住了端木蕻良这个作家的名字。

10岁这年，随父母远行，跨过浏阳河，去新疆的渭干河，这是我人生的一个重要转折点。

在此之前，我去过的最远的地方，是北盛仓镇，加上长沙，没有超过100公里范围。而这次的长路，是数千公里。目的地是父亲的渭干河大桥工地。桥工队正在那里建一座大木桥，那是座宏伟的桥。

那时已经是冬天了，从老家出发，到长沙上火车，逶迤一路，越走越荒凉。而兰新铁路当时的尽头，是甘新两省区交界的红柳河。那儿既无红柳也没有河，有的只是无尽的黑色荒原。白日西沉，几十顶营帐在冷风中猎猎飘动，从列车上下来的人，分别被塞进这样的帐篷，在此度过漫漫长夜，等候车辆流往各地。那个几十个人挤在一起的夜，让我终生难忘。帐篷里没有火，只有冻得铁硬的裸地，冷风贴地席卷而来，冻得我号啕大哭。这是我最早领教的西部，在沉默中等待天明的人们，让我知道了往西边去谋生的人们的坚毅和忍耐力。

我们等来的车子是辆带篷子的方头汽车，大概是苏联产的，俗称毛子车。大家把行李码成四排，然后分列迎面而坐，就是这黄尘滚滚的行程，让我完成了一次从东疆到南疆的长途穿越，而那些同行的人，是我最早接触的流民。他们来自五湖四海，奔向不同的谋生地，他们的长途颠簸，被我长久记忆。多年以后，在写作我的西部题材小说时，他们的影子时常在我眼前晃现。

这次的汽车长路，途经星星峡、哈密、托克逊、焉耆等地，最后到达库车，基本上是砂石路，路况极差，走走停停，历时将近10天。而从库车县城到桥工队大桥工地的几十里路，我们搭乘的是维吾尔族老乡的大木轮子牛车。父亲在工地附近的一位维吾尔族老乡家租了一间房，作为临时的家。与这家维吾尔族农民比邻而居，让我对维吾尔族人的忠厚、善良、纯朴有了非常切近的体会。斯文·赫定说中亚地区的维吾尔族人是最温和的人民，我相信是非常准确的观察。那时候没有关于民族团结的大量宣传，但普通人民之间相处得非常融洽。

我在这个临时的家里度过寒假，就被父亲送到库车县城的黑墩小学上学，借宿在库车师范学校。父亲办完我的入学手续后就赶回了桥工队，让我独自面对一个完全陌生的环境，这就是我的1958年。10岁时，完成了一次真正的八千里路云和月的远行，一路的颠簸逶迤和所见所闻，影响了我的一生。

我在库车黑墩小学读完五年级，随着渭干河大桥的竣工，又和父亲一起，开始了新的迁徙。

不断地上路，不断地走近陌生的地域和陌生的人，这就是那个时期我所经历的生活。转学成为家常便饭,小小年纪,我已经习惯于独立的行走,我身上的荒野气息和不喜欢拘束的性格,大概就是在这样的路上形成的。

我一生中更重要的一次远行始于1966年10月末,那年我18岁,和12个红卫兵战友,组成一只红缨枪赴京长征串联小分队,每人一枝红缨枪,一个背包,一件乐器,列队在燕儿窝烈士陵园烈士墓前,庄严宣誓,然后向北京进发,梦想在天安门广场接受伟大领袖的检阅。这一次的漫漫长路,和我10岁时的那次远行方向正好相反,不同的是这一次是步行。靠脚力去穿越西部最艰苦的路程,在当时就被讥为疯狂和愚蠢,但我们却义无反顾地走了下去,一路走着,一路以文艺节目的形式宣传伟大的毛泽东思想。最初的日行速度二三十公里,后来能走到五六十公里,最长的一天达到80公里。在这样一公里一公里的丈量中,我亲近了西部的荒蛮大地,更主要的是,走近了在西部艰难度日的最底层人民。

我亲眼见过严冬时以麻袋布裹身的寒家女,她们没有裤子穿,在冰冷的铁路路基下扫火车喷出的煤灰,冻得瑟毖发抖。在甘肃东乐,一座破庙里,我们的饭食被一个破洞里伸进的小手不断地偷走,那是我们的干粮,一群闻香而来的孩子藏在破庙外边,争食那些干粮的情景让我们忍不住心酸落泪。在甘谷和峡口,我们吃到的最好的食物是沙枣面馍,这是当地人的救命粮,干涩难咽,但就是这样的馍,他们也只能吃到半饱。这样的荒寒生活,是只有亲历亲闻,才能有所体察的。

所有这些经历,都进入了我的内心深处,成为巴乌斯托夫斯基所说的珍贵的尘土,它们积累了下来,等待着重见天日,以生长出金色蔷薇来。这些积淀,在我后来写的《石坂屋》《西边的太阳》《青氓》等中长篇小说中都有所呈现。就连我最近在《清明》发表的中篇小说《穴居在城市》,还在延续着这些生活体验。这部写当代西部进城民工的小说,被《小说月报》《中篇小说选刊》《作品与争鸣》等报刊纷纷转载,证明了作家的底层生活积累,是得到社会的认同和赞赏的。

这一次的长途跋涉,历时将近3个月,行程2000公里,因大串联早已被中止,我们的目的地到兰州而作罢。伟大领袖没有见到,但见到了中国西部的真正大风景,丰富和成就了我的阅历和心智,至今让我无怨无悔。

接下来的是三年上山下乡接受贫下中农再教育。我落户的村子叫万家梁,在米泉县长山子乡,这本是个富庶之乡,但我们落户时已穷到了连鞭梢子都买不起的程度。为了让一个工分3毛钱增点值,生产队聘了几个外来的大工,组织了一支外出施工队,到别处去接施工工程为别人盖房子。作为其中一员,我又上路了,随施工队到王家沟,在几百公里地外的七泉湖深山里当小工,住地窝子和石坂屋。这3年的乡村生活经历和打工经历,让我从一个旁观者变成了底层劳动者中的一员。新疆乡村和老家乡村的最大不同,是宗庙观念的淡薄和人员成分的杂多,所有从故土带来的文化习俗,都被重构和融合,所以新疆乡村的杂色特质,对我后来的农民题材的创作都发生过重要的影响。

当然,更重要的是对人的认识。我在这几年的乡村生活和民工生活中,结识了形形色色的普通人,他们的人生故事各具况味,令我感动和叹息。我在心里牵挂着他们,我后来写的花儿铁、范中原、闫泰娃、任英子、延寿、赛麦堆、杨智等小说人物,都能从他们那里找到生活的原型。艺术源于生活,或人民生活是艺术创作的源泉，是我从切身的经验中感悟到的。

这以后又是长达5年的地方小报记者的工作经历。我在《昌吉报》的几年，最乐意跑的就是八县三场的边边角角，那时的记者远没有现在的记者风光，一只挎包，两条腿，有时连吃饭的地方都找不到，但是我对这样的跑跑颠颠乐此不疲。

只要上路，我就来精神。我喜欢在路上的那种感觉，因为前方永远是新的，永远是变化着的。

迄今为止，我跑过的最远的地方是泰国、波兰、新西兰和俄罗斯，但这种观光式的远足并不特别让我亢奋。我还是喜欢往人踪罕至的地方跑，往所谓小地方跑，往大地的极边处跑。定居在这个乌烟瘴气的大城市后，没有远足的机会，我就往周边的几个县跑，独自来去，自得其乐。

我还有一个特别的癖好，就是逛农贸市场。农贸市场上的人间气息令我陶醉，有朋友看我乐滋滋的样子，说我像一个秃顶的市场管理员，我听了非常高兴。这就是我的生活，写不出东西来，就到市场上乱转，跟小贩们聊天，我是个天生的下里巴人，永远阳春白雪不起来。我就喜欢这样的活法，永远无法改变，这是没有办法的事情。

美国作家兼批评家约翰巴斯说过好作家的四个标准，涉及作家的智力、洞察力、想象力和创作技巧等几个方面，我想补充的是他没有说出的另一个方面，那就是好作家必须要有丰富的经历和阅历，这和钱钟书先生所说的艺术源于离乱悲愁同理。经历是成就一个作家的基础，没有这样的基础，再有天赋的人也不可能走多远。所以我不看好现在那些红极一时的所谓少年作家，他们的写作如同儿戏，是好看的气泡儿，那样的游戏做法不可能产生真正的作家。

有评论家称我为流浪汉作家，或经验主义写作者，我认为是多少切近我的创作实际的。我迄今出过9部长篇小说、20多部中篇小说、几十个短篇小说，都和我的阅历有关。其显著特征，是它们都贯穿在路上这条主线，从最早发表的《客路青山下》，到我后来写的所有东西，都有意无意地靠上了这条线索，就连两千多年前的古人解忧冯嫽，都让我安排在路上。我在长篇小说《迁客骚人》等作品中写的知识分子，也是一群在路上的精神漂泊者。这种定势同时也造成了我的局限。我想换一种写法，以寻求突破，近来我写了南疆系列的几个中短篇小说，以为和以前的作品有所区别，结果发现变的只是形式，骨子里的流浪气息仍在。

这个集子里的二十多个作品，收录了我创作各个时期的主要短篇小说，是我整个创作生涯的一部分，从这些作品，可以看出我的小说创作的基本面貌。我的小说关注的是普通人的生存状态，他们的人生轨迹都是在路上。

H·R·斯通贝克在北京大学讲到福克纳与乡土人情的关系时，引用过美国批评家艾伦·泰特的一句精辟的话："地区主义在空间上是有限的，但在时间上是无限的。地方主义在时间上是有限的，在空间上是无限的。"言外之意，对空间的广袤有所贬斥，这段令人费解的话曾经让我有些气馁，但我很快找到自我解脱的理由，在路上并没有和乡土人情发生冲突，相反，正是由于浓浓的乡情，才使得那漫漫长路的探寻有了永恒的意义。

客路青山下

我们这间的4个旅伴来自天山南北。在乌鲁木齐站上火车之前，彼此素不相识，算得上地道的萍水相逢了。4个人中，我和老梁是中小学教员，老焦是县农机修造厂的锻工，老路是个县办工厂的工人。大家彼此彼此，都是些小地方来的人，也没有那种因社会地位的悬殊所产生的精神上的隔膜感，加之年龄都相仿，都是30来岁的老青年，坐下来没两个小时，几支烟卷一递，几把扑克牌一打，一通牛皮一吹，便厮混熟了。

我们乘的这趟列车非常拥挤。由于山洪冲击和渭河水位暴涨，天水至宝鸡路段多处被冲毁，抢修了一个多月，最近几天才通车，所以往关内去的旅客特别多，连过道里都横七竖八地坐满了人，卖盒饭的小推车根本无法通过。我们这节车厢离餐车又远，兰新线沿途车站很少有卖吃食的，所以吃饭便成了大问题，最大的问题还是喝不上水。吃饭喝水的困难，倒使我们这4个旅伴的关系加深了一层。大家同舟共济，争先恐后地把各自好吃好嚼的东西拿出来共同受用。老梁除点心之外，还慷慨地贡献出本要带回老家去的两个哈密瓜；老焦因为肚皮大，准备充分，拿出的东西最多；我临上车时买了点卤肉和两盒饼干，比上不足，比老路还算是个“富户”，老路上车匆忙，什么吃食也没带，近两天来，老张着大嘴吃别人的，他心里颇觉过意不去。每到一个大点儿的站，他总想挤下去买点什么回报一下，不是没有东西可买，便是挤到跟前去就卖完了，他唯一能贡献出来的只有一小包茶叶。所以这些人中，数他对没有开水喝这一点诅咒最多。昨天为了打两壶开水，他竟敢“冒天下之大不韪”，手攀行李架，蹬着座椅靠背，从人们头顶上飞越而过，挤了一身臭汗，挨了一路臭骂，总算抢了两行军壶的滚烫开水。回来时被一个牛高马大的粗壮汉子揪了下来，要不是老焦拼命挤过去解围，一顿老拳他是吃定了的。

因为有点心、瓜果之类，加上老路抢来的两壶水，昨天一天和今天上午还没感到饥渴的威胁。中午吃了我的卤肉，渴的问题便来了。一觉睡醒起来，摆开扑克牌，没打上几把，都渴得受不了。人一渴，牌也打得没情没绪。老路伸长舌头舔舔干裂的厚嘴唇，急躁地扔下牌，恶声骂了起来：“妈的！坐这趟车真倒了八辈子霉，连碗蒸锅水也捞不上喝！”

老梁弯下腰，不声不响地从座椅下的纸箱里勾出一个哈密瓜，掂起来拍了拍说：“把它解决了算啦！留着也是个累赘！”

“别杀！别杀！”老路急坏了，慌忙抢过老梁手里的刀子，涨红着脸说：“这瓜你说啥也得留下！”

老梁一共带了3个瓜，是带回老家给老丈人尝新鲜的，已经让我们吃掉两个了，大家都不同意他再杀。他却趁老路不备，把刀子夺过，三两下把瓜切开了，笑嘻嘻地说：“我还带了些葡萄干、哈密瓜干，拿回去一样孝敬老人。反正切开了，不吃也得吃！”

老路觉得这是他瞎嚷嚷的结果，脸涨得猪肝红。瓜已切开了，老梁一个劲地让，吃也不是，不吃也不是，推辞不过，只好尴尬地拿了一块。

吃过瓜，老焦又摆开扑克摊子。老路的牌瘾本是很大的，可打这场牌思想老不集中，过上一会儿就要问一下到什么站了。这个人情绪外露，心思好捉摸，他是巴望着赶快到兰州。认识了这么几个义气朋友，欠了一路的人情债，巴望着能有个还债的机会。他老埋怨车跑得太慢，心不在焉地出着牌，时不时地往窗外看。

一过河口，老路便宣布不打了，摩拳擦掌地准备“拼搏”一番。兰州站一到，他便猛往车厢门口冲去。小甬道里挤得水泄不通。月台上的旅客又潮水般地往上涌，他使了吃奶的劲，还是没挤下去，于是急忙挤回来，粗气大喘，一把将窗口的老焦和老梁推开，拔起腿脚就要往外跳，刚探出半个身子，突然停住挥起手，扯着嗓子叫了起来：“喂！苹果！卖苹果的！这边来！这边来！”

话音未落，车窗下飞快地闪出一个二十六七模样的时髦女子。粉面蛾眉，筒裤高跟鞋，一头染过的黑而无光的烫发，肩挎一个奇大的黑色人造挎包，眼睛警觉地四处扫视了一下，仰起脸急促地问：“要几袋？”她的手伸在挎包里，并不往外拿东西，只是把包撩开让你能看清里面的货色，一边装作若无其事的样子，眼睛却又骨碌碌地往两边飞快地扫了一遭。

车站上对溜进站台卖高价的二道贩子看管很严。不远处就有几个戴红袖标的纠察揪住了一个卖梨的中年妇女，看样子是被抓住了卖高价的把柄正被往外驱赶。这一个看来要比那妇女高明，这身摩登装扮，混在人群中，稍远点看来，还以为她是给哪个亲友送行，正站在车窗下依依话别呢。

“一块钱一袋！说吧，要几袋？快！”她的神色有些紧张，眼睛瞥着那几个戴红袖标的人，低声催促着。

“给我3袋！”老路急忙掏钱，从内衣口袋里摸出一张崭新的

10元钞票，伸手要往下递，被老焦捉住手。老焦随即掏出3元钱要递下去，让他一把推开，面带愠色地叫道："坐着去！我来！我来！"

老焦无奈，掖掖他的衣角，凑到他耳边说："少买点！老兄，这一袋儿才5个果子。太亏啦！"

"咳！这会儿咱不管那个，买！"老路此刻要特别显示一下慷慨大方，很不耐烦听老焦的劝告，手一伸就把钱递了下去。那女子飞快接过，掖进衣袋，然后打开挎包，递上来3个细线扎的果子兜，这才开始找钱。摸索了半天，才摸出一把零钱，全是些一角二角，外带钢币儿的零钱。这阵儿她好像松了口气，不慌不忙地点着钱。正数着，汽笛呜呜地拉响了，老焦急了，大声喝道："喂！你快点好不好！"

接过一把零钱，列车已徐徐启动，那女子一闪身不见了。老焦忙叫老路点钱，一把零钱，数了两遍，不到3元钱，4元多钱被那女人白拿了！老路把头伸出窗外，气急败坏地骂了一通粗话，出了站才把头缩回来，咬牙切齿地说："老子再碰到她，非扇她大耳刮子不可！这刁娘儿们！"

"这辈子你也别想见到她了，等下辈子吧！"老焦笑了笑，给每人扔了支香烟说："火车上买东西，得把零钱准备好，10元钱的票子那么放心地给了人，那不是白送吗？你知道她是啥人？你老兄太没经验啦！"

"穿得倒挺整齐嘛，怎么也干这种事！真是不可思议！"老梁摇头晃脑，发着感慨。

"有啥不可思议的？这年头干这种缺德事的，有几个是穿得破破烂烂的！"老焦对老梁的感慨很不以为然，转脸又对老路说："老兄，实心眼儿待人，这没错，可也得看对谁了。出门在外，得多个心眼儿！"老焦俨然以老大哥自居，为了证实他闯荡江湖见多识广，接着讲了几个他所见闻过的例子。讲罢，竟也有些愤愤不平起来，“如今有些人真他娘的不成话！要钱不要脸，为几个钱，连亲娘老子都不认！良心都喂了狗！”

“吃果子！吃果子！边吃边说！”老路招呼大家吃果子，脸色却有些阴沉。我算了一下细账，这15个果子，平均下来每个得5角钱，那女人的心也太黑了。老路可能也暗暗算过这笔账，情绪明显的有些低落，看来他并不是个真正像老焦那样大手大脚的人，在钱的问题上比较仔细。

给每人发了一个大些的果子，老路自己也拣了一个，咬了一口，酸得一脸苦相，恶声恶气地说：“这也叫果子呀，简直是木头渣！甘肃这地方真没啥像样的东西！”

老焦边吃边说：“甘肃这地方还数陇东甘南比较富庶，过了天水，好东西就多了！有个叫葡萄园的小站，盛产水果，那里的果子又甜又脆又好看，个儿大，水分多，比伊犁的果子还好吃，价钱又便宜，老百姓也厚道，两句好话一说，还给你添两个，骗人钱的事是没有的！”

老梁连忙翻开地图册，在甘肃和陕西省交界处找到葡萄园镇。这镇子依傍渭水，东接秦岭，南临麦积山，是陇海线必经之地，地理位置还挺重要。陇海线我也跑过许多趟，但对这个车站却没什么印象。

“快车一般只停两三分钟，有时候半夜通过，你自然没印象了！今天留心着点，别晃过去了！”老焦交代了一番，又把扑克牌拿出来，把老路买的苹果推到一边，捅捅身边无精打采的老路，嘻嘻哈哈地说：“怎么样？常败将军，再来几把！”

不知道是因为自己买的果子不怎么受人欢迎，还是继续心疼那几块钱，老路的脸色更不开朗了，这人原来是个小家子气很重的人！他懒洋洋地打了几把牌，便推说头晕不打了，伏在小桌上独自睡起觉来。老焦有些扫兴，只好把牌收了，闷着头抽了几支烟，坐了一会儿，也丢起盹来。老梁这人性情恬淡，倚着车窗出神地看了一会儿窗外的景物，便捧出一本纸色发黄的唐诗选集来读。看到得意处，竟轻声有板有眼地吟诵起来：

客路青山下
行舟绿水前
潮平两岸阔
风正一帆悬

这是王湾的传世之作《次北固山下》。诗人游览吴中，想念故乡洛阳，船泊北固山下而作。老梁恰是洛阳人，在北疆一个僻远城镇当中学语文教员，爱人却在洛阳郊区一乡村小学当教员。两地分居，总得靠一头，他主张在新疆落户。他的观点非常豁达，认为"埋骨何必桑梓地，人生处处有青山"，这种人生观倒真感动了他那娇妻。老梁这次回老家，就是去接他爱人的。可能是窗外这绵延无尽的青山触发了他的悠悠乡思，他那带河南腔的轻轻缓缓、有板有眼的吟诵，听来格外悦耳，韵味无穷。

过了兰州，窗外的景象便大不一样了。山的颜色渐渐由黄变青，越往东走色彩越丰富，现在窗外已是满目青山。不知道什么时候飘飘洒洒地下起小雨来，蒙蒙细雨，把远近的群峰叠嶂染得苍翠欲滴。山顶上白云翻滚，雾气弥漫，那些峻峭伟岸的险峰危崖，在翻卷迷蒙的云雾中若隐若现，宛如仙境。有时在满目青翠中不时闪现出点点鲜艳的红叶，明灿醒目，如血如火。雨中高山行旅，竟不知不觉进了王湾的江南诗境。

…… ……

海日生残夜

江春入旧年
乡书何处达
归雁洛阳边

老梁双目微闭,陶然欲醉,不知疲倦地一首接一首地吟诵。听诗赏景,其乐无穷。我一直陪着他坐到迟暮时分。暮秋多雨,天色黑得早,夜色很快就将群山的影子吞没了。老梁读累了,掩着书本打起瞌睡来。老焦和老路还在"梦家庄"遨游,两个人都是打鼾的好手,此起彼伏,响声如雷。就剩我一个,百无聊赖,坐了一会儿,不知不觉也睡着了。

不知道睡了多久,朦胧中听见老焦在喊,"喂! 喂! 起来! 快起来! 到葡萄园了!"睁眼一看,老路也起来了,正在推着喊掩卷酣睡的老梁。老焦把车窗打开,一股凉飕飕的风,带着山谷清新湿润的气息扑面而来,昏昏的睡意顿时让风吹得无影无踪。往窗外一看,依稀可辨群山黑沉沉的雄壮轮廓,远处闪着几点渔火似的灯光,灯光愈来愈近,渐渐扩大。看见站台了,接着就看见站台下边的铁轨旁边,高高低低站成一溜的提小篮子的山民,跃跃欲冲,吵吵嚷嚷,还没等到车停住,便一窝蜂地朝列车下涌了过来。老焦一挥手:"快! 准备,把零钱准备好!"

车停当,首先朝这边跑过来的是个年纪很轻的女人,头上裹着块半旧粗布头巾,地道的山村农妇装扮,拎了满满一篮子鲜红果子,正在仰头张望。老焦半个身子探出窗外,扯着嗓子问:"怎么卖法呀?"

"一块钱10个,要吗?"浓重的陇东乡音。

这果子的个儿大,水灵灵的,价钱够便宜的了。老焦却还要讨价还价:"12个吧! 我们多买点儿,行不行?"

那女子撩了撩额前的一绺被雨水打湿的黑发,淡淡地笑笑，好像已经习惯了这种讨价还价似的，认真地说："11个！再不能多了……"

老焦就等她这句话，马上买了两块钱的，我和老梁各买了一块钱的。老路要买的话，那篮子里还剩了十数个，那女子说只要一块钱，老路却不愿拣这个便宜买卖。眼睛睁得老大，不知道往旁边瞅什么，忽然挥起手，大声叫起来："喂！小家伙！过来！这边来！"

应声跑过来的是个孩子，十三四岁模样，头上尖尖地顶着个麻袋角，全身湿漉漉的，身子很单薄，因为瘦，眼睛显得特别大，看起人来有一种山里孩子的胆怯和羞涩。可能在雨夜里等的时间长了，那孩子身子冷得抖瑟不止，两只小手捧着篮子，眼巴巴地仰视着老路，说话的声音发颤："要吗？叔叔，要吗？一块钱11个！"

"一篮子全给我，5元钱！卖不卖？"老路把一只手伸张开，比画着，喷着唾沫星子大声说。这家伙，又发昏了！

孩子稍稍怔了一下。大概是大人们交代过，5元是个相当不错的数目，眼睛亮了，脸上有了笑容，好像怕这位叔叔会变卦似的，忙不迭地把篮子高高举起，递进窗口。老路一把接住，往屁股后边的座椅上一放，东摸西掏，从衣袋里抓出一把零钱，正是兰州站上那时髦二道贩子找回的那把钱，看了一眼，他忽然犹豫了一下，站了站，便坐下来，慢慢地理那票子。孩子的手伸着，勾着脚尖，眼巴巴地等着接钱，他却丝毫不着急，不紧不慢地蘸着唾液数着。眼睛谁也不看，只盯着手里的碎票子。

老焦见那孩子老等着，站起来拿过老路的网袋，把果子倒下，把篮子递给孩子，一边催促老路："动作快点！有整钱给张整的算啦！这是个小站，只停3分钟！"

话音刚落，列车鸣笛了，紧接着哐当一声滑动起来，孩子急了，惊恐地睁大眼，快要哭了："快呀！快给钱呀！叔叔，快给钱呀！"

那把零钱早已数过，老路就是不往下递，好像不知道车已经开动，没听见那孩子的哭喊一样，又在几个口袋里东摸摸西揣揣，老焦吼了起来："你还磨蹭啥？快给钱呀！"

列车加速了，孩子跟着追，一边哭叫着，踉踉跄跄地跑着："给钱呀！给钱呀！快给钱呀！快……"

老焦急忙掏出一张5元的票子，一把拨开老路，扑到窗口要往下递，老路忽然猛力将老焦推开，嘴角露出一丝怪异的狞笑，张开臂膀，一咬牙，"啪"地把车窗按下去。这动作太突然了，大家全懵住了。正在懵怔中，老焦伸手一指老路的鼻尖，骂了声："你……你真是个混蛋！"使劲一把将老路推开，扑上去把车窗打开，伸出脑袋扬着那张5元的钞票大声喊起来，呼啸的车轮声完全淹没了他的呼叫，车站已经远远被抛在后边了，即使他喊破喉咙，那孩子也看不到听不见了！

四座骚动起来，一片气愤不平之声。

沉重地关上车窗，老焦慢慢地转过身来，老路嘿嘿地傻笑了笑，想申辩点什么，嘴巴翕动了几下，碰到老焦冷森森的目光，连忙咽住了，眼睛惊恐地躲闪开，手足无措地站着。老焦的脸铁青，直盯着老路，好像不认识这个人似的，拳头攥得紧紧的，脸上的肌肉在一抽一抽。一阵沉默，老焦忽然朝地下"呸"地啐了一口，指着小桌上那一网兜果子，声音抖颤："这果子你能咽得下去吗？你这叫抢！强盗行为！"

"那孩子也不容易呀，雨天半夜的。童叟无欺嘛！童叟无欺，这道理你应该懂得的……"老梁对这样的行为也是义愤填膺，横眉冷目地盯着老路，一脸的鄙夷之色。

老路显得很惶惑，张着大嘴，脸上哭不像哭、笑不像笑地抽了几下。他大概做梦也没有想到，老焦居然会发这么大的火，大家的眼光全是冷冰冰的。他有些不服气，脖子一横，坐下来，低声嘟囔道："州官能放火，百姓也能点灯，别人能坑咱，咱为啥就不能……"他没有往下说，咽了口唾沫，打住了。

"这个账能这么算吗？兰州开的洞，到葡萄园来补！这才是个半大孩子嘛，口口声声叫你叔叔，怎么忍心这么做！"老梁对欺负孩子的事特别不能容忍，这也可能是当教员的"职业病"，老路这种满不在乎的态度使他很生气。

"我要早知道你打了这个算盘就不叫醒你！你干这种昧良心的事，连我都替你丢脸！难受！"老焦狠狠地瞪了老路一眼，一屁股坐下来，离老路远远的，好像躲臭味似的。这关中大汉疾恶如仇，发起怒来毫不留情。

邻座的旅客也都在纷纷议论，听不清说些什么，可是从眼神里可以看出来，他们的愤慨程度不亚于老焦。

大概也晓得众怒难犯的道理，老路再不吱声了。勾着脑袋蜷着身子缩在窗根，两眼直直地看着小桌边角，脸上那副满不在乎的神态已经消失了，眉头锁起，显得有些阴郁。

夜已经很深了，车厢里渐渐安静下来，只有车轮的有节奏的轰鸣声，在黑沉沉的群山里发出沉重的回响。4个人默默地坐着，空气冷得像凝结了似的。老路从口袋里摸出半包揉得皱皱巴巴的纸烟，偷偷看了一眼我们三个，抽出几支，轻轻碰了碰老焦的胳膊，他大概想改善一下气氛。老焦没接他的烟，连脸都懒得转一下。他讨了个没趣，只好尴尬地收起烟自己点了一支，闷着头抽起来，他现在处境很孤立，谁也不理他。看得出来，他真的有些难过了。他的脸色越发阴郁，脸朝着车窗玻璃，泥塑似的一动不动，只有一缕缕的烟雾，在他头顶缭绕弥漫。

"天下熙熙，皆为利来，天下攘攘，皆为利往"，这是古人说的话。但看起来，人还是不能太“利”迷心窍了，见利忘义的事更做不得！没出这档子事之前，老路何其乐哉！就为了这么几个钱，搞得人人嫌弃，话也无处说，想笑都笑不起来，一下子矮人三分，委实太划不来！

他的脸朝着车窗，夹着烟卷的手停住，忘了吸，苦着脸子好像在想什么事，烟屁股烧烫了手指才扔掉。接着又点了一支，吸了两口，又直直地望着窗子发呆，一动不动。

桌子上的果子在灯光下闪着亮光，果子上晶莹欲滴的小雨珠使人立刻想起那孩子的泪脸，惊恐而绝望的大眼睛，让人不敢正视。呼啸奔驰在群山间的车轮声中，好像还能隐隐地听见那带哭的喊声：“叔叔，给钱呀！快给钱呀……”

他的脸色蜡黄，一支接着一支地烧着烟。衬着漆黑的山谷夜幕，车窗玻璃像一面镜子，映着他那阴沉的脸。昏暗的灯光下，小桌上的果子，老焦，老梁的面孔一一看得分明，这些人的冷峻的表情他不会看不见，看着小桌上没掏钱的果子，他不会想不起那个抖抖瑟瑟的孩子！

他的眼睛躲开玻璃，深深地把头埋下，默默地坐了一会儿，又点了支烟，夹烟卷的手指往嘴里凑的时候，竟有些颤抖。身子蜷缩着，人本来就生得矮矬，现在显得更小了。

看着他这副样子，我忽然觉得他有些可怜。虽说是萍水相逢，毕竟相处两天多了，多少也有些感情了。他也快要和我们分手了，再有七八个小时，他就要下车了，他和老焦都是在西安下车，以后恐怕也不会再见面了。相处这几天，平心而论，他对我们几个倒还是以诚相待的。为了打开水，挨了骂，差点挨揍。他是个好凑热闹的人，能讲出许多我所从未遭遇过的经历，奇闻轶事也特别多。要是没有他，这趟旅途不会这么有趣。他对一个孩子做了件不该做的事，老焦骂了他，大家冷落了他，这惩罚也就够了。现在社会上有些人做过比这大得多的亏心事,不是连这样的惩罚也没有得到过吗?何况他的4元多钱也让人骗去了呢?事情已经过去了,现在还能怎么样呢?

我想缓和一下气氛,想找点什么话说。见他又在掏烟,烟盒已经空了,我便把自己的半盒烟递过去。他抬起头,愣了一下,感激地笑笑,抽出一根,点着了,看了看老梁,踌躇片刻鼓起勇气伸出手说:"把你的……地图册借我翻翻,行吗?"

老梁好像也觉得太冷落了他,没等他说完,就把地图册递给他。

他接过地图册,打开来,伸着脖子凑到眼前在密密麻麻的地名中找起来。好像是找到了要找的地名,他仔细看了一阵,抬起头往窗外看。不一会儿,列车到了一个小道班,要会车,临时停车两分钟。他又对着地图看了一眼,把窗子打开,探出脑袋往道班站房张望。过来了一个道班工人,他忙问:"同志,这叫什么地名,离拓石车站还有多少里路?"

他轻轻地关上窗户,回头偷偷地看了看老焦,好像想说什么,张张嘴,又咽住了,窘迫地坐下来。没有烟了,桌子上有小半截烟,不好意思拿起,我又把烟递给他,他接过,再一次瞥了一眼老焦。嘴角抽搐几下,看得出来,他心里有事,好像有什么话想对老焦说,但难于启口。老焦的脸色一直不好看。葡萄园这地方对老焦来说,留下的印象太好了,老路的行为亵渎了神圣,使他耻于与老路为伍。

老路忐忑不安地点着烟,默默地抽了几口,苦着脸坐直身子,犹豫地盯着燃烧的烟头,停了几秒钟,好像下了决心似的,他忽然使劲把烟掐灭,扭过脸看着老焦,声音有些异样:"想求你个事,行不?"

老焦闭起眼,半晌才生硬地吭了声:"啥事?"

他指了指行李架，涨红着脸说：“到西安想麻烦你把我的这只木箱子，还有上面的一个行李接应一下，我兄弟要到车站接我，你下车后招呼一声，让他把行李接了，给他讲一声，我要晚回去两天，路上有点事耽搁了……”他停了停，声调沉暗，眼睛不看人，轻轻叹了口气说：“我那兄弟……跟我长得有点像，耳朵边上有颗瘤子，你一见就能认出来……”

老焦的态度仍很冷漠，只扫了他一眼，爱理不理地问：“你的票不是买到西安吗？还有啥事？”

他迟疑了一下，红着脸低声嗫嚅道：“我……我想在拓石站下车，赶到葡……萄园去！咱一时糊涂，干了件对不起人的缺德事，心里不好受，啥时候想起来心里都不自在！”

几个人全像触了电似的怔住了，老焦转过身子，大张着嘴，睁大着眼睛惊愕地看着他。这实在太突然了，我怀疑是我听错了。

他低垂着脑袋，脸烧红着，眼睛不敢看人，样子就像站在老师面前的做了错事的小学生，一脸的忏悔之色。这矮粗的敦实汉子这半天原来苦苦想的就是这。

“你……你这又何必呢？老路，你……你也别太……太认真了……”第一个醒悟过来的是老梁，慌忙劝慰起来，好像很过意不去似的，话也说不连贯：“大家说你几句，还……还是为你好嘛，以后注意点就……就是了，何必要半路下车呢？黑天半夜，那孩子也早回家了，再说，葡萄园那么大地方，你到哪儿找去？”

“我得去！说啥也得去！”他抬起头，像跟谁生气似的，语气坚决而固执。说完，好像怕别人误会似的，恳切地对老梁解释说：“我不是冲着你们谁才这么做的，不是赌谁的气！我这半天前前后后想过了，你们说的都对，批评得对，在理！就是扇我大耳刮子,我心里都是高兴的。不去一趟,我对不住人,对不起大家,咱做了这么件昧良心的事,心里老不踏实,是块病!咱一步错了,不能将错就错!"

他站了起来,如释重负似的,伸手去取衣帽钩上的衣服,手伸过去又停下了,慢慢地扭过脸来,转向老焦,目光里似有某种期待。是呵,老焦不说话,他怎么走呵!

刚才脸上还冷若冰霜的老焦,目光一下子变得格外柔和,突然站了起来,举起粗厚巴掌,重重地往老路肩上一击,高声说:"说得对!兄弟,我赞成!举双手赞成!"这大汉动了感情,一双大手扳着老路的两只肩膀,说:"你想的比我周到!为几个小钱,落个骂名,留个污点,太划不来!你只管去,那孩子不难找,葡萄园就那么大点地方,有心找,没有找不到的,你只管放心去!"

"好找!好找!""找得到的,肯定就在车站,镇子附近,不会跑远的……""鼻子底下就是路嘛……"旁边几个顾客没有睡着,听到这边的动静,纷纷附和着,他们的情绪也很激动!都向老路投来赞许的目光。

"行李的事你不用管!包在我身上!"豪爽的关中大汉拍着胸脯说:"把西安的地址留下来,万一见不上你兄弟,我就是扔了我的行李不要,也要先给你送到家!你只管放心就是了!"

老路连忙写了张小纸条,写字的时候激动得手直抖索。

"把这带上,你没烟了,带着路上抽……"老梁从提包里摸出两包好烟,不由分说,塞进老路的衣袋。

老焦很快从行李架上的提包里抽出一件浅色毛衣,跳下来,命令道:"夜里冷,把这穿上!不要跟我啰唆,叫你穿你就穿!"

老路也不推辞,一边穿衣服,眼眶却湿了,扭过身去,迅速抹了一下眼睛，拿起衣帽钩上的外衣、帽子，慢慢穿戴上，转过脸来伸手拎起桌上的水果兜，眼睛发红，想说什么，嘴巴嗡动了几下，没说出来，伸出手紧紧地抓住老焦的手。在握我手的一刹那间，我的心里忽然有一种说不出的怅然若失的感觉。“明日隔山岳，世事两茫茫”呵！

老梁好像有些伤感，恋恋不舍地说：“这么说，咱们就这么分手了，以后……还能不能见上面呢？”

“废话！你们这些知识分子呀！”老焦不满地摆了摆脑袋，白了老梁一眼，粗声大气地说：“都听着！从今往后，咱们就算交了个朋友！探完亲回到新疆，谁断了来往，谁就是王八蛋！”

车停了。这是个叫拓石的小站，已经进入陕西省地界了。老路就在这儿下了车。

夜已经很深了，站台上空荡荡的，山谷里万籁俱静，只能隐约听见渭河轻轻缓缓地涛声，偶尔还有几声不知名的鸟儿的啼鸣声，在幽深的山谷发出寂寥的回音。雨不知什么时候停了，夜空悬着半轮清冷的素月，点缀着几许寒星，映衬着千山万岭巍峨雄壮的黑色轮廓，剪影似的。风很凉，带着山野的泥土和百草万物的清馨，沁人心脾。老路只身站在一个高高的坡梁上，朝我们最后挥了挥手，便大步朝前走去。列车开了。我们目送着他，他那敦敦实实的影子愈来愈小，渐渐模糊，最后完全融化于夜色迷蒙的群山之中了。

老焦坐在老路的位置，凝视着窗外，似在沉思。老梁也毫无倦意，又翻开他的唐诗。我突然看见小桌上的果子，拿起一个品尝了一口，这是葡萄园纯朴厚道的山民世代养育的优良品种，果然名不虚传，又甜又脆又解渴！

晚　晴

老庚福坐在那张打了帆布补丁的旧藤椅上，抽着莫合烟，又把眼睛眯缝着看窗外的那个老地方。这样看过去，远处那一条清冷的山脉下的几个绿色楼顶，便蒙眬成了几个青灰的山丘的样子，而楼顶四周的大片低矮的平房，便被省略了所有的参差、棱角、形状，成了灰蒙蒙的一片混沌。于是，铁轨、公里碑、道岔、黄的红的灯、尖顶子的红砖小站房、站房后面的小山包下的小院子、堆得整整齐齐的油迹斑驳的旧枕木，两棵老也不长高的小榆树……便都一一分明地显现出来。而他呢，就像腾云驾雾似的，踩着兰新线银闪闪的脊梁，正往小站大踏步地走去。

这一切当然都是对那个遥远小站的幻觉。

那个小站叫青岭站，离这城市有1500多里地。小站四周的小山确实是带点灰绿色的，可那地方根本不长草，那灰绿是覆盖在山丘表层的砾石组成的色彩，远远看去确有以假乱真的效果。这些灰绿的山丘的外围接连着比它们更低矮的、蒙古包形状的一些小山包，彼此孤立着，突兀而怪异，有的仿佛被烈火烤灼过，焦黄焦黄的，有的则呈现被猪血泼过似的暗红色。小山包过去，就是一望无际的大戈壁滩了。灰褐色的大戈壁是那样的广远、苍凉而寂寥，除了细若游丝般的银色兰新线，远处依稀可见相邻的道班和小站,还有西边地平线一侧的一抹蓝紫色山脉,大戈壁便是一览无余的了。

老庚福在这小站上整整待了25年。3个月前,他退休了,回到城市,和儿子明德一块儿生活。他离开小站的时候,站上开了隆重的欢送会。给大伙儿做了20多年的饭,这一天让他和厨房炉灶告别了。老康嫂子、吴有、王诚的媳妇忙了一天,炒了十几个菜,恭恭敬敬地把他请到上席,全站老老少少,挨个儿给他敬酒。站上还送给他一件黑羔皮短大衣,他就是穿着这件蓝布面子的大衣离开那小站的。

早先他的家就住在油坊街,在东城区的城边边上。几间旧房,一个小院子,还是上世纪四十年代创家立业时建成的。明德走了以后,这小院子就只剩老伴孤零零一人,家也不像个家了。东城区一带当时正准备搞城市扩建,和老伴一合计,干脆,把房子卖了。老伴搬到青岭站来,住了两年,就先他而去了。明德1969年到边远牧区接受再教育,后来上了大学,大学毕业不久就成了家。儿媳妇玢玉是市歌舞团的舞蹈演员。明德前年到关内出差,回来时在小站上住了一夜,说到了小站简直跟到了月球上一样。那以后就总来信,说欢迎爸爸回去和他们团聚,爸爸应该有个幸福安逸的晚年。说真的,要是没有这一封接一封的信,他还准备晚几年退休的,他舍不得离开小站,而且他还没有认真地考虑和儿子一块儿过的问题,儿子的家毕竟是儿子的呵!

但他终于还是回来了。

这里是西城区,是个新市区。这一带他过去从没来过,地方不熟,人也生分。明德住的是公寓楼的第4层,3间一套的房子,大间专做会客室兼书房,中大的一间是明德他们的卧室。被厨房隔开的这个6平方米就是他的小天地了。3个房间的陈设布置,代表了两个时代。那边是电视、台式录音机、电子玩具、钢琴、电风扇、落地灯、捷克式鸭蛋青的48条腿、书、世界名画复制品和名曲录音带;这边呢,老式藤椅、八仙桌、四十年代的旧皮箱、红漆斑驳的旧木箱,多年弃之不用的桐油布伞、毡筒、元宝篮子,明德小时候用过的破手风琴……全堆在这小屋里。起初明德要搬出几样东西来,他执意不让搬,这些旧物是过去生活的见证和纪念,他喜欢这些物件散发出来的那股淡淡的、能勾起他许多回忆的味儿。

他刚回来的时候,让明德和玢玉把海海从歌舞团托儿所接回来,闲着没事,带带孙子,不觉寂寞,还可以为儿子省些托儿费(他不知道独生子女的托儿费是不用自掏腰包的)。接是接回来了,只让带了半个月,又送走了,送到西城中心幼儿园,全托。明德说那个幼儿园的条件好,施行正规的、科学的幼儿教育,对海海的智力发育有好处。这一全托,一星期才能见一面,回来都3个月了,小孙子对爷爷还是有些生分。他想让儿子儿媳吃个现成饭,每日3餐,他包做。但渐渐发现饭菜不对儿媳妇的口味,玢玉是南方人,口细,吃不惯适于铁路工人的那种饭食。小两口光菜谱就买了好几本,他看不懂,记着要在炒菜时放点糖、味精,可总忘,看着儿媳小口地、礼貌地、艰难地下咽,他心里便觉过意不去。后来呢,明德干脆把围裙系上了,说:“爸,还是让我们来吧,您辛苦了一辈子,也该吃吃现成饭了!上了一天班,回来抓抓炒勺,换换脑子,也是一种休息呢!”玢玉也帮腔说:“反正下了班也没别的事,您就让我们来吧!”小两口一个掌勺,一个念菜谱,照葫芦画瓢,炒出来的菜咸不咸、甜不甜的,明德和媳妇却吃得有滋有味。

小孙子全托了,炒勺也玩不转了,再干啥呢?这公寓楼高倒是挺高,住了几十家人,学校的、研究所的、报社的、工厂的、歌舞团的、出版社的，哪个单位的人都有，可是人跟人不常来往。就说是同一个单元的吧，楼上楼下的，楼梯口打个照面，客客气气点点头，笑一笑过去了。关了门，就像进了一个大盒子，一家一个盒子，堆在一起，就成了楼房。楼盖得越高，人跟人越生分，你想找个和你说说话的人都没有，哪像小站那么方便呢？

不要说和旁人，和自己的儿子儿媳好像也没有什么可说的。“爸，我们走啦！”“爸，吃饭吧！”“爸，您不看电视吗？”“不看电视，您就早点歇息吧！”“爸”叫得挺亲，可好像隔了点什么似的，每天翻来覆去的好像也就是这样的几句话，没有别的什么话可说。有时也说别的，什么文化馆办了个什么画家的美术作品展览，日本的田中绢代是世界上扮演主角次数最多的电影演员；还有什么贝多芬、莫扎特、舒伯特、瞎子阿炳、咏叹调、交响诗、小夜曲……他们说得津津有味，他听着像听天书。有时候，他很希望儿子或者儿媳能对他说一声，“爸，给我们说说您这一生经过的那些事情吧，说说青岭站，还有小站上的那些人……”可是，他知道这样的话题是永远不会有的。一说起小站，明德就撇嘴，脑袋摇得像拨浪鼓，好像他爸爸是被充军发配到那里去服了20多年的苦役似的。他不喜欢明德的这副神态，可也觉得小站确实没有什么好说的。那样的小站中国不知道有多少个，即使是一年在兰新线上跑五趟来回的人也不会注意它。你就在那么个与世隔绝的地方度过了差不多半辈子，那里一年要刮200天的风，一棵草都没有，好容易栽活了两棵小榆树，十几年才长到一人高……认真地想起来，你这一生实在没有什么好说的，就像一杯烧开了的黄沙水，浑浑噩噩而且寡淡无味，谁会耐烦听你的絮絮叨叨呢？

唉，要是老伴儿还活着，那该多好呵！你说点什么，她都愿意听，高兴了还能陪你喝两盅。她走得太早了，她那病如果不是在小站上，在城里，兴许还有救的，临闭眼，连儿子的面都没见上……36年的结发夫妻，你把一多半时间打发到兰新线上了。两年三年的回一趟家，屁股刚坐热就走，家里大大小小的事全推给了她一个人，把明德拉扯那么大，你到底操过多少心呢？他不愿朝这儿想，想起来心里就觉得有愧，对老伴儿，对明德，都有愧。

能给他些许安慰的还是那个远在天边的小站。

不知道从哪天开始，他在他的这个6个平方米的小天地里找到这样一个位置，旧藤椅钉在这里再没挪动过。坐着，让莫合烟的烟雾在脸前弥漫，眯起眼睛望着窗外的那清冷的一隅，在一片模糊迷蒙中感受那遥远的幻觉，把那些绵长的回忆一幕幕地在脑海里叠印出来……

大间里送来海海的哭闹声，他被惊醒过来。门敞开着，小孙子仰在沙发上，蹬着小腿在发脾气，嫌他妈妈给他把鞋带系得太紧了。穿衣镜里，明德正在蹲着擦皮鞋，脑袋一点一点地如鸡叼米似的。儿媳妇把海海哄好了，对着镜子梳头，穿大衣。今天是星期天，他们又要出门，到一个老同学家去，那家的孩子满周岁，请他们去作客。明德把照相机和电吉他也带上了，年轻人的聚会少不了这把电吉他。家里也聚过两次，男男女女挤了一屋子，吃够了、喝够了、说够了，就弹，就唱，就跳。

“爸，我们走啦！”明德穿戴好了，笑嘻嘻地走到过道，探进脑袋说：“中午饭您想吃什么就做点什么吧，玢玉给你买的那瓶酒你还没动过呢，闷了您就喝两盅吧……”

玢玉跟着过来说：“爸，您别老闷在家里，也出去换换新鲜空气嘛，公园有冰灯冰雕，您去看看呀！”

他们走了。屋子里静极了，只听见厨房里水龙头滴答水的声音，他起身去把水龙头拧紧。烟抽得太多，满屋子都是烟，他把门敞大，又跪到木板床上把窗子打开。玢玉不喜欢莫合烟的味儿，小孙子说爷爷抽的是臭烟。早该戒了，就是戒不掉，刚才只顾抽烟，竟忘了把门关上，一股清冷的风从窗口扑进来，很清爽。刚才天是阴沉沉的，太阳忽然从灰黑的云层中钻出来，远近的楼舍、冬树、街市、远山、茫茫的雪原一下子全都亮了，整个世界都是明灿灿的。远远地传来几声鞭炮的爆响。再有半个月，就该过春节了。

又卷了两支烟，看看窗外，天色又黯淡了，太阳只在云围的空隙中露了露脸，很快便被厚重的云层遮住了。他忽然觉得身上有些冷，起身关了窗子。唉，人一到了城市，好像到了另一个世界，身子变得娇贵了，心里头也没有先前那么豁爽了，整天把自己窝憋在个鸽笼子干啥呢？出去转转，换换新鲜空气嘛！去看看冰灯冰雕？去了也是人挤人，满世界都是冰，还用得着到公园里去挤？那么再到哪儿去呢？油坊街你熟，差不多10年没去过了，谁知道还有没有那条街呢？10年前来接老伴到青岭，熟门熟路的老街坊邻居搬的搬、迁的迁，有的把房都拆了，这些年没有来往，都搬迁到哪儿了也不知道。没搬走的还有谁呢？他挖空心思地想着，忽然想起那个早年开过馄饨馆的老何来。嗨！怎么把这位老伙计给忘了呢？他使劲拍了一下大腿，因为这个突然的发现，心里感到十分快活和兴奋。

老何的家早先在油坊街街口，祖籍河北省，馄饨铺是他的老父亲去世时留给他的唯一家业。老何是个只会下苦不懂得做生意的人，没几年工夫就把生意做砸了，只好赶驴车，拉骆驼，打零工。后来干脆把街口的房子也卖给了一个姓杜的天津人，另选了街尾坡梁上一块空地盖了几间房，独门独院。

老何是个万事不牵心的豁爽人，喜欢哼唱几句戏文，还爱说古。老何喜欢来，来了就说古，什么薛仁贵征东、十八路反王六十四路烟尘、三国、封神榜……说够了,过了瘾似的,屁股一拍,哼哼唱唱地走了。他喜欢明德,街上碰上了,非抱起来亲两口不行,要不就给孩子塞把糖,买块大点心。三年自然灾害时期,明德没怎么饿着,也得感谢老何,十天半月的,就拎副猪肠杂碎来,或者给孩子塞几个白馒头、烤洋芋什么的。老何在国营饭馆工作,有这点方便。他干上铁路以后,见面机会少了,可是只要听说他回来了,老何准要来看看……

对,早就应该去看看老何的嘛!他不会搬走的,油坊街都搬光了,他也不会搬,他那独门独院在土梁坡背上,碍不着谁,城市扩建也扩不到他那儿去。他兴奋地站起身来,从箱子里翻出那件羔皮短大衣,戴上帽子,揣上烟荷包,又乐滋滋地从食品柜里取出玢玉买的那瓶酒,看了看,摇了摇,酒还过得去,大曲,那老伙计贪杯,10年没见了,真该好好唠唠,好好喝一回。

从西城到东城,路不近,十几公里,得转乘三路公共汽车。想好好看看窗外面的城市景物(从青岭回来下火车的那天,是夜里,看到的是一片灯海,影影绰绰的,看不清楚)。车里挤得水泄不通,动都动不了,看到的只是满街攒动的人头,被切割了的楼、窗、树,零碎的色块、形状在缝隙中闪掠、变幻、旋转。烟好像越来越浓,灰黑的烟,小站上也有烟,火车头喷出来的,喷出来就消散了,一点也不污染空气,戈壁滩上的空气好得很,哪像这么灰蒙蒙的。烟,噪声、拥挤,这就是城市!也真是怪,烟越多的地方人越多!

到了。下面的人不管你下不下车,一窝蜂地往上挤,不是后面的人使劲推着搡着,休想下去。脚底下是雪地,舒了几口气,定了定神,这儿就是过去的东城区么?宽宽坦坦的一条大街,真宽呵,站在这边看不清那边人的脸,楼房一座接着一座,最高的是12层,一座比一座漂亮,花花绿绿的橱窗、广告招贴画、霓虹灯，川流不息的行人、汽车、摩托、自行车来往穿梭，喇叭声、喧闹的人声夹杂着电子琴声，嘈嘈杂杂，不绝于耳……从哪儿冒出来这么一条大街来的呢？他有些不敢相信自己的眼睛，看看前面的福寿山，没错，现在脚底下就是早先的那条蹚土街、垃圾街，雨天稀泥烂浆，风天刮得满世界都是灰土，啥脏东西都往路上堆，三伏天臭得人头晕。变了，大变样了，变得认不出来了！

他满意地往前走着。过了五六个公共车站牌，估摸着该到通油坊街的那个三岔路口了，但横在前面的是个开阔的十字街口，三岔路口无影无踪了。他站在街口上，有些茫然、惶惑、不知所措，连路都摸不着了。琢磨着老街的大致方向，顺着东边的街道往前走，在一片树窝子里发现了那个拱圆顶子带月牙的清真寺，他站住了，呆住了，这儿应该就是老街街口，但横在前面的却是一大片5层住宅楼。哪儿还有一点儿老街的影子呢？他再找老何他们的那家“四新”国营小饭馆，清真寺南边没几步路就该是的，也没有了，让楼挤掉了。李鞋匠的街门没了，天津人老杜的小阁楼没了，整个的一条街……都没了，他怔怔地站着，忽然感到一阵说不出的惆怅和伤感，心里觉得沉甸甸的。

他在高耸的，一座接着一座的，陌生的住宅楼群中间慢慢地走着，脚步沉重。走着走着，他忽然停住了，他看见了那棵树，那棵熟悉的老榆树。不会认错的，无论岁月怎样流逝、人世发生怎样的变化，他都会记得它，一眼就能认出它，它的粗壮的枝干、婆娑的影姿是镌刻在心里的。它像一把遮阴挡雨的绿伞，使小院三伏天都不显热，鸟儿肯在它上面垒窝，那条弯成弓的粗枝上，拴过老伴晾的衣服、晒干菜的麻绳，挂过明德的秋千，树底下一张小桌，围着它吃饭、乘凉、拉家常，听老何说今道古……没有了，全都像梦一样地消逝了。只剩下孤孤零零的它,在楼群狭小的空间里伸张着颤动的裸枝。

他默默地离开了那棵树,恍恍惚惚地往前慢慢地走。长长的路,好像永无尽头,不知道走了多少时间,眼前开阔了,他已经穿过了这片楼的汪洋大海,他看见那个坡背了。没有那个熟悉的独门独院了,代替它的是一排被漆成橙红色的巨大的油罐,一边竖着一个铅白色的巨大球形罐,闪着冷森森的光。一栋小砖房,停着几辆汽车,周围是铁丝网,一根粗木桩上钉着块大木板,赫然写着几个大字:"闲人免进!严禁烟火!"他躲开了铁丝网,又往前走了几步,这儿到了城东的边缘,坡梁下边是一条断谷,风因为无遮无挡而变得格外强劲,卷着雪尘,呼啸而过。他忽然觉得身上发冷,禁不住打了个寒战。

他脚步沉重地、沮丧地挪下了坡,岔开了来时的路,从楼群中间的另一条路往大街上走。他又回到那条宽坦的通衢大街了,现在到哪儿去呢?没有什么地方可去了。他茫然地往前走着。旁边是一家电影院,刚散场,黑压压的人流潮水般涌过来,很快就把他淹没了。人头攒动,人声喧嚣,人贴人,人挤人,人碰人,挨得多么近,却又隔得多么远.所有的面孔、声音都是陌生的,没有人留意这个逆着人流,被挤得跌跌撞撞的老头儿,没有人注意他那张被漠风吹黑的、粗糙的脸上流露出的忧郁、失望和孤独的神情。

卷过来一阵冷风,一片纷纷扬扬的雪尘从头顶上的法国梧桐和圆冠榆枝条上洒落下来,落在他的帽子、衣领和脖子上,他竟没有觉察。他微微地眯着眼睛,但出现在他眼前的不是无尽的车流、行人、冬树、楼宇,而是一望无际的戈壁滩,是那些暗红色、焦黄色的山包和青灰色的小山,是那一张张熟悉的、亲热的面孔。小站上也有星期天,开过晚饭,老康嫂子就来叫,一壶酒早早烫好了,老康头盘着腿坐在小炕桌边等着,小窗下面老哥俩面对面，一碟炒鸡蛋、一碟腊香肠，一碟花生米。炕是热的、酒是热的，你一杯、我一杯，一边喝，一边谈古论今，三皇五帝、天南海北地海扯，酒有够，话题总说不完。平时呢？收了班，开过饭，小院子里热热闹闹，打球的，下棋的，打牌的，看书的，吹口琴的，听录音机的，干啥的都有。想杀两盘，棋盘一摆，招招手就行。老的小的全算上，小站上也就那么几十号人，都说戈壁滩上苦，可是戈壁滩上人跟人贴心，那份甜、那份乐，不在小站上的人是永远也想不出是啥样儿的！

唉，人活着，要是经常能觉得他对大伙儿还有点用处，不是个多余的人，活得才畅快、实在，才有精神，才有意思！青岭站没有老庚福还真不行，大伙儿都这么说，他也一直这么认为。没有他，那十来个单身职工就得自己搞饭吃，就得喝糊糊啃干饼子，煮的菜像猪食，干起活来无精打采。咳！鬼迷心窍，退啥休呢？哪儿的黄土不埋人，非要把一把老骨头往城里的火葬场送？老耿站长不就埋在小山上了么？想儿子想孙子，一年回来一趟不是一样吗？……

通衢大街向西拐了，他现在走的这条路是个缓坡，通向河滩，狭窄的河道全冻住了，瞬息即逝的阳光使铅白的河道耀目地亮了一下，很快又黯淡了。这河滩也变样儿了，盖了这么多的房子，还有楼。早先这儿是卵石滩，他慢慢地过了河道。空气中飘过来一阵烤羊肉的浓烈香味儿，很香，他禁不住咽了口唾液。真该吃点东西了，现在少说也有三四点钟了，从早饭到现在还粒米未进呢。对面是一排蓝色活动房，都挂着牌子，都是小饭铺。他走进最近的一扇门。

一共只有6张桌子，门面虽小，但很干净、舒适，铁炉子烧得呼呼响，暖气扑人。店里没有几个人，看见人家端的馄饨，他也要了两碗。

一个圆圆脸、扎小刷子的小姑娘把饭端来了。他看看碗里,一个个的馄饨,馅饱,皮子薄得透明,像蝉翼,像蝴蝶,汤不腻,清清淡淡,飘着细碎的几点葱油花,散出一股诱人而熟悉的香味儿。他挑一个尝尝,忙停下筷子,问道:"姑娘,这馄饨,你们……跟谁学的?"

"跟谁?跟师傅呗!"小姑娘笑起来,露出俩酒窝。

"他姓何,叫何广发,对吧?"

没错儿,果然是老何!退休3年了,闲不住,带了一帮小徒弟,专卖馄饨,远近闻名。可惜今天不在,到部队看儿子去了,得两三天才能回来。到底还是把他找上了,想不到转悠了这大半天会碰巧转到这活动房子来,算咱们老伙计有缘分。老家伙还活着,还没闲着,没闲着对,人是不能闲着什么事也不干的。总算把你找着了!刚才还胡思乱想过呢,这老家伙搞不好见如来佛去了……人虽不在,心里也高兴。把儿媳妇买的酒拿出来,又要了两碟小菜,应该喝两盅,为这温馨惬意的小店,为找到了老何……

吃饱了,喝足了,周身暖烘烘的,带点微微的醉意。出门看,西边天放晴了,福寿山的皑皑雪峰被阳光照成了橙黄色,矗立在城市烟海和云海之上,鲜明、壮丽而巍峨。不用走回头路,小姑娘说翻过前边的一道坡,可以乘上直达城西的公共汽车。他给老何留了几句话,便按着姑娘指的路线走。高高的坡背,被向晚的阳光照耀着,像一条鳞光闪闪的巨大的鱼,坡背上的楼房、树,像鱼脊上的鳍。

前面有一辆人力车,好像拉的是水果,十几个粗编篓子,把车子压得吱吱响,拉车的人大口喘着粗气,身子弯成了弓,一点一点往坡上挪。少拉点呀,这么大的坡,不要命了么?他把袖子一挽,赶了两步,搭上一把手。车子轻了,拉车的人腰直了直，头抬了抬，一绺斑白发丝分明地在阳光中闪了一下，带着粗喘回头笑了笑，好像还说了句什么，他没听见，只觉得心口仿佛让虫子咬了一口似的，一咬牙，像在跟自己生气，猛劲往上推。车子飞快地往上升，驾车的也加快了步伐，跑了起来。他看着飞转的车轮，忽然高兴起来，得意起来，老庚福真的老了么？给我一辆这样的车照样拉！老庚福不老，身板筋骨里还有的是力气！

上了坡，车子没停下，拉车的人说了几句道谢的话，走了，走远了。该道谢的是我，老弟。今天幸亏听了儿媳妇的话，出来转了这么一大圈，找到了老何，吃上了他的蝴蝶馄饨，又碰上了你老弟。咱们不知名不知姓，想的怕都是一个理，劳动惯了的人，消闲起来难受！你能拉板车，我能做饭，我不能比老何，有绝招、有好手艺，能带徒弟，开饭馆，可戈壁滩上用得着我，我还能干几年，啥时候干不动了，再回来享清福。从这儿到小站，不就千把里路么，十几个小时就到，又没谁拖住你的腿，想去就去了。那么明德和玢玉会怎么想呢？该怎么说就怎么跟他们说！我的儿子、儿媳知书达理，不是那号不明事理的人，回来后的这些日子没好好唠唠，也怪自己，成天闷声闷气，有话也不好好说……

他上了公共汽车，不像来的时候那么拥挤，一个戴眼镜的小伙子给他让了个位子，他可以好好看看整个城市了。福寿山刚才是橙黄色的，现在变成暗蓝的了，夕阳如血，比往常大得多，柔和而安详，人眼能直对着它看。不久，轮子似的太阳便变成椭圆的了，在它的下半部分，渐渐显出山脉锯齿形的暗影。整个城市，街道、大大小小的建筑物、灯、人，全部笼盖在一片轻纱似的半透明的蓝紫色暮霭中，这景象是十分奇妙、美好而和谐的。他第一次觉得这城市的亲近，城市也有城市的好处，并不总是拥挤总是乌烟瘴气……

他默默地浏览着沿街的景物，一边在心里想着，该怎样开口向儿子、儿媳说出自己的那个想法呢？

紫骝马

在那个散落于特里斯牧山谷的村子里，他是一个不受人待见的人。确切地说，是一个经常被村人疏忽和遗忘的人。若追根寻源，从他的祖父开始，情况就是这样了。人们偶尔想到他时会这样说，唉唉，他生来就是那样子，他爷，他爹生来也是那样子，他们的嘴巴只是用来出气和吃饭的，不是用来说话的。

村人们都叫他哑保。

他当然不哑，只是发音器官很少有使用的时候。在家里，他也很少说话，因为他的爹和至今还健在的爷爷也懒得说话。受了男人们的感染，这家的女人们不到万不得已的时候也绝不多说一句。沉默和寂寞弥漫着这个在村子里独处一隅的孤独家庭。甚至于连畜禽也被感染，羊们在圈里走动时小心翼翼，公鸡打鸣时把脑袋埋在翅膀之下，驴在春情激荡的季节求偶的呼唤都小得像蚊子叫。

在田地里，他默不作声地劳作着，就连歇息，他也不到有人的田埂地垄上去，只原地站着，双臂架着锄柄，眯缝着眼睛望山。他喜欢望山。南边都是山。那些山离得很近。从东到西绵延无尽，山的层次很分明，最近的是些秃山，稀稀拉拉长些浅草和灌木，然后是繁茂的草山，再然后是长满黑绿色云杉和雪松的林山，最远也最高的是雪山，在阳光下闪闪发光。天不太晴朗的日子，雪山和林山之间，会涌出大簇大簇的云，翻腾流转，变幻莫测。

望这些山的时候，他忍不住要望一下韩三十八家的那块坡地和他们的屋院。那是一块很大很流畅的坡地。韩三十八的两个女儿有时会在坡地上一现芳踪。他知道她们一个叫采采，一个叫贞贞，两个女子都有着姣好的面容，身段迷人，秀发乌黑，笑起来声音比云雀还好听。他知道她们的眼里不会有他，他也从不想接近她们。他没有这样的痴心妄想，但是忍不住要这么望一下。没有人会注意到他的眼神。人们已经习惯了他的被忽略，他的无足轻重连他自己都不否认。

没有人会想到一个微不足道的小事件会改变一切，包括他自己在内，所有人都没有想到，他由此成了一个令众人刮目相看的人。

群山褶皱中的特里斯牧山谷里，原先一直驻扎着一支神秘部队。差不多有将近三十年了，山口一直被封锁着。两年前的秋天，这支部队换防到几百公里地外的西天山去，这条峡谷便以它神秘奇幽的景观吸引了远近的游客。旅游部门以极快的速度大造其势，使越来越多的游客慕名拥来。

每天，都有成百上千辆大大小小的轿车面包车从村子前面的沙土路上经过。那些被煤烟和污浊空气熏晕了的城里人风尘仆仆远道而来，为的是看看峡谷真正纯净的绿色，水晶一样闪光透亮的冰山雪峰，让带有原始山林树脂气息的清新空气洗涤一下黑污的肺泡，闻一闻山花的香味和泥土的气息，听一听鸟儿明亮而欢快的叫声。这些远远近近，形形色色，花花绿绿的城里人，不仅扰乱了峡谷千百年来的肃穆寂静，同时也带来了另一个世界的生活和享乐方式,使土头土脑的特里斯牧村人大开眼界。

蒙达子可能是村子里开了眼界的乡巴佬中第一个把那些城里人当猎物的人。这个狭长脸,鹰钩鼻,黄眉毛黄眼珠黄头发黄胡子的壮汉,除了长相,不务正业和胆大霸蛮之外,没有任何过人之处,但由于他第一个发明了以城里人为摄取对象的那种营生,现在他成了村子里年轻人崇拜和追随的偶像。

田地里的活儿不那么忙的时候,年轻人便都骑上马,簇拥着他们那位威风凛凛的首领,浩浩荡荡地从村子往深谷里去。猎获的狂热使他们容光焕发,摩拳擦掌。有些人索性弃农活于不顾,天天上山,成为蒙达子最坚定的粉丝。跟随蒙达子所做的这营生比田地所给予的油水要大得多,城里人有的是钱,能把他们的钱搞进自己的腰包,这才叫真本事。

没有人想到叫上他,他降生到特里斯牧村就是为了让人遗忘的。村子里的年轻人成群结队进山的变化是他突然发现的。在被遗忘的角落里,他望着沙土路上马蹄腾起的滚滚黄尘,困惑了好几个早晨,在心里问自己:个驴日的们,天天跑啥的呢?

一天清晨,在村头的老榆树涝坝边上,他遇到正在饮马的马旦儿,马旦儿非常矮而且丑,长得像只獾,这个矮小的人站在老涝坝的护堤上,居高临下地望着他,挤巴着眼,说:

“哑保,你不去么?”

他没有应声,甚至连脑袋都没有朝马旦儿点一下就转身走了。他去家里牵那匹紫骝马。他决定进一次山。他无数次望过远山,却从没有到过有原始森林的地段。其实进山的路并不远,骑马只需要一个多小时,他家的紫骝马是匹神驹,鬃尾飘逸,四肢发达有力,体态俊朗潇洒,浑身紫光油亮如同绸缎。在特里斯牧村人心目中,这匹马的地位远远高于饲养和役使它的主人。他骑在这匹威武高大的神驹背上，不慌不忙地往山里去。

蒙达子看到他略感意外，但很快就把这个榆木疙瘩一般迟钝少语的人当成了自己一个新的崇敬者和追随者，得意的笑意从他的黄眼瞳里飞快地闪现一下，在欣赏了一眼对方的神驹之后，抬起鞭子敲了敲他的后脑勺子，威严地指了一个方位，命令他到那个指定的地方去。

他默不作声地牵着他的马去了。这地方非常背，峡谷在这里变窄了，从雪山上流下来的雪水河在谷底奔腾咆哮，两岸是陡立的山坡草地，上面是黑压压的原始云杉林，从那些黑林子里一阵阵散发出腐殖山土阴冷潮湿的气息。这儿很少有人来，他坐在陡坡草地的一块灰色山石上，仰起脑袋认真地望眼前的山。在村田里望山与在近处看山是完全不一样的，山真是高得不可思议。他望山时紫骝马自由自在地在一边吃草，时不时打一个响嚏。有一男一女到这个背处解手，男子放哨，让女子先解，女子钻进草丛里，男子这才发现灰石上的他和紫骝马，但是没有惊惶，还朝他笑了一下，摸出手机给马拍了张照，赞叹马真是世界上最英俊的动物。

一个上午，就来过这么一对男女。

他不在乎来不来人，他很专注地望山，眼睛和脖子望酸了，往峡谷对面看一下，这才发现马旦儿正在望他。那矮小的獾一样的人守望的那道坡好像要平展些，游人好像也去得多些，他们大多是上森林里采蘑菇路过，马旦儿拦住他们，殷勤地把他的二十岁牙口的老牝马牵到他们面前，死皮赖脸地把他们中间的一个两个请上马背。马旦儿牵上那老马沿森林周边走上一圈，从马背上的人手里接过十元一张的票子，总要往他这边看上一眼，那眼神半是得意半是怜悯。

现在他开始有些明白蒙达子每天带人进山所干的勾当了。他想看看蒙达子和那些被留在开阔草地的人是如何进行这种勾当的，但是眼前的陡坡挡住了视线，于是他往开阔地的方向挪动了五十米的距离，这儿当然仍是被人遗忘的角落，但开阔地现在完全尽收眼底。几乎所有的游客都集中在这个地段。雪水河到这里变浅变慢了，两岸的草滩平坦舒展，群山后退出了很宽阔的距离，云杉杂在灌木丛里，那些城里人就在离云杉最近的草地铺上毯子，毛毡，躺下舒展他们的肢体，或拍照或打扑克，河边弥漫着烤羊肉和煮羊肉的青烟和香味，乐声此起彼落，青年男女伴着乐声翩翩起舞。擅跳广场舞的大妈大爷更是激情洋溢，声威盖过山野。在这些城里人中间，忙碌着蒙达子和他的那些忠实追随者，他们在各自被指定的区域里招揽生意，用马背诱惑那些天真慷慨的城里人，蒙达子成了这个特殊交易市场的价格制定者，由于他的随机应变，现在骑马照一次相的价格由过去的五元变成了十元，坐骑绕开阔地跑一圈过去只收十元，如今调成了二十元。

游客天天更新，城里人好哄得很，他们不愁找不到主顾。

他发现蒙达子占据的是峡谷开阔地中最好的位置，那片草坪平坦如锦毯，野花灿如繁星，靠溪河的一侧有几棵高耸入云的红松，伸展的枝叶茂密如华盖，阳光过于炽热时，这几棵树成为最好的遮阳地。结群而来的游客使蒙达子的三匹马应接不暇，后来又增加了一匹灰斑马，蒙达子真是把城里人的钱赚美了。

他看出了他们赚钱的门道，也产生了仿效一下马旦儿的念头。但仍是没有人到他这边来，往近挪动了五十米还是一样，马旦儿好歹还占了个采蘑菇小道，他连马旦儿都不如。这天的收获是又看到几个城里女人的屁股，她们是结伴到背静处解溲的，她们没有发现坐在灌木丛里的他，以及他的紫骝马，她们肥白的屁股让他有些愤慨，蒙达子把人们拉屎撒尿的地方指给了自己！晌午时分，从山上的森林里下来两个高大魁梧，金发碧眼的外国男人，他们在高处发现了他的紫骝马，特意绕道走了过来，以内行人的眼光把马从头到尾欣赏一番，且用毛茸茸的大手拍了拍紫骝马那结实油亮的臀部，微笑着向他竖起大拇指。这是他第一次见外国人，听他们呜里哇啦说话，不知道自己该说什么，那时候他处在懵懂的状态，等到醒悟过来，那两个人已经走远了。

蒙达子用来敲诈城里人的一个屡试不爽的诀窍，是他连续观察几天以后发现的。

进过一次山后，他对观察蒙达子的伎俩产生了浓厚兴趣，尽管他的交易一次也没有搞成，但是他对于生活里发生这样的变化感到振奋。他兴致勃勃，不动声色地参与其事，还因为他看到韩家的两个女子也在蒙达子的地盘上活动，两个花季少女拎着柳条编的篮子在城里人中间穿行叫卖，篮子里装着熟鸡蛋、熟玉米、西红柿、黄瓜还有油香、锅盔，全是农家绿色食品，她们轻盈苗条的身影和健美的容颜很得城里人的好感，东西卖得很快。他乐于看到这两个姐妹，尽管她们从来没有正眼看过他，但他还是想看到她们。人就是这么怪的一种东西，自己的心思连自己都想不明白。

蒙达子的诡计每天都要针对两三个倒霉的城里人实施，且都选择在太阳偏西，游客们准备撤离的时辰进行。这诡计是这样的，蒙达子把他的几匹马交给几个讨价还价的客人，且对那些客人说：天晚了，你们每人给十元骑一圈吧，便宜多了，不要错过啊！

等那些自以为占了很大便宜的游客骑一圈回来，蒙达子收了他们的钱,好像无意中看了一下马,突然惊呼起来,说马脖子饰圈上的一个银质铃铛不见了,那铃铛可是祖传的,很值钱。游客说压根儿没看见有那玩意儿,蒙达子斩钉截铁地说上马的那会儿银铃铛绝对在马脖子上,且做出任何代价都弥补不了那心爱物件丢失的悲苦样子,做出沿原路寻找的姿态。大多数情况下,自认倒霉的被敲诈者不想冲突下去,又急于赶路,只好悻悻地扔下三五百元一走了事。碰上血气方刚,死不认账的,蒙达子便响亮地打一声呼哨,几分钟之内,十几二十个骑者飞奔而至,把愤怒的抗争者团团围住,纷沓的马蹄和马鼻喷出的骚热气息,以及随时有可能落下的鞭子,转眼间就打消掉了那被包围者的气焰,最后只有屈服,掏钱走人。

命中注定了他要成为一个改变局势的人,那个微不足道的小事件发生了。

记不清他是第几次到峡谷里来,到底是第八次还是第十次并不重要,重要的是那个场面发生了。当时他正坐在蒙达子指定给他的那片领地的一块岩石上,冷眼观看着那一幕从发生到白炽化的全过程。

这一回蒙达子失算了——他选择了一个不该选择的对象。这是个粗壮结实的大汉,约莫二十七八岁的样子,长着一头粗硬的黑卷发,胸部多毛,满臂青黑色刺青,被酒精烧红的双眼里放射着天不怕地不怕的挑衅目光,他是自己走过来要求骑马的。蒙达子把缰绳交给他时在他的肩膀上亲昵地拍了一把,说:“兄弟,小心在意着点,我的马性子烈,好上不好下哩!”

他冷笑着看着那醉汉摇摇晃晃跨上马背,一边盘算着过一会儿如何让这家伙乖乖地掏腰包,他没有发现在河对岸的山坳子里,停着的那辆绿色轿车,那里面坐着这汉子的二十多个同党。他们当然都是城里人,但不是细皮嫩肉的城里人,而是一帮干粗活的身强力壮的城里人。

那醉汉狠抽着马，让灰斑马发狂般地奔跑，一路狂笑着，他一点规则不讲，完全不按马主人讲好的路线跑，随心所欲，想往哪骑就往哪儿骑。蒙达子不动声色地等着他尽兴归来。按他的计算方法，这家伙一共骑了不下五圈，加上那个莫须有的银铃铛，他至少得留下五百元的买路钱。

那汉子下了马，听蒙达子的要价，像马嘶一般哈哈大笑起来，轻蔑地往地上啐了一口带酒气的浓痰，朝天空大幅度地挥了一下手，大摇大摆地转身就走。蒙达子一把揪住他的后衣领，对方回转身，照着他的黄胡须脸就是凶狠有力的一拳。怒气冲天的蒙达子立刻打了一声呼哨，同时抡起马鞭朝对方的脑门上狠狠地劈过去。

那汉子敏捷地闪开，闪电般的鞭梢子落在了他的脖子上，那块地方立即出现了一条鲜红的印子。第二道鞭影击来之前，他利落地拔出了腰间的库车短刀，寒光闪闪的刀锋指着蒙达子，脸上的狞笑像刀锋一样冷，他的酒醒了，双手握刀轻快地移动着脚步，凶光从他的眼里闪出来，看上去让人心惊胆战。

马队迅速地飞奔过来，蒙达子让骑者们把持刀的汉子围起来，正要进攻的当口，他惊愕地发现，一辆绿色轿车从河边的灌丛里冲了过来，车门打开后，黑压压的一片人挥舞着木棍，铁锹，镐头和汽车摇把冲了过来，个个强壮，呐喊声如雷。蒙达子的自信和勇气在最后时刻发生了动摇，胆怯的神情在眼里闪掠，他扔下了鞭子，回头寻找跳上马背逃脱的机会，但持刀的汉子已经逼了过来，他凶悍的同伴们毫不理会那些无所作为的骑者，更凶地呐喊着，挥舞着手中的武器进逼助威。

哑保就是在这个节骨眼上跳上他的紫骝马的，在那个持刀凶汉闪光的刀尖眼看就要刺向蒙达子身体的瞬间，他的紫骝马隔开了两个红了眼的人。不愿善罢甘休的持刀者再次刺向蒙达子,他这时飞快地翻身下马,一把扼住了那人的手腕,他是个像岩石一样结实强壮的人,手劲儿很大,脸上没有表情,像石头一样沉默不语,他抓住那人的腕子,只捏了那么一下,那把库车刀就掉落在草地上了。

他轻轻地推了那人一下,那人往后闪了一个趔趄,瞪大眼看着他。他的那些凶悍的同伴都瞪眼看着这个人,停止了呐喊助威。骑马的人也都静下来,他们都安静地看着他。他和紫骝马站在一起,像一座雕像。

他弯腰捡起了那把刀,手指夹着刀刃,好奇地看一看镶着彩色纹饰的刀柄,同时伸出大拇指刮了刮刀刃,然后很难得地笑了一下,把刀递给了那个壮汉。

这场面就这么结束了。

那辆绿色大巴开走后,骑者们热烈地簇拥着他,为他的勇敢沉着大喝其彩,但他跳上紫骝马,不和任何人说一句话,没有表情地给了马屁股一鞭子。

农活儿不多,第二天他又来了。

他在蒙达子的那片草地上勒住紫骝马,蒙达子对他笑脸相迎。蒙达子很感激他在危急时刻挺身而出,帮了自己一把。为了表示这种感谢,他给他重新分配了一个好的去处。

兄弟,你到刘麦地那儿去,让刘麦地走开!

他脸上没有蒙达子希望看到的那种感激的神情,只用手里的鞭子指着脚下说:

我就在这儿了!你走开!

蒙达子以为是自己的耳朵出了毛病,用陌生人的目光怔怔地看着他,几秒钟后他相信不是耳朵出了毛病而是眼睛出了毛病。这个过去他眼睛里没有的人现在眼睛里也没有他。他的脸由于恼怒而扭曲起来,黄眼瞳变得像兔眼一样的红。

哑保！这是老子的地场！

哑保没有表情地望着他,慢慢地用鞭子指指脚下,把刚才说过的话又重复了一遍。

他接着就开始招揽生意了,对蒙达子没有再看第二眼,第一个上马的是个戴眼镜的小伙子,喜欢紫骝马的高大英俊。这是匹公认的好马,等着骑它的人很多。

蒙达子从背后望着他山一样沉默厚实的脊梁,望了差不多有一袋烟的功夫,后来他似乎感到不能这么站下去,便长长地吁了一口气,牵着灰斑马和花鼻子马朝着刘麦地走去。

刘麦地用异样的目光迎着他。

他的黄眼睛冒出两股血,朝着刘麦地竭尽全力地吼叫起来:“滚！这是老子的地场！快给老子滚！”

刘麦地犹豫着,胆怯地牵着他的黑骒马离开了,望见沙流儿的时候他才来了精神,两片嘴唇兴奋地抽搐起来。

于是可怜的沙流儿便听到同样声嘶力竭的吼叫……

荒沼与火

“南边大沙坡下面有柴火！”背着风，他在黑暗中喊了一声，没有人响应。

他感到一阵被冷落、被羞辱的恼怒。都不去么？都跟着姓汪的大鼻子走了么？好，不去就不去，老子一个人去！他把藏在棉工作服下面的宽皮带解下来，扎在棉袄上面，哈了哈冻僵的手指，重新戴上手套，把脚边的斧子抓起来，独自往南边大沙坡方向走去。

一颗星星都没有，成吉思汗山像一群冻僵了的死骆驼，黑乎乎的。大戈壁上只有尖利的西北风在呼啸，像鬼叫一样。他走着，想起了小时候在坝子上听大人们讲过的那些鬼故事，半夜三更，一刮风，鬼就叫，一个先叫，然后许多鬼跟着一齐叫，就是这样的叫法，带尖哨的。今天如果坝子上也刮风，奶奶会不会也叫呢？他想着，打了个寒战，脚步跟着犹豫起来。就一个人往沼泽地去么？那鬼地方好像还有狼呢！刚才跟上大鼻子那帮家伙一块走就好了，他心里想。老子图个啥子？三更半夜从热被窝里爬起来，参加屁的突击队！老子快受处分的人了，争什么积极！这管线真冻得不是时候，井钻得也不是地方，离厂部20公里，新钻的井，才几个月就冻了！他站住，把帽扇子放下来,毛茸茸的羊羔毛贴着耳朵,不那么冷了,鬼叫的声音也好像远了些。奶奶怎么可能从坝子上赶到戈壁滩来叫呢?隔了上万里路呢!她活了68岁连成都还没有去过,怎么晓得到戈壁滩上来!纯粹是胡思乱想喽!我怕啥子?老子手里有斧头!凭啥子要跟姓汪的那个龟儿子走?

老子偏不跟你龟儿子去!脚尖碰了个石块,使劲踢了一脚,那石块好像撞碎了一只空酒瓶子,在黑暗中爆炸似地响了一下,他得意地笑了,是他扔的酒瓶子,大前天夜里顶零点班,带了半瓶酒,喝了扔在这儿的。管线要冻是拦不住的,才3月出头,正是冻的时候,谁也拦不住它冻。你姓汪的当站长就该碰碰这样的事,完全应该半夜三更冻它一家伙!这么冷的天,黑灯瞎火,戈壁滩像鬼一样地叫,把大家都从热被窝里揪起来,冷得屁都放不出来一个!摸着黑跑老远的找柴火,点上火,等管线上的冻土层化了,再费上牛劲挖开,你当那是好挖的吗?一镐头下去一个白印子,化的只是表层的冻土。好容易挖开,一节一节把管线锯开,再焊上,埋上。出上一身臭汗,肚子饿得咕咕叫,折腾到天亮也不见得能收拾好。突击队名字好听,如今谁稀罕啥子好听不好听!表扬算啥子?还不是老一套,耳朵都听出老茧子了!

一股强劲的冷风卷过来,脸上有几点冰凉冰凉的东西,湿的,是眼泪么?不是,那么是下雪了?他摘下一只手套,伸出手在黑暗中试了试,是下雪了。风会把眼泪吹出来么?没有的事!男子汉大丈夫,有眼泪也该往肚子里咽。奶奶死了,是哭过,拿了信跑到大戈壁滩上去哭,跑得远远的,把屁股对着职工宿舍楼,把脸朝着成吉思汗山哭,不让人看见。哭了,还跪着磕了头,没有人会看见的。

大前天夜里顶班,把一口井的油嘴都弄到直通里去了!为啥呢？眼泪把眼睛遮住了，奶奶，想你想的！我要早知道你病了，说啥子我也要回去看你，我存了400块钱了呢！我还托人从乌鲁木齐买了两公斤葡萄干，我亲手缝的袋子，给你寄去了，寄走了20天，你不会吃得上了。前年回去，你的牙不是还嚼得动花生么，好好的怎么会……死呢？鼻子酸酸的，没有忍住，到底让它从眼眶里涌出来了，嘴角渗进了一股咸味，这讨厌的眼泪，说来就来！他用手指使劲抹了一把，把斧子换了手，重新辨了一下方向，走得好像有点偏西了，沼泽地是在正南。他稍稍往南拐一下，走了没几步，听见风里面有个什么东西响了一下。

他站住了，鹿似地竖起耳朵，恐惧地睁大了眼睛。什么也没有，黑茫茫的，只有风在一阵一阵地呼啸着。

过了沙包，是下坡路了，远远地闪出一点灯光，在西边，仿佛在汹涌的夜海里飘摇，微茫而渺小。那是七号站，丫头片子在那儿值班。这些丫头们不简单，两个人管那么多井，人家睡觉挺尸，她们上班，风里雨里，一年三百六十天，夜夜如此。这样的夜里，鬼哭狼嚎的旷野上只那么两个人，还得跑井，还得提防打野食的臭流氓，不简单！应当喊采油姑娘万岁！人家都不怕，你提心吊胆个蛋！老子就是要赌赌这口气！干梭梭还好，湿的只会冒烟，黑乎乎的哪个分得清是干是湿？干脆扛上两捆干苇子回去，看看谁的好烧？沼泽那儿的梧桐、窝柳、野麻、野刺玫、枯干树枝多得是，路也近，都不来！偏偏喜欢跟大鼻子跑！大鼻子只晓得个小山包，还晓得啥？我喊了等于放屁，反正我任庚顺的话没人相信！早就跟他们讲过，南边大沙坡下面有片沼泽，有数不清的泉眼，温泉，冬天水都是温的，草也是绿的。不信！还前仰后合地笑！11号站建了快半年了，就是不愿意多跑两步路，到南边来看看，天生戈壁滩捡石头的命！动不动还训人！大前天应该多捶他几下子，反正捶多捶少都一样给处分。要不是姓夏的拦住，非把他那讨厌的大鼻子捶扁不可，姓夏的护着他，姓严的走了，来个姓夏的，都是一路货，一丘之各(貉)！

不信就不信，老子看你信不信，还要让姓夏的家伙看看，任庚顺是不是像姓严的说的那么后进，老子干活是不是偷懒？老子不过爱发几句牢骚，一辈子打发到戈壁滩上，连句牢骚也不叫发么？明天发工资，搞两瓶酒喝喝，把小艾，长腿叫上，喝它一家伙！艾买提，长腿都是好小子，干活不偷懒，不会溜沟子(拍马屁)。喝，为啥不喝！反正人死了活不过来了，架也打过了，迟早要给处分，难受有啥用？一醉解千愁！

仿佛真的喝了酒，他高一脚低一脚地往前走。第二个沙包过去了，在沙包下边走，风似乎小了些，没有石头了。膝盖被黑乎乎的一大团枯干绣球草缠住了，使劲踢了一下，扎在裤脚上，踢不开，停下来用斧头撩拨开。风里面又有一个什么异样的响动。听清楚了，是什么东西走动的声音。他慢慢地直起腰，抓紧了斧子，屏住呼吸往响动的地方搜索。隐隐约约看见有个黑影子在第一个沙包上爬。爬到顶上，站住了，是在喘气吧！好像还戴了顶狗皮帽子呢！姓夏的不就是戴着狗皮帽子吗！同来的10个人只有他是狗皮帽子！个头也像，一米八高呢，是他！没错！抓斧子的手松了松，轻轻地舒了口气。

那家伙跟上来干啥子呢？他不是也往东边去了么？他又不晓得沼泽地！他调到三队来当队长才半个月，知道啥沼泽地！那么他是来监视我的啰！怕老子偷懒？老子从热被窝里跑到戈壁滩上来偷懒？那监视老子啥子呢？哈哈，是监视老子那个罗……他在黑暗中狞笑了一下。姓夏的你是让风吹糊涂了吧？睁开眼看清楚点，丫头们在哪儿？西边亮灯的地方。老子是往南走！老子活了23岁，连丫头子的手指头都没有碰过一下呢！姓任的算不上啥美男子，喜欢我的丫头还有那么个把两个，找老婆光明正大的会找，老子会偷偷摸摸跑到这鬼地方来打野食么？太小看人啰！太欺侮人啰！

裤脚又被什么东西绊了一下，是红柳墩，他狠狠地抡了一斧子。现在是白碱地，一踩一个深窝，红柳、芨芨草多起来了，过了这片白碱地，再翻一个陡坡，就是沼泽地了。停下撒了泡尿，回头看了看，那家伙没影儿了。死在沙包沟沟里了吧？不是监视老子吗！怎么不来监视了呢？这家伙搞不好溜回去了。打了架，这两天怎么不见他的动静呢？他能放过我么？明天，顶迟后天会找我的，还不是像姓严的那样，作古正经地卖上一通狗皮膏药，然后宣布扣奖金，给处分，让老子去给姓汪的赔礼道歉！

狗皮膏药你卖你的，我左耳朵听右耳朵出，奖金扣去吧，我不要了！处分怕啥子，剥了一层皮，老子还是个一级工！给大鼻子赔礼道歉么，等我儿子长到50岁的时候再说吧！给他龟儿子赔礼道歉？没有捶扁他算他有福！老子喝了酒，老子心烦！上了一天大班，从被窝里把我叫起来上零点班，顶别人的班。也不管你愿意不愿意，难受不难受，口气好大！不错，老子是把油嘴弄到直通里去了，资料报废了，这样就可以把我当孙子一样地训斥么？等着看我给他赔礼道歉吧！他笑了笑，背着风，把斧子插进腰带里去，摸住一把红柳条子，抓牢了，使劲一蹬，踩住一个芨芨墩，就这么往上攀去。这坡有点陡，翻过去就是沼泽了。下边是黑森森的一片，听见枯苇子飒飒的声响，他把斧子抽出来，正要下去，听见背后的叫声，不算太远，在风中颤抖着，断断续续的：

“小任……你在哪儿……等等我……”

是那个蠢家伙在喊，这家伙总算摸到白碱地了，离我撒尿的地方还有50米吧！他喊他的，不管他！这家伙是个笑面虎，跟姓严的不一样，想收拾我还装着没事儿似的，组织突击队还要把我叫上，“小任，睡不着吧，干脆起来吧，你也跟大家一起走吧！”还笑，还拍肩膀，狼外婆才拍人的肩膀呢！这家伙爬得好快！才二十七八岁，一家伙就顶了姓严的，听说在二厂才是个站长，自愿报名要求到我们这个新建不到一年的采油厂来，一来就当上队长了。姓严的是1954年的老玉门，30年才混了个队长，他龟儿子一下子就当了队长！调过来才半个月，酒也喝，扑克也打、牛皮也吹、玩笑也开，还会锯板胡、提琴(这家伙锯得不错)，还问我搞上对象没有，喜欢读些啥子书？这就是他的本事！除了肚子里有几滴墨水，跟严师傅，不，跟姓严的没啥子两样，该收拾人的时候一样地收拾。老子等着让你收拾。不管他，让他叫去！这家伙肯定是害怕了，沼泽地没来过吧，真该来一来！不要老是卖狗皮膏药，也来一不怕苦，二不怕死一下！

脚底下软软的，是青草地了，前面是窝柳、野麻，阴森森的，用斧子把几根带刺的野蔷薇枝条拨开，摸进去，扶了一棵小树，又停住了。那家伙跟着我的屁股还好，万一他顺着后边这个坡坡往西走呢？那就麻烦了，过不了30米，就是松草皮，看不出来，跟平地一样，不小心踩上去，搞不好就掉进泥沼里去了。那家伙没来过，搞不好真会摸过去的。答应他一声吧！但到底没有张口。他又猫着腰往前摸去，说不定他跟着来了，万一掉到那泥沼里了，我救他就是了！让那家伙也受点罪，洗个冷水澡嘛！还有，也应该让他不自在一下，老子救了你，你扣我奖金、给我处分不会很自在啰！他得意忘形地举起斧子笑起来，往前跑去，脸上被刺了一下，碰到一枝野蔷薇条子，又被一窝荨麻蜇了一下，他伸手摸了一把脸，恶声骂着，退回来，朝黑暗中狠狠抡了几斧子。

这儿是沼泽地的边缘地带，闻见了带腥味的冷森的水草和泥水的气息。风跟戈壁滩上叫的不一样，呜呜地响，抽风似的，无数的黑黝黝的影子张牙舞爪地跳着，像鬼，狰狞的厉鬼。他把斧子举起来往前挥着。碰到了一片树丛，一只鸟受惊地叫了一声，扑棱一声翅膀，从他头顶上飞了。他想起了狼，惊得出了一身冷汗。站了站，又听见了那断断续续的叫唤声，就在身后。

连一盒火柴都没带！应该带上手电筒嘛，什么也看不清楚。记得这块地方有苇子嘛，怎么摸不着呢？是让放羊的烧了？放羊的走了，点上一把火，把陈年老苇子烧了，让长新苇子，哈萨克族喜欢干这种事。抓起一把土闻了闻，果然有一股焦煳味儿。他只好继续往前摸，谢天谢地，总算碰到苇子了，苇子点火最好，再搞上一捆干树枝子。他抬起一只脚，踩倒脸前的苇子，举起斧子朝根上砍去。有一把镰刀就好了，哪里找镰刀去，斧子还是临时摸的呢！他兴奋地砍着。脚底下怎么在晃动？像踩在海绵上一样，呵，身子往下沉，是在下沉！泥沼！他惊叫了一声，挣扎着跳了一下，好像有一只湿湿的大手死死地抓住了他的脚，使劲往下拉着他。他扔掉了斧子，慌乱地抓住了一把苇秆，又蹬了几下，那只大手抓得越紧了，抓在手里的枯了的苇秆一根根断了，发出绝望的折裂声，他往前扑过去，死死地抠住前面的苇根和湿土，被抠住的土地仿佛也在颤动，他呻吟似的叫起来，接着拼尽全力地叫了："救命，救命呵！夏国良，夏师傅快来呵！快来呵！"

一双铁钳般的手紧紧地抓住了他。同时有人在厉声地命令着："抓住我的手！别乱蹬！不要慌张，有我呢！"这是他的声音！是那个问他有没有对象、喜欢不喜欢读书的声音，是那个把他从热被窝里叫起来的声音，是那个一直断断续续跟在他的屁股后面的声音。他来了！死死地抓住他的手。他力气好大！把他往下拖的那只湿湿的大手慢慢松开了……

他得救了！

那双死死地抓住他腕子的手并没有放松，拖着他，离开了那一片松软的、颤动的地面，拖过几窝小树丛，才放开了他。他看不清楚他的脸，黑暗中只听见他在大口喘着粗气，接着笑了："淹到肚脐了吧？你这家伙偷偷跑来洗冷水澡哩！"

他说得不错，确实是淹到肚脐了，下半身全是湿的，棉裤像有100公斤重。偷偷伸手摸了摸，皮带也是湿的。这家伙要晚来半个小时，泥水恐怕就进了鼻子眼了，那才叫彻底洗了个冷水澡了！本来应该是我救他的，倒让他把我救了！想到这一点，他的脸烧得发烫，幸亏是黑夜，要是白天，这脸准像峨眉山上的猴腚。

粗气喘得均匀了些，一巴掌打过来，在他肩头上重重地击了一下："小任，你家伙胆子真大！一个人敢往这样的地方跑！"

"想搞点干柴火，好烧……这儿柴火多得是……"棉裤忽然变硬了，大腿上感到无数的小刀在扎，风使劲地抽打着树枝，他感到浑身都在抖瑟，牙齿止不住地磕着。

"咱们先点起一堆火！"又拍了他一下，手在他的肩膀上停留了一会儿、捏了捏，说："先把衣服烤烤，不然要病的！咱们晚去个把钟头不要紧，有汪清他们呢！"

"不！不要……"心里一急，身上也不冷了，井上等着柴火，说什么也不能蹲在这里烤火。

"为什么不呢？"黑暗中，仿佛感觉到那双老是笑眯眯的眼睛正在明亮地看着他，"管线冻坏了，可以抢修，人冻坏了可不好修呵！站着别动，我搞点干树枝子来！得点火！有了火还不用摸黑！"

他有点发呆地站着，刚才发生的事就像梦一样，好像正在做梦。黑暗中响起了几声清脆的树枝的咔嚓断裂声，使他惊醒过来。他朝着响声摸去。他碰到了他的肩膀，他们一起用力把一根胳臂那么粗的枯树干折断了。他轻声笑笑，一边继续摸着，一边说："走了一节路，汪清发现少了你，说你肯定往南走了，我就跟来了。我一路都在喊你，你没听见？"

"听……听见了……"其实，可以撒个谎，风往东边吹，帽子裹得严严的，人在风下，没听见。可他一点也不想对他撒谎。

"那是你答应了我没听见喽！"笑一笑，又折了一根树枝。两个人肩靠肩地继续摸着，他感到他的胳膊轻轻地碰了他两下，同时听见他用一种异常的声音说："小任，汪清跟我说，他不知道你奶奶去世了，他说他对不起你……我也是第二天才知道的，小艾对我说的，你，你应该告诉我们……"

他鼻子有点酸，一根带刺的野蔷薇枝子结结实实在耳朵划了一下，竟不觉得疼："我性子暴，手太重，打得那么狠……"

"打人是不对，不该打人……咱们离家都那么远，为了石油，跑到戈壁滩上来了，咱们是兄弟，是最好的兄弟！"

他抹了一把眼睛，说："其实……打过了就后……后悔……"

"好了，不说这个了！明天结结实实睡一觉起来，和小汪一块到我宿舍来，我还有两瓶天池特曲，咱们好好喝一家伙！"他在他背上拍了一掌，又笑了。

柴火捡得不少了。他要点火。

他抢过他手中正划着的火柴，说："到井上点去！井上也可以烤衣服！"

"不行！风吹了要病的！"

"我身体像铁砣子一样！"

"你家伙是够壮的，像小牛犊子！真挺得住么？"

“病了不找你要医药费啰!”

“好吧,那就走!”他同意了。

他们爬上了小山坡。两个人同时看见了火,好红的火,把茫茫夜空照亮了,把大戈壁烧热了,风好像也小了。抬头看,成吉思汗山山顶上,隐隐地出现了几颗星。明天是个晴天。

“想不到戈壁滩上还有这么一块地方!”他的眼睛眯缝着,望着那火说:“星期天咱们再来看看,白天一定很美!”

“我跟汪清讲过几回,龟儿子硬是不信!硬说是我看错了,是啥子海市蜃楼……”他说着,忍不住笑起来。

“这回他该信了!”他也笑了,捅了他一拳,说:“有个龟儿子差点让泥沼泽要了小命呢!龟儿子才23岁,连老婆还没有呢……”

他们大声笑着,向那火走去。

那团火越烧越旺,越来越近了……

飘然旷野

他让马尽量沿着河岸岸壁前行，河床虽然很浅，但他相信那人不会发现他。早年，这条河是有水的，流着弯曲而且浑浊的一股水，从河床的宽阔来看，他相信在比他爷爷的爷爷更早的年代，水势说不定还很浩渺。现在，就连那股细细的浊水也消失了，于是这河床便凭借着千百年来积聚的滋润，疯长出了一丛丛高大的红柳、梭梭和胡杨，比枯河两岸大野上的灌木远为茂盛。但正是这繁茂，让他感到困惑不解，感到不公平，因为在河的下游不到40里的地方，大片的植物枯死了或正在枯死。古尔班通古特沙漠好像越来越近了。

难道这是老天的旨意吗？

在距那人约莫50米的地方，他勒住了马，并且从树丛的枝叶缝隙里看清了那人的样子。那人戴着眼镜，亮亮地看不清眼睛。适才在远处看到他时，他正沿着碱坡往破城子的残垣上爬，小如蚂蚁。现在他站在残垣上了，纹丝不动，凝神远眺。高而瘦的身形，衬着苍茫的天与地，极像是残垣的一部分，是残垣上的一根断楫，透着几分苍凉，几缕古意。

只有风，偶尔掀起他的衣襟飘抖，一头浓发亦飘舞如一面旗。

确凿的，是一个陌生人。

在这片人踪罕至的、被称为荒漠草原的地方，就他的记忆所能搜寻的，只有那么几个汉族人来过这里，他们是县林业局的老高和老吴，草原站的老唐，还有森林派出所的列提潘和老陈。其中的列提潘还不能算是汉族人，是哈萨克族——他曾经为列提潘这样的哈萨克族感到迷惑，世界上难道还有可以离开草原和马背的哈萨克吗？——但他们来得很少，一年顶多那么两三回。此外，就是那些开着汽车和拖拉机来打柴和打黄羊的人了。那是一些他很不喜欢的人。他们跳下车，不问三七二十一，抡起斧子和坎土曼，专捡最粗大的胡杨、红柳和梭梭砍，在草原上开着车子横冲直撞，把那些可怜的黄羊追得走投无路……不过，他们好像也有好几年没有来过了，也许以后也不会再来了，这真值得庆幸。

这个人，显然不像是来打柴和打猎的。但他还是郑重其事地往衣袖上套上老高发给他的那只袖标，袖标上"义务护林员"几个字他至今也不认得，但他知道这血红的、绣着金字的东西套在臂上，就使他和一般的牧人有了区别，这区别是他从那些打柴人和猎手们的眼睛里发现的。

从来还没有一个人单独到这儿来过。这儿离县城至少有50公里的路程。北面就是那片凝固的死海，他孤身一人跑到这天涯海角来干什么呢？但他还是感到了一点振奋，不管怎样，总是来了一个人，比没有人来要好——在一个难得有人来的地方，有时候，真希望发生点儿什么事……

他催着马跳上了河岸，朝那一堆残墙断壁走去。那人还是那么纹丝不动地站着，现在有一只手叉着腰。脸是很清朗的瘦，透着极神往的痴迷表情。

很近了，他让自己咳了一声。那人全身微震了一下，便如惊鹿般转过脸,便看见了下面的马和人。马极高大俊逸,毛色油亮如披了一层紫缎。人呢,与这汗血马似的良骏如天造地设般地相称,肩部和胸部皆宽厚得有些变形,脸和粗壮的脖颈、骨节粗大的手,则是粗纯的红铜色,整个的人马,孔武雄豪,被苍远的天幕映衬着,如一尊铜铸的雕塑。

只是分明地,那张铜色的脸绽出了一片微笑,牙齿是雪一般的白。接着便看见他在马背上向前欠身,低头和抚胸,便分明听到一声浑厚的问候:

"你好!"

"哦……你好!"

忙不迭地还了礼,便快快地下了残垣。于是骑者便看清了他鬓角上有几根白发,粗亮。还有他眼镜片后雨雾一样的眼睛,瞳仁如旷野上的灯,明亮又遥远。

跳下马,便接到了一支香烟。阳光下灼目地一闪,打火机伸过来。那东西黄亮如鞍上的铜饰,极精致。头上有只苍鹰盘旋,双翼如铁,掠过一道冷白的光。

吐了一缕青烟,陌生客脸往城垣侧一侧,嘴角浮一丝浅浅的笑:"晓得这……遗址,是哪个朝代的吗?"

骑者摇摇头,粗憨地一笑,同时也望向那遗址。那暗红色参差嵯峨的一堆,孤寂嶙峋地突出于天地之间,将远古的兴衰枯荣,或市声浩歌,或铁马金戈皆凝固成为亘古的谜。他无法回答这深奥的问题,这是死去的爷爷,和爷爷的爷爷们都不曾解答过的问题。他们如今都静卧在西边的那片红柳滩下,已成为这旷古大地悠远历史的一部分。

好像是读懂了他的心,陌生客点了点头,转过脸,将那遗址留在脑后,面向缤纷的旷原。刚刚落过一场雨,天上还有大团大团苍暗的、铁青的云如海藻般飞速地翻腾变幻着形状。阳光从湿漉漉的云隙中一束一束地投射来，如平地矗起千百根伟岸壮丽的金柱。于是这被雨水洗过的原野，便更显其明艳和斑斓。

骑者以十二分的自豪心，欣赏这来客清俊脸上的如醉如痴，同时发出了邀请，哈萨克族绝没有让客人从自己毡房前走过去的道理。

苍云像是瞬间完成了它们伟大的转换，潮水般向着天边退去，天空于是只剩下一派纯净的钢蓝。沙土地浸了雨水更好走，路边的骆驼刺、牛蒡、芨芨草、盐穗草、优若藜、艾蒿、碱蓬，叶子皆如蜡染，颤颤地闪着翡翠绿光。阳雀花灼目耀眼，锁阳如春笋破土而出，紫艳若玉笔。野兔子丝毫不怕人，追着人嬉戏，满耳皆是阳雀、五更鹚的婉转，一片嘈杂。空气极纯，极甜润，无半点尘埃。来客贪吸着，走了一段，便忽然停住。

前面是大片红柳花，花团簇簇，灿若云锦，蜂声嗡嗡，蝶翅零乱。

凝神地望那片红海，又望四周，望远天和云，忽将一脸清癯转向骑者，认真说："这个地方，我来过的！"

"来过？什么时候呢？"骑者心里问。细细打量，又想，实在想不出来，便憨厚地笑了。

也许。他来的时候，你还没有降生呢？

便又打量来者。样子并不老，人老不老就像马老不老一样，只要看走路就看出来了。况且他的脸也不老，于是坚信他来过这里是不可能的。但他猜不透眼镜后面的那双眼睛，眼里好像藏着些忧郁，藏着些疲倦，藏着许多许多他猜不清楚的内容。

于是骑者便想起了爷爷和他的冬不拉。爷爷的嗓喉苍老、悠长，还有点嘶哑。他是这么唱的：

世界呵很大很大，比世界更大的是人的心。能洞察世间一切的人，才能成为诗人……

于是便有些羞惭地笑了。为自己的孤陋，也为自己永远不能成为诗人。

趟出了那片红海，眼前忽然展现了一片碧绿。草地有点倾斜，中间有一汪清泉，晶亮。泉边卧着几头牛，立着数匹马，皆神态悠闲平和，毛色油亮如漆。远处一些羊，白得耀眼。泉北约20米处，立着一顶毡房，顶上袅袅地一根青烟升腾，远远地便有奶茶及肉香味儿弥漫过来，倏忽间一条牧羊狗狺狺而来，大如牛犊，骑者厉喝一声，它便摇尾做亲昵状。又有3个长长短短顽童，于一丛野蔷薇后探头窥望，跃跃欲前，望陌生客人，大眼里闪出几多好奇、几多害羞。毡房门口，主妇已在迎候，高大壮健，红润大脸，笑时牙齿雪白如玉。

这一切皆似曾相识。草地、毡房、牛马羊狗，晶亮的泉，孩子和母亲，这一切的明丽和壮健，还有奶茶和煮肉的香味，及这湿润大地蒸腾的百草万物的香味，都似曾相识。

来客伫立良久，脸上是说不出的惊奇和恍惚。

如今已是主人的骑者，和他的女人在毡房门口向屋里做了请的动作，他便熟稔地走了进去，且似乎早就懂得哈萨克族的礼节，进门后不走左边而走右边，装在背包里的砖茶和方块糖，在县城的百货商场买它们的时候，似乎早就预想到会有这样一次遭际。现在，他将它们郑重其事地献给了主人，盘腿在地毯上坐下来。女人很快在他们面前铺好了餐布，端来了奶茶和油香、馕。毡房里是极富丽。来客环顾，又恍惚起来，四壁的挂毯、毯子上的图案，还有镶铜饰的箱子，角落的木床，及床边垂悬的布幔，皆十分熟视。甚至从毡房顶上的天窗投进房里的一圈光亮，蓝色的，也和记忆相像。

又端来了很大的一托盘煮肉，极鲜嫩的羊羔肉。主人笑吟吟地从床下摸出一瓶酒，巩乃斯大曲。客人望着瓶肚子上的商标，那上面的绿色草原图案，也是在这毡房里见过的。

“请吃！请多多地吃！”

的确是有些饿了，便毫不客气，往肚腹里吞食进去了好几块拳头大的肉。到实在吃不下去的时候，主人便往两只茶碗里满满地倾倒了巩乃斯，用夹生的汉话举碗相邀：

“喝一点！请喝一点！”

便让自己的喉管及已经饱满的肚腹，感受了另一块更遥远、更广大的草原的醇厚与猛烈。顷刻间那股雄豪的灼热便烧遍全身，且烧出了眼泪，引起一阵剧咳。

主人微笑着望他因咳嗽而挣红的脸，说：“巩乃斯很厉害，厉害的巩乃斯，喝两口就好，要多多地喝……”

便接着喝，同时想，该说点儿什么。便问孩子们多大了，上学了没有，问放牧了多少羊和牛马，问他们的祖祖辈辈是否一直居住在这里……问许多不相干的问题，且不知道这样的问是否应该，是否合适。

主人一一作答，用生硬有限的普通话。让他知道了他要送孩子到县城念书的愿望——且让他了悟了，他和他的世世代代的先辈们所生存和生息的世界，就是这片有着繁茂的草木和历史遗迹的寂静广袤的草原，这里远离尘世而又生气勃勃，绝无任何污染，和嘈杂得让人的脑袋都要炸裂的喧嚣……

“请讲一点……外边的事情，讲一点。”主人挪了挪屁股，让自己坐得更舒适一些，且殷切地探过身子，同时伸手在空中画了一个圈，“请看看，这儿，电没有，听的东西没有，看的东西也没有。我们的脑袋……都快要……生锈了，都快要变成傻子了！”

“这儿很美！真的，非常美！”

客人说着，又碰了一次酒碗，同时又给主人和自己点了支香烟。

便把自己埋在香烟烟雾里，不知该怎么说，从哪儿说起，但还是信马由缰地说起来。讲他去过的这个那个城市，见过的这些那些事情，酒碗便一截一截地空了下去。到后来，忽然想起了那首歌子。外边的世界很精彩，外边的世界很无奈。便忽然觉得有些困倦，情不自禁地从喉腔里滑出了一声轻微的叹息。

“那么，你，是从很远很远的地方来么？”主人沉吟着，小心地询问一声，同时启开了第二瓶酒。

“是的，很远，很远……”客人用梦一般的声音回答着，低头发现了重新被斟满的酒，忙说：“喝不得了，不……不能再喝了，我原本是不大会喝的，今天喝……喝得太多了！”

“慢慢喝，慢慢喝，酒是个好东西，活着就不能没有酒！”

客人，这时却在凝视门外。

那门，像嵌着一幅米勒的油画。明净的天空，玻璃一样闪亮的草地，远处燃烧的红柳花，悠闲的牛马和羊群，草地上嬉戏的顽童，还有在门外忙碌的母亲——那母亲正弯着腰身，丰硕肥大的臀部及衬衣里肥满下垂的乳房，被天地映衬着，分明如剪影。这孕育着草原声色及生命的优美剪影，确凿无疑的是亲眼见过的！

于是，便回过头，用迷离的目光盯住主人，认真而且坚定地说：“这是真的，我来过这里，就是在这顶毡房，所有的情景，还有你，你们，和你们的孩子我都见过的！”

主人艰难地想着，惊讶地审视着那张激奋的脸，努力相认，自然仍是徒劳。便想，该不是醉了吧？便宽容地笑了笑。

客人红着脸，急促地说：“我是说……有一个梦！我做过这样的一个梦！梦里面我来的正是这个地方！世界上竟有这样奇怪的事情，所有梦里的情景，就是刚刚发生的一切，毡房也是一模一样，我坐的也正是现在这个地方……”

主人庄重地点头，敛住了笑，且在古铜色的脸上凝固了一层哲人般的沉思表情。

是的，爷爷曾经说过的。梦和马背一样，是人的另一副翅膀，可以把人带到任何地方……

便庄重地举起双手，为梦中神游到此的客人，干杯！

后来，客人醉了，醉得很沉。

清晨，一家人都到数里地外的草库仑北边去打草，那儿的草极鲜旺。

没有惊动客人，想让他睡个好觉。

回来的时候。客人走了。

在地毯的中央，留着一张纸条，上面压着那只打火机。

主人急忙跳上马背，登上那残垣遗址远望，没有看到那客人的影子。天地浑然一体，霞光如浆汁般黏稠，在那望不到边的天涯尽头，那怪客永远地消逝了。于是骑者觉得心里很空。

那礼品——打火机沉甸甸的，像是镀了金。他随身带着，用它点莫合烟，那火苗儿极好看，幽蓝幽蓝，如草原上的马兰花。

有一天，这花儿忽然凋谢了，怎么也打不出火来。

秋天的一天，森林派出所巡视的摩托车开来了，他让警察老陈读了那纸条上的一行字：

我的灵魂永远留在这里了。多美的草原哪！

凉州客

这14岁的半大小子头颅硕大,与单薄倾斜的身子不成比例。一岁时的一场小儿麻痹症把他永远塑造成现在这模样,走起路来好像一只结扎不稳的风筝在错动,眼屎和鼻涕是其脸上永久的附属物。现在他躲藏在一间堆放杂物的小房子里,努力克服着鼻涕抽动的声响,兴奋地在紧闭的窗子之间来回跳动,没有骨头的步伐迈得极其轻盈而且敏捷,活像一只断了一条腿的跳蚤。

他听着后院里咔嚓咔嚓的碎裂声,那块在后院里搁置了8年的榆树疙瘩在他爹的斧斫中呻吟着。门缝中他窥视到的他娘的样子使他感到肆虐的快意,仿佛那不是他的娘,而是另外一个陌生的女人,一个34岁的丰满结实的陌生女人。现在这女人下垂着双手坐在炕沿上,两条紧绷绷的粗腿在炕沿下耷拉着,黄昏中她的表情有些模糊,他须得仔细看才能看见。那斧斫声在这张脸上引起的惊恐和不安。每一声斧斫声都要使她的眉头跳一下。她的脸朝着前院,眼睛瞪大着穿过窗子望着院门。要不了多久,那个男人就会从那门里闪进来,蹑手蹑脚地走进这屋。他熟悉这男人进这屋的所有动作和程序,尽管都是在黑暗中,他还是听出来了。以往的许多次,除了第一次,以后的许多次都是这样。

如果没有窥视的第一次，也不会有以后的那许多次。

那一次也是在这间堆放杂物的小房子里，躺在他娘为他单独支起的这张木床上(他自小儿就尿床，至今还在尿)。月亮已经升上天，后院窗户上有几颗星。他数那些星，到底是9颗还是10颗总也数不清。天空幽蓝，深邃不见其底。白天在草窝里睡足了，现在他不想睡，就数那些星。门响了，接着就听到那男人的声音。

你男人不在，反正空房也是空着……

那男人说的是凉州话，六斤的爹也说的是这样的话。六斤的爹是凉州人，但这个人不是六斤的爹。娘好像在犹豫，他没听到娘应声。

你开通点，我不强勉谁，我跟别的女人也是这样，如今的人都开通了，你也该开通些……反正空房也是空着……

娘好像在黑暗中簌簌了一阵，好像笑了笑，好像轻声对那人说到他。他听到娘轻手轻脚地朝他的小杂物房走来，便闭紧了双眼，还打起了呼噜。娘在他床边站着，替他掖了掖被子，又站了一会儿，才轻手轻脚地离开，且随手关上了中间的这扇门。

他听到了陌生的响动，跟爹和娘在炕上的响动全然不同。那男人像牛一样喘着气，娘好像挨了一刀一样地呻吟着，但不是因为疼，而是因为快活。娘很快活。

他把耳朵贴着门缝。在黑暗中，他感到两腿中间的小物件跳着竖立起来，且有一种撒尿似的舒服而痛快的感觉。

我给你留下50块钱，给那傻小子扯身衣服……我给你种个聪明的……

我不要你的钱，我不稀罕你的钱……

你男人挣的那点，还不够我塞牙缝的……

你真行……

男人没这个不行,男人这个不行就啥也不行……

男人跟男人是不一样……

当然不一样……

镇上的那栋小楼起完,你就走吗……

得走。走到很远很远的地方去。你是个好女人,真是个好女人,走到天边地尽头,我也记着你……

你真行……真行……

娘呻唤得越快活越厉害了,那粗气也越喘越热烈越急速了……

他听到窗外的斧斫声也越来越猛烈急速了。这是那凉州贼的丧钟。凉州贼离死不远了!他快活地诅咒着。他须得蹬上窗下的那个木墩才能看见他爹的身影。他兴奋快捷地蹬了上去。夕阳的最后一片残霞落在镇子郊外的田野上,远处的树、村庄和车马路全部都朦胧在一片黯淡的蓝色中。他看见爹马步站立挥动斧子的身影线条流畅、姿态英武优美,斧子锐利的钢刃在辉煌的残霞里一闪一闪,被愤怒砍斫的榆木疙瘩在钢刃下伤痕累累,支离破碎。再等上一会儿,那凉州贼的脑袋瓜子也会变成这样。他满意地崇敬地窥望着爹的脸。爹的脸在挥动的斧柄后面也那么一闪一闪的。

那张脸没有表情,像块岩石。

爹就用这张没有表情的脸,在他蹲在草窝里放牧家里的那几只羊时审问了他。其实用不着爹审问他也想说。他恨那凉州贼,那凉州贼往娘身上骑,骑在娘身上的时候还说他是傻小子,还说要种个聪明的那样的话。他也恨他娘,娘让那凉州贼骑在自己身上,还那么扯着嗓子呻唤。爹从南山回来的那天他就想对爹说。现在他全说了。他望着爹的脸,爹什么话也没有说,只眯着眼睛望着远处,有些忧郁地望着那看不到头的远处。

今天中午,爹又用这没有表情的脸审问了娘。娘应该跪下,应该哭,应该求饶。然而她没有。她承认了有那事,那凉州客来过7次。那凉州客是个包工头。爹的巴掌在她脸上清脆地响了7下。娘支着让他打,不哭也不哼。后来,爹就开始说话,说了很长但不多的话。娘只听着,一直闭着嘴。

爹最后说:你叫他来,不是孬种他就该来,我等着他……

娘犹豫着,不愿去。爹踢了她一脚。

娘去了。爹就开始磨那把斧子。

娘回来。爹还在磨那把斧子。

现在爹不磨了,斧子磨得寒光闪闪。爹在试那斧子。斧子把那榆木疙瘩当凉州贼的脑袋瓜子砍。凉州贼离死不远了。

斧斫声忽然停了。他已经跳下来又蹬了上去。爹累了。爹蹲在那里。爹拄着斧柄跪在那里大口喘着气,眉骨下的眼睛,黑白分明地望着那榆木疙瘩。爹的脸上流着汗水。爹的嘴张开着。爹是累了。

这时候门突然咣当响了一下。他立即如触电似的从木墩上跳下,向那门缝扑过去,他看见娘如惊鹿般竖起身子,一道惊恐从脸上掠过,身子突然颤起来。那个杂孙来了！他心里欢呼一声,身子紧张兴奋得缩成一团。

脚步声响了,有些迟疑而且沉重。仔细听不是一个而是两人的脚步声,从不同的方向向屋里靠拢。在狭长的视野里,迷茫着薄冥的暮色,雾状的黄色尘埃中渐渐显出那男人粗壮的轮廓,接着就出现了爹宽阔的脊背,他看不见爹的脸,爹的脸朝着那家伙。

那家伙的脸在爹的肩头上出现了,是一张粗糙的长满胡髭的黑阔脸,没有光泽的粗硬头发上挂着泥巴点子和灰垢。他的眼睛微微眯缝着，眯缝着望着爹。说不出那是种什么样的神情。这是他第一次在有亮光的情形下看这男人的模样。这个贼原来长着这样的黑阔脸和这样眯缝的双眼！他见了爹应当怕得发抖才对，这杂孙怎么不怕呢？

那颗粗壮的脏脑袋终于在爹的肩头上方停住了。他们面对面站着。一阵静寂。

我要不来，就对不住人了，所以我是得来。

那人咽了口唾沫，好像自言自语般低一下头对自己的胸口浅浅笑了笑。然后就扬起脑袋，严肃地望着另一个，简洁地说：

兄弟，你心里不豁爽，那就动手吧！

他的目光从门缝里飞快地寻找爹握斧子的手，他看见粗硬的褐色斧柄慢慢上升，爹的胳膊在弯曲，蛇一般地弯曲。离死不远了，他看见斧刃明亮地闪了一下。

只闪了那么一下，那斧子停在半空里，没有像砍榆木疙瘩那样落下去。

又是一阵静寂。那贼仍是眯缝眼，站着一动没动。

接着听到爹撕裂般吼了一声：

跪下去！磕7个响头，饶了你！

那男人没有跪，只摇摇头笑一笑，解开上衣前襟，手往旁边一扬，一叠东西重重地在小炕桌上响了一下。

那太让我难看了，就用这个顶换吧！

那男人朝炕桌上摆了一下脑袋，好像有些困乏了似地笑了笑。

爹的脸朝着那方向迟疑地转过去，转过去就不动了。他看不见爹的脸。那叠东西很重。

又重重地响了一下，这回是斧子落地的声音。

那男人原站在那里，好像有些悲伤。他的眼睛仍然那么眯着，但谁也不望，就那么空空洞洞地挂在脸上。

那么，这事儿算了结了……

许久，他说了一句，很疲惫地说了一句。然后慢慢地转过身，走到门口，又停下，回过头：我明天就走。这地方，今生今世不会来了……

说完这话，就头也不回地走了。

爹还在那里站着，望着小炕桌。

爹成了个模糊的黑影子，看不清脸了，像个鬼影。娘轻轻叹了口气，暗黑的影子动了动。接着灯就亮了。

他觉得腿站累了，摸着黑爬上床。他躺在那里，想着那男人正在路上走，他会走到哪里去呢？那个贼就那么说走就走了，走到很远很远的地方去，从今往后再也见不到了。他感到很没有意思。心里空空洞洞的，空得像个陶缸。四周真静，连蛐蛐也不叫。他觉得没意思，就抬望朝后院开的那扇窗子。还是那几颗星星，还是那片天。月亮好像出来了，不过不在窗户里。到底是几颗星呢？

他又开始数起来……

远天远地

在紧傍沙海的这个仿佛被世界遗弃的荒僻村子里，拦羊的老德万是唯一会唱许多谣曲的人。造物主造就了他，好像就为了要让他加倍地受用孤独和寂寥的滋味，同时又格外恩施了些许的怜悯，让他有一个悠长的嗓喉，好打发苍茫天地间形影相吊的荒蛮岁月。

他常去放牧的地方，是距村子十几里地的一片草甸。那指甲盖大小的盐生草甸人踪罕至，在四周亘古不毛的荒漠包围威逼下，惨淡地亮出一点灰绿的生机。草甸里只有唯一的一棵树——胡杨树，古老得说不清年代，且歪着脖子，如踉跄着将要倒地的伤残士兵。

羊们大抵都很瘦。老德万赶了它们进去，任其自由散漫，兀自拱一拱肩头上的白板羊皮袄，背依那棵歪脖老树下坐，双眼眯缝，幽绿如古岩上的两粒青苔。前面是永远不变的景象，黄天黄地皆无涯际，偶有漠烟如柱，瞬间复归于无。草甸稀薄，明灭几点浊泉，似有似无。间或有一只五更鸡，或阳雀子，无声地从草丛中射出，半空里抖一抖翅，转瞬便隐没于草野。亦还有一片坟茔，皆碱渍斑驳，如倒扣的生锈铜盅。只有在夜里，被幽清的荒蛮月亮辉照，这些狞恶的荒冢才显出朦胧柔美的曲线，幽蓝泛光，一如熟睡的妇人裸露的乳峰。

他看累了，便唱。河州、青海、宁夏的“花儿”，武都、康县、礼县的山曲儿，想到什么唱什么。他唱时，皱皮松弛的颈子猛然从白板羊皮袄里挣出，牵动无数蚯蚓似的老筋，伴嶙峋的喉结错落运动，于是从他苍老的胸腔里，便共鸣出飘飘抖抖，断断续续，悠悠长长的曲调，像是旷古苍凉的大地地缝里升腾起的缕缕游丝。羊们闻声便都停住吃草，一起抬头望他，目光温良，且慈悯。

哪天回村或不回村，全看他的兴致或天气好坏。回不回，于他都无甚区别，横竖是灶王爷绑在腿肚上。每逢西边地平线上拱起那件白板羊皮袄，村民们听见有字的或无字的歌传来，就知道是老德万拦羊回来了。

于是，便在苍暗暮烟中传出几声笑，几声叹喟。

“这老东西，就不知道啥是个愁烦！”

“唉，许是愁烦太多了才唱哩……”

“唉，唉唉！”

只这一声唉，便尽含蓄了所有想说而没有说出的话。村道上，有不吠的狗倏忽闪过，一切的声响，连同那苍老的谣曲皆在瞬间静止。夜之至深至远处，似有无名野物眨眼，森森幽幽如同鬼火。冥顽不化的寂寞，将千年岁月尽收网罗，古往今来流过去的所有日子，皆如尘灰，无声无息，洒落在无涯凄清的夜幕中。

又一天。

还不到黄昏时辰，天忽然落起了雨，风卷着黑云疙瘩从沙漠上奔涌过来，满是土腥味儿，湿湿的，黏稠。

老德万点起一堆熏蚊虻的烟火，在歪脖老树下铺了羊皮袄，原准备就在草甸里过夜的，因了这不知短长的秋雨，只好吆喝了羊们回村。

雨雾如烟。村庄在暮雨中参差，黑黢黢的剪影如远古城堡的废址。

一个影子在前面伫立，衣衫猎猎，仰头，似在望天。身后土坯屋，模糊着，形色莫辩。一道白色闪电划过，蓝幽幽显出那人的青白面孔，好似幽灵。被闪电蒙骗的草虫飞蛾，银翅凌乱，作瞬间惊舞，复被黑暗淹没。

老汉止步，瞪圆了眼，问："是……是承泰吗？"

"是我。"

回声迟缓，沙哑，且怅怅得有些飘忽。

"不该落雨的，这天，不该落的……"

黑暗中好像表示同情地点头，且笑了笑。

"你婆姨的坟头，沙老鼠把洞……都打成了网。"

老汉抬腿欲走，想起了白天准备的话，又停住。

"风雨不宁，该添把土了……"

"我明天就去，劳烦他叔了，劳烦了……"

两个人，同时发一声喟叹，长长的，像是早约好了似的，将人世的诸多凄苦及诸多不便明说的言语，尽凝缩在那一声空旷无回音的叹息里。

听不见老汉的脚步声了。

叫承泰的那壮年汉子又呆站一阵，然后木然转了身，摸索着进了土屋，迟钝如一匹疲累的孤驼。屋里没有灯。潮黑。点不点灯对男人横竖一样。没有了女人，要灯做什么？

炕角那边扑腾扑腾一阵乱响，知道是儿子没有睡着。那副25岁粗蛮强壮的躯体里，血怎么奔腾，心如何跳荡，他是似懂非懂，知又不知，25岁的年龄，于他毕竟已经很遥远了。两个男人组成的世界，小得不能再小，又大得不能再大。大而且空，空得似乎没有空气。

在炕的另一边躺下，心却没来由地悬着，在半空里。雨没有要停歇的意思，万籁俱静，唯细密雨点在屋顶、窗棂、草叶上呢喃。旷野茫茫，至大无边，连风声也被吸吮殆尽。满屋皆是湿漉漉雨腥气味。因为静寂，便更觉得四周愈显空落。该有一个梦的，然而梦竟也躲得无影无踪。

土炕那头又是一阵扑腾乱响，翻身，很重地翻，亦是不明来由的躁动不安，在这雨点敲击的黑茫茫，空荡荡的静夜里。

"爹……"

很浑浊的一声唤，将死寂撞开一个洞。

"嗯。"

"上炕太早了些，这雨下得哎，我睡不着呢……"

"睡不着也睡，阴雨天，不睡还能干啥呢？"

"我，我想找葫芦谝阵传子去，葫芦回来了，还有范长庚老范也回来了……"

"阴雨天，人家不睡人家的觉，等着你去闲谝么？"

"葫芦说，他在外边揽活，忙不转，想添个帮手，问我想不想跟他去呢……"

"你脑子不灵光，葫芦灵光！"

"不灵光是不灵光，守一辈子的瘦碱地，一辈子都不会灵光！"

黑暗中，气喘得急促、粗重起来，郁积的不平好像都从胸中喷将出来。

"祖宗们瞎了眼，选了这么个鬼地方！一色的瘦碱地，出的牛马力气，连个婆姨都说不上！这日子过得哎，哎哎，我都不想过了……"

知道这怨气不是冲他而发，而是朝着祖宗没有选好的这远天远地，以及连梦都没得一个好梦的苦寒日子。于是浩叹一声，为儿子送一声无可奈何的慰藉，用了极平淡又带睡意的懒散声调发问。

“葫芦他……当真那么跟你说的么？他当真要你跟他去外边闯世界么？”

“后晌在路上遇上他的么，他就是那么说的么！”

儿子瓮瓮地答，便又静寂下来。细雨仍是一味呢喃，什么时候掺进几只秋虫的低吟，长长短短，时断时续，在墙根院角，及旷野的深远处。

“想去，你就去吧！”

于是便听到一阵迅疾腾跃，极利落的穿衣、趿鞋的声响。

“爹，你睡吧，我去了呀！你睡。”

“我睡。”

夜风及绵绵秋雨，带来了沙海南岸那一边遥远雪山的肃杀气，很凉。前面好像有一点灯光，飘飘摇摇，若隐若现，昏淡如同渔火。他打了一个寒战，于是裹紧衣襟，袖着双手，将身子如弓般蜷缩一团，朝着那个有着双重诱惑的方向游趟过去。

茫茫夜如海般浩瀚，远古时代，这无涯荒原真是一片海呢。

葫芦家在村子西头。

看见了，窗户黑着。

他身子更矮下去一截，因为昂扬和兴奋，心跳得砰砰直响。

无论那窗户是亮是黑，对于他都是巨大的诱惑。后者现在甚至更大于前者。

混混沌沌躺在冰凉土炕上时，大睁着眼，搜肠刮肚，想的便是葫芦和他的女人。不出半里地的同样的炕上，葫芦怀里搂的就是那个鲜活的女人。那女人胸脯好高，好壮实，好苗条。头发上还有股蓍叶菊的野香味儿，清凉的。

那一回，同她一起搭了王富的马车到四棵树去，好长好长的荒路，摇着晃着，她就打起瞌睡来了，就把身子和黑黑的头发靠上了他，就让他闻到了那股蓍叶菊的清凉味儿。好柔绵、好浑圆的身子哦，真想一把搂抱住，一口吞吃了她！真希望她的瞌睡永远不要醒。只恨那条该死的沙沟，让马车猛一颠把她颠醒了。她醒了就把身子躲远了，连看都没有再看他一眼，好像车排上压根儿就没有他这么个人。

于是他便明白，这女人于自己永远都只是一个梦，可望而不可即的。且生出无限的惆怅、悲凉和羞恼，在路上。

也于是便生出窥视这梦的欲望。且借了葫芦粗蛮的体魄和强壮的手臂，做宣泄和蹂躏这梦的有力工具。

葫芦，让他无限的嫉恨，亦无限的羡慕。他拥有这样的女人，还有外边堂堂皇皇的世界。

都是一样的人，葫芦有的他都没有。

他的脸烧红着，身上也像着了火一样。

也有瞬间犹豫，然而两条腿却像鬼牵着一样，不懂得踌躇。

幽灵般闪进葫芦家干打垒院墙中间的那道柴门，他便踩着猫一般的步子溜向那扇窗下，努力止住了气喘，让耳朵慢慢滑上去。

没有动静。他贴着窗根听，确切的，什么动静也没有。

壁虎一般贴着墙，耐心地圪蹴着，耐心地等待。只听到葫芦的呼噜声，由远及近，越来越响，海潮涌来一般，强悍且满足。还有一个均匀的鼻息相伴着，柔和，甜蜜，亦是含露花般的滋润。

他于是退下，是后退的猫步，如受了重伤的野猫。

这个夜，因了这强悍和柔和的二重奏，变得无边无涯地空荡，空荡得没有了灵肉，只剩下一副骨架的空壳。风很凉，甚至于有点冷。

便又袖了手，重又将自己如弓般蜷缩起来，像一只被凶悍的巨兽咬伤的猫狗，踉跄着离开那柴门。他走着，拿不准是否该回到那张他睡不着觉得冷炕上去。黑暗里总有种秘密撩拨着他，让他心有不甘。他在村口的老榆树下站住，向黑暗中张望，想着，忽然心头闪出一点亮光，于是他重又亢奋了起来，双眼幽幽地放出一丝绿。

便取了与来时完全相反的方向，朝驴贩子凉州客范长庚家院，高一脚低一脚地走去。

在老范家门前的那小块油葵地边猫下腰。窗户照例是黑的。

他踮着猫步，蹑着手脚摸到窗根下，才发现那里已经有个黑影子贴着，一动不动，似听得如痴如醉。“任贵，准是驴日的任贵！”任贵好像在黑暗里笑呢。他知道是任贵就放心地凑过去。任贵喜欢贴人窗根。不是任贵，还有谁阴雨天茫茫夜跑出来弄这事？

他轻手轻脚凑上去，任贵没有发现。许是风声雨声淹没了后面的声息，抑或是屋里的情事声响使任贵忘了警惕，总之任贵在那里纹丝不动。

他将耳朵从后面凑上去，听，屏了声息，伸长脖颈，没听出动静，便伸出手，往任贵的脊梁上捅了一指头，小声问：“喂，你听到啥了？怎么没有……没有一点动静？”

那黑影像是挨了枪子似的跳了一下，猛然回过头来，便木桩似怔住不动了。他不由得也“呵”了一声，目瞪口呆，也像遭雷劈般呆住。

他不知道自己是怎样从那片油葵地跑开的，又是怎样野狗般在荒滩野地狂跑了半夜，最后又是怎样栽倒在往四棵树方向去的那条深阔的排碱沟里的……

那好像是一场梦，荒唐古怪的一场梦。

然而确凿的，并不是梦。

雨，到半夜就停了。

沙土路，浸了雨水更好走。四野里很静，羊们昂扬疾走，为前方雨水灌肥鲜了的秋草。天色幽蓝如海水，五更鹚及云雀翩翩翻飞，叫得欢快悦耳。

老德万的白板羊皮袄被阳光镀了一层幽光。天地空寂如无垠幕布，老汉肩头一颠一颠，往天地深远处走，鞭影幽幽，为单调悠远的地平线划出道道柔美的弧线。雨后天地新，滋肺润嗓，正好唱歌：

大燕儿飞过了十八架山
尕燕儿没飞过半山
我把你想得白了头，
你没有想过我半天
便这样唱了一路。

唱着唱着，却忽然哑住了，且撩起衣袖，抹一把昏花老眼。

连羊们，都像受了突然惊吓，眼里溢满了恐慌，都停住不动。

前面草甸，那棵歪脖老胡杨树下面，分明站着一个人，长而笔挺的一个人。

老德万心里忽然起了不测，且心跳得急促起来，便蹒跚着跑去。

承泰,脚跟离地在树干上吊着,用的是裤腰带。舌头并没有出来。早霞为他涂了一脸的斑斓,如上了一层厚重釉彩。神色安详,莫测高深。嘴角挂一丝浅笑,凄婉烂漫,双眼半合,眼瞳灰白凝重。似在凝视苍穹野地,为彻悟而心领神会。

老德万伫立着,以哲人般高深神态,凝视升了天的承泰,良久,长叹一声,便往旁边的一座荒冢上看。

昨天的那众多鼠洞皆被新土掩盖,有缕缕指痕,似还有泪水涟涟,血迹斑斑……

便忽然领悟了承泰所以早走的缘由,他想他的女人了,他女人托了我给他捎话,让他的魂灵到天上同她相会呢……

老汉想着,便同时也为自己生出几分苍凉和凄楚来,为这形影相吊的旷天野地,扬一道鞭影,接着又唱。

高山好过河难过
筏子儿坐下过了
白天好过夜难过
一晚上眼睁着过了……

这故事似乎过去了许多年,又似乎像是昨天刚刚发生的事。无论时间长短,都不再有人提起,就像平野上掠过的一丝风,过了就过了。生生死死,死死生生,原是司空见惯极平常的事。

每年清明,总有一个人远道赶来,为两位亡人的坟头培土、除草、磕头跪拜,点香火烧纸钱,供品似乎一年比一年多了分量,多了奢侈。尽孝道的这人,脸色似乎一年比一年多了些外边世界的光鲜,一年比一年少了些庄户人的拙朴。那个永久的秘密,藏在他紧锁的眉宇中,或轻微的叹息里。

老德万偶尔能接到他赠送的香烟、点心，及一两件永远穿不到身上去的衣物，为答谢他多年来照看他双亲的偏劳，偶尔还同他聊一聊外边世界的情事。他听了，发几声浩叹，过后便忘。

他记得的最后一次赠品，是两瓶伊犁酒，一个手掌大的黑匣子，黑匣子可以听歌，可以听世界上正在发生的事情。他听过几天，后来，那东西就再也不出声了。

他不知道那匣子为什么不响了，他想等那赠者再来，但那人没有再来。

他仍是放羊，仍是喜欢在那棵歪脖老树下过夜，这就是他的活法，没有谁能劝住他不要这么活。只是嗓喉愈见苍老了，便知道不能再像先前那样总是铺张地吼唱，便知道了节省。偶尔唱几声，那声音更加嘶哑，更颤抖得厉害。

老德万知道自己的最终归宿，躺在老树下，和岁月一同老去，最后成为荒凉大地的一部分……

八里墩

八里圪蹴在饭馆后堂门口，绿着半边脸，看王百顺剁鸡。王百顺剁鸡很麻利，还吹口哨，一脸得意的样子。

“我也想开饭馆，开饭馆有意思。”八里咽口唾沫，朝百顺说。

“有啥的意思，起早贪黑，含辛茹苦。”

“你晚上数钱的时候可不辛苦，你心花怒放呢！”

八里笑一笑说。他是烧石灰的，没事干的时候，喜欢到王百顺饭馆后堂门口圪蹴。他浑身白灰，连眉毛都是白的，可现在绿着半边脸，草山把他的脸映得幽绿。他很羡慕王百顺，想跟百顺学几手。他给珍珍写过那封信后，就想学上几手。半截沟成风景旅游区的时候，他眼看着王百顺的饭馆开张。天天看着呢，简易木头房，屁大个门面，可生意一直很红火。

王百顺长得夯头夯脑，天生一副傻乎乎的笑模样。他炒大盘鸡，先把光鸡拎出去让客人过过目，再拎回厨房洗，剁，炒。客人们都满意地点头，觉得这人很憨，很实在。

“我就是喜欢看你剁鸡，过瘾。”八里仰着脸说。

“我可不喜欢你看，我烦你看。”王百顺说。他剁着剁着，菜刀往旁边拐一下，就有拳头大一块鸡胸肉滚出砧板，掉进案板下面的一只红塑料桶里。动作快得难以察觉。八里盯住他的脸看，王百顺吹着口哨，一脸若无其事的样子。把剁好的鸡块投进油锅，然后投葱、姜、花椒、大蒜，再加酱油、啤酒、干辣椒，焖一阵，让鸡入味，最后再加洋芋块，再焖一会。起锅，盛盘，吆喝一声，热气腾腾，香喷喷的大盘鸡上桌。

再来一拨人，要吃大盘鸡、大盘兔、大盘肚，王百顺如法炮制，总有一些好肉，掉进案下的塑料桶里。

八里看出这门道，忍不住就叫起来："百顺，你这么弄事，原来你是个假厚道！"

王百顺挥一挥菜刀，笑眯眯地看住他："我让你看，是信得过你，你敢胡说，我把你的蛋割了，喂猫！"

"我不胡说，我嘴紧得很呢！"

"知道就好，人嘴紧点好。"

"你是我师傅，我跟你学……"

八里替王百顺掌了几回勺，几个大路菜就会炒了。

八里圪蹴在饭馆后门，可以眼观六路，看许多景致。山看久了，没什么意思。他喜欢看那些远道跑来的城里人，特别是城里的女人。这些人们吃了羊肉跑骚呢，几十公里几百公里路跑了来，就为了看片山景。山有什么好看的？有看头的还是城里的女人，那些年轻漂亮的城里女人。这话是王承禄说的，王承禄比他更喜欢看城里的女人。

八里感到脖子有点累。百顺的厨房有点暗，他转脸的时候，太阳刺得他睁不开眼。他把眼睛眯成一条缝，这时候他看见承禄从山根下的那个厕所走出来，站在一堆荨麻、猪耳朵草和蓟刺旁边，手抓在大腿根那儿，朝他挤眉弄眼。

接着他就看见厕所的另一边出来了一个女人，屁股蛋子一颤一颤的，很像肥羊的尾巴。他知道承禄为什么要朝他挤眉弄眼了。他盯着那个女人扭着腰肢往路边的轿车那儿走，大屁股蛋子颤颤悠悠的，大腿根那儿感到不对劲了。

"我拉肚子，我要去趟茅房！"他蹭起身，跟百顺说。

他不去就好了。但他那会儿憋不住。他看见厕所又进去了两个女人，她们都打扮得花枝招展。人都有鬼迷心窍的时候，那时候他真是鬼迷心窍了。

厕所隔墙上有个洞，他把眼睛贴上去。他看见了两个模模糊糊的人影子，她们蹲着，草山的气味和屎尿的臊臭味搅在一起，汹涌地从便坑里刮上来，他闻着这股怪味儿，瞪大眼看，看得忘乎所以。他没有想到她们会突然惊叫起来，叫得石破天惊。他被她们尖利的叫声吓愣了，轿车上的那伙男人堵住厕所时，他还像个木桩子一样蹲在破洞口那儿。

他被那伙男人打得皮开肉绽。要不是百顺和承禄舞着菜刀和铁锹前来解围，一瓢屎尿真灌进他嘴里了。那伙人打臭流氓打得仍不解恨，他们正准备灌他屎尿呢。

"鬼迷心窍了，我真是鬼迷心窍了！"他说。他跟百顺和承禄说。

"你一回就看到两个女人的屁股，挨顿臭打也值！"王百顺笑得像个哮喘病人。

"我其实什么也没看清。"

承禄也笑，笑得很是得意："我天天看都没事，你一看就出事，八里你运道不好。"

"你回村可不敢乱说，乱说不好。"他对承禄说。

"我不说，放心，我不乱说。"

"我怕珍珍知道，"

"我知道你怕她知道。"

"这事说出去有点丢人……其实我真没有看清个啥，她们就喊叫起来。”

“警惕性太差了,你真是个倒霉蛋!”王百顺又害哮喘一样笑起来。

“我鬼迷心窍了,看剁鸡看得好好的,真……”

八里挨打后不久,石灰窑就被封了。

南山旅游风景区不准烧窑开矿了,这是上面下来的精神。八里和承禄只好卷铺盖走人,回马莲窝子。

马莲窝子在山下的洪积平原上。碱大地瘦,缺水,村子歪歪斜斜,挤在荒天野地之间,一派不堪重负的破样。

他和承禄挎着行李卷儿,往山下走,出了山,远远地就看见了八里墩。

那是他出生的地方。

那年,八里的娘从娘家九间楼回村,搭了车夫马如意的胶轮马车。车子跑到八里墩,八里的娘忽然喊了声:“不好,我要生了!”就跳下车,往路边的高粱地里跑。没跑到高粱地,就在一墩芨芨草后面圪蹴下。马如意想跟上,要帮她解裤子,女人不想让他看自己的身子,把马如意喝开:“你走开,老娘知道咋弄!”

马如意只好闪到路边,远远站着,搓着手板,咧嘴笑着,看女人在草丛里挣扎,嚎叫,一袋烟的工夫,嚎叫声变成了婴孩的哭声。

乡下女人皮实,生娃生得挺顺。

八里在自己出生的地方歇息一会儿,他和承禄卷了莫合烟,坐在沙地上,看旷野上的红柳。这时节红柳正值花季,花开得像片红海。八里还看见在那红海边上,搭起了一些白帐篷,还有汽车和推土机,掘土机。一些人像蚂蚁一样在远处蠕动。

他不知道八里墩这地方怎么会出现这些人和机械。回村后不久，才听村主任说，八里墩那儿要修条公路。他就又到那儿看一眼，看了一眼，他就有了一个想法。八里墩离村十几公里路，他没回自己家，他径直去了马如意家院子。

马如意家的干打垒院墙又矮又破，可门是个牌楼门，门上还贴着哼哈二将。八里进了院子，看见马如意站在压水井那儿，仰着脑袋，看屋顶上的饲草垛。草垛上有几只野鸽子东张西望，一群麻雀在叽叽喳喳。隔壁王照喜家的黑烟冒了起来，在草垛上空胡飘乱舞。马如意盯着那些黑烟，鸽子和麻雀们拍翅飞走了，他连眼皮都不眨，就那么盯着看。老汉的头发都花白了，像堆枯草，满脸老皱，腰弯背驼，人老事多，他大概是担心王照喜的黑烟囱飞出个火星来。

八里也仰脸站了一会儿，草垛破破烂烂，天也破破烂烂。云像破补丁一样。他觉得老汉有点可笑。冒了几十年几百年的黑烟黄烟白烟，谁把谁家的草垛点燃着了？

“马叔，我要盖房了，在八里墩。”他说。他不想陪老汉这么傻站着。

“好嘛好嘛，荒滩野地，盖房好嘛。”老汉说。他还是死盯着那些烟。

“我想跟你说话呢马叔，你怎么老是看烟，烟有啥好看的？”

“我就看看，人有时候就想仰脖子这么看看。”

“你看吧你看吧，你好好看。”

他发现老汉心不在焉，就进了珍珍的房间。珍珍正在读一封信。她大概没有想到他会突然闯了进来，有些慌乱。八里扫了一眼桌上的信封，心里就不自在了，身上像扎满了麦芒一样。

“你看来耕的信？你跟来耕通信哩？”他说，他瞪着眼。

珍珍把信收了，插进信封里。信是从部队来的。李来耕在帕米尔当兵。马莲窝子就来耕一个当兵的。

“他要给我写信，我能拦住他不成？”她说。一边把信放进抽屉。

“他写他的，你不要给他写！”

“同学之间通通信怎么了？我为什么不能给他通信？”

“我说不要通就不要通，你还是应该听我的。”

他说，他盯着她的脸。她的脸扭过去不看他，朝着窗外。太阳在野地里沉下去了，她的脸被晚霞映得光彩夺目。

“我跟你说话你好好听着，我今天有话要跟你说哩。”

“有什么话你就说吧，我听着哩。”她的脸还是朝着窗外。

“我要在八里墩盖房，开饭馆，我能挣上大钱，你说我能不能挣上大钱？”他说，他希望她能把脸扭过来。

珍珍扬起脸，看了他一眼：“我说不上，我怎么知道你能不能挣上大钱，我又没有开过饭馆。”他看她笑了一下，就觉得亲切。

“这是咱们两个人的事，珍珍你好好想想，公路通了，八里墩就成了块风水宝地！”

“那是你的风水宝地，你不是在那儿生的嘛！”她又冲他笑，笑得很灿烂。

他盯着她看。他闻了一股香味儿，她身上什么地方散发出来的。她笑的时候，胸脯一颤一颤，好像两只白兔在动。他忽然冲动起来，他想摸摸她的胸。

“珍珍，我想搂搂你！”他说，他站了起来。

“八里……”她叫了一声。

她没有想到他真敢搂她。他的胳膊很有力，她挣不开。他的手从她的衣服下面伸进去，摸住了那两团丰满瓷实的东西。

“放开我！八里……”

“你迟早都是我的人！”

他还想吻她的嘴，但控制住了，在家里弄不成这事。他放开了她，他只是想摸摸她。以后，这样的机会多得很。

“你不要给来耕写信了！你看长远点，我八里不会一辈子土坷垃里刨食吃，你记住我这话！”

他扔下这句话的时辰，马如意还在仰脸望屋顶上的破饲草，王照喜家的黑烟都变成白烟了，他老人家还在望。

“马叔，哪天我打几只野兔、呱嗒鸡，给你下酒！”

他大声冲老汉说。他不管老汉听不听，得意地打了一声长哨，像踩蛋踩成功了的公鸡一样，雄赳赳地走了。

八里墩帐篷营往东撤后，八里在那儿打房子地基了。他打土坯，拉基石，运檩木，忙得不亦乐乎。他有的是力气，真在那儿盖了两间房。铺出来的公路很宽展，躺在平川旷野上，长不见首尾。那时候他不知道这路还要围护栏。他请木匠驼三叔给他做了个大牌匾，又请村小学校的宗老师给他写匾。宗老师跛着一条腿，但字写得很好。

他让宗老师写“福来饭馆”四个字，宗老师说福来有点俗，不如叫望山、红柳，或者干脆就叫八里好，但还是按他的意愿写了。字写得饱满丰润，让人看着舒心。八里给宗老师酬劳了两条红雪莲香烟。他知道宗老师是个烟鬼，他的满嘴牙都让烟熏黑了。

“你把这封信，顺路捎给马珍珍。”

宗老师客气一番，收了烟，从书案抽屉里摸出封信。

是来耕的信，来耕的信都寄到村里学校。

他揣着李来耕的信，像扎了一身的麦芒，浑身刺疼。他觉得天一下子变暗了，刚才还是明晃晃的大太阳天，突然就暗无天日了。

“来耕！”他骂了一声。他恨来耕，也恨珍珍。

“我说不叫你写信，你还是给来耕写了……”

他出了学校院子，站在空旷的野地，心里空空落落，脑袋嗡嗡响，两眼晕眩。他想把信拆了，看看来耕跟珍珍都说些什么。但他怕来耕说肉麻的话，来耕一定会写些肉麻的话，一定一定，来耕长得清秀文弱，原本就是个舞文弄墨的料，他一想到来耕那副多愁善感的骚情样子，就怒火中烧。

他怒气冲冲回到家，扔了牌匾，抓起他爹的那杆双叉猎枪，往肩上一扛，朝北草滩去了。他在那靠近古尔班通古特沙漠的荒草滩上打了3只野兔、4只呱嗒鸡，他把猎物挑在枪叉上，气呼呼地往回走。

晚炊起来的时候，他进村了。他阴着张脸，一村人都看见了，他阴着张脸进了马家的土坯屋院。

马家人正围着张矮桌吃饭，吃的是酸菜捞面。他闯进去，把猎物往地上一扔，一地灰土腾了起来，鸡们吓得满地乱逃。他端着枪，怒目圆瞪，凶神恶煞，盯着一桌进食的人。

“我要你们一句话！”

他说。他看一桌人都愣在那儿，脸色都变白了，就把枪往高抬了抬。

“娃你要说个啥呢？你好好说嘛……”

马如意哑着嗓子，赔上个笑脸。

“我要你们说！要我还是要来耕？”

马如意望他的婆姨，两个老家伙互相望，咽唾沫。他们都一脸苦笑，他们没有儿子，只有4个女儿，他们不知道该怎么说，就只有苦笑。

“他们不说，珍珍你说！”

他把枪指着珍珍。

珍珍的样子像是想哭："你吓着我们了，八里，你吓着我爹我娘了……"

"你不说！我知道你不想说！"

他把那封信扔过去。他什么都明白了。

"从今往后，我不会再吓你了！"

他狞笑起来，往天上放了一枪。

他出马家院子时，又朝天上放了一枪。枪声混沌，像闷雷一样。

从马莲窝子到八里墩，正好18里地。

八里拉着辆架子车，把铺盖卷儿，锅碗瓢盆，还有案板砧板菜刀，米面油盐酱醋茶，还有两千响的浏阳鞭炮，以及宗老师写的牌匾，一股脑儿扔到车上。天麻麻亮就上路。他不想让人看见他出了村。这穷乡僻壤伤了他的心。这破村子连一点指望都不给他，没有一点东西让他留恋。他想一个人躲到八里墩去，准备准备，开他的福来饭馆。

他把两间房刷得雪白，挂上牌匾。然后放了那挂浏阳鞭炮。鞭炮是非放不可的，这东西招喜。八里墩背静，没人听见炮响。但他听得震耳欲聋。他闻着呛人的硫黄气味，看着炸碎的红纸满天飞舞，像红蝴蝶纷飞，他跟着心花怒放。他望着红柳滩边上的黑色路面，公路静静地躺着，要不了多久，这路就会热闹起来，福来饭馆门前会车水马龙，生意火爆。他一个人睡在两间房里，睡得很是香甜，夜夜都做好梦，梦里花团锦簇。

那天他从地铺上起来，提了桶到两间房后面的沟渠打水，他想浇浇门前的波斯菊、地雷花和三色堇。他提了桶往回走的时候，觉得有什么东西刺了他一下。他往西边望了一眼，发现前面的路多了两道绿边，一些人像蚂蚁一样在那儿忙着。他们好像牵着两条绿蛇正往这边移动。这些人就像是从地缝里钻出来的一样，他们正给黑色路面镶绿边边呢！

八里没心思浇花了。他扔了桶跑过去看，他跑得上气不接下气，他看见那些人正在装护栏，半人高的钢铁护栏，绿色的，绿得像是草蛇的眼睛。

他傻眼了。

人活八辈子，没见过给大路安护栏的事。荒滩野地，他们给大路安个栅栏！

“你们给我留个口子！”

他说。那些人过来的时候，他对他们说。

“我要做生意哩！你们得在饭馆门前给我留个口子！”

他大声吼喊，满脸通红。

“他说给他留个口子！这老乡可真有意思！”

那些人哈哈大笑。

“他口气大得像个总统！”

他们一边笑着一边就把钢铁护栏给装接上了，丝毫不理会八里的咆哮。他们把八里孤零零地隔在栅栏外面，连一点商量的余地都没有。

后来，一个老一点的人给八里递了支香烟。还在他肩上拍了一把。

“小伙子，这是高速公路，不能随便开口子呵！”

八里绝望得想哭，他真想大哭一场。

他苦了两个多月，花了2000多块钱，都打水漂了。

那些人走远了，四周静得像个坟场。

“我日他妈我事事都不顺！”

他圪蹴着，用拳头打自己的脑袋。

“这能怨我吗？我又没有见过这样的路……”

"人活八辈子,谁见过这样的路……"

八里心里堵得慌,觉得自己好像有点走投无路了。

他苦闷了几天,想起了王百顺。人心里凄惶的时候,会想起一些过去的熟人来。

他决定去见见百顺,至少倒一倒自己满肚子的苦水。

王百顺在县城盘了个大店。他早不下厨了,如今是"好运来"酒店的老板,酒店有两层楼,外面裹着绿色玻璃幕墙,里面设了8个包厢。王老板穿着上也有了讲究,西服、领带、大钻戒,二马分鬃式的大分头,梳得油光发亮,一张大肥脸红汤瓜水的。

百顺很念旧,留八里住几天。

"你见了我,好像不高兴嘛!"

"我高兴不起来,我想吊颈哩!"八里说。愁惨满脸。

"你的样子也真是像他妈吊死鬼!"百顺笑着,笑声像个哮喘病人。

"你把我害了,王哥,我想学你,结果鸡飞蛋打一场空……"

"自己弄不好你怨我?"

"我心里凄惶得很,我没脸活人了……"

他把心里的凄惶一五一十地都倒了出来。百顺抽着一支烟,烟雾腾腾地听。

"人活着真是唉,真是没有意思,所以我厌世了呢……"八里说完,长叹了口气。

"就这点熊事?你还算个男人?"百顺撇起嘴,从鼻子里哼出一股白烟。

"就这点出息,也好意思来见我?"

"你说我该咋办呢王哥?我都不知道我该咋活人了……"

"吊颈么!我这里麻绳棕绳裤带绳多的是,我帮你吊!"王百顺又像哮喘病人一样笑。

“我都愁成这样了，你还笑？你看我笑话哩！”

“你是有点可笑。我想憋可是憋不住。”

“你还是憋住吧，你帮我拿个主意……”

王百顺真给他出了个主意。

他想把“好运来”办到首府去，正缺个帮手。八里来得正是时候。他觉得八里是个朋友，帮他弄这事正合适。

“我弄个路边店还行，大城市里的人我能伺候得了？”

八里心里没底。他怕误人的事。

“我开的是大盘店，大盘系列，都是大盘菜，你弄这个准行。”

“你非说我行我就试试看，我听你王哥的，弄砸了你别怨我呵！”

百顺又笑起来，提起了山上那件事。

“你不是爱看城里女人吗，这回你去，可以看个够！”

两人约好，10天以后一起去首府。那边的门面正装修，10天后去可以准备开张了。他们说定了，百顺到八里墩和八里汇合，然后上高速公路到八里没有去过的那座大城市。

八里回到八里墩，看着他辛苦盖起的两间房，觉得非常可惜。他真是舍不得离开。没有那两道钢栅栏挡着，这是多么好的路边店呵！红柳花开得铺天盖地，真像片红海，抬眼往高处看，就是天山，群山连绵，蓝汪汪的，几座冰峰雪岭，雄踞其上，像水晶一样熠熠闪亮，多美的景致呵！

他圪蹴在墙根，点着莫合烟，袖着双手，看路上的风景。高速公路已经全线通车，才几天工夫呵，说通车就通车了。那些来来往往的车，花花绿绿的人，从眼前一掠而过，许多的脸从车窗里探出来，朝他和他的福来饭馆笑，边笑边指指戳戳。

“笑话我哩，他们笑话我哩！”

他在心里自言自语。他知道自己像只虾一样蜷缩在孤零零的房子前有点惹眼，有点可笑，但他不想躲开。他让自己可怜兮兮地圪蹴着，往天上喷莫合烟雾。他喜欢这么圪蹴着。

他没有听见脚步声，没有看见承禄和珍珍朝他走过来。

他没有想到他们会找到这儿来。这儿难得见到一个人。

他回头的时候，吃了一惊。

承禄悲天悯人地望着他，说话小声细气，好像怕吓着他似的。

“八里，我们来请你，你跟我们回村呵！”

“回去做啥？我回不回要你们来请？”他说。他圪蹴着，懒得动身子。也懒得看珍珍。

“我们结婚了，我和珍珍专门来请你，请你吃喜酒……”

他听承禄说，眼睛忽然瞪圆了，嘴张得老大。

“你说谁结婚了？谁跟谁结婚了？”

珍珍红着脸，怯生生地站在他面前。

“对不起八里，承禄愿意到我家，我爹老了，我家里没有男人了，你不要记恨我们，你宽宏大量，不会记恨我们吧？”

他愣怔着。他没有想到，做梦都没有想到，珍珍嫁的不是来耕，而是承禄，他没有听到一点风声。

“你的嘴巴真严实，真能沉得住气！”他说承禄。

他站了起来，拍屁股上的沙土。他想通了，在八里墩窝了这些天，把世上的好多事情好像都想通悟透了。

“我记恨你们做啥？我替你们高兴哩！”

“你说气话哩，八里……”珍珍说，她看他的脸。

“我没有气，说啥气话！”他让自己笑了一下。

承禄觉得他笑得有点古怪，不太正常。

“你没事吧八里，你心里要不豁爽就算了……”

“喝喜酒有啥的不豁爽!”

他大声笑起来,笑得人毛骨悚然。

八里回村,洗了个澡,换了身衣服,还刮了脸,焕然一新,参加了承禄和珍珍的婚礼。喝了他们的喜酒。承禄兄弟5个,承禄给马如意又当女婿又当儿子两家都满意。八里给新郎新娘送了份厚礼。酒席上,宗老师高声念了来耕的贺信,信写得很是热情。珍珍偷偷看了八里一眼,八里好像有点惭愧,并且给来耕的哥哥来耘特意敬了杯酒。

八里在家里待了4天,第5天去八里墩。承禄坚持要送他。到八里墩,王百顺的车子就来了,他就这样去了400公里外的那个城市。

王百顺的车子在高速公路上跑得欢快,5个小时,八里就见到大片的楼房,大街小巷,车水马龙,数不清的人,当然,还有数不清的漂亮女人。

净　身

毕裁缝极有可能是死于心脏病，他的心脏一直不太好。夜里他从十里地外的广西庄子往家走，第二天拂晓，在小漠河的桥头上，有人发现了他的尸体。

现在他静静地躺在他的小土炕上。

他的身体已经僵硬，四肢像钢铁般坚挺。他的块头本来就不小，土地的召唤与吸引使他的躯体沉重如铅。

他搬不动他，试了几次，出了一身臭汗，裁缝的衣服仍是脱不下来。裁缝沉默固执的抵抗，使他气喘吁吁，无可奈何，手足无措。他决定还是等老盘来了再说。这活儿没有老盘搭手看来不行。他想着，于是便往墙根下一圪蹴，捏出一撮莫合烟，卷了支大炮。

炕沿下的木凳上，那只盛烫水的木盆在冒热气，像燃烧着的白色的火焰。裁缝斧砍刀凿般的老脸仰天翘着，下颏上一撮山羊胡子像一柄锐利的牛耳尖刀，直插穹空。脸部线条轮廓分明，在袅袅升腾飘荡的白气中，那脸和眉眼变幻着形状，被窗外的榆树枝叶扰乱了的夕照在这脸上投射了无数错综迷离的彩色光环，看上去很是富丽华贵。而且，很是神秘。老汉躺着的姿势也很优美，胸部平阔，双腿微屈，线条修长流畅。

“好好的一个人,说死就死了,人真是太……太容易死了。”

隔着莫合烟的青色烟雾,他不眨眼地望着裁缝,像望着一个亘古的谜,嘴巴一瘪一瘪不停地自言自语:“前天后晌还好好的么,路上见了还打招呼说了一阵子话的么,这会儿就隔成阴阳两界人了,好好的一个人,眨个眼的工夫就胳臂硬巴得连弯儿都不会打了!唉,人真是他娘的唉!唉唉……”

老盘总等不来。他跟老盘是老搭档了。干一回,赚两瓶酒钱。给死人脱衣,净身,穿衣,是件很麻烦的事。老盘没来,他试着给裁缝脱衣脱不成。这活儿得两个人干,一个人有天大的本事也不行。

院子里女人们的干嚎,不知道什么时候停歇了下来。他顶烦女人嚎。现在耳边清净了,从混沌苍茫的田野深处,传来暮归的牛们羊们模糊的叫声。汹涌的晚潮卷着初春的泥土潮乎乎的清新香味儿奔袭过来,榆树上有几只归巢的麻雀在啁啾。

一支莫合烟烧完了,老盘还是没有来。

“那杂种看样子是不会来了。”他想。便果断地扔了烟蒂,站起来,紧紧脸,拍拍屁股上的灰土,踢开门,站在门前屋檐下,朝院子里石破天惊似地吼一声:“都死光了么?赶紧来个人,搭把手!”

立刻就听到正房门里哦哦的应声,老大慌忙跨过门槛,肩头一颠颠地跟了过来。西边厢房里,老二家的乱蒿草般的脑袋往外飞快地探一下,紧跟着老二也搓着手板跑过来。

他指挥着兄弟俩把他们的爹抬起来,先脱了棉衣,接着扒光了里面的内衣和汗衫,裁缝的上身灰黄,瘦骨嶙峋,皮肤皱皱巴巴。他把净身的粗布巾扔进木盆,挽起袖子。老二站了一会儿,出去了。老大没有走。他拧干了粗布巾,一扭脸,看见老大在翻那件棉袄的口袋。

他先给裁缝洗脸。裁缝的脸清癯消瘦，骨骼大而清奇，像圣人的脸。眼半闭半合，好像眯缝着在凝视苍穹。他让自己的动作尽量柔和。热布巾轻柔地运动，青黄的脸立刻泛起一层薄光，两片灰紫的唇僵硬地张合。他给裁缝擦脸的时候想起裁缝为人的许多好处。裁缝人缘很好，一生一世清清正正，从不跟谁红脸，十里八村，都念他的好处。自古贤人多逆子。他一边小心翼翼地替裁缝擦脸，梳洗胡子，一边恶狠狠地偷看老大。

老大一双亮眼正满屋乱瞅，一会儿揭揭炕席，一会儿翻箱倒柜翻抽屉，一会儿摸索个坛子缸子，后来便跪下去，撅了腚扭歪了脸伸手往炕洞里掏摸，蹭了满脸的黑炕灰，接着又站起来，挂了一脸的狐疑和困惑，叉了腰仰着脑袋往顶棚上张望。

门前一黑，老二又搓着手板进来了。老二家的那颗乱蓬蓬的脑袋跟着往屋里探。老二迟疑着，那女人瞪眼努嘴地向自己的丈夫传递着鼓励。老二于是也开始了老大刚才一样的搜索。老大面无表情，背起手在屋里溜达，好像很冷地笑了笑。

这兄弟俩要找什么，他猜出了七八成。裁缝打了30年的光棍，到老了自立炉灶另过。这间屋不是人死了，平日里裁缝不许这兄弟妯娌们挨近一步。裁缝独往独来，出门锁上加锁，进门闭户不出。父子间彼此视而不见，敌视如同宿仇。到底出了什么毛病，众说纷纭。大都只是猜测。家丑不外扬。世间的许多事原本就是一个个的谜，个中奥秘谁又能猜得明白？

他给裁缝洗身子了。身上有很多的泥垢，灰污的垢物被搓拭得层出不穷。他起劲地擦搓着，死去的血液好像重新开始流动，裁缝瘦骨嶙峋的身子泛起红潮。屋里黯淡下来，他咬牙切齿地怒视了那兄弟俩一眼。

“眼睛是出气的么？没看见天黑下了么？”

老二家的飞快进屋点了油灯，屋里立刻昏昏地亮起一片黄光。

他擦完了上身。喝着兄弟俩搭手脱下身裤子,同时凶恶地盯了老二家的一眼。老二家的脸泛起一丝红,慌慌地出去了。兄弟俩一人抬起一条腿,裁缝不屈不挠地挺着身子,脑袋随身体的猛倾在炕面上磕出沉闷的响声。兄弟俩好像不忍目睹他们的爹即将全裸的胴体,又好像都有些怕羞似的偏过脸去。他粗蛮地扯开裁缝棉裤上的裤带。他把裤裆从裁缝屁股下褪下去。

他一截一截地往下褪那棉裤。

他的手指在棉裤左裤腿内侧触到一块硬硬的东西,这硬东西就藏在棉花后面。

一种很奇怪的感觉。他磨蹭着在那块地方又摩挲了一下,脑袋忽然嗡嗡地响起来。

藏掖在这地方,鬼都想不到!他脑袋闪了一下亮光。飞快扫了兄弟俩一眼。那两个人背着身子,墙上映着他们巨大飘忽的黑影。

他麻利地把裁缝的下身脱个精光。裁缝的下身散发出一股恶臭,交织着猛烈的汗酸味儿。他直起腰来,恶心地望了一眼那60岁的胴体,赤裸裸的一条青灰色,活像一只巨大而又精瘦的蛤蟆。在那团黑簇簇的乱草下面,那物件却雄豪地挺耸着。

他朝那灰色的丑陋的物件多望了一眼。

“操,黄皮寡瘦的一个人,家巴什这样精神真是没有想到!”他在心里感慨一声,想笑,没有笑出来。

他把那条棉裤连同内裤一并扔在脚下,对兄弟俩说:“没你们的事了,忙别的去吧!净完了身子我再叫你们来!”

两人磨蹭着不愿就走。他开始擦裁缝的下身。

一缕烟灰吊子从屋顶上掉落下来，落在裁缝灰色胴体的肚腹上，像爬了一只黑蜈蚣，老二不知道什么时候已经上了炕，正踮着脚尖，把自己吊在房梁上，手在房梁与顶棚的空隙里掏摸。

"尸骨未寒！你们就不能等一等么……"他忍不住骂了一声。

老二讪讪地跳下炕，望着他窘窘地笑一笑，搓一搓手板。

老大鹞鹰似的小亮眼盯住地上的棉裤。

他擦身子的手慢下来，心跳加速。

老大弯了一下腰，伸出手又缩回去，后来把那裤子踢了一脚。轻轻叹了口气。

他脸色严峻地为裁缝擦着下身，擦得仔细、认真，连那东西也过细地洗擦一遍。他不再看那兄弟俩。

那两个人还在房屋里搜索，脸上带着困惑的表情。

他擦洗完了，目光柔和地望着那具胴体，那具现在已经纤尘不染的胴体，就那么柔和地欣赏了一会儿。

然后，招呼兄弟俩搭手给他们爹换寿衣。衣服在裁缝炕头的旧木箱子里，粗白布对襟汗衫，内裤也是白的。外套一身新棉衣裤，仍是黑色。裁缝自己的手艺，裁缝穿在身上很合体、很均匀。干干净净地来，干干净净地去。裁缝焕然一新地躺在那里，油灯光照耀着他的青灰的脸，仪态安详。

四周很静，墙脚下有一只蛐蛐在吟唱。数只灯蛾围着油灯扑动粉翅。翅光粼粼。晚风送过来田野里的艾蒿草味儿，窗子显出昏红颜色，在老榆婆娑的枝条间，半轮血红的月亮升腾起来，门外的田野蒙眬着一片暗重的烟雾。

他洗了双手，动作极慢地卷了一支莫合烟，又在墙根圪蹴下来。

老大望望他，又望一眼自己的兄弟。

老二望墙。

他抱着胳膊望着莫合烟头,莫合烟头在冒青烟。

老大在胯上擦擦手,咽了唾沫,磨蹭着出去了,过了一会儿又回来,手里抓着瓶白烧,两盒黄金叶香烟。灯火里闪烁一团模糊的苦笑。

"他叔,辛苦半后晌,这点东西……拿不出手的,你莫见笑……"

他轻蔑地望了那些东西一眼,从鼻孔里哼出一丝冷笑。心里骂:知道拿不出手还拿!孽障子孙,怪不得裁缝要藏着掖着……

老大窘着,望一眼那个兄弟,怒气冲冲地嚷:"老二,你也担承些!死的不是别人的爹……"

老二搓一搓手板,讪讪地去了。转来,又是一瓶白烧,两盒天池烟。

他扔了莫合烟蒂,将老大老二手里的东西一并接了,一股脑儿掖进怀里。眼睛懒得看那兄弟俩,将地上的那堆死人衣物踢一脚,问:"这堆东西咋整?是你们自家烧呢,还是我拿去烧了?"

"还是劳烦他叔吧……劳烦了!"

老大像古人似的抱拳拱一拱,脸上显出凄凉悲楚的表情,双眼空洞。老二也随着拱一拱双手。

"打算葬哪达呢?你们的老爹……"

"就葬在西……西戈壁沿上吧……"

老大沉吟一下,望一眼老二,老二迷惘地点一下头。

"那好,我就去那里烧了!"

他挥一下手,以极不耐烦,极不情愿的表情将那堆东西卷成一团,往腋下一夹,头也不回地去了。

在五里地外的西戈壁沿一片乱坟岗子下面，他扔下那堆东西。他捡了些枯梭梭枝条，陈年的芨芨草秆，点起一堆火。裁缝的内衣先燃烧起来，接着那棉袄也烧起来，空气里飘散出一股焦煳的气味。借着火光，他扯开那棉裤的内裆，准确地翻出那叠东西，是用塑料地膜包裹着的，沉甸甸的。他抓着望了一会儿，便古怪地狞笑起来，忽然把那堆东西连同棉裤一起扔进火堆里去。

他狞笑地望着那地膜裹布迅速地熔化，紧接着那些精致的纸便快活地烧起来，边沿卷曲，腾起幽蓝色的斑斓的火苗，像迅速绽蕾的一大朵黑色牡丹花。

“烧了好！烧了清净！”

他在心里兴奋地咕噜着，快活地望着那朵层层叠叠的花迅速地枯萎，凋零。被焚烧的那棉衣裤在火焰中也卷起参差的暗红的边，一节节地剥落，塌陷，像火山岩浆似的冷却、黯淡。

他的表情也随之冷却，后来他直起腰，望着那堆迅速失色的灰烬，不出声地叹了口气，人死了都是这么的，人就是这么的，这辈子见过的死人多了去了，到了都得变成一堆灰！

他抬眼望西戈壁，月亮变白变黄了，西戈壁黄乎乎的，像片大得没有边际的海，一片冷海。他打了一个寒战，就摸出怀里的酒，一仰脖子灌下去半瓶。

他踉跄着往回走，往家走。初春之夜凝重混沌，月色蒙蒙，土地散发的艾蒿草怪香味儿越来越浓，黏稠得化不开，远处传来几声狼嚎，似有似无。

他目光迷离，高一脚低一脚地往前颠着身子，一边扯着嗓门朝旷野吼唱起来……

鬼村一棵树

一

1974年5月，我从州报社抽调到州农村路线教育工作队，被分到军塘地区的孚远公社，到孚远，工作组一干人再往下分，分到各落后村去。

我被分到一棵树村，这村子距离公社所在地最远，约莫有20公里。

村子在天山北麓洪积平原的一片光滩上，稀稀拉拉的一些低矮土坯房屋，散布在苍凉的天空下面，远看就像一堆堆晒干了的狗屎。光滩往南顺着大缓坡慢慢倾斜上去，就是天山的浅山地带，那都是些状如驼峰般的黄褐色的，或铁锈红色的秃山，寸草不生，像火星上的山一样。

村子里寂静如同坟场，村道上无任何活物走动，连鸡狗叫声都听不到。在一条干涸浅渠旁边，有一栋比村民房屋高大些的屋子，门前有棵没有皮的枯树，灰白树枝上拴着一片生锈的犁铧，屋子已是破败不堪，斑驳墙皮上隐约可见“砸碎谢玉田狗头！”等标语。屋顶及屋檐上长满了杂草，门大开着，有两个窗户,但都没有玻璃。

我估计这大屋子就是生产队队部,便进门去探看。屋里被一堵墙隔成两部分,一间大一间小,大间的大概是社员们开会的场所,光线极暗,我闯进去时惊动了一群燕雀,弹丸一样一齐朝门外射出,无声无息悄然而去,几只硕大的老鼠却不逃走,齐踞在墙根朝我望着,眼睛幽幽地放着光,如同鬼火。站在屋子中央朝里屋喊了几声,没有回声,仔细一看,二门上蛛网密布,这才知道里面不会有活人。

至晌午,社员们收工回来,这穷乡僻壤才算有了点活气。问了几个人,总算找到谢玉田的屋院。我进去的时候,一大家子人正围着一张矮桌子吃饭,桌子上一盆凉拌萝卜,一篮子二混面大馍,每人捧碗胡辣汤,大小十几口人,喝得山呼海啸。谢玉田是个黄脸男人,约莫四十多岁,看了我的介绍信,这黄脸汉子就让他老婆另煎两个鸡蛋,让我和他们一起喝胡辣汤,吃二混面馍。我知道农村资本主义尾巴差不多齐根割了,鸡蛋是稀罕之物,挡住了他婆姨,胡乱吃了半块馍,喝了一碗汤。

饭罢,一家人散去,谢玉田依然原地蹲蹴着,撕了一条报纸,给自己卷莫合烟,动作极慢,眼皮耷拉着,好像要睡着了的样子。我耐着性子,看他卷烟,一边想,怪不得一棵树死气沉沉,这么一个半死不活的人,能把村子搞好吗?

他好不容易把烟卷结实了,歪起脑袋伸舌头把烟卷舔几下,慢条斯理说:“赵组长不要见怪呵,我正思谋呢,该把你安顿到哪家好些,得给你安顿个好点的人家,你说是不是?”

我忙说,不给贫下中农添麻烦了,我谁家也不去,就住生产队队部那间小房子里。这倒不是客套话,住在社员家里,于人不便,于己也很不便。

谢玉田一边找火柴,一边摇头,说:“那个房子,住不得人的。”

我说：“怎么住不得呢？那房子不是空着呢吗？”

谢玉田把烟点着，吸了一口，眯起眼，幽幽地望着我说：“是空着，但是不能住人。”

我说：“把门窗收拾一下，打扫打扫，完全可以住，现在又不是冬天。”谢玉田还是摇头，说：“你没有明白我的意思，赵组长，我是说，那房子没人敢住！”

我觉得很奇怪，说：“谢队长，没人敢住什么意思？怎么叫没人敢住？”他那张黄脸上浮出一丝怪笑，又很快收住，一板一眼地说：“赵组长，实话告诉你吧，那个房子风水不好，硬得很，不干净，很久没有住过人了。”

我想那座大屋子，虽然孤立在干涸渠沿上，但50米开外距离都有村民院落，位置并不荒僻，更谈不上凶险，有什么敢住不敢住的。就说谢玉田：“谢队长，你是党员，怎么也信这一套？党员干部应当带头破除迷信嘛！”

谢玉田好像噎住了一般，怔怔地看着我，好一阵才回过神，笑一笑说：“那好那好，赵组长一定要住，我这就安排人把房子收拾一下，那房子不收拾是不行的，门窗都没有，怎么可以让工作组同志住？”

说着，就蹭下炕，穿上牛鼻子大鞋，让我在他家里歇着，他去安排人帮我收拾房子。看他出了院子大门，我也坐不住，跟着出去，回到那大屋子，在外间屋里找到一只破扫帚，把二门上的蛛网划拉开，进了里面的小房间。小间里有张榆木桌子，还有一张旧木床，都积了半寸厚的尘灰，可见原来是住过人的。四面墙壁上的灰尘也很厚，在鸟屎划开的梳齿般的痕印下，依稀露出打虎英雄杨子荣两只圆睁的豹眼，把灰尘和鸟屎扫开，原来这墙上贴满了样板戏剧照。

我正起劲地清扫，听见外边屋里有人叫喊，说不要扫了，不要扫了，就连忙停下，看见尘烟里进来了3个人。领头的一个，是个黑脸汉子，腋下夹着一床被子，嘴角衔着几只大铁钉，手里攥着一柄钝斧。第二个人缩着脖子，好像怕冷似的，袖着两手，怀里抱的却是一卷塑料布。第三个是个暴牙齿、有点雷公嘴的小伙子，也抱着一卷东西，是铺床的毡子和褥子。

等尘灰落下了，3个人就把拿来的物事全都堆到榆木桌子上，也不说话，叮叮当当就干起活来。先是钉那摇摇晃晃的破床，接着钉门窗，因为找不到玻璃，就用塑料布代替，一边干活，一边不住地偷偷看我，神情很是可疑。我想起谢玉田说的话，就问他们，谢队长说这屋子硬得很，不干净是怎么回事？怎么叫硬得很？不干净又是怎么个不干净法？难道说这屋里真有什么鬼怪妖精吗？

黑脸汉子和缩脖子的那个男子都不说话，只古怪而暧昧地笑着，且互相挤眉弄眼。叫蔺开有的那暴牙齿小伙子憋不住，眨目着眼说，“赵组长，不瞒你说，这个大屋，真是硬得很，不干净，真是闹鬼哩！”

我说：“到底怎么回事？你说说我听，闹鬼是怎么个闹法？”

蔺开有梗梗脖子，说：“赵组长你真想听呀，真想听我就说！”

我说：“你说，你说。”

蔺开有说，早年这地场有棵歪脖子老榆树，树长得怪头怪脑，疙疙瘩瘩，形状狰狞。这树不仅模样狞恶，还多泪蜡，源源涌出，使虫鸟不敢停落，停落必死。一年，从40里大墩方向过来一个人，在树下歇脚，靠了树身养神将息，昏昏睡着，一直睡到次日还不起来，凑近去看，那人满面满身都是树蜡，好像泼了清油，人跟树身紧紧粘在一起，缠扯不开，气息早就停了。后来又发生马国印的娘在树上吊颈的事，这棵树就成了一棵连牲畜都不愿靠近的凶树。

谢玉田当上村支书后，决定把这树连根除了，齐脖子锯断，把根刨出，曝晒，再放火烧。又指挥村民，在树坑周围打地基，盖了这座大屋，做生产队队部办公室和会议室。

大屋盖起后就开始出怪事，深更半夜，村人经常听到大屋里传来女人的尖厉哭笑声，或是仿佛石夯捣地一般的撞击声。村里开始流传起了捣地鬼的说法，说盖大屋伤了地脉，土地爷就遣了鬼怪精灵来闹。村头儿们不信，有事相商就到大屋办公室开会，有时正开着会，外间就有怪风阵阵袭来，把灯苗子吹得忽忽闪闪，捣地之声隐约可闻，又觉得外面屋里，好像有脚步声在响，屋顶似也有什么东西滚动，出去查看，却又什么也没有。有一回，会计王小满在大屋办公室结账，忘了时间，账快结到尾巴上，已是半夜，忽然听见外间里一个女人声音尖笑起来，王小满吓得毛发倒竖，从窗口跳了出去，不要命地往家里跑，一进家，人就瘫了，还尿了一裤裆。

我笑笑说："蔺开有，你讲了半天，都是道听途说嘛！鬼到底什么样子，谁亲眼见过？王小满亲眼见了吗？"

蔺开有瞪圆了眼，说："小满都吓得尿裤了，他哪里还敢看鬼的样子！但是王组长是亲眼见过的，吴能你说是不是？"

吴能只是牵了嘴角笑笑，不说话，蔺开有就说，那年工作组王组长来，也是不信有鬼，非要住队部这屋不可，就只好让他住。头夜没事，第二天夜里就看见一个女鬼披头散发坐在窗台上，一边梳头，一边朝着他笑，月光照着，那女鬼脸发青，舌头伸出有一尺多长，好像没有下巴，王组长吓得半死，龟缩在被子里筛糠一般抖个不止，第二天说啥也不住了，坚决要住社员家去。蔺开有喷着唾沫星子，说："这可是王组长亲口说的，吴能、天保都听见的，不会有假吧？”

叫郑天保的黑脸汉子一直吹着口哨，跟那个缩头缩脑的吴能忙手里的活儿，蔺开有说完，他便咧开满嘴黄板牙，笑骂道：“开有，你想吓唬赵组长呢！说的就跟真的一样！我说统统都是胡扯蛋！朱组长把我吊在这间屋里吊了3天3夜，除了老鼠，我就鬼毛也没有看见一根！真有个女鬼，我巴不得能跟她亲热快活！怕鬼的都是些稀屎屃子，都自己吓唬自己，世界上哪来的鬼呢？迷信，统统都是迷信！咱贫下中农根本不信这个邪！”

这黑脸的话很对我的胃口，便问他朱组长是什么人？把他吊了3天3夜又是怎么回事？

郑天保苦着脸，直摇脑袋，一脸不堪回首的模样。吴能笑笑说：“要怪也只能怪他自己，不分场合胡骚情！马王爷头上动土，把人家朱组长惹了！”

吴能接着就说了郑天保胡骚情的那桩笑话。

说的是清队时期，各地都派了军宣队，派到一棵树村来搞运动的是生产建设兵团的朱组长(这地方的人把所有的下乡干部都叫作组长)，朱组长行伍出身，不苟言笑，天生一张冷脸。那天在大屋开全村清队动员大会，朱组长亲自主持，并作动员报告。会议正严肃地进行，郑天保忽然站起来，在谢玉田脑勺上拍一把，说：“老少爷们，大家都口渴了吧？我沏壶茶去！”就大摇大摆从人群中穿出去。

朱组长起先以为他真是沏茶去了，过一会儿见郑天保提着裤子进来，便勃然大怒，说他这是故意扰乱会场秩序，干扰破坏清队群众运动。郑天保不服，说尿泡天生就小，憋不住，不能不尿。朱组长说有尿出去尿了就是，为什么要说沏茶取笑？郑天保说我们农村人就这个样子，喜欢穷开心逗乐子，人穷了就得穷开心，不穷开心难道要人愁闷死么？朱组长说你这不是当众放毒吗？如今什么样的人才感到愁闷？只有阶级敌人才愁闷！你这是拐弯抹角攻击无产阶级专政，替地富反坏右鸣冤叫屈！郑天保拍着胸说，我说贫下中农穷开心我说贫下中农愁闷了吗？两人对吵起来，众人哄笑不止，会场秩序大乱。

朱组长越发恼怒，像青蛙一样鼓着腮帮，吼道："你今天是赤膊上阵，公开跳出来捣乱，我抓你个现行！"

说着，就朝旁边的民兵连长王全国一挥手，说："这家伙是现行反革命，捆了他！"

王全国就和3个民兵，扑上去把他五花大绑捆了，又在大梁上拴根粗绳子下来，把他吊起，整个身子都在空中悬着，只脚尖可以勉强挨地。就这样吊了3天3夜，后来还是谢玉田和副队长王奎跑到公社军宣队去通融，朱组长才准许王全国放人。

吴能边说着，就忍不住和蔺开有一起笑了起来，我也觉得为一泡尿被捆吊关押3天3夜，既十分荒唐又十分可笑。但郑天保却不笑，蹲蹴在墙根，喷一口莫合烟，骂道："我操他姓朱的祖宗八代！"

蔺开有说："天保，朱组长捆了你，后来不是碰到女鬼，遭报应了么？"又转脸对我说："赵组长，我忘了告诉你，那个女鬼，朱组长也是见过的，是他亲口说的，村子里好多人都听说过。"

蔺开有深信有女鬼，以为又找到一条有力证据，得意地看着郑天保，期待黑脸上做出反应。郑天保这时却对我的那个气体打火机感起了兴趣，翻来覆去地看，一边打出蓝色火焰，问我怎么闻不到汽油味儿，我说里面装的根本就不是汽油。蔺开有见郑天保只顾把玩打火机，并不热心他的话题，便抬脚踢郑天保的屁股，说："天保，你不信迷信，朱组长撞见女鬼的事，又咋解释哩？"

蔺天有就给我讲朱组长撞鬼的经过。事情发生在朱组长准备撤离一棵树村的前几天里。那天朱组长到公社去开总结大会,回来时已经很晚了,半路上脚踏车又坏了,只好推着车子赶路,走到村子北头老坟地,忽然听到一声尖厉怪笑,朦胧月光下,依稀看见乱坟中间立着一个白色影子,披头散发,伸着长舌。朱组长胆大不信邪,扔了车子就追过去,那女鬼飘飘忽忽在前面游移,甚是轻盈。四周都是坟头,朱组长不谙地形,跑得又猛,不留心两个坟头之间有根麻绳在乱草里拴着,脚下一绊,一个大马趴就栽了过去,不巧前面不知谁在坟沟里拉了一大泡屎,朱组长正好栽倒在那摊屎上,蹭了满手满脸,气得破口大骂,再往前追赶,那女鬼早不见了踪影。

我说:"这事又没有目击者,你蔺开有不在现场,你是怎么知道的?"

蔺开有说:"是朱组长自己说的么,他说一棵树这个地方地邪人鬼,庙小妖风大,是真的有鬼,人鬼不分,装神弄鬼!"

我说:"我看也是,装神弄鬼的可能性很大,尤其是朱组长遇鬼这事,可能性就更大,郑天保,朱组长当时没有怀疑是你干的吗?"

郑天保说:"怎么没有?为调查这件事他还晚走了两天,让王全国到处找我,幸好那几天我进山挖党参贝母去了,吴能他们几个又作了旁证,闹鬼的那天我正在山上,姓朱的这才放了我,不然,非整我个冤假错案不可!"

蔺开有仍然坚持有鬼,郑天保只是摇头不信。吴能说女鬼他也没有见过,但是见过野地里火球滚动,是蓝幽幽的火,不仅在村野滚,还能飞上天,划一道明灿夺目的弧,转瞬即逝。有天夜里,还看见一个蓝莹莹的巨大盘子在空中旋转,足足在村子上空悬停了几分钟,才倏忽向南山方向飞去。这蓝盘子,老辈人先前也见过。吴能说荒僻地方的人可能少见多怪,但有些事情就是让人想不明白是怎么回事，大屋宅基地原来的那棵凶树早就斩草除根了，留下的这一棵是棵老柳树，和凶榆树隔开有好几丈远，不通根脉。但凶树被除后，老柳树好像也不想活了，出了一年泪蜡，第二年就开始像蛇一样蜕皮，变成了一棵光皮树，鸟雀从不在它的枝丫上停落，牛马羊猪鸡狗驴骡，见它都绕着道走开。树上拴的犁铧尖，本是当钟用的，敲的人觉得响声挺大，但村子里的人谁也听不见。

吴能罗列了这些怪现象，就说一棵树这地方就是邪气太重，世界上好地方多得很，当初老祖宗怎么偏偏选了这么一个鬼地方？碱大地贫，五谷不旺，六畜不兴，人生活在这里，好像只有受穷，永无指望。

郑天保嬉笑道："吴能，你跟赵组长诉什么苦？毛主席教导我们，一张白纸，好画最新最美的图画么！"

吴能立刻点头哈腰说对对对，检讨自己觉悟太低，不该说刚才那些混账话。

郑天保好像有点文化，说吴能看到的火球可能是磷火，经常走夜路的人都能看到，不足为怪。老柳树树龄到了，该死就得死，跟老榆树没有什么关系。许多引以为怪的事，其实都是人们添油加醋编排出来的，传神了就会有人相信。

办公室收拾好了，3个人收了工具家什要走。郑天保看着我，说："赵组长，都说这屋闹鬼，你是真不怕还是假不怕？要真是心里犯嘀咕，你就言语一声，我郑天保来跟你搭个伴儿，反正我是灶王爷绑在腿肚子上的人，农村无产阶级，无牵无挂！"

我当然不能说怕，这"无产阶级"便不坚持要来同我做伴，嘴里哼唱着一支不成调的小曲子，摇摇晃晃跟着吴能和蔺开有去了。屁股上一块塌了线的大补丁，猪耳朵一般忽扇忽扇。

二

夜幕降临以后，旷野很快就变凉了，山风浸漫下来，一阵一阵的，让人感到寒意。这荒野包围的远村被海潮般的夜色完全淹没，除了南面的浅山依稀映出蒙眬的影子，周遭的农家院落连模糊的轮廓都看不到，只有几点黄豆大的灯光昏昏淡淡地闪着，若隐若现，似有似无。

这里的村民都睡得早，那几点昏光只闪了不多一会儿，很快就一点一点地熄灭了。谢玉田给我的是一盏没有罩子的旧马灯，点着以后先是冒黑烟，好不容易亮了，灯苗却总是闪，独伴孤灯在床上坐了一会儿，觉得那外间有冷风阵阵袭来，灯苗闪得更加厉害，好像随时都可能熄灭。这时就想起了白天听到的那些鬼故事，身上不觉起了鸡皮疙瘩。心想长夜难明，与其这样枯坐着担惊受怕，不如出去转转。就揣了手电筒出去。先在大屋门口站一阵，看那棵无皮老柳树，依稀像个人形，疑惧不敢近前，用手电照清楚了，这才擦了墙根过去。

好像连狗都睡着了，一路没听到一声犬吠。高一脚低一脚地在村道上乱走，走到一堵干打垒院墙旁边，忽然隐隐听到院子里有轻微响动，就把手电筒揿亮，光束扫了过去，好像看见一面窗口下壁虎一般贴着几条人影，仔细辨看，那些影子飞快散开，从旁边矮墙窜跳出去，脚步杂沓而去，边跑边吃吃地嬉笑，再以后便变成了嘎嘎大笑。知道是人不是鬼，揪紧了的心反而放松下来，就又用手电光去照那干打垒院墙里的那个窗子，农家院落里的住房，格局大体都差不多，这个窗也无什么异样，只是心里存了疑惑，那些四散逃走的"壁虎"们，刚才贴在那里到底在干什么？

村子很散漫，村道也很散漫，随意乱走，在靠马厩的一个干打垒院子里，又看到3个贴窗的人影，手电一照，那些影子立刻潜入马厩，快如闪电。就这样满村乱串，在黑暗中消磨掉了几个小时，再看手表，已经是下夜两点，回到大屋，在那破床上辗转一阵，瞌睡上来了，便昏昏睡了过去。一觉醒来，天已大亮，便庆幸一夜无事。

第二夜就放松了许多，天黑以后，谢玉田来商谈路线教育如何搞法，扯了两个多小时才走。谢玉田刚走，郑天保、吴能、蔺开有又来闲坐。他们跑了20几里地，到靠山的哈萨克牧业队看电影《地雷战》没有看上，白跑了一趟，几个人大骂传播假消息的王全国的嘴不是嘴，是猪屁眼儿。消息是吴能先听到的，他家的茅房和王全国家的茅房紧挨着，只隔着一道院墙，他上茅房解手听见王全国在院墙那边大声说，牧业队今天有电影，不是《地雷战》就是《地道战》。吴能说，现在想起来，王全国是故意喊给他听的。郑天保和蔺开有就骂王全国生来就不是个好东西，是猪变的，所以干不出人事。骂完王全国，又关切地问我，昨天夜里睡得怎么样？见着什么动静没有？怕了没有？

我说我睡得很好，鬼不会来找我这样的人，鬼有什么好怕的？就是睡在老坟地，我也照样倒头就睡。我想我得说点胆壮的话，不能让几个乡民看出我的心虚。

郑天保说："越是没有胆量的人吧，越信鬼怕鬼！开有就是这号怂货，从牧业队回来，路上他也怕，非要走在我和吴能中间，稍听得一点风吹草动，就嗑牙打哆嗦。真是连个女人都不如！"

一边又称赞我，阳气重，胆子壮，吴能跟着附和，说如果让他独住大屋办公室，他也不敢住。赵组长到底是见过大世面的，光明磊落，正气凛然，哪像我们这些村鄙草民，愚昧无知，缩头缩脑，掉片叶子都怕砸着脑袋，还编排了故事自己吓自己。说得蔺开有满面惭愧。

我忽然想起昨晚在村里见到的那些人影，就问他们，那些人贴在人家窗根下做什么？3个人就同时咧开大嘴笑起来，只笑不说话，样子十分丑陋暧昧。追问急了，才说是听窗根。穷乡僻壤，夜里没有任何娱乐，听窗根就是最好的娱乐。我总算听明白了，便不再问。

3个人走后，大屋又沉入黑暗死寂世界，夜空黑云密布，看不到一颗星星。南山一带有闪电划出，杂有滚滚雷声，卷着雨腥气的山风从大缓坡刮下来，在一马平川上一泻千里。风里有荒原杂草尖梢发出的颤抖的响声，听起来很像是人的哭泣和呻吟，我又莫名其妙地紧张起来，索性吹了灯钻被子，强迫自己入睡。刚躺下，门吱呀一声开了，下山风刮着雨点一阵阵往屋里灌，隐约听到外间屋子好像有异常响动，瞪大眼死死盯住已被打开的门，竖了耳朵仔细听，听到一群硕鼠奔突撕咬的声音，就准备起身去关门。刚坐起身，忽然看见暗青窗口上，出现一个怪异人形，一道闪电划过，那怪影闪显一片白，蜘蛛般抖动摇颠，同时发出撕裂一般几声怪叫，嚎叫后便停止颠摇，好像做出梳头动作。我冷笑一声，抓起手电筒，跳下床就追了出去，跑到窗根下一看，那人形怪影已无踪影，突出于外墙的土坯窗台上，扔着一把篦梳，梳齿脱落得不剩几个，上面居然还缠着一撮粗糙毛发，仔细辨认，不是人发，像是马的鬃毛或是尾毛。

道听途说的事现在成了事实，看起来这个只有不到百户人家的偏远小村子真是在闹鬼，应当下决心好好查一下，搞个水落石出，看看到底是谁在装神弄鬼？

我决定立刻去找谢玉田。走到半路，看谢玉田家那屋院，黑乎乎的不见一线灯光，想想人家肯定早就睡了，就犹豫起来，决定等到明天再说，就又折回去。这时雨忽然下大了，看旁边挨着一面墙壁，就贴墙站着躲雨。隐约看见前面有盏灯亮着，虽细小如豆，却亮得分明，估计这家人还没有睡，看看表，时辰还不算太晚，便朝那灯光走去。走得很近了，用手电照过去，见是一圈破败干打垒土院墙，风蚀得不及半人高，参差如同狗牙，里面圈着两间低矮土坯房子，也是一片破败狼藉。敲了几下门，从门缝里挤出一颗烂毡片一样的脏脑袋，看仔细了，原来是郑天保。天保看清是我，很是吃惊，说："赵组长，怎么是你？你怎么知道我家的？"

说着就后退一步，让我进去。说他正闹肚子，要出去拉稀，让我在屋里稍坐。边说着便提着裤子往院子里跑，跳进菜畦里，就噼里啪啦地窜起稀来。看他的屋里，一张破炕、一个灶台，灶台上的铁锅缺了一个口子，锅沿上污垢结成了硬块，一只肮脏海碗在黑灶台上扔着，里面还有半碗苞谷面菜粥。破土炕上只铺了一条烂毡，一条脏得分不出颜色的破被子胡乱堆着，散发出逼人的汗酸味儿，油灯光影下，居然还扔着两本颜色发黄的旧书。

我把那两本书凑到灯下看，一本是《三国演义》，一本是解放初期出版的《中华技艺大全》的一本分册。两本书扉页上都端端正正写着吴能的名字，看来书是借吴能的。

郑天保进来，看我翻那两本书，就说："吴能还有好几本书哩，是个能人，能得很，待在一棵树这种鬼地方，真委屈他了！"

我说："看不出来，你们还喜欢读书？"

天保说："我是狗看星星，好多字都不认得，只能看懂个大概，吴能脑子灵醒，还会说书，三国全本他都能说下来。"

又问我怎么找到他家里来了？我便把刚才见鬼的经过说了，天保不信，眨目眼说："真有这种事呵！你不会是看花了眼吧？怎么这种事都让你们工作组的人撞上了？”

我说：“显然就是冲工作组来的。一棵树这个地方，真是有鬼呵！”

就把那把破篦梳子拿给他看，他相信了，说这事只要好好查，没有查不出的道理，这个村子就这么百十号人，挨着个查，准能把鬼查出来。我说我也是这意思，所以连夜去找谢队长。天保兴奋起来，要和我一起去见谢玉田。我说谢队长恐怕早睡了，天保说，睡是睡了，正在他老婆肚皮上忙活呢，咱们现在去，把他的肉萝卜从王玉珍肚子里给他拔出来，说着用手做了一个不堪入目的下流动作。

就又往谢玉田家去。到了谢家屋院，天保猛砸一阵门，一边大呼小叫。谢玉田磨蹭一阵，出来开门，脸色有些不悦。进了屋，天保往卧室探进脑袋，嬉皮笑脸对里面炕上的女人说：“喂喂，王玉珍，你先松活一会儿呵，等会儿我给你个新鲜萝卜吃！”

里面谢玉田婆姨笑骂几声，谢玉田仍是不太高兴，说郑天保：“啥事情非要深更半夜说呵！天保你不让赵组长好好歇着，又瞎胡捣鼓啥？”

我也拉长了脸，说：“谢支书，这事不能过夜，必须马上研究！一棵树村的阶级斗争形势是很严重的！”

便又把那把破篦梳子拿出来，把大屋办公室闹鬼的情况说了。谢玉田立刻来了精神，说村里闹鬼已经很多年了，能查个水落石出真是再好不过。他婆姨王玉珍听说又要查鬼，也跑出来旁听，只穿了贴身汗衫，两只大奶颤颤悠悠地乱动，郑天保盯着她的奶正想说些晕话，被谢玉田打发了让他去把王奎和王全国叫来，王全国是民兵连长，研究阶级斗争新动向不能少了他。

郑天保很快就把两人找了来，两人都是兴致勃勃，仔细研究那梳子，说一阵一棵树种种闹鬼现象，便开始分析摸排到底谁在装神弄鬼，谁的嫌疑最大。王奎说鲜于寡妇很可疑，鲜于寡妇早年当过神婆，原本就会装神弄鬼，死了儿子以后就一直有些疯疯癫癫，她儿子芒种是修南山水库时，自己下水捞鱼被淹死的，没有拿上赔偿金一直心怀不满，经常说些疯话胡话，言行很是异常。郑天保说芒种是王组长、朱组长走了以后才淹死的，他死之前一棵树村就出鬼闹鬼了，因此不可能是鲜于寡妇装神弄鬼。

王全国说最可疑的人是吴能，这个人最善于伪装，鬼点子比谁都多，骨子里就不是什么老实人。他老子在盛世才的军队里当过马弁，后来又参加过反动会道门一贯道，还做过坛主。吴能这个家伙跟他死去的老子是一路货，念念不忘搞封资修，叫他背诵毛主席语录吧，背得吭吭巴巴，可是说起三国水浒，眉飞色舞，倒背如流！王全国说他早就怀疑吴能是个鬼，只有吴能这种人才会想出装神弄鬼这种鬼点子，扰乱人心，破坏大好革命形势，贫下中农是绝不会干这种事的。

他说完，郑天保就说那也不一定，贫下中农就一定都是好人，不见得，牛二也算贫下中农吧，你说他干过啥好事？谢玉田的婆姨跟着说王全国，是你让人家吴能说三国水浒的，人家不说，你死乞白赖缠着要人家说，现在你又倒打一耙，怎么横说竖说总是你的理呵！谢玉田见王全国烧红了脸，就说他婆姨：“去去去！睡你的觉去！我们谈工作哩，你瞎掺和个啥！”等他婆姨回了卧室，又接着说，还是应当先从四类分子查起，然后再查有劣迹的人，还应当考虑到外来因素，外乡人作案的可能性不能完全排除。如此争执不下，最后还是王全国出主意，说那个鬼不可能只露一次面，肯定还要再次出来捣乱，所以现在消息不能扩散出去，从明天晚上开始，由他带领几个民兵，在大屋周围隐蔽处埋伏下来，大屋里面也埋伏一个，一旦那鬼再次出现，便与我里应外合，包围擒拿。

大家都说这主意很好，决定明晚开始实施。王全国很是得意，瞥着郑天保，说："我可是有言在先呵！今天知道这事的就咱们这几个人，谁也不要长嘴多舌，走漏消息，大家都严守秘密，管好自己的嘴!"

郑天保知道是说他，就冷笑道："你把你自己走风漏气的球嘴管好就行了！今天不是你散布假消息，胡说牧业队有电影，我们几个也不会跑那么多的冤枉路!"

王全国一时语塞，嘴里像塞进了茄子，气得直翻白眼。

三

这天傍晚，王全国先来跟我安顿一番，就匆匆去了。等到夜幕降临，大屋四周的麦垛、苇丛、渠坎，都潜伏了人。大屋外间的墙旮旯里，藏了一个叫胡麻的小伙子，手里攥着一杆鸟铳。王全国则藏在无皮老柳树旁边的芨芨草墩里。一共是6个民兵，都各就各位，严阵以待，眼睛瞪大如铜铃，只等那鬼怪出现。

6个民兵守在大屋周围，等于在给我站岗放哨，我只管放心睡觉，睡得就格外的踏实香甜。这以后夜夜如此，我只管睡觉，只苦了蹲坑的民兵们，夜夜喂蚊子，还一动不敢动，怕暴露目标。外间守候的胡麻比其他几个稍好些，可以出声骂娘，被蚊子咬了也骂，被老鼠吓了也骂，骂蚊子骂老鼠骂王全国，说只有猪脑子才会想出这种办法。后来才知道，其他4个也在骂王全国脑子不够用，这样子能抓着鬼才真叫见鬼了。

王全国硬着头皮坚持了5夜，那女鬼不见出现，也就没有了劲头，说再埋伏一夜，如果还是抓不到鬼，这次行动就算结束了。

第6天夜里几个人懒懒散散来了,却不愿意再去蹲坑,说蹲也白蹲,都跑到大屋办公室来陪我天南地北的闲聊天,王全国也没了蹲坑的兴趣,打发其中的六贵到外边放哨,一个小时轮换一次。六贵磨磨蹭蹭去了,出大屋门,忽然失声惊叫了起来,大家慌忙跑出去看,六贵正手指着天空高喊:“看! 火球! 火球!”

大家抬头一看,村子西北方夜空果然有一团火光徐徐坠下,另一团正好腾空射出,划出一道灼目炽光,然后坠入同一方向。众人都怔着,呆站一会儿,不见火球再次出现,王全国就率众民兵朝村子西北野地跑去。我跟在后面跑,到了野地,大家满地搜索,没找到任何可疑物证。在大屋那边看火球,好像是在这一片地面发射和坠落,其实很可能目测有误,搜索一阵,毫无结果,只好等白天再来。但村民们已经受了惊动,都从屋里跑出来,问出了什么事,一时谣言四起,众说纷纭,整个村子都乱套炸锅了。

那所谓火球必是信号弹无疑,论性质应该比装神弄鬼更加严重。我和谢玉田、王奎、王全国等连夜开会研究,都觉得这是一个非常严重的事件,一棵树村肯定有埋藏很深的阶级敌人,必须火速向上级汇报。

第二天一早,我和谢玉田一起,骑马往孚远镇赶。公社革委会一班人听了汇报,把装神弄鬼和信号弹联系起来分析,也认定一棵树这个地方很适合隐蔽敌情,说不定还深藏着老牌特务,一定要深挖细查,揪出他们的狐狸尾巴,让多年的悬案大白于天下。指示完毕,当即决定由公社武装部黄部长带一助手前往一棵树村,依靠广大贫下中农,把案子查个水落石出。

黄部长当过侦察兵,有些侦破方面的经验,认为要破此案,当以查清谁有作案时间和条件为要。黄部长对破案信心十足，认为小小一个一棵树村，百十号人，挨着个查，一定能够把可疑分子揪出示众。

黄部长到村子后，让谢玉田找人在大屋办公室再支两张床，要和我住在一起。他是个雷厉风行的人，不喜欢拖泥带水，到村的当天晚上，就让谢玉田找几个贫下中农来，要大家抖情况，提供破案线索和可疑人名单。以后连着几天，都是开这样的调查会，谓之发动群众摸排阶段。每次的会，都由王全国张罗叫人，但每次的人都来不齐，来了的往大屋墙根一圪蹴，都像泥胎似的一言不发。因村里各家各户居住分散，屋院互不相连，夜里又不太串门，那夜里谁在家谁不在家只有自家人知道，旁人怎么可以乱说胡说？所以无论黄部长怎样启发开导，主动发言的人还是很少，揭发别人的更是一个也没有。最让黄部长不满意的是有些人居然认为人死只是肉身死了，魂不附体了，就化之为鬼魂，所以一棵树有鬼显灵，根本用不着大惊小怪。更有甚者，竟有人私下里说，一棵树这样的穷乡僻壤，死气沉沉，闹闹鬼、放放火球才好，总之是有点事比什么事也没有要好。黄部长在会上说，贫下中农说出这种话，真是糊涂，太糊涂了！

这样的调查会开了5天，摸排阶段结束，一无所获，黄部长就焦躁起来，对我说，以前光听人说一棵树村贫困落后，这回算是领教了，真是太落后了，人也愚昧，个个冥顽不化，都像是榆木疙瘩脑袋，给这样的人开会真是浪费时间。

黄部长决定不再开会，和王全国一商量，圈定了5个重点怀疑对象，因为只有这5个人无人能够证明那夜里不在作案现场，或证明不足信且多劣迹者。

5个人里，地主家庭成分的马国印排在最前面，其次是国民党马弁、一贯道坛主之子的吴能，再次是富农成分的马良世和中农成分的张荞麦，最后一个是郑天保，成分最好，雇农。往小本子上写郑天保名字的时候，黄部长有些犹豫，说："这个人出身蛮好的，应该是我们的依靠对象嘛！"

王全国说："黄部长，成分好不能保证他就一定是个好人，牛二的成分也好，他能算个好人么？"

黄部长眨眨眼，说："牛二？你说的是哪个牛二？"

王全国说："杨志卖刀上的那个泼皮牛二么！我觉得郑天保这个家伙很多方面都像那个泼皮牛二，怕苦怕累，游手好闲，怪话连篇，不折不扣是个刁民，平时结交的尽是吴能那号不三不四的人，一棵树出怪事，肯定和郑天保这个家伙脱不了干系！"

王全国成天跟随黄部长跑前跑后，很得黄部长的信任，耳风一吹，郑天保就上了嫌疑人名单。我觉得天保搞信号弹的可能性不大，没有一定的弹药方面的知识，搞出能上天的火球是根本不可能的。装鬼吓人似乎也不像，王全国非要把他打入另册，我想可能还是由于郑天保和吴能走得太近，太过密切。王全国对吴能好像格外的仇恨。

黄部长和王全国拟好了重点嫌疑人名单后，就决定在大屋里搞一次突击审问。

审问就在大屋外间进行，黄部长让谢玉田、王奎、会计王小满等村干部都来参加。黄部长的助手当堂记。审问开始时，黄部长特意把手枪放在桌子上，门口还安排了民兵站岗，气氛甚是森严肃穆。

5个人依次由民兵从外面带进来。先带马国印，胆小怕事的马国印身体单薄，走到老柳树下就发起抖来，进了大屋，越发抖得厉害。吴能却是若无其事，一路东张西望，满不在乎。但跟在吴能后面的马良世和张荞麦却害怕得要死，面色煞白，埋着脑袋，大气都不敢出。郑天保是最后一个被带进来的，头发又脏又长，烂毡片一样乱参着，脸黑如炭，腰间扎根破布带子，样子活像个越狱的囚犯。他进大屋的神态比吴能更加放肆，大摇大摆，嬉皮笑脸，站定以后，还跟双手端着鸟铳的胡麻开玩笑，说胡麻也是嫌疑犯，信号弹只有鸟铳才能打得那么高。

王全国吼叫道："郑天保！少嬉皮笑脸，油腔滑调！今天你给我放老实点，好好交代你的滔天罪行！"

黄部长接着开审，先审马国印和吴能，要他们老实交代，坦白从宽，抗拒从严，不要心存侥幸，企图蒙混过关。马国印一直抖着，听完黄部长开场白，好像通了电一样筛起糠来，浑身剧抖不止，牙齿嗑个不停，脑袋冒出寒烟，一句囫囵话都说不出来。马国印吓成这样，黄部长就要吴能先交代，吴能眨眨眼睛说："交代啥？我没有啥可交代的！"

王全国说："吴能，吴能，你能，我叫你能！"

说着，走过去，忽然左右开弓掴了吴能几个响亮耳光，不等吴能站定，又照腰猛踹了一脚。吴能就像一只麻袋一样，撞在墙上，再弹起，重重地摔倒。马国印见状，又像打摆子一样剧烈地颤抖起来，引起颤抖连锁反应，旁边的马良世和张荞麦也跟着发起抖来，3个人抖成一片，好像赤裸着身子站在冰天雪地里，骨节和牙关抖瑟之声，清晰可闻。吴能被王全国的铁掌掴得满嘴是血，腰上挨的那一脚也很重，疼得龇牙咧嘴，却不敢叫出声，怕再挨打，态度老实了一些，但还是坚决不承认放了信号弹，喊冤不止。黄部长觉得马国印是个突破口，就继续审问马国印。这可怜虫受了吴能的感染，竟然也颤颤抖抖地喊起冤来，满脸都是眼泪鼻涕，说那天夜里确实没有发过信号弹。黄部长就追问，那么，出现信号弹的时候，你到底在哪里？当时你在干什么？谁能够证明？马国印就口吃起来，回答不出，眼睛不断偷偷看郑天保，马良世和张荞麦也不约而同地偷偷瞥天保。郑天保就瞪住那3个，说："你们看我做啥？我脸上有信号弹是不是？"黄部长立刻警觉起来，目光如电，紧射郑天保，厉声说："郑天保！你老实交代！信号弹是不是你干的？"

郑天保嘴里不住地啧啧着，苦笑着，摇着他的脏脑袋，欲言又止的样子。黄部长说："你嘴里啧啧个什么！少耍花招，快交代问题！"

郑天保好像下了很大的决心似的，说："实在要我说，那我就一五一十都说了吧，那天夜里我们5个，是在一起来着……"

说着就盯着看王奎的脸，嬉笑一下，又不说了，好像难以启齿的样子。黄部长满面狐疑，目光在王奎脸上停住，又盯住郑天保，说："在一起怎么了？说！是怎么回事就怎么说，照实说！不要有什么顾虑！"

王奎有些不安起来，被黄部长逼视着，更加沉不住气，就骂起来："郑天保！有话就说，有屁就放！嗓门眼让毛塞住了吗？"

郑天保抓着烂毡片一样的乱发，好像豁出来的样子，说："说起来真是丢人，那天夜里，我们5个，嘿嘿，一块儿贴了王队长的窗根！王队长跟他婆姨在炕上，光说话不弄事，我们就一直等，好不容易等到他们弄起事来，火球正好上天了，我们就跑开去看热闹……"

郑天保说完，就羞愧地低下脑袋，王奎笑了起来，骂道："怪不得那天夜里我听着外边不对劲，原来是你们这帮狗杂孙！天保，你都三十好几了，还靠这个解饥荒呢！"

郑天保点头哈腰，说："我有罪，我丢人现眼，我灵魂肮脏，对不起贫下中农！从今往后一定改邪归正，重新做人，绝不再带人听窗根了！我向贫下中农和黄部长保证，再犯这样的作风错误，叫我断子绝孙，打一辈子光棍，不打光棍生下个娃子也不长屁眼儿！”

众人本来就憋不住想笑，此时索性放开大笑起来，连刚才还在筛糠发抖的马国印，也跟着窃笑。只有黄部长气得肝子疼，脸色铁青，咬牙切齿，见众人笑个不止，猛拍一下桌子，炸雷一般大吼道：“滚！滚！都他妈的快给我滚！”

突审搞成了一场闹剧，黄部长十分恼怒，又继续查了几天，毫无进展，没有一点线索，火球案遂成了无头案。几经波折，黄部长对破案越来越没有信心，也越来越没有了兴趣。心平气和下来，再三权衡，便同意了谢玉田等人的外乡人、过路客作案说。不久黄部长的助手和王全国在村外一片撂荒地里，发现了一处带硫黄气味的糊迹，焦黄的草叶像是被灼烤过的。

黄部长就和我一起前往察看，仔细地看了现场，黄部长说那信号弹可以肯定不是信号枪射出的，是预先埋好，上面安装有定时弹射装置的。所以，根本无法根据作案时间排查作案者。就是说，即使是本村人干的，也难以查出是谁干的。

黄部长在一个偏僻穷村待了将近20天，早有去意，现在就给自己找一个就势下坡的理由。我虽然对枪械机巧一类的东西一窍不通，但还是按照他的要求，写了一份他在一棵树村努力认真破案，最后查明一棵树村里无人作案的证明材料，让谢玉田盖了村革领小组的章子。黄部长很满意我写得周到得体，遂高高兴兴回乎远复命去了。

四

黄部长走后，我仍在大屋办公室住着，这以后再没闹过鬼。在村里待的时间稍长，和社员渐渐熟了，常有人来找我聊天，我横竖是一个人,很希望有人陪着说话,故谁来我都表示欢迎。

吴能也来,但总是避开王全国,有王全国在,他便不进屋,或正和我聊着,王全国来了,他便起身就走。郑天保、蔺开有、胡麻、六贵等都不怕王全国,甚至敢于公开蔑视他,唯独吴能不敢,对王全国畏而远之。

我对于大屋突审时吴能挨打这事,一直有些内疚。王全国下手实在太狠,居然把吴能的牙血都打了出来,猛踹的那一脚,要是换成马国印,恐怕致残的可能性都有,幸好吴能身体还算健壮,疼痛几天也就过去了。尽管突审和打人我并没有什么直接责任,但总觉得有些愧疚,故吴能每次来,我都很客气,且对王全国说,今后对吴能这样的人,要注意政策,要讲团结,有话好好说,不能随便动手打人。

王全国咬牙切齿说:“他能,我就要打他!谁都不该打,吴能杂孙就该打!不打他,就不知道个天高地厚,就会蹬着鼻子上脸,骑到我们贫下中农脖子上拉屎撒尿!”

我说:“王全国,你好像特别不喜欢吴能,吴能又不是阶级敌人,他的问题,真有你说的那么严重吗?”

王全国说我千万不要被假象所蒙蔽,对吴能、郑天保这伙人,绝对不能放松警惕。王全国说他根本不相信装神弄鬼和信号弹是外乡人干的,他一直怀疑是吴能在背后捣鬼。

王全国说:“赵组长,这些人跟你套近乎,是想腐蚀拉拢你呢,你还是应该提高警惕,离他们远点的好!”

我觉得王全国这个人真是有点岂有此理,我是上面派驻的工作组成员,跟他谈话,要他注意政策,不要随便动手打人,他不但不听,反而说我正在被人腐蚀拉拢!就想,这个人是不是脑子真有问题,不然,怎么会这样没有分寸呵!

就认真地打量起他来。细看起来,王全国的相貌是有点特别:他的脑袋丰硕结实,脖子粗壮几乎和脑袋同粗,脑袋上的头发似乎永不生长,总在一二公分左右,且稀疏,阳光下头皮灰亮可鉴,结实如同金属,给人以千斤大锤也夯不动的感觉。他的鼻翼奇大,鼻孔有点朝天,还长着两只巨大的招风耳,这样的相貌,配上他粗壮孔武的身坯,确实十分奇异。

据郑天保等人讲,王全国几年前,是孚远乃之军塘这一带的文革名人。先是参加了邱大隆主任组织指挥的军塘农民赤卫军,因表现积极,武斗神勇,被邱主任任命为马队队长。在攻打县城对立派一个坚固据点的战斗中,王全国身先士卒,冒着枪林弹雨,率领该马队冲锋陷阵,为摧毁那个据点立下头功。有传闻说,当时有目击者看见,有几颗子弹准确地射向了他的脑袋,发出清脆的金属碰击声,迸发出明亮的火花,但那些子弹击上他的头皮后都忽然改向拐弯,被噌地弹向别处。传闻神乎其神,很快流传开去,于是王全国成为军塘家喻户晓的传奇人物,农民赤卫军的头号英雄。

郑天保说,军塘成立革委会时,邱大隆当上了革委会主任,跟随他有功的王全国本来可以弄个一官半职的,比如武装部长之类,从此吃上公粮,脱离农业劳动的。但节骨眼上有人偷贴了他一张大字报,还散了传单,说他是武斗先锋,打死过人,有血债,罪大恶极。还说他是吃猪奶长大的,猪头猪脑,智力低下,只上过3年学,这样的人怎么配当干部?大字报和传单造成很大影响,邱主任也怕武斗问题牵涉自己,在下面安插一个打手影响不好,就让王全国还是回到一棵树村,继续当农民,给个民兵连长就可以了。邱主任不想因为一个草莽英雄,影响自己江山社稷的稳固。

了解了这些情况,我对王全国所以仇视吴能,似乎有了一些感悟,就问郑天保,贴王全国大字报和散发传单的人,有没有可能就是吴能呵？

郑天保摇着脑袋，斩钉截铁地说，肯定不是吴能。“文革”期间，四类分子子女和吴能那样有点污点的人，只能老老实实待在村子里，根本不让出村，吴能怎么可能去贴大字报散发传单呵？

我说：“那依你看，是谁干的呢？”

郑天保说：“不知道，我怎么知道？”

我说：“一棵树村以外的人，怎么会知道王全国喝过猪奶？所以，王全国的怀疑还是有些道理的，贴他大字报的人肯定是本村的人。”

郑天保说：“王全国当公社干部，谁都不服！就连老谢、王奎、王小满都不服，都是土坷垃里刨食吃的农民，凭啥他就吃了皇粮，让我们来养活他？他算个什么东西！”

我说：“就算吴能没有干这事，他总是有什么地方得罪王全国了，要不，王全国怎么会对吴能如此仇恨呵？”

郑天保翻着白眼想了想，说：“大概就因为吴能太能了，王全国才容不得他，他能得连邱主任都叫好，你想想王全国能咽下这口气么？”

我问这又是怎么回事？邱主任怎么会为吴能叫起好来了？

郑天保反正无事，乐得同我闲扯，把吴能一五一十地介绍一番。

吴能在乡村属于被称之为能人的那类人。比方说，同是砌火墙、垒土炕，他砌的垒的，风火就比别人的通顺。一样的南瓜籽、黄瓜籽，种在他家小院子就比别人的结得多、大。一样的听老辈人说古，别人听过就忘，他听一遍就记住了，所以他成了村子里说古的唯一传人。想听封神榜、三国、薛仁贵、窦尔敦、十八路反王、六十四路烟尘之类古事，就只有求他。不是“文革”，吴能光靠走村串户去说书，都能养活他和老娘。他还能锯两下二胡吹两声箫管，颇清亮地唱几段秦腔和河州花儿。这些技艺，并没有人教过他，是他自己琢磨会的。此外，他还擅长下棋，村小学的跛子陶校长过世后，没有对手了，他的棋也就很少下了。

山河一片红后，他到外边寻过半年生计，回来后又比别人多了一样伎俩，学会了烹饪手艺。在温饱问题都没有解决的穷乡僻壤，偶遇婚丧嫁娶，红白喜事，办几桌流水席，就请吴能去掌勺，但这样的机会一年难有几次，故他学的这门手艺，施展的机会并不多。

吴能真正露了一手，是在前年秋分的那天。

那天，军塘革委会主任邱大隆陪同州革委会的候副主任到一棵树村访贫问苦。村里在王奎家为两位主任办桌席接风洗尘。谢玉田、王奎就把吴能叫来当大厨。吴能从容准备了六荤四素十道热菜，又用红心萝卜雕花，以黄萝卜刻鸟，配上青嫩菜叶、熟蛋牙、西红柿、粉条，少许猪肝等物什，日弄出来一个凤鸟栖花丛的大拼盘，红是红、青是青、白是白，颇为光鲜有趣。往桌子上一端，侯主任便击节叫好，啧啧称道，说想不到荒僻乡村竟然有如此能人技艺。邱主任也说整个军塘地区，最好的招待所厨师也弄不出这样的东西。并不失时机地附庸了一下风雅，以食指点一点大拼盘上的黄萝卜小鸟、红萝卜花和白色粉条，摇头晃脑，抑扬顿挫地吟诵了两句压根儿没在一起联着的毛主席诗词：已是悬崖百丈冰，她在丛中笑！

郑天保说在一棵树村的这次吃喝，给邱主任留下了很深的印象。军塘宾馆落成的时候，需要几个好点的厨师，一次饭局上，邱主任忽然想起乎远的一棵树村，有那么一个会烧菜做拼盘花样的厨子，就介绍给了宾馆，让把此人弄来，可当大厨使用。这本来是吴能改变命运跳出农门的一个绝好机会，但商调的人到村子里找人一了解，就立刻打道回府了。

郑天保说，当时来的那两个人，只见了几个村干部。大家都没说吴能什么好话，其中数王全国说得最为恶毒。说吴能出身反动家庭，思想反动，用心险恶，时刻伺机搞阶级报复，到宾馆当厨师，很难说他不会投毒，或者往饭菜里吐痰、添进污秽之物。阶级斗争的弦是时刻不能放松的。

王全国最为恶毒的说法，是说吴能很不讲个人卫生，身上很脏，不知道他身体上有什么毛病，很有可能是麻风病。因为自打他小时候起，一棵树村人谁也没有见他露过体，三伏天热得流油，他也绝不露肉，一身盐花斑驳的衣服总是严密地裹住身子。郑天保说，吴能打小时候起就不露体，是确有其事，但因此就说人家有麻风病，是非常缺德、非常险恶的。

后来，我就这事还问过谢玉田，核实是否确有其事。谢玉田也说，王全国和吴能结怨，根子可能就是在大字报和传单上。王全国一直怀疑是吴能在背后捣鬼，坏了他的好事。邱主任那回来访贫问苦，王全国也是陪客之一，对当年冲锋陷阵的老部下，邱主任很是冷淡，爱答不理的，反而应着侯主任，对下厨的吴能大加赞赏，还给吴能敬了酒。这事对王全国的刺激非常大，心里一直憋着一股恶气，军塘宾馆(当时叫招待所)来人了解情况，王全国终于等到一个报复的机会，把吴能说得头顶生疮、脚底流脓，让人家一听就恶心，也不再找人核实清楚，就决定不要吴能了。

谢玉田说，吴能自小不露体是真，但说人家是麻风病，真是无知，一棵树村真出个二十几年病历的麻风病人，那整个村子不就成麻风病村了吗？

至于吴能为什么从不露体，谢玉田也说不出个所以然，他说农村人不喜欢管这些闲事，能把肚子吃饱就行了，谁管谁露体不露体呢！

五

一棵树这地方虽然荒僻，进入6月，荒野上的红柳、骆驼刺、芨芨草、牛蒡、野麻、优若藜、马莲等草木繁盛起来，也能汹涌出一片生机盎然的灰绿色生命世界，杂以红的红柳花、黄的阳雀花、白的马兰花、蓝的刺藜花，看上去灿烂缤纷。田地就在这样的荒原的包围中，到这季节，厚重的绿色将贫瘠的盐碱地遮掩和覆盖，和荒野的绿连成一片，很是让人赏心悦目。

我在村里的日子，白天一般都是跟组劳动。我喜欢田间的劳作和泥土的味道，还有阳光下寂静而宽广的大地。站在田间地头，视野开阔，一览无余，南面的那些荒凉的浅山和天山山脉钢蓝色的群山汇合成为一体，横亘在绿色的原野大地上，是美不胜收的一道风景。

我跟的生产组的组长就是王全国，吴能也在这个组。这时节的劳动主要是给玉米地锄草、间苗，还有给洋芋、红薯培土打沟。吴能劳动十分卖力，歇手的时候很少，经常警惕地瞥着王全国，看样子他很怕王全国，干活时尽可能地不给王全国斥骂的口实。工间休息时，也不跟大伙儿喧闹取笑，找个有阴凉的地方独坐，卷莫合烟，眯眼望远处的云烟，偶尔会同人下一两盘方。"方"我估计是围棋的最原初的一种形式，或围棋的很小的局部。没有棋盘，随便在地面上画些方格，双方持不同石子或土块当棋子，互相围剿，吃掉对方。吴能同人下方一般是出于无奈，被对方纠缠不过才懒洋洋地答应，脸上漫不经心的表情充分显示其智力的优越。如果一盘方正在进行中，王全国吆喝一声干活儿，他便立刻如同惊鹿般跳起来，抓起刨锄就走，绝不像其他人，要磨蹭好久才懒懒地下地去。

我对于吴能这个人一直很感兴趣，方虽然没有下过，旁观几局也就看出门道，一次田间休息，我说："吴能，来来，我们两个杀两盘！"

有少许黑雀斑的脸朝向我，小眼睛里闪烁着一点狡黠，从头到脚看着我，立刻堆出满脸的笑，伸出一只手侧一侧，做出一个请的动作。第一盘我输了，第二盘却总是赢。以后几次，都是这种结局。听郑天保、蔺开有、谢玉田他们讲，吴能以前跟有棋癖的王组长也下过多次，也总是不分胜负。我就说吴能："吴能，下方就是下方，你不要让来让去，让了没有意思！"

吴能便指天发誓，说他绝对没有故意让，赵组长的方确实下得很好，他是使了吃奶的劲才勉强打成平手的。

趁去公社开会的机会，我想办法借了一副象棋，晚上约了吴能到大屋办公室来对弈。下了几晚，还是胜负掺半，无论是胜是负，都让人生疑。遂觉得吴能这个人太过圆滑，了无趣味，跟他下棋实在没有什么意思。只是相处日久，和他渐渐熟了，不像才来时那样隔膜，觉得这人一年365天，几乎天天都在王全国强暴管制下低头弯腰、卑躬屈节地生活，人变得日渐萎缩，也是情有可原的。

不料我的判断竟完全错了。吴能对王全国竟然十分地鄙夷，不仅鄙夷，还十分的同情和怜悯。

吴能说王全国落生时便是一个怪胎，分不清四肢，突鼻突嘴大耳扇，卷成一个肉球，通体无一根毛发。他爹看了顿生厌恶，说像是猪胎，投生错了地方，遂从接生婆手中夺过，要亲手弃之于荒野。因他娘拼命哭喊争夺，他爹方才罢手。

又说王全国小时候很能吃奶，嘬奶极其凶残，往往嘬得他娘哭爹叫娘、痛不欲生。后来奶水不够,只好代之以猪奶。

吴能说:“赵组长,王全国小时候,喝的就是我家的猪奶!有时是他娘来讨要,有时干脆就把全国抱来,跟猪崽子一起,直接伸嘴嘬母猪的奶头!”

我觉得这故事无论真假,听起来都有些恶毒,便说:“吴能,你跟我说这些,就不怕我传给王全国吗?”

吴能说:“不怕不怕,我知道赵组长是好人,面善心慈,不会传这些闲话的。”

想想又说:“就是他知道了也无所谓,他要找我的麻烦,我就这样跟他说,自古异人多出怪胎,哪吒、包拯就是,生下来的时候都是血糊糊的肉球,老包还喝过母老虎的奶水呢!我这样说,他肯定高兴,怪胎里出来的人,必定有大富大贵!”

我说:“王全国一个普通农民,能有什么大富大贵呢?”

“怎么没有?”小眼睛幽亮地瞪着,盯住我说:“他在军塘城里当马队队长时,被人前呼后拥,威风八面,住的高级房子,吃的山珍海味,玩的漂亮女子,这还不算荣华富贵吗!他富贵了3年,风光了3年,一般庄户人,谁有他这样的福分?”

我说:“这算什么福分,当年他如果改吃皇粮,当上孚远镇上的干部,说他有点福分还差不多。他不是眼看快当上国家干部,又被你们给捣掉了么?”

吴能认真地看着我,说:“赵组长,谁也没有捣他的鬼,是他自己福分不到,命里不该得,人的福祸都是有定数的,定多少就是多少,不能硬要的。”

我觉得吴能这个人的思想和言语都十分矛盾,让人难辨真伪。想一想我又问他:“吴能,王全国打了你,到底为什么?总得有点什么原因吧?”

他的神态立刻变得扭捏起来,支支吾吾的欲言又止的样子，被我再三追问，嘿嘿笑着，说："那天他打我，打得怕是在理的。怪只能怪我自己，头天夜里那个梦做坏了！那个梦，嘿嘿，是这样的，我正在一片野滩上走，那野滩大得没有边，毒日头在头顶上悬着，一丝风都没有。我走呵走呵，就看见王全国的婆姨在前面走，精赤着身子，两扇肥白屁股一扭一扭的，腰细细的像风摆柳，一边走，一边揉着两只奶子，回过头朝我笑……我熬不过去，就追上去，就跟她在一个马莲窝子里，做了那件事情，正做得欢畅，王全国忽然跑来了，要拿刀杀我！因此说，我挨打是该挨的！我睡了人家的婆姨，就该挨打，打多狠我都能承受……"

王全国怎么会知道他做了这样的梦呢？这当然纯粹是无稽之谈。听他说了这个龌龊的梦，我忽然觉得这家伙实在不值得同情，王全国打他应该打得再狠一点。

吴能并不知道我已经对他产生厌恶印象，反而对我更加热乎起来。一天，他谦卑而又郑重其事地问我，可不可以到他家吃一次饭？态度极为诚恳。我想吴能的父亲去世已经多年，在世时也并没有戴上四类分子帽子，吴能本人也只能算稍有家庭污点的一般社员，吃餐饭应该是没有什么问题的。此外，早听说他有烹饪手艺，到他家吃饭，正好可以尝尝他做的饭菜味道如何。

这天下午的劳动是挖排碱沟，收工的时候，吴能等王全国和组员先走了，才带我去他家。我不知道他为什么要磨蹭到最后才走，其实他家的小院子南面挨着的就是王全国家的北墙，我吃他家的饭，王全国从自家窗口就可以看见。他家的院子，几小块菜畦都种着茄辣瓜豆，坐北朝南三间土坯房，门前爬着南瓜架，已结出碗大的几个南瓜，而浓密的瓜秧上，金色的南瓜花还在竞相开放。自留地没有了，小小的院子是最后的一点可以自己支配的土地。吴能果然把它物习得很好。郑天保也有这样一个小院子，但郑天保就物习不出来。

吴能在南瓜架下摆张小桌子，让他的瞎眼老娘陪我说话。他说他家的一只公鸡让黄鼠狼咬了，伤得很重，今天和赵组长一起打个牙祭。这只受伤的鸡，吴能从宰杀、去毛、开膛剖肚、剁炒、上桌，只用了大约半个小时，且是几种烹炒方法，配以菜畦里摘的新鲜辣椒、苦瓜、黄白萝卜等，很是丰盛可口。饭间，他对他的瞎娘，极尽孝道，体贴入微。老人念叨的，总是他的婚姻问题，每每拭泪。和这两个孤儿寡母在一起，吃着鸡，念及吴能的许多优胜于常人之处，又觉得生养他的这块土地，给他的委屈和荒寒实在不少。

这顿饭直吃到月上天山，吴能很是兴奋，把二胡拿出来，拉了一曲《苏武牧羊》、一曲《李彦贵卖水》，虽无技法可言，但是在这偏远乡村之夜，听这样久违的曲子，竟让人觉得怦然心动。吴能拉了两曲就不拉了，悄声说这是封资修的东西，还是继续聊天吧，就让我睡在他家，他还有话要跟我说。安顿他的瞎娘先睡了，又把我睡的被褥在炕上铺好，还让我用热水烫了脚。上炕睡下后，才跟我说，他有一件重要的事情，想听听我的意见。他说的重要事情，是他已经谈了一个女子，然而是怎样一个女子，具体情况又不细说，含糊其辞，让人怀疑到底有没有这样一个人，因此就由他说去，懒得去搅他的好梦，渐渐地瞌睡上来了，不久就昏昏睡去。

第二天早晨醒来，猛然想起他从不露体的传闻，便往旁边看，吴能正掀起被子准备起身，果然是长衣长裤，除了脸颈和手脚，真是寸肉不露。

郑天保知道吴能请我吃了鸡，说吴能家里只有一公一母两只鸡，黄鼠狼咬鸡没有的事，他舍得杀只鸡请你吃饭，是因为你赵组长待他不错。至于吴能说又找了一个女子，郑天保说根本不要相信。一棵树这地方实在太穷太偏僻了，没有谁愿意嫁到这个鬼地方来。吴能是很能，但是在找女人这件事上，他是毫无办法，所以只能做梦娶媳妇。

我在吴能家吃了鸡，并且住了一宿，好像全村人都知道了。才过了一天，谢玉田就到队部大屋来找我，先卷根莫合烟，扯一阵闲谈，忽然问我，是不是在吴能家吃了鸡？还在南瓜架下面听吴能拉了二胡曲子？还和吴能睡在一张炕上，说了半夜的女人？

我说是，在吴能家里吃的是派饭，曲子是听了，又不是反动曲子，何况只拉了两曲，女人也说了，只说了不到20分钟，我就睡着了，并没有说半夜。我说："吴能30岁了，没有女人，说说女人还不行吗？说说怎么了？"

谢玉田说："呵呵，没啥没啥，女人么，说说没啥。"

我说："是不是有人听窗根了呵？要不怎么知道吴能说女人了？"

谢玉田就咧开嘴笑，露出红牙花子，说："穷乡僻壤么，又不是杀人放火，不过逗个穷乐子么。"

说着就仰起头看屋顶，说队部这屋实在破败得不像话了，得重新上一遍房泥，抹一次墙泥，好好收拾收拾。说着，就看着我："赵组长，你还是搬到全国家去住吧，他家里宽敞，全国娘的茶饭也好，往后，你就不要吃百家饭了，吃住都在他家，你说好不好？"

谢玉田说原本就想把我安排到王全国家的，是我非要住大屋办公室，他只好同意。

王全国家确实很宽敞，坐北朝南一栋五间房，还连着两间耳房，院子也比吴能家的大很多。五间房中间是堂屋，两边各串通两间，王全国和他老婆住东头那间，两个未出嫁的妹子住隔壁一间。我搬过去后，住堂屋西边那间，和王全国的老爹妈相邻。除堂屋外，每间房的北墙上都有个小窗子，对着吴能家的小院，吴能家有什么动静，王全国家的人看得清清楚楚。

一望这小窗子，我就明白，我在吴能家的活动，始终都在王家的监视之中，而且明白，王家对我和吴能的接近，是非常在意并且很不高兴的，所以才愿意接纳我这不速之客。

王全国家的堂屋比两厢房要大一些，有一张擦得油亮的八仙桌靠正墙放着，墙上居中贴着3个红纸剪的“忠”字，“忠”字上方是《毛主席去安源》的油画印刷品。“忠”字下方，挂着一个镜框子，里面形形色色的照片集王家各种留影之大成，正中上方是王老汉和他的老妻一张蹩脚的合影，四目直勾勾地瞪着，好像受了突然的惊吓。还有王全国的婆姨崔小娥，他的两个妹子土法上马，涂了猩红脸蛋的各种容颜及王全国孩子的近照。然而最引人注目的还是王全国本人的两张被放大的照片。一张上的王全国骑着高头大马，光着坚硬如磐的圆脑袋，一手勒着马缰，一手提着一根带红缨的梭镖，假若再给他披挂一套盔甲，便极像一个横槊马上的战将；另一张上的王全国则是站在一座水泥碉堡样的建筑物前面，仍是光着脑袋，只是穿着二手军装，腰扎宽皮带，挎着盒子枪，臂戴赤卫军袖章，曲臂紧握毛主席语录本，贴胸作挺立状，甚是雄姿英发，威风凛凛。

这两张照片无疑是王全国当年当马队队长时的荣耀镜头，特意放大了，悬在显眼位置，要引人注目的。我发现每次只要我的目光往镜框方向巡睃，王老汉便总是远远地注意我的表情，他大概很期待我向铁头英雄行注目礼，并渴望听到几句夸奖他儿子光宗耀祖的话，然而我始终没有说。

王老汉高大魁梧，沉默寡言，面目十分威严。吴能每次在路上碰到他，总是谦卑地退到一边，让路、媚笑、问候，加上点头哈腰，老汉只从鼻孔里哼哼一声，昂首过去，甚至于不屑看他一眼。在家里，他亦同样威严，不苟言笑，下工回家，只坐等女人们侍候。王全国对他老子，也是极为尊敬和孝顺，总是小心翼翼，毕恭毕敬，吴能的猪胎说如果属实的话，我想王全国的孝顺实在应该大打折扣。

至于王全国的婆姨崔小娥，用今天时髦的说法，可说极为性感。水蛇腰，乳房和臀部都十分丰满发达，天热时只穿小汗衫，乳峰挺耸如炮弹，琥珀色的腋毛时常暴露无遗，走动时两扇屁股扭来扭去，很是惹男人们的眼，用郑天保、蔺开有他们的说法，这女人天生就是个挨球的货。这崔小娥是孚远镇上的人，祖上是从俄罗斯过来的山东劳工，有俄罗斯血统，在镇上算得上是个美人，王全国得势的时候嫁了他。后来王全国被打发回一棵树村，她只好嫁鸡随鸡、嫁狗随狗，跟着到了一棵树。王全国对这女人，看得很是金贵，言听计从，百依百顺。崔小娥属滚刀肉类型性格，言谈举止，百无顾忌，在家里也不看老汉的脸色，故王老汉拿她毫无办法。每次看她露出不该露的部位，阴沉了老脸，却又不敢说她，因为人家原本是要嫁给公社革委会的干部王全国的，儿子没当上这个干部，还有什么话可说。

这天，天擦亮时下起了小雨，雨落在南瓜叶和向日葵叶上，发出好听的飒飒声，这是我到一棵树村后的第二场雨。吃过早饭，细雨还在下，不可能下地干活了，我就半躺在床上，读从郑天保那儿转借来的《三国演义》。这是吴能的书，在王全国家里我只能偷偷摸摸地读。刚读了几页，忽然听见堂屋东边屋里，崔小娥大呼小叫地叫王全国，要王全国赶快来看，好像屋后吴能家出了什么事。其时王全国正和王老汉在院子里打草绳，听老婆叫喊，立刻跑了进来。

我也放下书，站起来往小窗子外边看。先看到的是吴能的小菜圃，和他家的南瓜架，雨水使那些浓密的枝叶青翠欲滴。目光往小院门口移过去，见一个五十来岁的妇人和一个二十六七岁模样的年轻女子，正从门口往南瓜架下走。她们的衣服及头发已被雨淋湿、鞋子及裤腿上满是泥点，看样子走了不短的路。吴能飞快地从屋里冲出来迎接，不住地搓着手板，一面同妇人说话，一面不停地偷觑那年轻女子。那女子侧身站在妇人旁边，低着脑袋，脚尖在地上擦来擦去，嘴角挂些许微笑，模样还算周正。

这个迎接的场面其实非常短暂，吴能很快就把客人迎进屋，并且再也没有让王家的后窗得到窥探的机会。王全国和他的女人眼巴巴地等了一阵，吴能家里没有什么动静，便不再看。两人在堂屋里说起话来，王全国说，那年轻女子是汪家庄子的一个小寡妇，前年死了丈夫，还没有生育过，妇人是吴能八竿子打不着的一个什么远房亲戚，吴能叫她汪家姨娘，屁的姨娘！王全国似乎很是气愤不过，感叹不止，说可惜一朵鲜花插到牛粪堆上了。

两个人替那小寡妇惋惜一阵，崔小娥忽然说："全国，你说吴能到底怎么回事？你怎么会不知道？你们从小就一个村的，他到底为啥不露体呢？他身上到底有什么见不得人的东西？"

王全国说："我也是这么想呢！吴能他这么些年，连拉屎蹶腚都避开人，小时候娃儿们在西渠子游水洗澡，他就死活不下水，一直是寸肉不露，这事情如今想起来，越想越蹊跷了！这家伙身上肯定是有问题的！"

崔小娥说："说他是麻风病、梅毒，连我都不信，但是他肯定是有问题的，怕人看见，所以才会总是避着人。"

王全国使劲地想一阵，恍然大悟，突然大叫起来，说："我想起来了，吴能身上一定有蛇皮癣！我见过一回长蛇皮癣的人，遍身的鳞片，像蛇皮一样。看一眼，真是让人毛骨悚然，浑身起鸡皮疙瘩，3天都不想吃饭！对了对了，吴能他肯定也是这病，怕人看见，所以才藏藏掖掖！"

崔小娥说，"那吴能真娶了小寡妇，脱衣上炕，那不得把人家吓死呀！"

王全国咬牙切齿说："他吴能有这种病，根本就不该结婚！也不配结婚，这不是害人糟蹋人么！真是太缺德了！"

我想起那夜里和吴能同炕而卧，身上也起了鸡皮疙瘩。又想吴能身上真有可怕的皮肤病，瞒得过初一，绝对瞒不过十五，那汪家小寡妇倘若知道了他浑身蛇鳞，必定要跟他闹翻，于是又有些替吴能担忧惋惜。

蛇皮癣我也曾经见过，长在一个人的胫后部，厚硬如同犀牛皮，且不断有鳞状银屑脱落，极让人生理上产生厌恶。这还是局部患癣，若遍体都是，同房那天，绝难掩饰，汪家小寡妇决不会跟一个浑身硬痂、披了蛇鳞的人行床笫之事的。人家又不是嫁不出去，尽管是寡妇，年轻加上两三分姿色，完全可以找一个好点的人家。这样深入地想下去，越发觉得吴能真是凶多吉少，命里不该有桃花运的。

堂屋那边，王全国和他的婆姨还在说话，但是压低了声音，好像怕我听见，变成了窃窃私语。但我能感觉到空气中传递过来的兴奋。吴能是不是真有蛇皮癣，尚未得到证实，但这对夫妻却坚信无疑，他们发现了吴能身上的重要秘密，并且为此兴奋不已，对吴能未来的厄运幸灾乐祸。

六

吴能自从有了汪家小寡妇,变得精神焕发,笑口常开,好像年轻了10岁,田间劳动更加卖力,地头休息时也是有说有笑。晚上睡前,还要在南瓜架下吹拉几曲,有时还要对着夜空清唱几句野曲子。那个胖胖的小女人,给他的苦寒的生活带来了甜蜜和春阳般的暖意。我问他什么时候去公社办理结婚登记,我走之前能不能吃上他的喜糖,喝上他的喜酒,吴能便乐滋滋地说,快了快了,汪家女又不是黄花闺女,没有许多讲究,赶麦子收割之前一定能把婚事办了。

从吴能自信的态度,我实在看不出他有什么值得担忧的事。就对他说:“你家里确实需要个女人,赶快定个日子,把婚结了,免得夜长梦多。”

吴能去过汪家庄子几次,后来他那个汪家庄子的姨娘又来了一次,我对他说这话时,正是他姨娘来后的第二天,那位汪家姨娘是来告诉他,女方那边没有什么问题,让他再去那边一趟,商谈接亲定喜日子的具体事宜。这时节田野的麦子已经由青转黄,开镰也就是20天之内的事,吴能就是想赶在开镰前把婚结了。

这天劳动时,他说他明天就要去汪家庄子定结婚的事,晚上想把郑天保、蔺开有和那几个受过审的乡党叫到家里小聚,问我愿不愿意和大家在一起坐一坐?我说坐一坐有什么,我平时就常往吴能家跑,王全国家和吴能家不过一墙之隔,今天坐和平时坐并没有区别嘛。

吴能说:“赵组长不嫌弃我们就好,其实我们这几个人,也都不是什么坏分子,活得都挺孽张,都老大不小了还打着光棍,日子过成这样，好像没有什么指望，所以怪话牢骚话就多一些，其实……”

我说：“吴能你不要说了，我没有把你们当坏人，晚上我去就是了。”

我在王全国家里吃了晚饭，在院子里同王老汉、王全国夫妇闲聊了一会儿，月出东山的时辰，借口散步，在村子南边野滩转了一圈，然后踱到吴能家。这时候郑天保、蔺开有、马良世、张荞麦和马国印几个都来了，围坐在南瓜架下，小桌子上摆着几盘凉拌菜、一盆蒸南瓜，几个人一人一个小白碗，碗里是吴能早备好结婚要用的军塘散白酒，六十度以上的烈酒，把这些人烧得个个面红耳赤，谈笑风生。我坐下后，吴能又给我斟了一碗酒，大家就你一句我一句地闲扯聊天，不时地恭喜吴能几句，说他命好福大，总算找到一个不错的媳妇，吴能就很高兴，舍得拿酒，还出节目。这晚上的月亮分外明亮，夜空幽蓝，透过南瓜架的叶蔓，能看见南山的剪影如驼峰般分明，夜风清爽，带着庄稼和百草万物的香味，沁人肺腑。这夜里吴能贡献了3斤酒，大家聊到半夜方散。

第二天一早，吴能就去了汪家庄子。这个时辰，王家院子一般是只有王全国的老爹妈起来，但这天王全国和他的女人也起来了，我躺在床上，听见他们在自己的卧室里窃窃私语，王全国的两个妹子也起来，跟她们的哥嫂一起嘀嘀咕咕。我横竖也睡不着了，起来到堂屋去看，他们便都不说话了，王全国还朝我古怪地笑了笑。

吴能每次去见汪家女，都要到傍晚才回来，一棵树村距汪家庄子有20公里路，步行往返得好几个小时。但是这次回来却正赶上晌午，正是社员们收工回村的时辰。有眼尖的人发现了吴能。灰绿的野滩一望无际，蜿蜒着白白的一条沙土路，烈日让野滩蒸腾出飘飘忽忽的白焰，吴能的影子就在那路上缓慢地向前移动，看上去细小如蚁。渐渐近了，才看出他走路很不稳当，像是喝醉了酒，跌跌撞撞，深一脚浅一脚的。再细看，他脸上一派木然，双眼空洞，目不斜视，呆呆地盯着前面的浮土路，收工的人们跟他打招呼，开他和汪家小寡妇的玩笑，他像是没有听见，只顾摇摇晃晃地往前走。

路人见他神态异常，便都停下，夹道看着他颠踬过去，且互相交换着迷惑目光，这家伙这是怎么了？

吴能呆滞着脸，踉踉跄跄走到王全国家门前的那块场坪上，忽然趔趄一下煞住身子，瞪大了眼睛盯住王家院门，嘴里突然呜里哇啦自言自语起来，咬牙切齿地像是在念咒语。这时王全国和他的婆姨崔小娥也收工回到自家门前，知道吴能是冲着他家诅咒，便不急着进去，站下来，抱着胳膊，狞笑着看吴能发癫。

众人感觉到可能会有好戏看，便从四面八方围拢过来，都竖了耳朵，鹅一般伸长脖子，想听清吴能嘴里到底在咒些什么话。

吴能像是开始了詈骂，且在人群中找到了王全国，双目直逼王全国，细眼睛里有极亢奋激烈的光芒射出，全然没有了平日的那种卑微和萎缩，很像是一只寻衅的斗兽。我凑近去，闻出他身上酒气冲鼻，知道他一定是喝多了闷酒，才有如此胆气，敢和昔日的铁头英雄、现在的民兵连长斗阵，骂的话也听清了几句、充满愤恨，极其粗野难听，大意是，王全国搅了他的好事。

王全国听他如此放肆詈骂，将手中刨锄一扔，挽挽水桶般粗的壮胳膊，狞笑着逼上前去，厉声喝道："喂喂！这是骂谁哩？"

吴能毫不退缩，指着王全国的鼻子，怪笑道："骂谁？你是猪脑子你听不明白么？那老子告诉你吧，老子骂猪哩！”

王全国气红了眼，咆哮一声，挥拳就打，郑天保忽然从人群中跳出来，将他拦腰抱住，大喊吴能快跑。吴能躲过一拳，不但不跑，还趁王全国和郑天保撕扯缠扭的机会，狠狠朝王全国裆部猛踹一脚，然后跳到一边，抡起双拳使劲捶打自己的胸膛，一边如同擂鼓般捶胸，一边向围观的众人高喊起来：“四邻乡亲！老少爷们！我吴能是一棵树的人下人，终究到底是个人胎，自小喝的是人奶，吃的是人饭，拉的是人屎，干的是人事！跟大伙儿是一样的人，可我在一棵树活得不如人，我吴能忍气吞声，让人欺得气都喘不过来，还一直强忍着，今儿个老子不忍了！老子豁出来了！”

众人都肃穆了脸，等着听吴能的下文，一时鸦雀无声。王全国被吴能踹到要害处，双手捂着下裆，痛得面无人色，直冒冷汗。

吴能继续大声说：“我自小不露体，大伙儿有些说道，我不怪大家。王全国这只猪却硬说我身上有蛇皮癣！把好端端一门亲事给我搅了！今儿个我当着众乡亲们的面，脱个精赤身子给你们看！十胎有九记，那是娘肚子里带出来的，我爹胆小怕事，说我凡人印了个异脉，不是好事，怕我惹是生非，死前留下一句话，除了家里人，不让我在外人面前露体，今儿个我不管了！我就把精赤身子给大家看看！老子不怕丑！老子豁出来了！”

只听见女人们掩了脸尖声惊叫，眨眼间，吴能已是一丝不挂，赤条条站在场坪上，正午的太阳一片灼白，众人眼前好像有无形火焰蒸腾飘荡，都晕了眼。定睛再看，吴能叉开双腿如树桩般站立着，灰白身子从左边肩胛开始，有一条巴掌宽的蓝青胎印，龙蛇一般绕着身子缠了几箍，一直延伸到右边大腿内侧，样子极像人工灼镌的刺青，然而它不是刺青，而是真真实实的胎印，是所有人见所未见、闻所未闻的一种奇异胎印！

吴能在烈日下雕塑般立着，带状胎记如青龙般在他健壮发达的裸体上缠绕，似欲腾飞，在青龙的尾部，接连的男子下体，竟是出人意料的威武雄豪！

众人皆瞪圆了眼，张大嘴，倒嘘气，王全国亦目瞪口呆地望着，满脸疑惧，刚才的凶悍已飞得无影无踪，他身边的女人，也用异样的目光看着那尊裸体，脸上泛出红潮。

肃穆了一阵，我忽然醒悟过来，吴能如此将赤身裸体完全暴露在全村男女老少面前，实在有伤风化，对他耍酒疯到如此不顾廉耻的程度生起气来，就命他赶紧把衣服穿上。吴能好像没有听见，兀自裸立着，纹丝不动。郑天保、蔺开有和张荞麦等人上去，强行给他把衣服穿了。

众人这时还是肃立着不肯散去，王全国如同霜打了一般圪蹴着，双手捧着他的青皮大脑袋，身边除了目光迷乱走神的崔小娥，还有他沉默寡言的爹。王老汉如泥胎般伫在儿子旁边，没有笑容的老脸上，凝着悠远的沉思表情。

就在这天夜里，在队部大屋上空，又升起了两颗蓝色信号弹，十分明亮灼目，以前的几次信号弹都出现在野外上空，这次的却是在村子里，很多人都看见了的，但村人们对这东西已经见怪不怪，就像过年偶尔也有人放花炮一样，算不得什么稀罕事物了。比起白天在场坪上吴能的裸体事件，“火球”再现好像已不值一提。

这事本来是该王全国管的，但六贵跑来告诉他出了信号弹，他竟推说头痛要睡觉把六贵打发回家。谢玉田、王奎等队干部也就不再找他，王家这天夜里好像死了人一样，安静得像个坟院。我是工作组的，总还得去看看现场。跟六贵赶到大屋，那里已经聚集了几个人，近前一看，是谢玉田、王奎、王小满，还有郑天保。几个人打着手电满地找发射信号弹的装置，找了一阵，没有找到，谢玉田就说算了，信号弹出现过好些年了，也没见闹腾出个什么事，这事就由它去了，也再不要向公社汇什么报了。他说完，大家就七嘴八舌地说起吴能来，都说吴能自小不露体，是真龙转世，不愿让凡俗之人看见他身藏龙脉，所以才用衣服遮掩，或避人耳目。又说起吴能的种种聪明才智和优胜于凡人之处，愈发相信，自古异人多异相，吴能绝不是等闲之辈，将来必有大出息、大造化，大功大德和大富大贵。

众人越说越神，就又联想到王全国，说王全国猪头猪脑，可能真是猪猡转世，平日里百般欺凌吴能，不自量力，将来必遭恶报。又有人说吴能若是真龙转世，未必会跟王全国这样的人一般见识，韩信受过胯下之耻，后来登坛拜将，统兵百万，若是不做一回胯夫，断无往后的功名。谢玉田听着，长叹一口气，说："对不起吴能的，不光是一个王全国，说起来我们都是有份的，往后吧，我们对吴能还是要好一些，不要总是凶神恶煞的，人么，还是和气一些的好。"

七

吴能裸体事件之后，只过了一天，孚远公社工作组就派了一个叫陈展的同事接替我驻队，召我回孚远另行安排工作。陈展原先是团干，调报社时间不长，和我不算很熟，我们见面后，陈展就要我给他介绍一棵树村的人与事，我就重点介绍了谢玉田、王奎、王小满和王全国这几位村干部，还有郑天保、吴能等几个人，然后说事，大屋闹鬼、捣地鬼，几次信号弹悬案，以及刚刚发生过的吴能裸体事件等等。

我和陈展的谈话是在野外进行的。麦收前的乡野广漠而宁静，粉红的野麻花开遍原野，五更鹚有一声没一声地叫着，满鼻子都是草木和成熟庄稼的清香味儿。庄稼地走到尽头，陈展突然问我，是不是在吴能家吃过鸡，偷看《三国》，和一帮有问题的人称兄道弟？不是下方下棋就是喝酒寻乐？还唱李彦贵卖水等封资修黑货？看我瞠目结舌的样子，陈展笑笑说："早有人到公社把你告了，你一点都没觉察呵？告你的人不但说你立场有问题，还说你资产阶级思想严重，不好好吃贫下中农的饭，挑肥拣瘦，还往本子里夹些花呀草呀的，看年轻女同志的眼神也不对劲……"

我差点气昏过去，觉得一棵树这鬼地方真是人鬼不分，穷山恶水出刁民，我真是多一天都不想待了。当即就收拾了东西，跟谢玉田打声招呼，当天就离开村子到孚远镇去。到工作组驻地安顿下来，分团领导跟我谈话，果然撤我回来的原因，就是有人告了我的黑状。无论我怎样解释，不良影响总是已经造成。几天后，我就被召回报社，记者编辑也不让我干了，说我在一线表现不好，不适合在喉舌单位工作。从此之后，几经沉浮，在沧桑岁月里摸爬滚打，一晃就是10年过去了。

我离开孚远后只有过一次在孚远的短暂停留，那次是到悦般州出公差，返程因遇洪水受阻，临时决定绕道孚远镇到军塘。在孚远镇我们一行数人进了一个饭店吃饭，司机说这个一棵树农家食府的饭菜很不错，大盘鸡和薄荷鱼非常有名。就在狼吞虎咽的当儿，瞥见后堂一个指手画脚的女人，有些面善，细看其前挺后撅的身段，依稀像是王全国的女人崔小娥，但又不敢肯定是不是，恍惚中同伴已经催行，就带着疑团上了车子。当日因同行还要在军塘市公干，就在军塘宾馆下榻。那个疑团渐次扩大，勾起十余年前的诸多回忆，猛然想起陈展就在军塘史志办，就打电话询问，居然很快和陈展接上头。

我和陈展是在宾馆旁边的一家小酒店里见面的，几碟小菜，一瓶伊犁王，喧聊了两个多小时。陈展说，我离开一棵树后，吴能紧接着也走了，是带了他的瞎娘一起走的。吴能在外边闯荡了几年，有了一些资本，就在孚远开起了餐馆，渐渐做大，把一棵树农家食府这名号做到县市州府，成了州县一个闻人。村人到镇、县办事，一般都能在他的饭馆吃顿便饭，不取分文。村人的农副产品，吴能均代为收购推销，从中赚了不少油水，村人不但不见怪，反说他是个富贵不忘乡亲的善人好人。

吴能发达起来后，向他提亲者甚多，连王全国的婆姨也打起了他的主意，想跟王全国离婚改嫁给他，因她一直觉得吴能对她似乎有些垂涎，还做过和她野合的梦，吴能很暧昧地拒绝了。那个当年拒绝了他的汪家女，也哭哭啼啼来找他，说上了王全国的当，要求恢复婚约。其实吴能已经和军塘皮毛公司一个25岁的漂亮女会计办理了登记手续，就对汪家女说，那是咱们没有缘分，怨不得王全国的，你年纪也不小了，我给你介绍一个人，你们好好过日子吧。

吴能给汪家女介绍的人，就是他在一棵树村的穷朋友郑天保，两人一说就成。吴能让他们在孚远镇安下家，还把孚远的农家食府放心地交给天保两口子管理经营，每年四六分成，不出两年，天保也富了起来。

陈展说我在孚远饭馆看见的那个女人，可以肯定是王全国的婆姨崔小娥。在那个食府打工的，还有王全国的两个妹子，是吴能特意安排招聘的。同时进店打工的，还有谢玉田和王奎的一双儿女。吴能后来把生意做到州县，又从一棵树招了一些子女。吴能在孚远的那两年，王全国时常去见他，每次都搭了蔺开有的小手扶车去，捎些羊皮、免皮、狐子皮之类物事，求吴能代为收购，吴能总是应允，但有时见皮子不好，有破损或太肮脏，便免不了要教训王全国几句。他婆姨这时总是帮吴能的腔，骂他是猪脑子，只会下死力气，不看见他还心净些，见了就心烦！

陈展说吴能现在居住在州府，却总往乡下跑，前不久还带了一个风水先生去看一棵树的风水，风水先生到大屋一带看了看，说这个地方其实是块宝地，可以聚宝生财的。吴能半信半疑，又找了农科院一个老专家来看，老专家说一棵树这地方下面有个弓形隆起，地下水就在这个隆起下面形成湖泊，水势激荡时有节奏地冲击隆壳，就发出砰砰的响声，这就是所谓捣地鬼的科学解释。老专家说，这里的地下水资源这样丰富，守着一个龙潭，老百姓怎么把日子过成了这个样子？

陈展问我想不想见见吴能、郑天保这些人，想的话就多留几天，吴能一定会好好接待你赵组长的，他现在一门心思在跑一棵树开发的事情，但是你来了，他决不会怠慢。我说，以后还有机会再来，到时候我们一起重返一棵树，看看吴能的能耐。陈展说可以可以，我看他已经醉眼矇眬，舌头不听使唤了，就知道我想知道的另外一些事情，只有留给往后的时间了。

田园乐

贵树和谷盛坐在榆木墩子上，往南边方向望人。

日头很毒，又没有一丝儿风，树窝子里一点都不凉爽，水泥帐篷里更是热得像馕坑，兄弟两个就坐在这段榆木墩子上，吐着莫合烟，往远处眼巴巴地望。这里的树荫最浓，碱地上还长着箭杆一样的芦苇和芨芨，如果有风，苇秆们错动起来，会发出骨头相撞那样清脆的响声。他们希望听到那样的声音，就把嘴巴像喇叭那样撅起，打出嘘嘘的哨声，想把风引出来。但风没有引来，倒引来了两只绿肚子苍蝇，在他们的头脸上绕来绕去，好像是一公一母，愉快地追撵着，嗡嗡的笑声很是烦人。这是野地里长出的苍蝇，一点都不怕人，兄弟两个挥手赶了几下，看它们没有要离开的意思，索性不再驱赶，由它们嗡嗡去。

兄弟两个巴望着能望出辆轿车之类的车子，从空旷的远方跑过来，但他们望了两个多小时了，这样的车子连一辆都没有出现过。拉货的大车倒是过往了几辆，然而货车是不会在三岔口这个地方停的。三岔口的田园乐，是为有闲钱又有闲空还有雅兴的城里人准备的，如今这样的城里人真正是越来越多了起来。

就因为这样有雅兴和野趣的城里人多将起来，他们的爹韩如意就弄了这个田园乐。用陈年苇子和红柳枯枝圈起的这个田园乐有水泥帐篷3顶，小包间房2个，砖砌伙房1间，还有1个鱼塘，塘里胡乱放了些杂鱼，可供垂钓。“田园乐”3个大字是请晗市的一个书法家写的，该书法家和一帮文人路过此地，消费了韩老板大盘鸡、大盘肚、大盘红嘴雁、大盘鱼，巩乃斯特曲6瓶，留下醉书墨宝一幅。那3个字本来只有拳头大，让韩老板放大了10倍，刻在一块门板一样大的牌子上，让此牌匾高悬在路口的那棵大沙枣树上，老远就能望见。韩如意是个喜欢赶时髦的人，他种薰衣草发了财，钱多了还想再多，看中了这片老树窝子，就弄了个田园乐。

田园乐每天都会来些客人。这里离首府不远，40公里地，离晗市更近，20公里，客人们就是从这两个城市跑来的。韩如意懂得投其所好，给客人准备的都是农家菜肴，大盘系列中还有大盘兔、大盘羊拐、大盘牛筋、大盘羊蹄；还有大盘蔬菜、大盘野菜；还有蒸南瓜、蒸红薯、蒸嫩玉米、杂合面馍，一律农家风味，十分地道。还为客人准备了吊床，拴在树上，棋牌麻将，以及鱼竿鱼饵，一应俱全。客人来了，玩耍一天，吃得油嘴汗腮，走时都说这个田园乐不错。也有留下过夜的，多是关系暧昧的男女，韩如意思想开通得很，对贵树和谷盛说：“人家在包间里弄事，你们看门，要保证人家玩得尽兴。这号客人，来过一回，还会有第二回，第三回，伺候好了，都是回头客！”

兄弟两个就心领神会，向他们的爹保证，一定当好客人们的警卫。如今种薰衣草不用他俩个下地了，地里的活儿都包给了四川和河南民工，但他们怕他们的爹不高兴，爹不高兴了，说不定还会把他们打发到地里去。他们可不愿意下地里去，地里的日头太毒了，能把脊背上的皮都烤煳了。更主要的是，他们喜欢伺候城里人，尤其是过夜的城里人，他们巴望着来几对过夜的城里人。他们等着看景呢!

但今天的情形实在是奇怪,都快到晌午了,还没有一个客来。兄弟两个就用眼睛去询问他们的爹。他们的爹在一号帐篷外边的一把躺椅上半躺着,半眯着眼,胖脸上热得流油,但舍不得松开脖子上的领带,打着领带,人显得富贵、气派,所以他终年都打着领带。他的紫红色粗壮脖子上落着一只硕大的绿苍蝇,眼角上也落了一只,还有一只在他的头顶上嗡嗡,好像要选择一个什么地方降落。韩如意拿两眼的余光扫一下这只待降的苍蝇,又扫一下其他两个儿,最后扫的是伙房门口的伙夫老康。老康裸着上半身,圪蹴在伙房门口,完全是睡着了,嘴角流着涎水,青皮脑袋闪着金属一样的光。韩如意就有了一种厌恶的感觉,就决定要回村里,家里有空调,没有客人来,还待在这里做什么。

他就站起身,对两个儿说,“没有客,你们就把通鱼塘的路铺出来,砖都拉来3天了,你们难道就看不见吗?”

贵树说,“你不是说,要请民工来铺么?”

“你们闲着,请民工做什么!”

他说,脸色很严肃。他觉得对这两个游手好闲的儿,得威严一点。

他把两手背在屁股上,一颠一颠地朝村子走。两个儿张大着嘴,看着他的背影离去。他们的爹长着女人一样的大屁股,还是个外八字罗圈腿,走路的样子实在是滑稽,但他们不敢笑他们的爹,他们有点惊愕,这么热的天,当爹的自己回家凉快去了,倒要当儿的出力流汗地铺什么砖路!

他们吃惊时,老康也醒来了。老康正在笑,笑得红牙花子都露了出来,他们就有点愤怒,老康这老杂怂正幸灾乐祸呢,但他们不得不去拿锹和锄,因为他们看见他们的爹回头看他们呢。铺红砖先得松路基,这可是个力气活儿,那路是暴露在毒日头下的,但他们不得不离开阴凉,往毒日头下走。

韩如意回了一下头,看见两个儿抓着家什,从黑阴凉里进了白日头下面,就满意地给自己笑了笑,再背过身去,迈着罗圈腿,拧着女人一样的大屁股,往村道上走。

鱼塘被芦苇、芨芨和红柳围绕着,有一股裤带水从水田那边渗进来,久之就成了个半人深的水洼,其实也就是个较大的涝坝。韩如意让民工把靠着水泥帐篷一岸的苇草灌木割掉,放几张花花绿绿的塑料椅子,供垂钓者坐。从水泥帐篷到鱼塘,有约莫30米的距离,韩如意拉来一车红砖,要铺一条像点样子的路。

两个儿清楚地记得,这路是要请民工来铺的,他们的爹确凿这么说过的,怎么突然就让我们当起了民工?他们实在是想不通,于是手上的动作也就很是抵触,锹锄有气无力地挥下去,碰到繁盛的草根,就像碰上海绵,立刻就弹了回来。他们很久没有用过农具家什了,劳动成了一件陌生的事情。这里的杂草以骆驼刺和八角刺居多,还有荨麻,都是蜇人刺人的恶草,头上又顶着白花花的毒日头,好像顶着个火炉,烤得他们头发冒烟,真正是苦不堪言。

但这苦他们没有受用多久,两个人就都停下手里活计,同时往南边的旷野上望。

他们看见了两个缥缈的影子,在蒸腾着热浪的野地晃动,而且,那影子是越变越大,大地燃烧着看不见的火焰,他们是在火焰里踟蹰前行。

是两个过路的人,正朝着树窝子走来。他们走到田园乐那块牌子下面,就停住了脚步。

兄弟两个盯着两个过客看,是一老一少,老的大约60岁的样子，小的那个20来岁。

两个人都是皂衣皂裤，脚蹬牛鼻鞋，满面都是盐汗，头发灰扑扑的。老的那个腰带上拴着渔鼓简板，小的那个斜挎着一把三弦。他们的眼睛像黑窟窿，是盲人，却扬着脸，煞有介事地在看牌匾上的字。

兄弟两个立刻来了精神，居然来了这样两个奇奇怪怪的人，真是非常有趣。他们知道游方的瞎子不会是来度假的，但他们不想放过和瞎子乐和乐和的机会，就把手里的家什扔了，朝瞎子们迎了上去。

俩瞎子听见了脚步声，就凝住脸，迎着来脚步的方向，眼窟窿做睁开的样子，但那窟窿只露出一点青色的眼白，他们的脸也就随之有些变形。

兄弟两个知道他们看不见自己的表情，但还是堆着满面的笑，跟他们说话。

"二位是不是想歇歇脚呵，想歇就歇一歇，我们欢迎呢！"

"有凉茶，肚子饿了，还有吃的，歇口气吧，歇歇再走路不迟！"

俩瞎子就浮出笑来，老瞎子像古人一样抱起拳，拱拱说："这是块清凉宝地，老远就有股凉气袭来，我们真是走得很累了，两位小兄弟不怕打扰，我们就借片阴凉歇一歇！"

谷盛就把俩瞎子领到榆木墩子那儿，让他们坐下稍候。贵树转身钻进二号帐篷，拎起一壶茶，又从炕桌上的大盘里抓起两块吃剩的羊拐肉，这是昨天的客人狼藉在桌上的东西，准备喂狗的，反正瞎子看不见，白吃白喝，就这样了。

小瞎子真是渴坏了，接了贵树的一碗茶，喝一口，忽然喷吐出来。

"这茶馊了！"

老瞎子接的是羊拐肉，凑到鼻子下闻了闻，脸上就浮出一丝笑。

“小兄弟，天气酷热，茶食容易发馊变味，我们的眼睛不中用，耳鼻还是能分得香臭好坏的，乐意了，你们就赏碗清水，一块馍，不乐意了，也不必上心为难，我们稍稍坐一坐就走！”

贵树的脸就有些烧，连忙说：“对不起对不起，冰柜子里有吃食，我给师傅说一说，让他上笼热一下，请二位稍等片刻！”

但贵树还没来得及跟老康说馏馍的事，就听到了汽车刹车的响声。是一辆很新的黑色奥迪车子，从田园乐的牌匾下滑过，停在那几棵老榆树下的杂草地上。兄弟两个立刻扔下瞎子，往老榆树下面跑过去。

黑奥迪是从晗市方向开过来的。车门打开，先下来一个三十来岁的汉子，着竖条港衫，蓄二马分鬃梅超风式的大分头，边往水泥帐篷这边走，边打手机边朝兄弟两个扬一扬手。接着从车上下来的是两个年轻女子，头发都染得如同玉米穗子，耸着胸脯，走路像模特般迈着猫步。

谷盛说：“这人来过一回，是个阔爷！”

贵树也记起来，这个大分头是去年热天来的，带了三男四女，闹了一个通宵，还在小包房里做了些花天酒地的事。

大分头朝兄弟两个挥一下合上的手机，说：“发洪水了，前边的路断了，我们不走了，就在你们这里休闲休闲！”

贵树就说欢迎欢迎，说怪不得今天冷清，原来是洪水挡路了。边说着，边问客人，是到小包间还是进大帐篷？

客人说：“上回来，我们给你们的爹提过意见，帐篷应当装空调的，装了没有呵？”

贵树就赔笑说：“我爹说了，装了空调，就不叫田园乐了，不地道了么。”

大分头咧嘴鄙夷一下，说："屋里没有空调，我们进去做什么？先在外面凉快凉快，等日头斜了，再进屋不迟。"

谷盛见客人们满地找阴凉，就走到榆木墩子那儿，对两个瞎子说："你们两个挪一挪，让客人坐！"

两个瞎子就挪起身，坐到离树墩子不远的马莲窝子旁边。这儿只有些稀疏的树影，瞎子们伸手在地上摸索一阵，躲过乱刺，摸到了马莲，才放心坐下。

贵树搬张圆桌过来，又让谷盛搬来3把塑料椅子，安顿客人在榆木墩子旁边坐了，就问他们想吃点什么，同时报出一长串农家菜肴名目。两个女子就雀跃起来，叫着要吃嫩玉米、椒蒿羊肉饺子，还要吃刚从地里摘的新鲜黄瓜和西红柿。

大分头笑着，拍拍两个女子的裸臂，对贵树说："大鱼大肉吃腻味了，就来点新鲜稀罕的，除了她们说的那些，再拌些苜蓿尖、野荠菜，炖一只老母鸡，现在先上饮料，要冰凉的！"

贵树就上了几瓶库车产的波斯坦鲜杏汁，又打发谷盛赶紧回村，让家里准备椒蒿饺子、蒸玉米，客人要吃的新鲜蔬菜，还有野菜，也得让家里准备。三岔口这个地方，是个碱窝子，长不出精致的东西，只能长恶草乱木。老康这个大厨，是个大盘师傅，专做鸡鸭鱼肉的，贵树就让老康把一只老母鸡捉来，让客人过目，然后让老康去宰杀，用文火慢炖。

鲜杏汁是从冰箱里拿出来的，客人喝过，觉得身上凉爽起来，剩了一瓶，大分头拿在手里掂了掂，看两个瞎子在马莲窝子那里圪蹴着，就随手扔过去，杏汁瓶子像个手榴弹，在瞎子面前的白碱泡子上炸开一团白烟。

大分头说："喂喂，你们两个，会算命吗？"

年轻瞎子说："对不起，我们不算命。"

大分头说："我给你们饮料了呢，你们怎么不喝？"

年轻瞎子说："我们不喝扔掉的东西。"

大分头就对两个女子笑起来，说："有意思有意思，这两个瞎行者很有意思，我好心给他们解渴呢，他们居然不领我的情！"

女娃儿就笑道："华哥你好没面子呵！"

大分头就仰起脸笑，点头说："是呵是呵，我真是没面子，太没面子了！"

笑毕，敛起脸，说："那你们到底会什么呵？我看你们背着乐器行头，是不是卖唱的呵？"

老瞎子就欠一下身子，说："我们是苦命人，两眼一抹黑，四海云游，到处为家，就靠唱几支野曲子，给人逗乐解闷，换几个碎钱糊口度日！"

华哥就来了兴致，说："野曲子好呵！如今就是野东西吃香嘛，说说看，你们都会唱些什么曲子？"

老瞎子说："无非就是些村歌俚曲，登不得大雅之堂的。还可以唱几段秦腔、郿鄠戏、小曲子，李彦贵卖水之类，都土得掉渣，又不合时宜，城里人不爱听。我们就只有跨州过府，选些荒僻地方走动，如今也只有穷乡僻壤，还有人愿听这些东西。"

华哥就摇头，说："那也不见得，民间的东西，蛮有意思的，连老外都喜欢牛鼻鞋、土碗、剪纸、旧鞋拔子一类物事，越过时越土老帽越有兴趣，这也叫赶时髦。我们今天就赶一赶这个时髦！"

又转脸对两个女娃儿说："你们说，想听什么野曲子？"

女娃儿想了想，说要听爱情方面的，要听情歌。

华哥就拍一下大腿，说："那就唱情歌，要色一点的！"

两个女娃儿就抿起嘴笑，伸出小手，打他的胳膊。

华哥就抻一抻脸，对两个瞎子说："那就先来段情歌，咱可有言在先呵，唱得不好不给钱，唱好了，把她们逗高兴了，我加倍给！”

老瞎子笑道：“唱得好不好，都为图个客官高兴，添愁添烦，我们还唱个什么？”

说着，两个瞎子就商议一下，挪过身子，到老榆树墩子边，站在几个客人面前。

老瞎子朗声说：“客人们坐好了，我们现在就给各位献唱了！先唱段河州花儿，请你们欣赏！”

话毕，老瞎子就咳几声，清清嗓子，然后仰起脸，唱起来：

泾阳的草帽十八转
大布的系腰是两转
尕妹的人品样样全
层层叠叠的牡丹

打马的鞭杆闪折了
走马的脚步儿乱了
尕妹的模样使全了
阿哥的肝花拿了
……

华哥不等瞎子再唱，打断说：“你们这是清唱嘛，渔鼓三弦怎么不用？”

老瞎子欠一欠身，堆笑说：“这是野曲，青天野地放开嗓喉唱的，不能用乐器，乐器是唱戏段子才用的，你们要的是野曲子，所以就清唱哩！”

华哥就问女娃儿：“你们觉得怎样？爱听不爱听？”

两个女娃儿就扭着身子，捂着耳朵，说："什么呀！大男人家的学着个女人腔，难听死了！学阿宝又学得不像，不男不女的，不爱听不爱听！"

华哥就摊一摊手，说："那就打住吧，不要唱了，不要唱了！"

两个瞎子就哑下来，怔在那里。这时有股风吹过来，太阳向西偏了，远处的灌木丛里有只五更鸹在叫，风把鱼塘的水腥气拂了过来，杂了满世界的艾蒿草的气味。两个卖唱者的脏脸很难看，他们呆呆站着，好像雷劈的树桩子，一动不动。

小瞎子后来先动了动身子，嘶哑着声说："这么说，我们是白唱了？"

华哥说："不是说好的吗，唱好了就给钱，唱得不好，分文不付！"

小瞎子冷笑一声，说："不是我们唱得不好，是我们唱的这种野曲子，你们这种人根本就听不懂！"

华哥瞪起眼，涨红了脸，说："看不出来，你这个要饭花子还很硬气呵！就不阴不阳的唱了几句，你还真想要赏钱呵！"

小瞎子又笑一声，说："你不是要我们算命么，我就给你算一命，你这人为富不仁，也为富不长，迟早要遭报应的！"

华哥暴跳起来，抡了手掌，要冲上去掴那小瞎子耳光，被两个女娃儿拦住，说华哥是有身份的人，不必跟要饭花子一般见识。那炖鸡的大厨老康，也过来劝解，把瞎子们拉到鱼塘那边。正在这时，跑出树窝子迎谷盛的贵树，从老榆树那儿跑回来，对客人说吃食马上就到了，其实他只是在老榆树那儿往村子望了一眼，三岔口离村大约三里地，他看见谷盛出了村，就赶紧跑回来报信。

谷盛大约一刻钟后才到，手里拎着一个多层食盒，椒蒿羊肉饺子、蒸玉米、凉拌野菜都装在里面。还提了一篮子新摘的黄瓜、西红柿，黄瓜还留着花巴儿，两个女娃儿哇噻哇噻地惊叹着，拥着华哥欢喜跳跃。华哥也就忘了适才的不愉快，和女娃儿一起上了桌子吃将起来。贵树问要不要上酒，华哥嘴里正进去一个热饺子，含糊着说现在不要，晚上吃鸡的时候一定要要。

客人吃喝的时候，谷盛对贵树说，他们的爹在家里睡得昏天黑地，呼噜打得像猪呼噜一样，叫不醒他。他就自作主张，在村口叫了两个过路的民工，答应给他们工钱，让他们赶天黑以前。把通鱼塘的窄路铺出来。话音未落，两个民工就到了，是一高一矮两个黑脸汉子，听了兄弟两个的吩咐，就埋头干起活来。

这时的风开始有了些凉意，日头也不那么毒了，从老康的厨房里，飘出一阵阵炖鸡的香味。那几个客人吃饱了，让兄弟两个赶紧收拾桌子，他们要打扑克。谷盛就把桌子收了，把吃剩的东西送到厨房，忽然想起了瞎子，就拿眼四处巡睃，问："瞎子呢？瞎子哪儿去了？"

贵树就说："刚才还在鱼塘边上呢嘛，怎么突然就不在了？"

老康哑着声，说："走了，不走你们管人家吃住么？"

兄弟两个就往远处望，望见了瞎子正在旷野上走，越走越远，远处的天发紫发蓝，迷迷蒙蒙像烟一样。他们就往那蓝紫烟里走，渐行渐远，最后变成了两个小黑点，后来就完全融进了那远烟里。兄弟两个收了目光，觉得地上有个东西十分刺目，低头一看，是那只波斯坦杏汁瓶子，被太阳照得明晃晃的。

客人们的扑克直打到夕阳西下，老康早把老母鸡炖好，又做好几个配菜，交代给兄弟两个，自己先回村子去了。那两个过路民工，赶天断黑时也把活儿干完，拿了工钱，告辞走人。兄弟两个巴不得他们走开。他们把客人安排在小包房里，还在外面点了一堆熏蚊子的艾蒿草，小包房里有炕，有小炕桌，还有电视机、影碟机，可以放盗版碟子。他们故意在旁边放了几张黄碟，华哥上次来，就在这间小包房里放过黄碟，他跟女娃儿玩耍，喜欢这一手。兄弟两个把客人请进屋，就上酒菜，然后识趣地退出。这时已是掌灯时分，华哥和两个女娃儿拥作一团，吃吃喝喝，十分愉快，十分惬意。

他们喝酒，兄弟两个也喝，只要他们的爹韩如意不在，他们就非常快活。他们在水泥帐篷里喝。他们喝掉一瓶肖尔布拉克后，就猫起腰，像特务一样蹑手蹑脚，悄悄溜到小包房后面的灌木丛里，想看屋里的西洋景。他们在墙上挖了一个小孔，用一团马粪纸塞着，把纸团拿开，偷窥里面的情事，可以做到神不知鬼不觉。现在他们憋住气往里看，看大分头已经光了上身，但女娃儿还没有光，他们还在吃喝，只是脸都很红，目光都有些迷离了。

兄弟两个觉得时机不到，精彩节目可能要到半夜，就又猫了腰回帐篷，继续喝酒。第二瓶酒喝到三分之二，又跑去侦察，但好景已经无法看到，华哥是个精明人，发现了那个洞，把灯熄灭了，在黑暗中做事，就是孙悟空，也看不出什么名堂。

兄弟两个十分扫兴，再回水泥帐篷，喝个酩酊大醉。他们是给客人做警卫的，所以客人就很放心地在小包间里吃喝玩乐，一男二女闹了半夜，精疲力竭，后来睡了，睡得死沉。

韩如意第二天一早从村里来田园乐，想会一会过夜的客人，到了树窝子，喊了几声，没听到两个儿应声，就探头看帐篷，看两个儿烂醉如泥，横在地板上，抬脚踢都踢不醒。从水泥帐篷退出来，往小包房那边一望，见一个男子裸着身子在门口站着，只羞处盖了块塑料布。男子的脸色苍白，周身筛糠一般地抖，直勾勾地盯着他，让他心里一阵发毛。他想这就是昨天的客人了，就堆了笑迎上去。但这时客人咆哮了起来，指着他的鼻子，让他赔偿他的经济损失和精神损失，客人的样子十分狰狞，声嘶力竭，气急败坏。

韩如意懵懵懂懂，不知道发生了什么事，过了好一阵，才明白过来，田园乐被人打劫了。

事情发生在下半夜，打劫的人干得从容不迫，把几顶帐篷里的电视机、音响，厨房里米面烟酒，统统搬空。当然，损失最大的还是华哥，身上值钱点的东西，手机、劳力士手表都被摘了，女娃儿脖子上的金链子、耳环之类首饰，也在被掳之列。劫匪似乎不想留下淫乱好色的坏名声，对一丝不挂的女人美体秋毫无犯，但顺手牵羊地把这几位的所有衣服都带走了，让他们以裸体的形态等待营救，该劫匪的幽默由此也可见一斑。

劫匪走得也是从容不迫，因为有现成的奥迪车停在树下，下夜的三岔口老树窝子非常宁静，连一个目击者都没有。

韩如意感到事态严重后，很快想到了报案。他用手机拨通了晗市公安局，讲述案情的时候他扭头看了一眼华哥，他的心情本来十分恶劣，但看了华哥的样子，差一点就让自己笑了起来。

华哥由于激动，忘了把住那块遮羞的塑料布，让自己彻底的一丝不挂了。

裸体并没有什么可笑，可笑的是华哥的那话儿，还吊着一个软塌塌的黄白套儿。

大　鸟

左郎中的婆姨在姚富成家门前号哭的时候，姚富成正夹着一捆羊草从地里回来。他和一群收晚工的人一起围着看这婆姨的热闹。郎中婆姨是个大块头，屁股大，胸脯也大，她盘腿坐在地上哭，身子一颤一颤的。她从家里跑出来，被郎中追上了，郎中伸腿把她磕倒，然后抓住她的头发，左右开弓给了她几巴掌，又狠狠踹了她几脚。郎中好像非常生气，像青蛙一样大口喘着粗气，两眼瞪得像两只牛蛋，他后来被村南头的喜旺架走了。

郎中婆姨脸上留着清晰的巴掌印子，涕泗横流，头发乱得像琵琶草。她用黄羊镇的土话哭喊，边哭边拍打自己肉乎乎的大腿，听起来好像是在唱歌。

“喔喔喔喔……不要脸的左文斌哇……”

“喔喔喔喔……不得好死的左文斌哇……”

“喔喔喔喔……不活了我不活了我活够了哇……”

姚富成探头看了一会儿就进自家院门了，这热闹只能看一会儿，看多了就很乏味。

他的门院在村子北头，独门独院。整个荒地村，家家户户都不挨着，都是独门独院。姚富成把新鲜羊草扔进羊圈，从吊篮子里抓块干馍，就着一碗咸菜吃起来。婆姨带着娃儿回平凉老家了，他不想动冰锅冷灶，就吃干馍咸菜。

这时候炊烟四散，归栏的牛们羊们叫成一片，村道上尘烟滚滚。太阳沉下去后，暮霭迷蒙，空气里一满都是庄稼和艾蒿草的气味。

姚富成吃完干馍，听见郎中婆姨还在院门外面嘤嘤地哭。

她的哭声小些了，但确实还在哭。姚富成一时想不起来大块头女人的名字。他在墙根圪蹴下，卷了支莫合烟，挖空心思想大块头女人的名字。后来他终于想起来了，郎中婆姨姓涂，叫涂才娃，很怪的一个名字。全村子有八百多号人哩，家家又不挨着，能把一个女人的名字想起来实在不容易。

“把他家日的，她这么哭呢，她在我家门前这么哭呢。”

他喷口烟，望望天，天空黑下来了，有几颗星子在亮。四周静得像个坟场，连狗都不叫一声了，就剩下这女人呜呜呜的哭声。

“她在我家门前号丧呢，她这么没完没了地哭。”

他说。他自己给自己说。

“郎中，他又弄那号事了！”

他骂了一声，忽然就想起郎中揉过他婆姨的肚皮，他不知怎么就想起了这事。

那天他婆姨小雨早起就喊肚子痛。后来越痛越厉害，腰都直不起来，满头满身都是汗，他就跑到村南，把左郎中叫来了。

郎中先把了脉，从药箱里取出一些药片，先让病人服下，然后让小雨躺倒在炕上。

“她是肠胃绞痛，我得给他揉揉！”

他让小雨把裤带松了,女人不好意思。当着丈夫的面,女人不好意思。

"老姚,你出去一下,我这是治病救人呢,你在旁边站着?"

郎中说。他就只好出去了。

他在院子站了一会儿,就猫一样蹿到窗根,他要看郎中怎么给他婆姨揉肚皮。他看见郎中亲自动手,把小雨的布裤带解了,把裤子往下褪,让她的小肚子露出来,又把她的小汗衫往上推,推到露出乳根。那么赤裸裸一段身子袒露出来,女人就把眼睛闭上,扭过脸去。郎中的大手就在小肚子那块地方揉了起来。郎中揉的时候,脸上笑眯眯的,好像在享受一种快感,两只大手时不时地往小肚子下面跑,还好像无意地碰一碰女人的乳房。姚富成可不喜欢郎中这么揉自己的女人,只有自己能揉自己的女人,别人怎么可以这样胡揉乱摸?他让自己忍着,站在院子里吸掉3支莫合烟,后来,他就闯了进去。

"你揉够了吧!"他说。

"你看你这人!我这是治病呢,你这么问我!"郎中说。

"治病治病,你这么没完没了地胡揉!"

"我这是胡揉?我给你婆娘医痛呢,你说我胡揉!"

"我看你就是胡揉,我看就是!"

"算了算了,我不揉了,你不让揉就算了!我走,我走还不行吗?"

郎中说着拎着药箱就走了。他望着老婆雪白的肚皮,他女人四仰八叉躺着,好像刚被人爬过一样,脸上淌着细汗,眼里一派迷离。

"不疼了,我不疼了,他揉得我都快睡着了。"

女人像醉了一样说。

"你这么说话!你不气恼还这么说话!"

“我气恼什么？他把我揉舒服了我气恼什么？”

“他把你身子看了，胡揉乱摸了，你就连句气恼的话都没有？”他说。

女人提上裤子，拉下汗衫，一身轻松的样子。

“你到底想说什么？”女人问。

“我问你呢，你好像舒服得很，他那么胡揉乱摸你居然很心甘情愿，我看他那副德行是想爬你呢，他真的爬你你也心甘情愿？”

女人用鼻子冷笑了一声。

“我就是心甘情愿！他让我舒服了我为什么不心甘情愿？我喜欢舒服，我这么说你该满意了吧？”

女人轻蔑的样子让他不舒服了好几天。后来，他把女人痛痛快快爬了一次，两人又和好如初。那件不愉快的事，让时间给遗忘了。

现在他又想起了这事。

好像有个什么东西在脑子里亮了一下，让他想起了这事。

他侧着耳朵听了听，那女人还在断断续续地哭。

“郎中！他拿人不当人。”

他骂了一声，就站起来，摸着一个海碗，倒了一碗凉茶。他端着碗出院门。女人还在原地窝坐着，看见一个黑影子过来，她的哭声又高了起来。

他在她旁边蹲下来，让她喝口茶。女人哇哇地哭得更凶了。

“我说你不要哭了，才娃你哭坏了身子可真划不来。”

“他不要脸……太不要脸了！没见过他这么不要脸的。”女人说。

“你为这个哭更划不来，老左不在乎你哭不哭，你为他哭个什么?”

“我为我自己哭呢,我哭我命苦,怎么就摊上这么个没心没肺的混账男人！我天天做牛做马,忙完地里忙家里,我图个什么？图他在外面东游西逛,图他到处拈花惹草?”

“郎中就那么个熊人,都知道,他就那么个熊人!”

女人好像遇到了个知音,又伤心地哭起来。他往她身边凑了凑,往四周看看,连个鬼影都没有,他就把手搭在她的肩膀上。

“甭哭才娃,甭哭甭哭,我说你甭哭了!”

他的手在她肩头上抚摸起来,又滑到她脊背上,她是个健壮女人。他抚摸着,身上就紧绷起来,有块地方像过了电一样亢奋起来。他闻到她身上的汗味儿了。

“他打我就像家常便饭,想干就干,想打就打。他把我不当人,我身上到处都是伤痕,我真让他打怕了,让他糟践得不想活了。他在家里打我,我跑出来,他追到光天化日下还要打我,他做尽了亏心事还敢出来打我。”

女人好像一条受了伤害的猫一样任他抚摸,他身上的肉越绷越紧,亢奋的地方好像要炸开一样。他叉开两腿,把女人往自己怀里拉了拉,女人被拥住了,他喘气不匀了。

“你想开点,才娃你想开点……”

他闻着她身上的女人味儿,两条膀子越拥越紧,女人钻在他怀里,她不哭了,她在他怀里抽抽泣泣。

他的手在女人胸脯上停住,他发现女人的气也喘不均匀了。

“你气不顺,才娃你主要是气不顺,你想明白了,气就顺了,你明白我的意思吧!”

郎中婆姨的胸脯非常丰硕,比他婆姨的胸脯起码大一号,他用5个指头盖住她的一只胸,女人伸手打了他一下。

“你让我揉揉,我揉揉你,你的气就顺了。”

他把手从女人的汗衫里伸了进去,抓住了海碗大的一坨肉,还用指头夹住了她那枣大的乳头。

“你让我好好揉揉你,才娃你让我好好揉揉你,郎中也这么揉过我家小雨,他色迷迷地揉我家小雨!”

“他就这么不要脸,我知道他揉过你婆姨,他看你婆姨的眼神儿都不对,他还说梦话,他梦里喊你婆姨的名字!”

“你看你看,我现在气也不顺了,我本来就气不顺,他那么揉我婆姨的小肚子,我想起来就气不顺,现在我又想起来了,我的气也不顺了!”

他说着,手就游到她的小肚子那儿,他的手在那儿摸,女人像猫一样哼哼起来。

“姚富成你这个驴想干什么我知道,你婆姨不在家你想干什么……你的驴性上来了,你想占我的便宜,你这个驴!”

女人骂着,但不阻止他胡摸,女人对郎中恨得咬牙切齿,他希望姚富成使劲揉她。

他把手伸进去了。

“才娃我就是想干你,你乐意我就干你!干了你我的气都顺了!”他说。

“我宰了他的念头都有,我让他遭个报应!”女人说,她伸出手抓住了他裤裆里的那堆东西。

“我要让他记一辈子,他规规矩矩的女人让姚富成这个驴干了。”那堆东西非常雄壮,它让女人横下心要做一回事。

他们一起进了那个独门独院。在姚富成家的土炕上,大块头的郎中婆姨涂才娃让牛一样结实的姚富成干了。

他们都干得咬牙切齿,又愤怒又酣畅。

小雨从平凉老家回来了。姚富成吆着驴车从县城接回来的。他的婆姨在老家住了两个月,看上去更年轻白嫩了。

婆姨回来了,姚富成自然就不跟大块头来往了。他们偷偷摸摸亲热了几回,现在连偷偷摸摸都没有了。他像往常一样下地干活儿,村路上要是碰到郎中婆姨,就像什么事也没发生过一样,点点头,打声招呼就过去了。跟自己的婆姨睡在一起,想想跟郎中婆姨弄的那事,他就越发疯狂。

“两个月不见,你急成这德行!”他婆姨这么说他。

他就笑。他很得意。他没怎么费劲,就把郎中的婆姨弄了。穷乡僻壤,能弄个别人的女人,太不容易了。

这天他在田埂上割毛豆。他婆姨小雨在另一条埂子上割。天气很好,天蓝得像玻璃,满地的庄稼草木,明明灿灿。他家的毛豆都种在田埂上,水土好,毛豆长得非常旺实。

他割着割着,一抬头看见郎中从沙土路上过来了。郎中没有背药箱,背着手,一副游手好闲的样子,这是条背路,很少有人到这儿来。他很奇怪,郎中到这里来晃荡什么。

“割毛豆呢?”郎中说。

他嗯了一声。他以为郎中随便问问就过去了。他没有想到郎中会停下来,就站在他旁边,还摸出一盒烟,弹出一支,夹到嘴上,用打火机点着,深深地吸一口,然后把嘴巴撅起,朝着天空,慢慢地吐烟圈,还扬起手,朝小雨挥一挥,一脸轻浮的笑模样。

咔嚓……咔嚓……

他割他的豆,他厌烦郎中这模样。

“我病了,老姚,我病了呢。”郎中说。

他抬头看郎中,郎中一脸痛苦的样子。

“你是郎中,病了你跟我说?”

“我病得不轻,我得给你说一声。”

“怪事！轻不轻你跟我说？我又不是郎中!”

“我得的是块心病,我自己治不了我自己,只有你能治我这病。”

郎中说,脸上似笑非笑。

他停下镰,看郎中的脸。他忽然觉得哪儿有点不对劲,脑袋就嗡嗡响起来。

“我听不懂你说话,你说话我听不懂,我怎么治你的病?”

郎中笑了笑,又喷了口烟。

“你装糊涂装傻球呢！你怎么会听不懂？这么明白的话你听不懂?”

“我就是听不懂,你跟我阴阳怪气呢!”

他朝婆姨那边望一眼,郎中也望他婆姨,望得很是邪恶和肆无忌惮。有只乌鸦在半空呱呱叫了几声,他的眼皮就跳了起来。他喜欢听五更鹚、阳雀、杜鹃叫,不喜欢听乌鸦叫。这荒天野地五更鹚、阳雀子多,怎么突然冒出只乌鸦来?

“我看得出来,你做贼心虚了,我还知道,我不把话挑明了,你老姚会一直这么装下去,装得像个没事人一样。”

郎中说,他把烟卷举起到嘴边,不吸,他眯眼看姚富成。

“你到底想说什么你说吧！我听着。”他说。

他想他得沉住些气,不能慌乱。

“你婆姨不错,真是不错,年轻漂亮,鲜嫩水灵。那回我揉她肚皮的时候,我真是有些想入非非,但是想归想,我并没有对她做出什么事,我不像你姚富成,把别人的婆姨往自己炕上弄!”郎中说。

“你胡说！你血口喷人!”他说,他声音有些发抖。

“你跟我婆姨睡过7回,我都记着数呢！你真以为你们做得天衣无缝哇？你给她裤头上留下的那些肮脏，我拿到县公安局去，一查一个准，那是铁证如山，我婆姨让人睡了，你说我该怎么办？你总不能让我当一辈子乌龟王八吧！”

“你婆姨要让你遭个报应，她这么跟我说的，她让我睡她我只好睡了，你说怎么办吧！”他说，他豁出去了。

“我这不是来跟你商量呢吗！睡了别人的女人，总得付出点代价，或者你去坐一年半载牢房，或者咱们私了，就看你老姚的态度了。”郎中眨巴一下眼，不慌不忙说。

“私了是怎么个私了法？你说说我听！”他说，他可不想惹出场官司。

“看来你还是想私了，私了也行，你睡了我婆姨7回，给我7000块钱。或者，你让我跟你婆姨也睡7回，我喜欢上你婆姨了，鲜鲜嫩嫩，水水灵灵，能睡一睡真是不错，钱不钱的我无所谓！”郎中说，一边放肆地盯着看那边垄上的女人。

“你是个恶人！你太恶了！”他说，他也望了一眼他的女人，他怕女人听到什么。

“世上没有比你更恶的人了……”他说。他在田埂上圪蹴下来，问郎中要了支烟，点起。这事他得好好想一想。

“这事你好好考虑考虑吧！我不逼你，3天之内，你给我个准话呵！”郎中说，把手里的烟屁股扔脚下，还拿脚那么踩拧一下，好像踩死了一只蚂蚱。

他望着郎中的脸，有点发呆。

“你干活吧老姚！我走了呀！”郎中笑了笑，朝那边女人望一眼，背着手，吹着口哨，顺原路晃荡回村。他苦着脸子吐烟，看郎中大摇大摆的背影。他觉得郎中真是不动声色，老谋深算，他中郎中的圈套了。

郎中真是个十恶不赦的恶人。

郎中等了3天，不见姚富成的回音。傍晚，他就到姚富成家院子来了。

这时候姚富成的婆姨正在茅房里冲澡，姚富成站在院子里，看见婆姨的屁股露在外面，就紧张地把郎中往院门外推去。

“呵哈，你婆姨洗澡呢！你让我好好看看不行么？”郎中嬉皮笑脸，他看见洗澡的女人了，茅厕没有挂帘子，女人一丝不挂的背影让他看个正着。

“你让我看看老姚！我喜欢看你婆姨洗澡，她真是白呵！白得就像是羊油，你看她那小腰儿多细呵……”郎中边挣着边说话，笑得肆无忌惮。

“走开走开，有话到外边说去！”他使劲推郎中，郎中像只癞皮狗，得费劲推。

“鸡肠小肚，老姚你这熊人真鸡肠小肚，女人又看不坏，让我多看几眼不行么？”

姚富成把郎中推到院门外边，郎中就敛住笑，他不想跟姚富成嬉笑了，姚富成是个榆木脑袋，是个不懂得说笑乐趣的人。

“你到底考虑好了没有？你不会把我的话当耳边风吧？”郎中说。

“我想好了，你给我听着！我的女人不能给你，我给你钱！”姚富成咬牙切齿说。

“钱可不是个小数字，老姚你这熊人怎么就一点不开窍呢？女人又用不坏，我不过临时用一用，用一用完了还是你的，就跟借件东西一样，用完再还你。你用过我婆姨了，我再用用你婆姨，这多公平！比7000块钱划算多了，老姚你仔细琢磨一下，看我说的在不在理？”

“我不想跟你磨牙了，明天一早你跟我到县上拿钱，钱在县银行里，正好我要去卖毛豆，你跟我一起去！”

姚富成说。他发现郎中没有要走的意思,眼睛还是忽闪忽闪往院子里瞟。

“老实说,我还是想睡你婆姨!白白嫩嫩的,我婆姨真比不上她,你让我跟她睡一回也行,钱我不要了,就睡一回,老姚你看行不行?你看我都做出了多大的让步,你总该满意了吧?”

郎中厚颜无耻的样子实在可恶,但他不能让他不无耻。他把郎中的婆姨睡了,睡了人家的婆姨就理短,就只能忍气吞声。

“我已经跟你说过了,我给你钱!明天早起9点钟我在南村口等你,你和我一起去县城,拿了钱你可以在县城逍遥作乐,县城的三陪女多的是!”

“三陪女怎么能跟你婆姨比!我还是想跟你婆姨睡上一回!”

郎中又笑了起来。

他不想理会郎中了。他把院门闩起来,把郎中挡在外面。这时候太阳从旷野的尽头沉下去了,郎中在余晖里站了一会儿,他有点失落,姚富成是个死心眼儿,宁愿赔钱也不让他沾他的老婆。可他轻易就把左郎中的婆姨睡了。他越想越是气愤,越想越是窝火。回到家,他让自己喝了一瓶酒,然后他开始打起大块头女人来。

他喜欢打他的女人,喜欢听她的尖叫。就像和他在炕上弄事一样,她越是尖叫,他越有弄的兴趣。他下手很重,打得有板有眼。他的大块头女人很经打。他弄不成姚富成的女人了,就这么打自己的女人。女人撕心裂肺地叫着,让他更加亢奋,他打了半夜,后来累了,就昏昏沉沉睡死过去。

姚富成吆着装满毛豆的驴车,在南村口等郎中一起上路。

他想好了,到三里湖水库大坝泄水闸那儿下手。那坝口又陡又深，有几十丈深，比县城最高的8层楼还深，人掉到下面的急流里，不会活着冲到下游。那个地方过往的行人很少，坝下的大渠边只有一个水文站，藏在树窝子里。他和郎中走到泄水闸那儿，只要轻轻推一下，郎中就会变成一只大鸟，从大坝上飞下去，然后重重地砸在水里，让惊涛骇浪卷着冲下去，一泻千里地冲到一个什么地方，这个该死的家伙只配落这么个下场。

他可以跟人说，走得好好的，郎中就突然不见了。他吆着驴车呢，车上的毛豆垛挡住了眼睛，他不知道郎中怎么就突然不见了。

他觉得这么说真是天衣无缝。谁会怀疑是他把郎中变成了一只大鸟呢！

他在村头等了两袋烟的工夫，太阳升起老高了，不见郎中的踪影。

他看见村南头的喜旺了。喜旺好像刚从小卖店过来，手里拎着一塑料袋莫合烟，急急慌慌走着，满头都是汗。后来，又看见村主任和几个人匆匆忙忙往谁家去了。一些孩娃在村道上乱跑。

他朝喜旺喊了一声："喂喂，喜旺，看见郎中了没有？我等他去县城呢！"

喜旺急停住步，一脸惊惶，说："你还等郎中呢！郎中死个球了。"

他吓了一跳，说："你胡说呢，郎中好好的一个人，怎么就死了？"

喜旺说："他让他婆姨宰了！他睡熟了，他婆姨就拿菜刀剁了他，剁了三十几刀，血流了一炕，大块头婆姨剁红了眼，把郎中剁得面目全非，太吓人了！"

他怔在那里，好像做了场怪梦。

后来，警车把他惊醒了，他眨了几下眼皮，就自己笑了笑。他没有想到大块头女人替他把事情办了。

“报应，这就是报应！”

“呵哈，呵哈，报应呵！”

他说，他朝着天空笑着说。

他没有赶到郎中家里去看热闹，他不想看郎中血肉模糊的熊样。他吆着驴车往县城里去，心里实在轻松得很。他想起一段山曲儿，就胡乱哼着，很快就上了水库大坝。他高兴得有点忘乎所以了，到泄水闸那地方，一只马蜂飞到驴眼上，在驴眼上乱跳。驴甩了一下脑袋，驴车就斜横着撞了他一下，他惊叫一声，双手就树杈一样在天空挥舞。他想抓个什么东西，只抓住一把毛豆，那把毛豆满天飞着，跟他一起坠了下去。远处有个水文站的人在钓鱼，他看见这个吆驴车的人在闸口上仰八叉栽下去了，像个大鸟一样，发出奇怪的尖叫，飞降的姿势非常流畅。

郎库山那个鬼地方

他身体很结实，肩膀很宽，脸总显出有些凶恶的样子。而且，他的胡髭、眉毛、头发，乃至眼瞳及汗毛，都与众不同，是黄的。黄里还透点红，特别是在阳光强烈的时候，越显得黄、红，像琥珀那种颜色。

他的腿也长，像骡子的腿。所以，他去了趟别人都不去的地方。

那个地方叫郎库山，在南疆。山都是些秃山，铁黑铁黑，不长树不长草，可是出金子。他在那儿苦了3个月，连金子毛也没捞上一根，就回来了。

跳下长途汽车，从过境公路往家走的20里荒滩路，他是步行。肩膀上搭着几十斤重的行李卷儿和锅碗瓢盆，一路叮当作响，他竟不觉得累。他从没有出过远门，这是破天荒头一回，现在回来了。荒滩很大，一片灰绿，空气里蒸腾着艾蒿草的怪香味儿，远处有顶哈萨克毡房，毡房上面挂着几朵云。五更鹚和阳雀子有一声没一声地叫着，他走着觉得心里挺热乎，比起郎库山那鬼地方，这算什么荒滩呢！

走到马莲疙瘩那地方，他看见了一个人。

那个人牵着一匹马。马的毛色被日头照得油光铮亮，像匹紫缎。马正在撒尿，那个人也在撒尿。那个人是个大块头，头发都灰白了，可大脸盘还红扑扑的。他的尿跟马的尿一样，也非常汹涌。他看见那人的尿在日光下银光闪闪，粗猛地砸在路边的白碱泡子上，溅起一片白粉。同时也就看见他夹在手指缝里的那件每个男人都有的东西。那东西果然非常壮硕。他同时也就想到李福那副可怜兮兮的样子。

“呵嗬，难怪哩，这样大的家伙……”

他想起了马玉莲，想起了李福，就那么飞快地想了一下，像电一样快。

马玉莲是六指李福的婆姨，当过几天妇女队长。那一年，在马号里铡草，他亲眼看见的。德胜铡着铡着不铡了，伸出一只蒲扇大的手往马玉莲胸口摸了一下。就那么摸了一下，也不说话，只朝马号里面的那间房子撇一撇嘴，挤挤眼。那个浪荡婆姨站起来，笑了笑，半个奶子从领口下露出来，粉白生生的。那天正好饲养员耿老二不在，到兽医站给马取药去了。他们就在耿老二的小火炕上做了那事。

他躲在一堆干苜蓿草垛后面，把他们干的事从头看到尾。至今他还记得那婆姨扭身子浪声浪气的样子，只要想起来身上就像过了电一样。那是十几年前的事了。那以后，他就看着李福有些可怜兮兮。那个家伙瘦得简直像根干柴，脸灰青，任啥时候看着都一副忍气吞声的倒霉样子。

那个人尿完了，躬一躬屁股。一边收拾裤裆，一边望着他。红扑扑的一张结实大脸，有很浓的两道扫帚眉，眼睛长得很威风，很有神，只是眼泡子太大，且有些耷拉，眼角的几道粗纹显示出岁月的不饶人。

这人就这么望着他，嘴角浮着一丝笑容。他总是喜欢这么望人，让你琢磨不透他到底是朝你笑呢还是压根儿就没有笑。

他叫了一声:“德叔!”他心里高兴。德胜是他回家路上第一个见到的乡党,他就高兴,就叫得特别显出晚辈的亲热和恭敬。

“是你呵蛮堆！你还舍得回来呵!”

前村主任没有按时兴的已经普及到穷乡僻壤的礼节性跟他握手,而是用手里的马缰绳在他胸脯上抽了一下。

“想家了,想家想得要命!”他说,咧着嘴笑,马缰绳抽得他痒痒的。

“想家了你连封信都不写？你家柳柳想你想得发疯,信都盼不到一封,你个狼心狗肺的东西!”

“那个鬼地方哪有发信的地方？我又不认得字,这你德叔又不是不知道!”

他乐于被德胜这样的人数落,不是随便什么人都可以轮得上被这样数落的。

“去了这样久,到底捞到些金子没有呵?”牵马的人问。眼睛炯炯地把他全身巡睃了一遍,嘴角又浮出那么一丝莫测高深的笑。

“屁的金子,”他说,忽然就有些沮丧。

“人多的像蚂蚁一样,都挤在一条破沟里,荒山秃岭,涮锅水比金子还贵哩!”

“你看你,当初我咋说你哩,你就是不听么！外路财真有那么好发的么？死了心也好,吃一堑长一智嘛。”

忽然就觉得没有话了。就问:“德叔你这是上哪儿?”

“流星庄董和家老二娶亲,帖子发过来了,我去瞅一眼。”

那人扶鞍,踩镫,纵身一跃就跳上了鞍梁,缰绳一抖,那紫马便腾起圈儿来。马背上的人在空中晃动,威风凛凛如一横槊战将。

“天不早了，蛮堆你回！”

就抽了一下马屁股，那马便抖鬃扬蹄，跑了起来。马上的人着实威风。

他望着那人那马，叹了一声。

四野里安静下来，天地寂寥，荒滩无涯，袅袅有片无形火焰升腾。他肩上搭个脏兮兮被盖卷儿，直望着那人那马越跑越远。

他又嘟囔了这么一声。他笑。

他的笑模样很丑，牙齿很黄。

他没有看出有什么不对劲的地方。

到底回到家了。他心里高兴。人就是这么的，心里一高兴就只顾了高兴，顾不得别的。人一高兴，眼里就没有水了。

这就是家。半人高干打垒院墙上圈着刺藜篱笆，院子里有棵桃树，还有棵石榴，花开得很盛，还有葫芦花、油葵花。搬条凳子往凉棚下一坐，眼前就很灿烂。还有蜜蜂和蝴蝶，嗡嗡叫、翩翩飞。脸对着正南往高远处看点，就是天山，蓝幽幽的亘在篱笆墙上，几座冰山，亮得像玻璃。

人都有鬼迷心窍的时候。他听了那个河州人盖幌幌的话，就去了3000里外的那个鬼地方。那鬼地方看不见一棵树。山、戈壁滩，都是黑乎乎的，连人都是黑乎乎的。漫山遍野都是人，几个月不洗一把脸，都跟鬼一样。从到了那个鬼地方的第一天起，他就知道自己是鬼迷心窍了。那儿所有的人都鬼迷心窍了。

每天，累得贼死，往窝棚里一钻，躺在铺盖卷上，眼一闭，就看见这个独门独院，就看见自己的女人和9岁的娃儿，鼻子就止不住有些发酸。二天跟了盖幌幌他们几个干起活儿来，就更不爱说话，脸色就更显得凶恶阴沉。他不说话别人也不敢找他说话。他结实得像石头一样，他的拳头也结实得像石头一样。

其实他的心肠很软。心肠不软的人不会想家。他的心肠不硬，所以他想家想得要命。

到底回来了。他觉得就像做梦一样。他看不出有啥不对劲的地方。他女人看见他进了院门就抹起了眼泪，娃儿一窜就窜进他怀里。这都是他喜欢的。人一喜欢了就会流眼泪水水。

他吃了几大海碗他女人做的酸揪片子，出了一身臭汗。在郎库山那个鬼地方一到啃干馍就咸菜的时候，他就想他女人做的酸揪片子，就馋得流口水。这回算过了馋瘾。他想洗个澡。他躲在院角角的羊圈里，脱得精赤巴条的，他让他的女人给他撩水、搓脊背上的泥泥。他身上脏得要命。他女人往他身上撩水的时候他身上的肉就一紧一紧的，有团火烧起来。他很想同柳柳做那件事。他知道做不成，有娃儿在哩。就想到了夜里，就在他女人的胸脯上捏了一下。那地方很绵、很软。柳柳背过身子去，又抹起了眼泪水水。

“把他的！女人们的尿水水就是多！”

他想，还笑一笑。

他看不出有啥不对头的地方。

天麻黑，来了些乡邻。上了炕，他就跟大伙儿谝郎库山那个鬼地方，还给大伙儿分发丝路牌香烟。烟是他在汽车站买的。他不吸烟，但他买了几盒。他知道回到家用得着这东西。他谝了许多郎库山的事，还讲了盖幌幌他们跟广西女人睡觉的事。那个广西女人开了个暗窑子，靠睡金客发了大财。大伙儿听着眼睛都幽亮，都像马一样大声笑。

“你没有睡那个婊子么蛮堆？”

“蛮堆你驴日的3个月不回，不睡窑子咋解饥荒哩？”

他就咧着大嘴笑。他心里高兴就这么笑。

“千人骑万人爬的货,睡了要得病哩!”

大伙儿又问:“你真没有淘上金子么蛮堆?你糊弄我们呢是吧?”

他就当众发誓。于是众人便信了他。他没淘上金子,可也没有亏本。他入了1000元的股,不想干了,就向盖幌幌要那1000元。

“讲好了的蛮堆!淘上金子了大伙儿按股份,没有了也不退股,咱们讲好了的。”

盖幌幌一急,脖子上的瘦筋就疙疙瘩瘩。

“你给我,我要回哩!”

他伸出手。

“咱们讲好了的。”

盖幌幌又说。

“你给我!我说你把钱给我!”

他说。

“你不要不讲理蛮堆,你半路把众人闪下要走就不对,你还要钱哩!”

盖幌幌说,他脖子都气歪了。

“你给我!”

他的手树丫杈一样伸着,往盖幌幌胸口上直直捣一下。他一生气眼瞳子就红了,像吃了死人肉一样。

盖幌幌好像有些惧怕。就像烂木桩子一样站着说不出话来,嗉袋子气得像青蛙一样涨起来。脸上黑乎乎的,眼睛像两个黑窟窿。

“我算认识你了蛮堆!你是个驴,你是个牲口!”

盖幌幌把钱扔给他的时候这么骂他。他才不在乎骂。钱到手了他才不在乎骂。3个月白苦了他也不在乎。反正钱要回来了,所以他心里高兴。

满屋子都是烟,只看见人影在油灯下晃,烟头一明一灭的。他看不出有啥不对头的地方。人们爱听着哩,爱听他谝郎库山那个鬼地方。

他催柳柳赶紧上炕。那些人们刚走他就催。他自己脱光了先躺下。娃儿早睡着了。他不让她吹灯,他想看她的光身子。她的胸很挺,粉嘟嘟白生生的。他饥荒得要命。他看她慢吞吞脱衣服的时候浑身烧得痒酥酥的。他实在等不及了,就压着她使劲揉她、咬她、掐她。她在他身子底下哭。他顾不得想,这会儿他只顾解饥荒,顾不得别的。

他完了事,瞌睡上来了。听着她还在旁边哭,就问:"哭啥哩!回来了你哭啥哩?"

她哭得更凶了。

他这才觉得有些不对头。就坐起来。他听她说德胜不是个人,是个老牲口,他的脑子就大了,大得像个瓦罐,心口上好像让蛇咬了一口,他全身发起冷来,他以为还在郎库山的窝棚里做梦哩。就揉了一下眼窝,看见婆姨眼泪汪汪地躺在旁边,就明白没有做梦,就冷得全身颤起来。

"他咋啦?你说德胜他咋啦?"他磕着牙,吼着问。

"浇麦地,该咱家浇了……"他女人蜷着光身子,哭得说不成个囫囵话:"他说不该咱家浇。麦子都快干死了,我求他,他就要我夜里浇……他说他帮我浇……我把他叫叔哩,谁知道他是个……他没安好心哩……"

他恶心起来,他想呕吐。他往她脸上掴了几耳刮子,又踢了她一脚。他恶心她的胸。他想起了马玉莲的胸。德胜的脏巴掌在上面揉搓哩!他像打了摆子一样。他不会吸烟,可他摸出支烟,就这么坐在炕上吸起烟来。他手抖得厉害。整个人就像遭雷劈了一样,他的光脊梁让油灯照得铁青,像块石板。

"海海爹,我怕……我真怕,我都后悔不该讲给你……"

他女人望着他的光脊背,又哭起来。她的头发乱得像个鸡窝。她一说出来就后悔了。不说,谁知道哩。

那夜里月亮很明。德胜把水引过来,还帮她往渠里打了横堰。她拄着锨,站在地埂上,看着水亮汪汪地往地里漫,旱得冒烟的麦地嗞嗞响得她挺舒心。她站着,就觉得脖颈后面有股热气喷上来,她还没有想明白就有两条又粗又壮的胳膊从背后抱紧了她,接着就用大巴掌按住她的胸,就揉起来,一边咬住她的耳朵:"嘻嘻,稀罕你哩柳柳,我稀罕你哩柳柳……"她使劲挣,喊,骂,求他放手,德胜不听,就那么越贴越紧,使劲揉她,亲她的脖根。揉着亲着她全身就软绵绵得变成棉花堆,后来,德胜就抱起她,把她放到地边的草窝里。他力气大得像牛一样。他压在她身上,喘着粗气。他是个老骚棍,他把她弄得也骚情起来,成了个骚女人。他让她销魂荡魄。

德胜第二天夜里又找上门来。他不当村主任了就管水,他管着口井泵。他是个夜游神。她怕他,恨他,一压上她她就成了棉花堆。他每夜都来,她给他留着门。她一躺到炕上就想着给他留门。白天她恨他恨得要命。可是她知道她躲不开德胜,这个人要做的事你想躲也躲不开。他让人害怕。

她看见她的男人穿上衣服下了炕,听见他满屋子摸索。她脑子嗡嗡地响。她坐起来。想问她男人蛮堆你干啥哩?可她不敢。她睁大了眼睛,她看见男人手里阴森森闪了一下亮。她心就抽紧了,她知道要坏事了。

"海海爹……你要干啥哩?"

她心跳得像打鼓。

"你问啥哩！"

他骂了一声，往地上啐了口痰。他看见她还光着身子就恶心。

他出了门。站在凉棚下面。天空青幽幽的像死人的脸，冷飕飕地让他身上发冷，村子和远山像坟场一样寂静无声，黑幢幢看不清个景物。他站着打了个冷战。他手里的斧子不重，但很锋利，这是当木匠的老爹给他留下的家什，如今派上用场了。他把它掖在腰带上，觉得女人好像从窗户口在望他，又啐了一口，就迈了大步出院门。他高一脚低一脚地往南边田地方向走去。他知道在哪里可以找到他的仇人。

那头驴是管水的。他准在井泵那儿。

"老子宰了你！"

他这么吼一声，就有一股恶气从腔子里冒出来，冒得他非常痛快。

"都怕你哩，老子不怕你！"

他又这么吼一声。吼得越发痛快。他的脸本来就凶恶，现在更凶恶更可怖了。夜空青幽幽像死人的脸，他的影子被映衬得又薄又稀，他的脸幽幽地发着光也像死人的脸。

他走着走着又觉得有点像做梦。他让一墩骆驼刺绊了一下，差点栽倒，就抡起斧子狠狠地往刺墩上砍了一家伙。又走了一会儿，就听见了流水的声音，还听见铁锨拍土的声音。他放慢脚步，站住，猫了腰瞪大眼看，看见一个人影子在前面晃。那影子就像剪到天空一样，黑黑的，动得分明。他大气不出，血像凝住了，心跳得急起来。

身坯子很像德胜那个驴。

他手掌心有些黏糊。身子猫得越低了。旁边苞谷地里有只蛐蛐在叫唤，苞谷叶子蓝汪汪得亮，像泼了清油一样亮。他满鼻子都是草腥味儿。

他手心出汗出得越黏糊了，还站在那里。

那个驴抡着铁锨使劲拍土。

三岁骡子四岁马

我……俩人……一处儿站下……

他听见那个人哼了几声，一边抡锨，一边扑哧扑哧地出粗气，小曲子哼得不成个调。

尕阿哥……永不骑……个双头马

你把你……的心儿……放宽大……

他听着小曲就把腰伸直了，就知道这是个谁了。

“是元娃。”

他骂了一声，手掌心就不黏糊了。

元娃是六指李福的儿，可长得不像李福。李福瘦得像根干柴，元娃方鼻大脸。李福就像个病猴子。元娃没一处地方像他爹。

人们都说，元娃是德胜在马玉莲肚子里撒的种。

他走过去。元娃没有察觉。元娃只顾忙着堵水。他站到他跟前了，元娃才看见他，元娃看见一个长人站在身边吓了一跳。他的脸蓝青蓝青，元娃的脸也蓝青蓝青。元娃留着个盖盖头，额头上尽是泥巴道道，像个鬼。

“元娃你浇水哩?”他说。

“我给我尕姨娘家浇水哩。”元娃说。

“你哼小曲子哼得好听着哩。”

“我胡哼哼哩!”

元娃咧了嘴笑，就问：“蛮堆哥你出来做啥哩？你家地都浇过两遍了，你不睡出来做啥哩?”

“我出来遛遛，我睡不着，就出来遛遛。”

他说着就往井泵那边望。他只望见马灯亮光，很远很深，小得像粒黄豆。有个人影子好像在那里晃，他一看就知道是德胜那个驴。马达声从那儿传过来，像打机关枪，响得他心慌。

“元娃，那边有谁哩？”他明知故问。

“有谁哩？不是德胜还有谁哩！”元娃说。

“他还是那么威势哩！”他说。

“村主任不当了当龙官，他啥时候都威势。”元娃说。

“想不想抽烟？我有纸烟，我给你支烟抽。”

他摸出剩下的半盒烟。

元娃点了支烟，咝咝地猛吸一口，抬起下巴颏朝天上喷口烟，喉咙里一阵乱响。

“蛮堆哥你回来做啥哩？那个地方不好吗？”元娃问。

“好！好个毛！早知道我不去就好了。”

他真后悔去那个鬼地方。不去就啥事都没有了。

“再不好也比这儿强，我想出去都出不去，蛮堆哥你还回哩！”

“元娃你心里泼烦着呢是吧？我听见你唱小曲子就知道你心里泼烦着哩！”

“我就是颇烦哩！这号的瘦碱地，一辈子就种这号的瘦碱地！我都不想种了！”

元娃吼着说。

“人谁都有个泼烦的时候。我也泼烦哩！”他说。也给自己点了支烟。

“我颇烦得都不想活了，人有时候泼烦起来真不想活了。人有个啥意思哩蛮堆哥，人真还不如个鸟雀哩……”

元娃的大脸更蓝了。

“庄户人生生地就这么个命。”

他也朝天上喷口烟。他不往肚子里吸，就这么喷。他爱听元娃说泼烦。元娃说泼烦他心里就好受。

“我有时候颇烦了就想做个事情，就想杀人！我真想杀人！”元娃又吼。

“我也是。”他说。

“我就想做那么个事！我就这么想！”

“我想宰了德胜那个驴！”

他吼出来。他心里一激就吼出来了。

他吼出来就吓了一跳，就赶紧盯住元娃看。元娃也盯住他看。元娃的眼睛幽幽的，像个鬼。元娃看他也不像蛮堆了，像个蓝脸妖怪。

元娃的喉咙里又一阵乱响。他听元娃手里的锨使劲往地里一剁，吓得出了身冷汗。

“我也是！”元娃说，脸扭得很丑：“我知道人们背后咋说我哩，说我爹我娘哩，我知道哩，我心里水清，他是个驴！我心里恨他恨得痒痒的，我也想杀了他！”

“宰了德胜我去蹲大狱。”他心里有些热。他没有想到元娃也会这么想。

“蹲大狱就蹲大狱，也比人戳你脊梁骨强……”元娃说。

“元娃你再抽哥一支烟。你抽！”他心里越热了。

他们就一起在地埂上圪蹴下来，一起往天上喷烟。那边的马达声不知道啥时候停下了，四周很静。南山像一群卧倒的骆驼。他们满鼻子都是浇过水的土腥味儿。

“蛮堆哥我……知道……你为啥泼烦哩。”元娃勾着脖子圪蹴着，烟头照着他的脸有些红。

“我看见那个驴夜里进了你家院门，就我一个人看见的……”

“你知道了就行了，你不要跟人说。说了我没脸活人了……”他说。斧头在腰上别着硌着他挺不舒服，就换了个姿势圪蹴着。

“我不跟人说。”

“人唉，唉唉，各人都有各人的难处……”

“人活着不易。”

他想起了现在还在郎库山下苦的那些人。

“人活着就是不易。”元娃叹口气。

“元娃你不要怪你蛮堆哥，我过去也那么说过你，我糊涂哩！”

“你看你蛮堆哥，你不要这么说，我怪你做啥哩，我不怪你，还佩服你哩！”

“你佩服我啥哩！我有啥你佩服的哩！”

“你都去过郎库山了，那么远的地方！”

“郎库山去不得，那是个鬼地方。”

他们圪蹴着，就说起了郎库山。他说郎库山毛不是，可是他看见元娃听得来劲就越说越来劲，毕竟见过一回世面。他乐意跟元娃说。他们说着听着就来了两个人。两个黑影子一前一后往这边走过来。

来的人是德胜和四合。

四合是现在的村主任。德胜不当村主任他就当上了。他是个矮胖子，壮得像头熊。

他们顺着小干渠边的路上走着，就看见地里圪蹴这两个人。

“元娃，是你吗元娃？”

德胜停下来朝这边喊。

元娃应了一声。元娃不想应声可还是由不得应了一声。

“那是个谁哩？我说你旁边圪蹴的是谁哩？”

德胜隔着干渠又问。

他圪蹴着没有动。他觉得血直往脑门顶上涌，手掌心又开始黏黏糊糊。

四合走过来。四合烟瘾犯了，看见烟头亮，就走过来。

“是你呀蛮堆！你看你，回来了不睡你婆姨你跑地里圪蹴啥哩？”

四合高声大气说。

他给四合点了支烟。德胜也过来了，他故意不给德胜给烟。那个高大的人就站在他面前，大得像扇门板。他看不清德胜的脸，但感觉到他好像在笑，说不清是笑着呢还是没有笑，反正他就那么张让人琢磨不透的脸。他觉得喉咙里往外流出股苦水水，心像吃了农药的老鼠一样猛跳起来。他的手碰了一下腰间的斧子，手掌心里还是黏黏糊糊。

“蛮堆，跑了一天的远路，也不好好歇着，都小半夜了。”德胜说，笑了一下。

他不说话，他就看那张脸。德胜卷起了莫合烟，歪着脑袋舔湿了烟纸，好像又笑了一下，说：“今年的麦子成了。”四合也说成了。旱情抗过去就不怕了。他没听清他们说什么话，他恍惚起来，又觉得好像在做梦。烟头把德胜的大脸映得明一阵暗一阵，他的心也跟着明一阵暗一阵。他想着这个驴跟他女人炕上的事情血就往脑门顶上冲。他真想往那张大脸上砍那么一下，让他的脸开花，他就再不敢这么没事似的站在他面前说话，笑。他的手又碰到斧头把子了，可手掌心就是黏糊得厉害。

四合说，二遍水都浇完了，得派两天工，要修路。现在出村的路尽坎坎沟沟。德胜说今天从流星庄过来，看见人家庄子的路都铺上了沥青,连泄洪的涵洞都修好了。

“咱们这条路真得修了。”

“地里的活计完了,你们明天都出工修路吧,大家出钱出力。”四合说:“路不修真不行了,明天乡里的放映队来,电影机子还得派人去扛。咱们这条球路连个驴车都跑不通哩!”

“明天有电影看么?”元娃问,又问演啥片子。

“我不知道,问你德胜叔吧,是他从流星庄捎过来的信。”四合说。

元娃没有问。

不等他问他们就走了。一高一矮两个影子一颠一颠走了。

他们就又圪蹴下来。

四野里更静了,连蛐蛐叫也停了。天空蓝幽幽的,星子零零落落,在夜空远处闪光。几只蝙蝠携了两翅青光无声地飞过来飞过去,一会儿,从村子里传来几声狗吠,大概是那两个人的脚步声搅起来的吧。

他们圪蹴着好一阵没有说话。

他掌心不黏糊了,就又摸出了两支香烟。喷了口烟,问:“我刚才说到哪里了?”

“你说郎库山那个鬼地方。”元娃说。

“郎库山就是个鬼地方!那真是个鬼地方……”

他说。他打了个呵欠。元娃也打了一个。

他突然不想说了。他瞌睡上来了。他觉得该回去好好睡上一觉。

野味馆子

那时候，曹胖子没有这么红膛瓜水，没这么整齐光鲜，没这么西装革履。那时候他头发乱得像个越狱犯，脸脏得像鞋底板，胡子上挂着虮子，眼角上总堆着两疙瘩黑眼屎，衣服皱皱巴巴，像从垃圾堆里捡来的，隔老远就能闻见他身上一股逼人的汗酸臭。

那天，海达子圪蹴在墙根下晒太阳，秋板子的太阳疲沓沓的，他人也是疲沓沓的。他像老猫一样地眯着眼，从眼缝里看见，有几只黑虻子在叮黄母牛的屁眼，黄牛甩两下尾巴，虻子们躲开了，过一会儿再叮上，黄牛又甩两下，虻子又躲开，过一会儿又再叮上。虻子们好像和黄牛的尾巴商量好了一样。他这么想着，盯着黄母牛的屁眼，看虻子和牛尾巴这么来来去去地忙碌。他没有别的事情可干，就这么圪蹴着晒太阳，看黄牛的红屁眼。

他正这么圪蹴着，就听见了摩托车响。骑摩托的人脏兮兮，拖着一片黄尘，在他家屋院门前转个半圆，然后刹了车，在尘烟里朝他家张望。他圪蹴在草库伦墙根下，看不见那个人。金满看见了，就大声朝他喊。

“海达子，老海，来客了！来客了！我说你家来客了！”

金满在野地里跳着朝他挥手,破嗓子像鸭子叫。

他走到家门口,就看见了曹胖子那副眼屎结疙瘩的熊样。他是个城里人,可脏得像乡下的猪,他骑了辆破得快散架的三轮摩托,跑了好些个地方。他说他在州府里开了个野味馆子,慕了海大哥的尊姓大名,专程来拜访,往后就得求海师傅海大哥多多关照,多多帮忙。

就这么,他跟这个曹胖子喝了半夜的黄汤猫尿,金满也来陪着喝。胖子喝醉了,他没有醉。难得的一回,连金满都醉了,他却没有醉。

就这么,八竿子打不着的一个人,素昧平生,竟成了朋友。胖子说话不投机半句多,酒逢知己千杯少,从今往后咱们就算朋友了,有难同当,有福同享,大家齐心协力,一起发财双赢。他说你只管放心吧老曹,往后我打下的野物都给你留着。

这以后,曹胖子就常来,骑着那辆破摩托。

九十里大墩滩大草盛,一马平川,野兔子多、狐子多、黄羊多、狼多,还有野猪,也多。还有天上飞的,斑鸠、野鸽、野鸭、呱嗒鸡,甚至大雁和白鹭,随处都能见到。他打下了,真给胖子留着,有时候该来没来,就把肉割下,让流儿的娘用红柳点火,用烟熏上,熏得茶红茶红。

胖子来了,见了熏腊肉,瞪圆了眼,高兴地说:“太好了!太好了!”

他有杆双筒猎枪,他爹传下来的。

他的枪法很准,比他爹的枪法还准。

胖子说,把九十里大墩的那个老海请来,咱得意思意思。

胖子给卷毛儿这么说。卷毛儿就这么给他说。

卷毛儿开着辆假蓝鸟,屁颠屁颠给胖子跑收购。曹胖子这两年不往外跑了,让卷毛儿给他跑。

卷毛儿的卷卷毛是黄的，上唇胡也是黄的，眼毛也是黄的，还留着个大鬓角，鼻子像个刨锄。

“这两年，胖子发了，你为啥不去？不去白不去！”

“他当真这么说了吗，我说胖子？”

他不信，卷毛儿就沉一下脸，啧嘴。

“你看你这人，他没这么说我这么说么！”

他去问流儿的娘，这事情有点突然，他得问问流儿的娘。

流儿的娘蹲在清水溪边洗衣服，腰弯着，裤带上的一截白肉就露出来，她身上的白肉圆嘟嘟的，可脸有些黑。

“曹胖子请我去州府玩耍呢，你说我去嘛是不去？”

他婆姨抬起头望他，望着他笑一笑，她的笑模样很受看。

“请你去你就去么，你又没有去过州府。”

“那我就去。”

“我就是怕你闹酒，你少喝点，你这人。”

“我不多喝，出门在外呢。”

“你一喝多了就要出事，你这人。”

“我再不多喝了，你放心。”

“上回你把人家金满打了，你这人！昨天你站在门里朝门外撒尿，当着人家卷毛儿师傅的面，你就那么尿，还满嘴胡话拌汤，你让我都羞臊死了！你就这么管不住自己。”

“我再不敢多喝了，喝多了丢人呢！”

“我就担心你这个，你不要到城里给我丢人。”

“你不想叫我去么？那我干脆就不去了。”

“去还是要去，你少喝点，喝酒不能太实诚。”

“我记住了，你放心。”

他换了身干净衣服，上了卷毛儿的假蓝鸟。

九十里大墩到州府230里路。他去过两回县城，没去过州府。他听人说州府很大,比县城大十几倍呢。他一直想去州府看看,想不到机会就这么来了。

就又看见了曹胖子。

曹胖子的膘比先前更厚了,脸上红膛瓜水的,留着个大背头,黑得像上了皮鞋油,身上香喷喷的。两年没见,这家伙真像是发了。

胖子没让他往店堂里坐,让他跟卷毛儿进了间小房子。小房子里有点乱,堆着米面袋子,还有几大盆花花绿绿野物下水。一个墙角堆着带毛的野物头蹄,满屋的血腥味儿,还有个大冰柜子,轰轰隆隆响得像拖拉机。小房子里面还连着一间更小的房子,摆着一张床,像是胖子睡觉的地方。

胖子让人端来一大盘红烧野兔肉,一大盘野菇炒山鸡肉,一大盘热馒头。侧一侧手掌,说:“老海,你吃!小三,你也吃!”

胖子的巴掌很厚,很肥,像个削了皮的洋芋,上面有颗大金戒指,一闪一闪地亮。

“先随便吃点,垫垫肚子。”

胖子说,眼睛笑成一条缝,“如今的人都喜欢个野味,我操,你看看这人!”

店堂里的吃客确实是不少,都吃得油嘴汗腮的。

他也吃,胖子看着他吃。

“你先垫垫肚子,酒我先不给你拿,你先随便用点。”胖子说。

“我喝不得几杯,我不喝酒。”他说。

“去球个你吧老海!我不知道你么,咱们老朋友了!”胖子又笑,还抬手打了他肩膀一下。

“老海撂倒一头野猪,我亲眼看见的,老海枪法真他妈准!”卷毛儿说。

"枪不准那还叫老海么!"胖子说。

胖子说他晚上要摆个场子,说他是个远道来的高朋。

"老海你留点肚子,晚上咱们好好吃,好好喝,我给你留了好酒呢!"

"我喝不得酒,我不能喝,我怕喝酒!"

"去你个老海,你对我说外道话呢,咱们老朋友了,我知道你能喝!"

胖子让卷毛儿带他去桑拿桑拿,再浏览浏览市容,还说让他在城里多住几天,好好玩耍玩耍,人生一世,草木一秋。

胖子给了他一叠钱,他攥了攥,那头野猪值不了这么多钱。

"这个胖子!"他心里这么叹了一声。

他觉得这个曹胖子很够朋友。

卷毛儿穿着条包腚裤,屁股蛋子磨得看不见颜色了。

卷毛儿带着他在街上走。一路上给他指东画西,说这是银行大厦,有38层。那是高老庄游乐园,里面有9个猪八戒塑像;还有动物园、植物园,还有这样那样的超市,卷毛儿指这指那,他就跟着东张西望,脖子像是安了轴承。到底是个州府,比县城大得多了,县城是个啥,县城毛都不是!

他望了一阵就不跟卷毛儿望了,他望前面走路的那个女子。街上很明很亮,那个年轻女子的裙子薄得像玻璃纱,她挺着胸走,嘎噔嘎噔地响得起劲,屁股蛋子扭过来扭过去,她腰软得像根面条,她扭腰扭得实在是好看,像是在飘。他瞪圆了眼看,她裙子里面的花裤头有点显。

"流儿的娘……"他想起了自己的婆姨。出门不到一天,他就想起了自己的女人。他让流儿的娘也穿这么条裙子在街上走,真穿上也是一样好看,她才29岁,她还年轻着呢!这阵儿她在家做啥呢？她在豌豆地里给豌豆打尖哩，她昨天还说要给豌豆打尖哩。他想着，就看见婆姨蹲在豌豆地里给秧儿打尖，豌豆地里嫩绿嫩绿，绿得十分柔和，四周的地都绿得凶势，就豌豆地绿得柔和。天蓝得浩瀚，地绿得浩瀚，她蹲在豌豆地里，小小的，亮亮的，分分明明，清清白白，头发很黑，脊背很圆。

“金满……”，他笑了一下，骂了声金满。人真是个怪物，思想像风一样忽地就从这儿吹到那儿，这个事还没有想妥当就想起那件事。他就这么突然想起了金满。金满喝多了，小眼睛红得像两粒赤豆，一对招风耳粉红粉红，红得像荞麦花。

“老海，你哪个前世修的德，找上了……妥桂梅这样的好……好婆姨！”金满说。

他也喝多了。一早落起了雨，他们下不了地，就一起圪蹴在炕上喝。他们常这么在一起喝，一起臭聊。九十里大墩地广人稀，没事了，就这么穷喝臭聊。

“你，你婆姨不好么？”他说。

“好，你说好哩我把秀秀给你，你……你把妥桂梅给我……”金满喝多了就敢这么说，还敢盯着流儿的娘身上看。

流儿的娘在门外晾晒衣服哩。雨停了，太阳从西边云缝里钻出来了，门前一片金亮。流儿的娘浸在金光里，大草滩浸在金光里，阳雀和五更鹚叫得喧闹。天阔地明，流儿的娘身段实在是好看。

金满盯住女人看，小眼睛一派痴迷。

“我女人，世上的女人……”金满像是在梦里说话，“我就碰上……这么个女人……”

“秀秀……是个好女人，你是个驴！”他说，灌了口酒。

“我做梦都梦见妥桂梅这么的……”金满眼里蒙着一层金雾。他还是那么盯着流儿的娘，梦一样说话。

他想不起来怎么就抬起了手，就那么使劲往金满的瘦脸上掴了一下。金满的身子摇晃了一下，小眼睛惊得像灯泡一样大，忽然跳下炕，朝他吼。

“你打人哩！说笑话你打人哩！说着玩耍呢你打人哩！”

想到这里他给自己笑了笑。

“你鸡肠小肚哩！”他这么说自己。他忽然觉得有点对金满不住，在这么个人生地不熟的城市里。

卷毛儿问他自己给自己说啥呢？他说没说啥没说啥。

就进了个澡堂。澡堂里雾气腾腾的，一些脱得精赤巴条的人影子在热雾里晃。他没有当着这么多人面前光身子过，他看着卷毛儿脱，卷毛儿脱得一丝不挂，他也只好脱。他脱光了才觉得有点问题，他捏了捏胖子给他的那叠东西，就有点不想洗了。

卷毛儿这时候好像在想什么事，给了他一把钥匙，上面套个松紧带儿。卷毛儿好像有点后悔来了这个地方，说应该去天地泉的，要洗就该去洗个桑拿，还可以按摩按摩。

“我真是个贱骨头！我替他省钱哩！”

他听不懂卷毛儿骂什么，他看卷毛儿骂骂咧咧把小床下的抽屉打开，就也跟着打开，把脱下的衣服塞进了那抽屉，上了锁，他就放心了。他对卷毛儿骂骂咧咧不感兴趣，现在他觉得牢靠了。

他洗了个痛快，一身轻松。卷毛儿精赤巴条躺在小床上，他也跟着躺下。卷毛儿朝天上吐烟圈儿，他也跟着吐，他有点恍惚，像做梦一样。

“我说老海……”卷毛儿望着空中，说。

“嗯哦。”他说。

“晚上好好喝。”

“我不敢多喝。”

“让他掂茅台、五粮液出来！不喝白不喝，喝他最好的！”

“我喝多了闯祸。”

“喝他个天翻地覆，人仰马翻！”

“我不能多喝，我婆姨说了……”

“大发了！不喝白不喝，喝死他！”

卷毛儿说曹胖子，骂骂咧咧的。卷毛儿好像哪儿不太得劲。

真摆了个场子。

胖子说摆场子就真摆了个场子。店，早早就关了门。还掩上了窗帘，大圆桌上摆上了杯子碟子，杯里还插上了纸花，沿桌放上了餐巾，筷子是仿象牙的。卷毛儿背后有气见了胖子就点头哈腰，屁颠屁颠地忙碌。桌子上放了9双筷子、9个高脚杯、9个青花酒杯，他一看就知道胖子还请了别的客。

“老海你海量，等会儿好好喝。”胖子红膛瓜水的，说。

“这阵势。”他说。搓起手板，他望着大圆桌子，就搓起了手板，他没见过这种阵势。

“你是稀客，要喝好吃好玩好。”

“我喝不得几杯……”

“你去！我不知道你么，咱们老朋友了！”

“我不敢多喝曹老板，我今非昔比了……”

“你去……”

胖子把那个字没有说出来，就来了3个人。

胖子赶紧迎上去握手，叫他们马主任、牛科长、甄干事。那些人叫他曹老板。他给他们点烟，递茶，点头哈腰的，样子挺巴结。

“这么个阵势……”他心里说。

他看着3个客。马主任头发有点白,将军肚子,眼睛不看人,坐下,就翘二郎腿,样子很威势。牛科长牛头马面,脸极长,丑极。甄干事脸嫩,戴副金边眼镜,眼睛从镜片后面望人,好像总是在撇嘴。他望这3个客,只望了两眼,就觉得不自在,身上像扎了麦芒,就由不得又搓起手板。

“你叫的人呢?曹老板。”

牛科长坐下就问。

“就来就来,立马就来!放心放心!”胖子说,一脸媚笑。

“要叫就叫像点样子的,别尽叫些歪瓜裂枣,像上回,实在倒胃口!”

“这回不是,这回不是!”

卷毛儿也说:“这回都是美女,包领导们喜欢!”

几个人就笑起来,还互相挤眉弄眼。

一会儿,卷毛儿就领进来三个年轻女人。三个女子都化了妆,都香喷喷的,长得像画儿似的。而且,都穿着薄裙子,露胳膊露腿的。牛科长的丑脸顿时放光,马主任站起来握手,笑容可掬,甄干事连忙拢头发,端眼镜,店堂里顿时一派热气腾腾。

上菜了,胖子招呼客人入席。男女岔开坐。胖子让老五坐在牛科长和海达子之间。他浑身就又不自在起来,就又搓起了手板。老五有点发胖,胳膊直露到肩头,白胖白胖,白胖得像面团,好像能掐出水来。老五身上有股香气,香得黏稠,香得他头晕,好像是做梦。

“这位,是我乡下一个朋友,神枪手,弹无虚发,百步穿杨!”

胖子这么介绍他。

“一枪撂倒一头野猪,我亲眼看见的!”卷毛儿说。卷毛儿两边没有女人,别人都有,就他没有。

大家便都看他,女的也看。他就笑,又搓手板。他笑,是因为他得那么笑,其实他一点都不想笑。他一看来了这些人,就觉得像在澡堂里一样,身上一丝不挂,就想找个地方躲藏起来。

大家也朝他笑一笑。老五还扭过脸,认真地瞟他几眼。

“他真壮,真棒!”老五说。

“你就喜欢个壮汉子,我知道你!”胖子说。

大家放肆大笑。

“流儿的娘……”他说。他心里说。他像电一样快地想起了流儿的娘,跟这些人在一起喝酒有啥意思哩!跟这些人在一起还不如跟金满在一起喝哩!他想。

“喝酒,吃菜!”胖子筷子点着桌上盘盘碟碟,招呼众人,脸上红膛瓜水。

“我这里都是野路货,大家尝个新鲜!”胖子说。

“野的比家的好!”牛科长说,一笑,露出两只金牙,黄亮,“比如蘑菇,暖棚里的就比不上野菇,味道差远了!所以说呢,路边的野花不要采,那是一句屁话!”

“家花哪有野花香,你小曹发就发在一个野字上,你脑子很灵醒呵!”马主任说。

大家又笑,笑出许多名堂,也笑出一些动作。他看见牛科长的巴掌在老五的脊背后面蹭,马主任也那么蹭,蹭他旁边那个挑挑眼女子。马主任还把他的老手往挑挑眼女子大腿上放。

“不是自己的婆姨……”他想。

他就喝酒,他自己跟自己喝。他跟这些人说不上话,也没人找他说话。他心里有点不对劲,觉得别扭,就自己喝自己的。

又上了一道菜,草菇兔肝,野兔的肝。

胖子敬酒,连敬三杯,敬的是马牛甄,说谢谢关照。又敬三女,说美女助兴,蓬荜生辉。

"这杯敬你，老海，这些年你帮忙不小，我的野味都仰仗了你老海！"胖子说。

他接杯一饮而尽，他喝多了就这么一饮而尽。后来，卷毛儿和老五又敬他，他也一饮而尽。老五还往他身边凑，他没有躲，他眼前有些晃。

他盯住马主任看。

马主任坐在他对面。他喝多了，就敢这么盯住马主任看。

很奇怪的事，他不喜欢姓马的这人。

他喜欢那个挑挑眼女娃儿，不喜欢姓马的这熊人。

"像流儿的娘……"他觉得挑挑眼女子像个谁，他想起来了，她像流儿的娘。他看出来了，挑挑眼女子不喜欢姓马的熊人乱抓乱摸。

他就盯住马主任看。

又上了一道菜，是红烧牛钱，胖子笑说是伊拉克海参，嘴里咕咕噜噜，故意含混。牛科长立刻笑出一个鬼脸，马主任仰着脸，手伸在旁边女子裸臂上，滑了一个来回；又举箸夹起一钱，往女子碟子里送，说是天字一号佳肴，又夹一钱，往自己嘴里送，眼里溢出一些笑，幽幽地朝女子身上放亮。

"老海，老海，你发愣哩！"卷毛儿说。

"不要拘束，不要拘束，老海，你放松点放松点！"胖子说。让他吃菜，吃伊拉克海参。

他又灌自己一杯，他心里不对劲，就自己给自己灌，他眼前更晃了。

他还是盯住马主任看。

他盯住马主任的脸不放，他不喜欢这脸。他眼前晃得厉害，就马主任的脸不晃。他盯死了这脸。

"……喝多了，老海喝高了！"卷毛儿说，声音很远。

“他能喝,我知道他!”胖子说。

“乡下人实诚,就知道傻喝。”牛科长的声音。

他盯死了那脸,都旋转了起来,晃起来,就那张脸不旋不晃。

“这个人,有毛病!”马主任说。

马主任用筷子点着他,马主任好像很愤慨。

“他不正常!他这么盯着看人!”

他还是盯着那脸,他盯住就不放松。

“……喝多了,老海喝多了!”卷毛儿说。

“他盯我半天了!我厌烦这么看人!”马主任说,对胖子说。

他笑起来,他咧开嘴笑,露出红牙花子。

“要坏事了!老海不能笑……”卷毛儿说。

“太不礼貌了!这人!这是个什么人!”

马主任指他,用筷子头点他。

他笑。他喝多了就这么笑。

“七老八十,你七老八十……”

他盯着那脸,说了这么一句。

他记得他好像说了这么一句。

他说许多醉话,只能记下头一句。他总是这样,他醉了不呕吐,也不睡觉,就说醉话。说多说少,都只能记下头一句,他就是这么一个酒徒。

他醒来,以为还在做梦。

他看见头顶上有个衣架,看见门外的米面袋子,大冰柜子,听见炒勺的响声,才知道睡在啥地方了。大太阳金光明亮,刺得他眼睛有点疼痛,头很晕,像有千斤重。他想起来了,可身子没有动,他想起了昨天的酒场子。酒喝得不对劲,昨晚的酒喝得很不对劲,他想。脑子忽然电一样闪了一下,连忙摸裤裆上的腰带,硬硬的那叠东西还在。他吁一口气,望了一会儿天花板,就坐起来。他坐起来了,还是昏昏沉沉,恍惚得像是在做梦。

他看见曹胖子从店堂那个门拐进来,就笑,还挠一下脑勺。

“把他的!”他说。

胖子过来了,头发有些乱,两眼红丝绿丝,眼袋子耷拉着,脸有点阴。

“老海……”

“嗯哦。”

“你臊我的皮了。”胖子说。

“我,我不懂,我……怎么臊你的皮了?”

“你砸了我的锅,你给我把人得罪下了。”胖子说。

“我说啥了么,我说……”他说,就想昨晚的酒场子。

“都是得罪不起的人,让你给得罪了……”胖子给自己点了支烟,手有点抖。

“我说啥了?我……没有说啥么……”他说,心有点往下沉。

“你把啥难听的话都说出来了!怎么拦都拦不住,你胡搅乱闹,你太不够朋友了……我曹某慢待了你,你也不能这样!你有气朝我发么……”

“看你说的,你看你说的……”他想申辩申辩,可嘴里好像塞进了一个茄子,说不出话。

“看不出来,你是这么个人!”

“我说我不能喝,我一喝就……”

“你不是不能喝,你能喝,我知道你,你就是想胡搅,你心里有股邪气……”

“看你说的，你看你说的！”

“你太不讲交情了！”

“你看你……”他的脸烧得发烫，心里一急就越发说不出个囫囵话。

“你是这么个人。”胖子说完就走了。

他坐在床边上，想昨晚闯下的祸。他使劲想，想不起来都说了些啥。他只记得说了句七老八十，记不起别的。他想问问卷毛儿，七老八十后面还说了些啥得罪人的话，就坐着等卷毛儿。可卷毛儿总不见来。他坐了一阵，觉得肚子很饿，就想起昨天是空肚子喝的酒，也没有吃什么菜。空肚子是不能喝酒的，空肚子一喝就坏事。他站起来，头重脚轻地穿了两道门，他看见伙房里烟熏火燎，店堂里坐满了吃野味的食客，都是些生人，一满都是生人，他瞪大眼看，没有看见卷毛儿。

“把他的，你看你做的这事！”

他有点后悔，后悔没听流儿娘的话。

他想起了流儿和流儿的娘，出门才一天一夜，像隔了一冬一春，就想家想得要命。他转身回到那屋，想看看落下啥东西没有。

该走了，该回家了，这个地方，再待着也没有意思了。

他穿过店堂，出了野味馆子。

街上明晃晃的，他走路有些摇晃，脑壳还是晕得厉害。大太阳刺得他睁不开眼。天是个好天，一股风吹过来，鼻孔里有股乱香。

他知道两条腿走不回去，一百多公里路哩，得找汽车站。他不知道车站在什么地方，他只是往前走，他走路还是有些晃。

他边走边往前面街口望，他看见远处有山，发紫发蓝，还有云烟，也是发紫发蓝，那蓝紫很远很模糊，像片雾。九十里大墩就在那片云烟下哩！他想，就闻到了一股草腥味儿，大草滩终年都飘着股汹涌的草腥味儿，天蓝汪汪的，山也是蓝汪汪，就山尖上有些冰，有些雪，大草滩大得没边没沿，草稞和野花儿也铺得没边没沿。

“我再也不打野物了！”

他忽然冒了一句，自己给自己冒了一句。

他照直往前走。他走得精神了起来。

“都是些生灵哩！”

他边走边说。

“我我再不给曹胖子打野物了！”

他越走越快，他脑壳不晕了。

“我真的再不打了！”

他说。他朝那片云烟走去。

绝　活

延寿从芨芨滩那边走来那阵，王顺、布袋这伙人正圪蹴在土圈墙下面晒太阳。才过清明，从大草甸那边刮过来的风有点冷。他们一满袖着手，像猫一样蜷着身子眯缝眼。他们懒得下地做活了，就这么晒太阳。

他们听见有人吼山曲儿呢，就都懒洋洋地睁开一点眼缝，就模模糊糊看见走远路的延寿。他在天空底下大步流星地走，昂着脑袋，朝云空边走边吼哩。

薛仁贵征东没征西
不知道杨满堂反的
我心里没有丢你的意
咋知道你丢下我的……

他们听着就有些亢奋起来，便一齐竖起脑袋，像羊一样望那人。

“过来歇一歇呵老弟！有凉茶莫合烟哩！”

王顺朝那人喊一声，露出两排友好的黄牙齿。

延寿在路口那儿犹豫一下，就走过来了。他肩上斜挎个烂铺盖卷儿，锅碗瓢盆在身后叮当乱响。他长得英眉俊气，笑得很可人。他在王顺身边圪蹴下，王顺就吩咐蚕豆给倒茶，毛眼儿给他递了一大海碗茶水，又解开馍兜子，给延寿一只大杂面馍。

延寿一口气喝完大海碗茶，朝毛眼儿几个女人笑了笑。他往嘴里塞馍的时候，对王顺说，他是从沙州那边过来的，想寻个好点的去处，就一路寻了来。现在他往西甸去，听景化的老乡说，西甸不错，地肥水美，还出金子玉石哩。

王顺朝天上喷口烟，他看延寿嚼馍嚼得挺香甜，忽然就有了一个想法。女人们也看延寿，看他的俊模俊样，看得有些肆无忌惮。布袋看了一阵延寿，就盯住毛眼儿，眼光像两只锥子。但毛眼儿目不转睛只顾看外乡人，布袋就越盯越是愤怒，他真想把毛眼儿那对骚眼睛挖出来，当尿泡一样踩。

“你山曲子唱得不错，比马癫子马相公唱得还好，我就爱听个戏文山曲子，我不奉承你，你真是唱得不错！我们这里的人都爱听个戏文山曲子……”王顺说。

“我胡乱吼哩！”

“不是胡吼，你不是胡吼，你是个唱家，你吼得入耳，吼得有板有眼。”

毛眼儿说：“他能吼，就让他再吼一曲么，大伙儿都想听他再吼一曲哩！”

延寿一抹嘴，眼睛亮闪闪的望一眼女人，对王顺说：“那我就献个丑，再吼一段，多谢乡亲们茶饭款待！”

他说着就站起来，扔了烟腚，给众人打个媚眼，学了一段娘娘腔。

阳山麦子阴山荞

你是蜜蜂采新巢
蜜蜂采下新巢了
旧巢门上不来了

我家门前一树槐
手扳槐树望你来
等你三年不来了
平川望成石崖了

延寿唱毕，朝王顺和众人拱拱手，说：“献丑献丑，天不早了，我赶路去呀！”

王顺拉住他，说：“我说，西甸你不要去了，那有啥的金子玉石！你就留我们芳甸吧，这就是我想给你说的话，我诚心实意留你。你这人金贵，不是谁都能留，你我实心想留，日子过得凄惶了，你这样的人就显得金贵！”

众人一齐附和，毛眼儿和蚕豆跟着起哄，脸红红的像红柳花。

王顺说：“癫子老汉刚死了，房子空着，你要乐意，现在就跟我进村，我诚心实意留你，西甸还远得很，那鬼地方去不得！”

延寿当然乐意。他朝女人们眨眨眼，笑了笑，就跟着王顺往村子里走。

布袋望着延寿跟王顺走远了，往土墙上使劲啐了一口浓痰。

“我饿了！馍呢？我的馍呢？”

他让自己吼得威声武气。毛眼儿轻蔑地剜了他一眼，把馍兜子扔过来。

“贱货！骚货！”

布袋气急败坏。他掩饰不住。他让自己圪蹴下，双手抖着往嘴里塞馍，馍渣像墙皮一样往下掉。

“心里不豁爽！”蚕豆给毛眼儿挤眼睛，“你让他心里不豁爽了！”

“我没有让他不豁爽，我不知道他为啥就不豁爽了。”毛眼儿笑了笑。她的心飞进村子里去了。她不在乎男人豁爽不豁爽。

“贱货！贱、贱……骚、骚……货！”

布袋涨红了脸。向着天空鸡啄米一样撞自己的脑袋，他一生气就这样。

延寿就住在癫子老汉的马号房里。

延寿白天去翻种相公老汉那点地，晚上就在马号房里给人们吼山曲儿唱戏文。老汉留了把胡琴，延寿会锯，边锯边唱。他会唱秦腔、花儿、莲花落，武都、康县、礼县山曲儿也会，还会说古，封神榜、瓦岗寨、刘关张、窦尔敦，他让人听得如醉如痴。

延寿盘腿坐在土炕中央说、唱，抑扬顿挫，绘声绘色。一屋人影影幢幢，痴痴得如同泥胎。他讲到要紧处，就打住。第二天晚上人们就又来，还不空手，咸菜、油泼辣子、锅盔、蒸馍……戏和故事不能白听，延寿是个光棍呢。

布袋也来听。他忍不住要来听。说书说得太好了！

他给延寿带了捆老烟叶。他看见毛眼儿的骚样，就往烟叶上啐了一口，还把烟叶往屁眼上对了一下。他觉得这样心里顺畅了一些。

布袋把自己藏在靠门的旮旯里，油灯光照不到他，他竖起耳朵听延寿说唱，努力不看自己的婆娘，看一眼，他就十分生气。他的婆娘目不转睛看延寿呢，她跟延寿面对面，她用眼睛勾延寿，朝他笑。她希望延寿也看她。延寿一看她，她就美得像吃了蜜，脸灿烂得像朵桃花。

布袋往家走的时候骂自己的婆娘，他追着她骂。

“骚孔雀一样！你一见他就想开屏哩！”毛眼儿不想理他。她知道他气不顺。

“你又不豁爽了？”她说：“你何必给自己找不豁爽呢？我不过想听听戏文，我跟人家又没弄出个甚……”

“你敢跟他有个甚？你还想跟他有个甚哩！”布袋捏紧了拳头，两眼瞪得像对铜铃。

“我不敢，我有多好一个男人哩！”

“他只配闻我的屁眼儿，他啥都不是！”

“你能，天底下就你最能！”

“一个贼盲道，他还收礼哩！”

“你自己要送人家烟叶，你又说这话！”

“我让他闻我的屁眼儿！他只配闻我的屁眼儿！”他得意地笑了起来。

“你就会弄这事，你不是个男人！”

他们每回都吵得很不愉快。往炕上躺下，布袋就有些后悔。他想扳毛眼儿的屁股，摸她的羔羔，他想好好骑一骑她。但女人坚决不让他得逞。女人有自己的心事要想。她想如果扳她的是延寿，她就会像朵莲花一样，把整个身子都给他打开。

这是个阴天。

一大早，布袋把猪圈里的小母猪吆赶上驴车，然后把猪扳倒，用麻绳捆紧。他要去趟西凉户，给猪配种。这事不能再拖了。他望望天，凉凉地有几点雨飘过来。这天正好赶路。

毛眼儿望见布袋变得越来越小，草海最后淹没了他。她就让自己笑了笑。她让自己站在镜子跟前，她觉得镜子里的女人太亏枉了。

她给延寿包了5个油盒子,拢了拢自己的乌黑头发,袅袅地往马厩走。延寿在棚圈里,正给车户王德的枣骝马钉马掌。他看见毛眼儿好像有点意外,咧嘴笑开两排白齿。王德在马屁股后面也笑了一下,笑得有点怪。

王德牵马出棚的时候,又那么笑了一下。

毛眼儿觉得不能不说话了,就说:“我家里有只芦花公鸡,我来请你帮我劁鸡,延寿你有空么?”

她冲着王德的脑勺说。

延寿大口吃着她的油盒子,目光炯炯地盯着她的胸脯。

“你该把鸡抓来,你让布袋抓么……”

“我抓不住它,那鸡凶得很,布袋去西凉户了,正在路上走哩……”她说,她瞟了延寿一眼,脸就红了,红得像块绸布。

延寿停住了咀嚼,忽然笑了起来,“哦嗬……哦嗬!那我们走,我带上劁鸡家什!”

延寿让女人先走,他跟在后面。他望着女人的细腰,像柳枝一样摆动,风从草海上荡过来,满世界都是好闻的草稞味儿。

延寿把那只大芦花公鸡夹在榆木板子上,然后给鸡扣了几道扣。他的劁刀十分锋利。他在鸡腿根那儿挤了几下,劁刀准确地扎下去,很快就挑出两粒芸豆一样的东西。

“从今往后,它成鸡相公了!”

他笑起来,挥手划了一个弧,那两粒肉豆像玻璃弹子闪闪地滚了几下,落在猫食盆边的草窠里。

毛眼儿给他端来一盆水,让他净手。延寿从她的领口那儿往里看,那里面是一条很深的沟。他好像想都没有想一下,就让自己的手伸了进去。

事情开始得就这么简单。他把女人抱起来,一脚踢开房门，径直闯进里屋。他们一起做了那事，做得淋漓尽致，肆无忌惮。

“你的盒子味道不错！”

延寿涎着脸子说。他抚挲了一下女人白绸一样的腰身，他想他该走了。他吹了一声口哨，扭身看见窗口有个人影，吓得全身缩了起来。

他看见蚕豆快快地往院门走。

“是蚕豆，她把咱们的窗根听美了。”

女人一脸潮红，她光身子堆在炕上，像堆棉花。

“听了听去。”女人说。

“该把院门闩上的，真忘乎所以了！”

他说完就走了。

这时候雨已经停了，太阳从云缝里钻出来，大草滩明一块，暗一块，满鼻子都是百草万物的香味。延寿的心情很好，他看见蚕豆在前面走，止不住吼了一段。

月亮上来一张弓
你把野花别当真
手帕丢在河心里
迟迟早早一场空

蚕豆回头朝他笑了一下。

蚕豆一笑让他心里一激灵，他往四周看了看，没有人。他让自己快走几步。

“蚕豆你跟我走，跟我去马号！”

“凭甚我要跟你去哩！凭甚哩？”蚕豆的样子像是跟他撒娇。

“你把窗根听了，就凭这，听了不能白听！”

“我找毛眼儿借红曲香豆子蒸馍呢，院门大开着，我咋知道你们……”

“你撞上了更不能放过你，我得让你把嘴闭上！”

“我满世界宣扬，让人们都知道你们弄的好事！”她笑着说，“太骚声浪气了，你们……”

“我让你也骚声浪气一回！”

延寿嬉皮笑脸说。他明白女人们的心思。蚕豆不由自主，像鬼牵着一样跟他走。

“真没有想到，世界上还有这样的男人，他让人舒坦得不想活了。”蚕豆后来跟毛眼儿这么说。她们忍不住想说。

月亮是个黄月亮，满世界都是蛐蛐儿的叫声，它们躲在草窠里，墙缝里叫，尖锐得刺耳，像磨石刮镰那种声音。布袋的心情不太好，他刚听了延寿的“枪挑小梁王”，可心情还是不太好。他站在马号大院门口，他想跟人说说话。人们黑幢幢鬼影一样从面前走过去，他瞪圆了眼看。终于等到了咬劲，咬劲的样子更像个鬼。

“我把毛眼儿捶了。”他说，“我不让她到马号来，她非要来，我就捶她！”

“我也是，我不捶她，我拧蚕豆的大腿，大腿里侧的肉嫩，我一拧她就承认了，她说我不是个男人……她跟我说这话！”

“毛眼儿也这么说我，她羞臊我哩！”

“男人们最怕这么羞臊，谁也受不了这么羞臊！”

“这事不能就这么完，不能连个响声都没有！”布袋说。

他朝天上望一眼。他不想看咬劲的熊样。咬劲的样子非常猥琐，像只蛤蟆。

“我猜不透女人，一辈子猜不透，她们到底想要个甚呢？”

咬劲好像想哭，他嗓口干燥得冒烟，就使劲咽唾沫，“她们都说延寿好，延寿把她们的心都弄花了……”

“他延寿有甚哩，他不就是会唱个戏文说个古么？他以为他是个甚？他以为他是个皇上哩！”布袋鄙夷地说。

“女人的心思真摸不透，她们都想要……要那些影子一样的东西……”

“你说的个深奥！”布袋说，他的声音像是从地缝里飘出来的，好像不是自己的声音。

“连朝贵，五庚的媳妇，还有玲子，黄花闺女哩，看延寿的眼神都不对头，女人呢，世上的女人！”

咬劲看不清布袋在嗑牙，他让自己叹了口气。他听见蛐蛐和蝈蝈铺天盖地地叫，大草滩的微风像打摆子一样忽凉忽热。

“这事情不能就这么完！延寿太张狂了！”

布袋说。他好像费劲想了一会儿。

“那你说咋办呢？”咬劲说，他又咽了一下，“这事是想不得，自家的女人，平白无故就让人睡了……这事不能细想！真是不能想！”

布袋的牙嗑得很厉害。他让自己不要嗑，可就是止不住。咬劲感到奇怪，眼睛像黑窟窿一样盯着他看，幽幽地发亮，像猫眼。

“你嗑牙哩！你身上发冷么布袋？”

“我不冷！我啃延寿的骨头吸他的骨髓呢！”布袋忽然觉得自己不嗑了。

“我让他娃等着，有他高兴的那天哩！”

他说。他觉得有股浊气从喉咙那儿往外蹿，蹿得他非常痛快。

延寿和王顺坐一起喝酒。

全村就只有韩有禄这家杂货铺。卖坛子酒,还有卤煮的牛羊猪下水和头蹄肉。

这回是王顺请延寿喝。延寿在有禄杂货铺请过王顺几回。他没有想到王顺会请他喝酒。杂货铺边上是几畦茄豆瓜菜,蜂飞蝶舞。草海一片灰绿,庄稼地黄了,黄在草海里面,明明灿灿,远处有些雪山,亮得像水晶。延寿跟王顺坐在粗木凳子上,他觉得挺惬意。

"喝! 延寿你喝,你好好喝!"王顺说。

"无缘无故的你请喝酒?"

延寿端起酒碗。王顺把酒碗朝空中举一下,牙齿跟碗碰出一声脆响。

"喝么喝么! 喝了咱哥俩好说话么!"

王顺催延寿,一边往自己嘴里塞进去一块牛肝。

"我知道你有说的,你说么!"

"先喝了这碗再说。"王顺说。

延寿干了酒碗,抹一把嘴,"你要说个甚哩? 现在你说么!"

王顺的眼有些红。他一喝酒眼就红,像吃了死人肉一样。

"你遭人嫉恨了,兄弟。"王顺说。

他往延寿的酒碗里添酒。

"你说的是布袋吧?"延寿笑了起来。

"你犯了众怒了,我给你提个醒。"

"就那两个熊人?"

王顺皱紧了眉头,他对谁不满就皱眉头。

"你不要当耳旁风,我是为你着想哩! 色字头上一把刀,这话你听说过没有?"

"送到嘴边的肉有不吃的么? 我又不是和尚,和尚还吃个鱼虾哩……”延寿说。

“我是为你好，众怒难犯，不管谁勾引谁，总之你遭人嫉恨了！”王顺继续说。

“嫉恨就嫉恨。”延寿不当回事。

“人家要劁了你！你不知道，我知道，我都闻见血腥气了，我替你担忧哩！”

延寿仰起脸像马一样大笑，他给自己又灌了半碗酒。

“那手艺只有我会弄！那是我的绝活！”他说。他看见王顺的眉头又皱起来了，皱得像个土丘丘。

“你还是不当回事儿。”

“我只是觉得好笑，太好笑了！”

“有你笑不起来的时候，我不是给你危言耸听，你得走了。我舍不得你走，延寿，你去西甸吧，横竖你原本也是要去西甸，我是为你着想，我拦不住那些人。”王顺愁眉苦脸地说。

“你让我走，你说让我走？”延寿瞪圆了眼，他显得有些吃惊。

“舍不得你走哩，哥哥我舍不得你走哩，你会那么多的戏文故事……你走了，就跟掏了我心肝花花一样……”

延寿让自己笑了一下。他看着王顺很伤心的样子忍不住就笑了一下。

“我不走！我不想满世界跑了，我就喜欢待在这儿！”

王顺知道他的酒白喝了。

“那你也得收敛着些，世上没有白做的事情，世上的事情都有个因果报应哩……”王顺说。他又让自己叹口气。

“我听你的，收敛着些就收敛着些！”延寿笑着说。

他们又添了两壶酒，喝得天昏地暗。后来，他们摇摇晃晃各走各的路。延寿在路边朝一堆骆驼蓬撒了泡尿，一泡长尿，尿势猛烈，打得草铃铛纷纷坠地。收拾了裤裆，他扯起嗓子朝野地里吼。

想哩想哩实想哩
想的眼泪常淌哩
肠子想成丝线了
心颗想成豆瓣了

延寿扯眉吊眼地只顾吼，他模模糊糊看见毛眼儿向他招手哩，他以为喝多了眼睛看花了，就揉了揉眼。他看清楚是毛眼儿。

他忘了跟王顺说的话，收敛收敛。人这时候想不了那么多。他被酒和女人弄得神魂颠倒。他看见女人站在苞米地的缝隙里，笑得很灿烂。他走了过去，由不得自己。

青纱帐密密匝匝，太阳像个火炉，四野里汹涌着庄稼和女人的热气。女人这时已经脱了汗衫，丰美地迎着他。谁抵挡得了这样的诱惑呢？

延寿收净麦场，就去了趟景化。他给景化的沙洲老乡送了点草菇和花豆。然后逛景化街，吃了油坊旁边的楼楼馆子，听了一回曲子戏《李彦贵卖水》。在城关的车马店宿了一夜，第二天往回走，五十里平川路，他消消停停走，天蓝得像玻璃。他心情很好，人活世上，有时候会觉得活着真好。

韩湘子出家的终南山
怀抱的渔鼓儿简板……

他让自己吼了两句,他看见了朝贵就停住了不吼了。朝贵站在路边一个芨芨草墩旁边,探头探脑望他。他觉得有点奇怪,他没有想到会遇见朝贵。

“朝贵你做甚哩?”他问。

朝贵的尖脸上蒙了一层灰,他说话有点结巴:“打了两只黄羊,三棵树那边,我拖不动,我……等你哩,我看见你来了,就等你……”

“帮忙可以,你得分我一条羊腿!”他说,他看朝贵的样子很像只獾,就忍不住笑起来。

“两条羊腿都行!我还没有随过礼哩,光听你的戏文……”朝贵说,他眨眼眨得很厉害。

“今天晚夕我说常遇春征讨代州,你只管来听!”他说,他往朝贵的窄肩上拍了一下。

他跟着獾一样的小矮人往树影子那边走。白碱地一踩一片白尘,一堆一堆的红柳、骆驼刺、刺藜挡着去路,田野里静得像个坟场。

走到一片空碱地上,他看见布袋、咬劲、五庚站在前面。他们后面是三棵沙枣树,枣子挂满枝头。他们站在金粉一样的阳光里,一满朝着他怪笑。

他的心紧抽了一下,知道事情不好。

“做甚哩你们?你们想做甚哩?”他强作镇定。他扭身往回看了一下,獾一样的朝贵正朝他眨巴眼睛。

他的脑袋就在回头的那阵挨了一棍,他往前栽了一下,几个人像狗争食一样猛扑过来,反剪了他的胳膊,朝贵像背口袋一样死死挽住他的脖子,这小矮子像钢筋一样有力,勒得他喘不过气。

“放开我!快放开我!你们这些熊人……”

他含混地吼，拼命挣扎，但无济于事。

布袋扔了棍子，从腰后拔出把弯刀。刀刃在阳光下刺目地闪了几下亮。布袋用刀刃刮了刮大拇指，笑得毛骨悚然。

“告饶吧！你现在告饶，我想听你告饶哩！我们都想听你告饶哩！”

“杀了我！布袋有种的你杀了我！”他不挣扎了。他知道挣扎没有用。

“我不杀你，我杀你做甚哩！杀了你谁给我们唱戏文说故事哩？”布袋笑着。

“我不告饶！就你们这几个熊人？”他说。他得让自己强硬些。

“不告饶也行，我不在乎，但是我得做个绝活！你明白我的意思么？”布袋笑得很开心。

恐惧像冰水一样淹没了延寿，他踢了布袋一脚，布袋跳开了。他被勒拧得更紧了。

“杀了我！驴日的们，你们杀了我！”

他大声吼喊。这时候众人用麻绳捆牢了他。他的腿被按得动不了。

“杀了你要蹲大狱哩！我不想杀你，谁也没说过要杀你，我只想做个绝活！”

布袋说着，用刀子挑开了延寿的裤带。

他们都有些好奇，一齐盯住延寿的下身。他们同时倒抽了一口气，好像都有些羞愧。

“怪不得哩……”

村子里的人们听不到延寿撕心裂肺地惨叫。这地方太背静了，离村子有几里地呢。

他们做了这事以后，把割下来的东西像马铃薯一样埋在碱土里。然后他们给延寿敷了早准备好的草药。他们轮流把延寿背回村,那时候人们还以为他喝醉了酒呢。

延寿在次年的春上走了。没有人知道他去了什么地方。几年后车户王德到西海贩马,半路上遇见一个戏班子,那里面有个不男不女的人,像是延寿。王德不敢肯定是不是。人们记得的延寿还是原来那个延寿。

延寿走后,在他遭难的那片碱地上,长出了一棵树,是棵能遮阴凉的大树。布袋在那儿哭了好几回,哭得很伤心。他知道毛眼儿经常来看这树,蚕豆也来。延寿压根儿没有走,他成了女人们心目中的一处风景。

洪马的艳遇

洪马站在太阳底下，东张西望。他要拦辆的士，去看秦大侠。的士过去了好几辆，空的，可他没有拦。他看小宝呢。

小宝刚冲过澡，化过妆，身上香喷喷的。她身边堆着几捆杂志，洪马看自己的女人，看着看着就改了主意。

“我说，西山你不要去了，好好在家待着。”

他说，他朝小宝抻一抻脸。

小宝瞪圆了眼，样子非常惊讶。

“人家的车子马上就来了，你说这话！”

“我不想叫你去了。”他说。

“你是猫儿脸，说变就变！”

女人的眼还是瞪着，脸沉了下来，她不高兴了。

“女人家，不方便，这么个世道。……”

他望女人的脖根，耳朵后面很白皙，那儿有颗小痦子，藏在细发里面，他喜欢亲吻那地方。

“不方便什么意思？你怕人家把我吃了？”

“世上没有白掉的馅饼……”

洪马哼哼鼻子。

“姜主任认识我姐，人家乐意帮忙，有人帮忙你不高兴？”

小宝皱起眉头，也哼鼻子。

“我高兴不起来，姓姜的又不是慈善家，他是慈善家么？400本杂志呢，他连提成都不要！”

他斜着眼，看自己的老婆。

“姜主任是个正派人，我姐说的。”小宝说。

“正派不正派，只有天知道！”

他又哼哼一下鼻子。又过来了一辆红的士，空的，小宝想替他拦住，看他的脸，又不敢抬手。他忽然觉得这么扯下去不是个事。

“我说你把提成给他，不能不给提成，如今都兴这个，没有白帮忙的……”

小宝的脸还是绷着。她下岗了，在家待着，待得心慌。

“知道了，我又没说过不给提成。”

“知道了不见得就好。”

他说。他觉得小宝的裙子绷得太紧了。他皱起了眉头，小宝的胸脯太扎眼了。

“我听不懂你说话，你今天怎么阴阳怪气的？”

小宝又拉长了脸。

“我不放心姓姜的，我实话实说！”

“那我就不去了！你看着办吧，我真不去了！我怕你不放心，你不放心我还去做什么？”

小宝这回真是生气了。洪马分得清她是真生气还是假生气。

他忽然觉得话说得有些过头，要坏事了，400本杂志呢，真让自己搅黄了可划不来。

“我就说说而已，你看你还真生气了。”他盯着自己的女人，让自己笑了一下。

“我说，去还是要去，我同意你去。”他又笑了一下，小宝盯着他。她眉头锁着。

“但是你不要喝酒，我是说如果姓姜的请你吃饭，你可千万不要喝酒，就喝苹果醋、红牛、椰子汁……女人出门在外，不能随便喝酒……”

“我是个酒桶！我像你？”小宝脸色缓和了一些，但嘴还噘着。

“出事都出在酒上，酒喝不得。”

“你才喝酒出事，丢人现眼！”

小宝眉头挑起来，她好像想起了一件什么事。

“你不放心人家姜主任，那你到晗市见的那个人，到底是男的还是女的呵？”

“我拿得住自己，不管他是男是女！”洪马咧嘴笑起来。他这回要找的确实是个女人。

“你拿得住我就拿不住？你连你老婆都信不过？”

“信得过信得过，当然信得过！”

洪马觉得现在可以拦车了，就往街上瞅。

“那我就先走一步，晚上回来，咱们过周末。”

过周末什么意思，两人心照不宣。女人的脸红了一下。

“那你快走吧，早去早回呵！”

洪马拦上车子，正好西山来接小宝的车子同时到了。车门开了，下来一个戴眼镜的男人，瘦高如同鹭鸶，脸白白的，样子像个教授。小宝同他握手，他又同洪马握手，还寒暄了两句。这就是那个姜主任。往晗市走的路上，洪马总在想那副眼镜，那张白脸，他没有想到，姓姜的是这么副样子。

秦大侠的名字武里武气，但人是个女人。

她开了家公司，叫什么配置公司。洪马一直没闹清，她那公司到底是配置什么的。

他们是在一个饭局上认识的。洪马稀里糊涂被朋友丁山拉了去，稀里糊涂喝了一肚子酒，稀里糊涂就认识了秦大侠。他还以为这是个绰号呢，后来才知道，秦总的名字就叫秦大侠。女人叫了个男人名字。

秦大侠为人非常豪爽。她听洪马愤世嫉俗，发牢骚，叫苦，说如今办刊物不易，发行困难，焦头烂额。文化人斯文扫地，混得如同妓女，就对洪马非常同情，说她原来也是舞文弄墨吃文墨饭的，后来不舞弄了，毅然下海。脱离苦海进商海。跟洪马聊了一通，秦总给了他一张名片，说："过两天你来找我，带上发票，我给你包销500本，你拿40本来就行，我发给公司员工，也算我帮你一点小忙，谁叫咱们酒逢知己呢！"

洪马就加油喝酒，同大侠频频碰杯。还说大侠长得像毛阿敏，又有点像梦露，秦总长得扯眉吊眼，怪模怪样，让洪马奉承成美女，就心花怒放。

"小洪你甜和我呢！我真有你说的那么美么？"

大侠笑着说。

"秦总绝对美人，女人性感就诱人！"洪马涎着脸子说。

"你真会来事！"丁山说。丁山也喝得不少。

洪马就傻笑。他看见大侠醉眼蒙眬盯着他看，就傻笑。

"我谢大姐了！"

他像古人一样拱手抱拳，向大侠作揖。

"你真是我的好大姐，小弟这厢有礼了！"

"我认你这个兄弟！你往后就是我兄弟。"

秦大侠两眼放光，满脸潮红。

"我没有姐姐，我就想认个姐姐！"

洪马说，傻笑，憨态可掬。

“你这家伙！”

丁山又拍他一把，说这家伙太会来事了。

洪马对自己心中有数。他知道自己长得挺“西部”。女人都喜欢他这样的，牛高马大，憨头憨脑。

的士开到晗市，找到那家配置公司。

秦大侠不在。一个女娃儿跟洪马说，秦总在拉斐克。

洪马就给大侠打手机，那边传过来懒懒的声音，好像没有睡醒一样。

“是小洪呵，你来吧，拉斐克见。”

拉斐克，俄语朋友的意思。那是家美容店，晗市最好的。

在美容店见面，洪马可真没有想到。他穿了半条街，就看见了拉斐克三个大霓虹字，很大的一座玻璃楼，蓝色尖顶子。

洪马没来过这种地方。美容店里有股怪香，还有股肥皂味儿，烤头发味儿。洪马很不习惯，大男人来这种地方？他看见店堂里支着一排大罩子，像大钢盔，里面塞着一些脑袋。脑袋看不见，但男女还是好分，他看见了两双男人的大手，夹杂在那些女人手中间，洪马便不由得笑了起来。

一个穿白大褂儿的女娃儿领着他穿过大厅，进了一条走廊。走廊一溜粉灯，有点昏暗，香波袭人，洪马就有点恍惚，就像做梦一样。最后到了一间小房。那里面只有两张小床，两个女人仰面躺在上面。她们的头发都被白毛巾拢着，两个按摩小姐正在按摩她们的脸。洪马犹豫了一会儿。他看见那个大胸脯女人，腹部很肥，很不美观地叉开大腿躺着，就知道另一个是秦大侠了。就走过去，堆着笑，叫了声大姐。

大侠的脑袋被按摩小姐捧着，不能动弹，就朝洪马翻眼睛，还牵嘴角笑了笑。

“来啦,快坐,快请坐!”

大侠抬左手,指旁边的铜圈椅子。

“我兄弟。”

又抬右手,对胖女人说。

“兄弟!”

胖女人喉咙一阵响,拉着长声腔,眼睛使劲朝洪马翻,像安了个轴承。

“你什么时候冒出个兄弟!”

胖女人笑起来,大胸脯一阵乱颤。

大侠也笑一笑,望着洪马。

“这位是覃大姐,麻坛高手,有闲阶级。”

洪马便欠起身,堆了一脸笑,叫覃大姐。

“我可不想当你大姐!”

胖女人又笑。

“不想当大姐想当什么?难道想当小妹么?可惜你春华不再呀!”

大侠朝胖女人翻了一眼。胖女人就叹起气来。

“人不经活,太不经活了!”

大侠也叹口气。

“人是不经活,女人更不经活。”

“人生苦短,太短了。”

“不知不觉,眨眼就40岁了……”

大侠眼睛望天花板,像是在自言自语。胖女人也望天花板,好像有些伤感。

洪马就抬抬屁股,他觉得他得说点儿什么才对。

“两位大姐……其实看着很年轻,我还以为你们不过30出头呢……"

"你兄弟真会说话!"胖女人格格地笑。

"他是很会甜和人的,就是假话,听着也让人舒服。"

大侠说着伸出手指尖碰了洪马一下。

洪马让自己傻笑几声,他有些窘,就傻笑。他觉得坐着看女人躺着,真不是事。可他没别的事干,只有看女人。胖女人实在太胖了,大腿粗得像大象腿,小肚子下面像个崖坎。还是秦大侠苗条些,起码两条大腿比胖女人的匀称,胸脯和肚子也不那么臃肿。他有些无聊,就这么研究女人。

他没有提杂志的事,他想等会儿再说。

他等了一个多小时,两个女人才完事。美过容的女人光鲜了许多,怪不得她们要美容呢。洪马想着,跟她们出了拉斐克,外面的阳光亮得像金粉,空气里一股沙枣花味儿。

"搓两圈儿?"

胖女人停住,看大侠。大侠便看洪马。

"你覃姐手又痒痒了,想不想玩?想玩就玩会儿?"

洪马不敢扫女人们的兴,硬着头皮点点头。他没带多少钱,他是来要钱的,不是来送钱的。他怕这些阔女人玩大点子。

秦大侠好像看透了他的心思,就拍了一下他的手背。

"咱们今天不玩大的,4张牌50,可以吧?"

洪马稍稍放下心,就叫起来。

"叫上丁山吧!"

胖女人说丁山出牌太慢,急死人。

"不叫丁山,叫祝河南。"

胖女人覃丽娜守着套空房。她男人在乌克兰经商,跟一个洋妞同居,扔给她这套房。房子很大,大得简直像个俱乐部。

河南人老祝刚从殡仪馆回来,他参加了一个葬礼,死的人是单位的一个年轻人，才35岁，开着车睡着了，钻到一辆煤车屁股下，稀里糊涂把命丢了。他一坐到牌桌上，就说这事，说人生无常，应该及时行乐。胖女人嫌他老说死人不吉利，不让他说，他就立刻改说荤段子，讲得很下流。这人是个碎嘴，打麻将嘴不停，让洪马感到厌烦。他的样子也让洪马不舒服，他觉得这老祝有点像那姓姜的，眼睛后面还藏双眼睛。

"你们说，安大略湖大还是内塔尼亚湖大？"

老祝突然说，还看看这个，看看那个。

老祝手上有三个白板。洪马觉得他问得实在可笑。内塔尼亚胡是个人名，以色列的一个政客，怎么跟湖搅在一起？他看胖女人眨巴眨巴眼睛想回答就更觉得可笑。他正好摸了个白板，想都没有想，就打了下去。

"开杠！"

老祝大叫一声，两手一推，把面前的牌推倒。

"你这牌出得够臭！"胖女人说洪马。

洪马非常扫兴，他知道出了张臭牌。

"我不玩了，我跟秦大姐还要说事呢！"

他说。他不想跟姓祝的玩了，这个人牌风不正，老奸巨猾。

"贼老祝，牌风恶劣，他干扰人！"

出门后，他跟大侠说。他输给那河南人一百块，觉得真是晦气。

"我就不上他的当，我知道他那套把戏！"秦大侠说。

洪马想请秦大侠吃顿饭。麻将输了，人情不能输。时间不早了，他想在饭桌上说那件事。

大侠拦了辆的士，她要请洪马吃饭。

"咱们去伊甸园，三星级饭店，你来了，我得尽尽地主之谊！"

10分钟后，他们到了伊甸园。饭店在一片老树窝子里，环境幽静，花香扑鼻。秦大侠要了间小包厢，穿过一条长廊，门楣上有“蓬山”两个字。

大侠抬头看那门楣，欣赏那两个金字。

“我特意要这间包厢，这两个字有意思。”

洪马也抬头看那两个字。他的耳朵好像有点发烧。

“是挺有意思，挺有意思。”

他傻笑。好像懵懵懂懂的样子。

大侠试探着瞥他一眼，又看那两个字。

“蓬山此去无多路，青鸟殷勤为探看，你知道是谁的诗?”

“好像是李商隐的吧?”洪马迟迟疑疑地说，还咽了一下口水。

女人便情意绵绵地扶了一下他的肩头，轻轻拍一拍。

“到底你是个文人……就这两个字，好多人都不知来处呢。”

大侠点了几样菜，都很精致。

“今天我想喝酒，咱们喝白酒。”

“大姐想喝，我坚决奉陪!”

洪马挽袖子，憨笑，作大干一场的准备。

“男人加酒最可爱! 我喜欢能喝酒的男人。”

大侠要了瓶伊犁王酒，她让服务员出去，她自己斟酒。两个大玻璃杯，斟得满满当当。

“友情深，一口蒙，为咱俩的缘分，干杯!”

大侠和洪马碰杯。一仰脖子，杯子见底。她把杯口朝下，有几滴酒往下滴，她两眼瞥洪马。

洪马也一仰脖子，也把杯口朝下。

“痛快！我就喜欢你这样的。”

大侠很有酒量，她又斟了两大杯。

洪马觉得有股火辣辣的东西直往小肚子下面窜，他看女人，女人的脸泛着红潮，怪怪地盯着他看。

“大姐，40本杂志，我放你公司了……”

洪马说，借着酒劲，他说这事。他不能等喝醉了再说。

“那事好说，小事一桩！我答应过的事，你放心好了……”

女人说。她眼睛直直盯着他，嘴角牵着一丝怪笑。

“大姐为兄弟分忧解难，我敬大姐一杯！”

洪马说，话说开了，他就高兴，就双手端杯，要敬大侠。

两人又碰杯，又是一饮而尽。

“你今天好好陪陪我……咱们好好喝一回。”大侠依然目不转睛，死死盯着洪马。

洪马被盯得心慌。他看见女人的手伸过来，心更慌了。她伸手摸他的脸，嘴角挂着一丝笑容，好像他的脸是个物件，好玩的物件，她摸他的嘴、胡髭，她的手湿乎乎的，有股怪怪的胭脂味儿。

“秦总……你是我姐！”

洪马说。他挺着身子，他不能不让她摸，他不知道该怎么办，就只好挺着，他没有遇到过这种事，他身子挺得像根木桩。

“我喜欢你这个样子！你好像很紧张，你放松点，放松点嘛……”女人笑着，两眼放光，一脸红云，身子前凑，摸他的头发、鼻子、粗脖子。洪马只好闭起眼，任她摸。

大侠摸得兴起，又要了一瓶伊犁王。洪马叫起苦来。

“大姐，那事拜托了！“他说，他怕喝酒误事。他们又碰了一杯。洪马眼前晃了起来，大侠的脸变成许多张脸，在他眼前走马灯一样地晃。

“大姐，拜托……拜托了！”女人把手抽回去，她好像有些不高兴了。

“你就知道你那点事！我身上带着支票……不就是几千块钱么，你们男人就认识个钱……”

大侠说着，忽然哭了起来。

洪马傻眼了，好好的，她哭个什么？他给自己灌了一杯茶，得清醒清醒。

“我想要你……好好陪陪我……你就这么扫兴，你就知道你那点事……”

女人继续哭，好像真是伤心了。

洪马晃得更厉害了。他喝多了，他顾不得多想，他知道坏事了，真是不得要领。得安慰安慰她，就让自己站起来，绕过小桌，他站在她旁边。女人嘤嘤哭着，肩头一耸一耸，他就把手搭到她的肩上，她的肩膀浑圆丰满，他就抚摸起来。女人忽然抬起脑袋，挂着一脸的泪水，扑进他的怀里，两条裸臂像蛇一样紧紧缠住他的脖子。

后来的事，洪马想不起来。他不记得怎么就躺在伊甸园的一间客房里，在那张宽床上睡了多久，做了些什么样的事情。他的头晕得要命，但是从镜子里看到了自己的身体，就好像完全被惊醒了。客房的顶灯在头上亮着，让他恍恍惚惚。过一会儿，他看见了茶几上的那张支票，同时听到卫生间里女人哼歌儿的声音，和噼噼啪啪淋浴的声音。

洪马还是有些恍惚，以为自己是在做梦，一个光怪陆离的怪梦。他的脑袋很痛，好像要炸裂了似的。

洪马赶回家时已是深夜。小宝没有睡着，她半躺在床上看书，等着他回来过周末。

小宝说她中午就回来了。姜主任请她吃了午饭，没有喝酒,但是点的菜是湘菜,很合她的口味。姜主任说小宝的姐姐给他输过血,帮过他很大的忙,给小宝销点杂志,不过举手之劳。洪马他们编的杂志,很受野外工作的员工欢迎的。

“你呢,事情办得怎样?”

小宝的大眼睛看着他,她觉得洪马的神情好像有点怪。

洪马不知该说什么,嘴里像塞了个茄子似的,支吾了两声。他不敢看小宝的眼睛,觉得自己有点鬼鬼祟祟,想赶快找个地方躲起来。

他把自己关进了卫生间。

过了一会儿,小宝听到了噼噼啪啪冲淋的声音。

飞来横祸

一

王寅生躺在床上读那本据说在全球发行了3亿册的《梅森探案集》下卷时，丢了一个小盹，书从手里滑落下去，掉在了床底下。他立刻就惊醒了，伸手在床下掏摸时，摸到了一条裤头，他以为是自己的，迅速扫了一眼，发现不是。就索性坐起身，把床头灯拧亮，认真研究了起来。

这是条丝质裤头，墨绿色，中间开着暗口，显然，是男用裤头。在前面靠近羞处的右侧，有几个既不是英文也不是汉语拼音的字母，还有灰白色的一些斑块，地图一般。王寅生还检查出几根卷曲的毛。可以肯定，在自己的这张床上，有另外一个男人睡过，而且忘乎所以地留下了这么一件物证。王寅生的脑袋立刻大了，心跳加速，呼吸急促起来。

王寅生伸手把侧卧在身边的马婵娟推了一把。半裸的女人刚刚酝酿出一点睡意，像鱼一样扭了一下身子。

王寅生又使劲推了两下。

马婵娟就转过脸，翻着白眼，说："你发什么神经呀！自己不睡，也不让别人睡！”

王寅生用手指挑着那裤头，举在女人眼前，说：“你能不能解释一下，这是怎么回事？”

女人眨着眼睛，皱着眉头说：“这谁的裤头？你从哪儿翻腾出来的？”

王寅生说：“我问你呢？这不是我的裤头，它怎么跑到我床下来了？”

王寅生炯炯地盯着女人的脸和眼睛。马婵娟也坐起来了，眨着眼想一想，就一把打开王寅生的手，让他赶快把裤头扔了。

接下来的解释天衣无缝，让王寅生听不出一点破绽。马婵娟说，这裤头肯定是赖小宝的。王寅生出差期间，赖小宝和她妹妹马杜鹃到家里来过，住过两天。马婵娟说，反正他们已经领过结婚证了，少男少女，干柴烈火，难得有个肌肤亲热的机会，你说我能忍心让他们分开睡吗？

王寅生想想，赖小宝的确是个丢三落四、马马虎虎的人，把裤头丢在别人家里这种事，也只有他能干得出来。

这样想着，就把裤头扔了，说：“你这么一说，我就放心了。”

马婵娟扬起脸，说：“你什么意思？你是不是不放心我，怀疑我招野男人了！”

王寅生说：“我没有这么说，我这么说了吗？”

马婵娟说：“你是没有这么说，但是你的话里有这个意思！”

王寅生不想跟女人抬杠。他盯着看马婵娟的乳沟，忽然就有了冲动。赖小宝和马杜鹃云雨的情形刺激了他的欲望。他不说话，伸手从马婵娟的乳罩里探进去，抚摸揉搓起来。马婵娟忸怩了一下，渐渐就有了反应。两个人很快就亢奋起来。每次做爱，马婵娟都要让王寅生讲些色情故事，王寅生讲不出新鲜故事，就只好重复。这次用不着他讲，两个人都心照不宣地受到刺激,房事进行得淋漓酣畅。

完事后,马婵娟余兴未尽,两条白皙裸臂缠住王寅生不放,娇喘着说:“寅生,假如我真勾引了一个男人,或者,被一个男人勾引了,你会怎么样?”

王寅生已经疲软下来,懒懒地说:“你说呢?”

“我问你呢? 这问题我怎么替你回答?”

王寅生便朝对面墙上指了指,说:“你问它吧!”

他说的它,是杆双筒猎枪,被几颗射钉架在墙上。猎枪上方,有一颗岩羊的脑袋,羊头上插着10根幼鹰的羽毛。王寅生的业余爱好是打猎,枪法很好。这支枪,是他参加工作不久花了600元从一个哈萨克牧民手里买来的。他用这支枪猎过不少野兔、狐子、野鸽、呱嗒鸡,最值得炫耀的是猎获过一只岩羊和一只山鹰。现在,这两样猎物的头羽成了他居室的装饰品。

在灯光照射下,那支枪闪着一道冷森的光。

王寅生的双眼眯着,好像在瞄准一样,也射出一束冷光,说:“这么回答你该满意了吧。我的女人,谁敢动一根毫毛,岩羊和鹰就是他的下场!”

马婵娟又像鱼一样扭着她的光身子,撒娇一般说:“开个玩笑你倒真认真了呵! 我是那样的人吗? 除了你,我怎么可能还有第二个男人!”

王寅生的瞌睡上来了,对女人的撒娇缠绵不为所动,说:“睡吧,我明天还要和大朋去草台子和浅山呢。”

二

清晨,王寅生的猎友封大朋开着他的三菱越野车,到朗秀园小区大门口来接王寅生。车上已经坐着一个人,是封大朋的中学同学贾雨时，也算是一个熟人。这时正好是北京时间8点半，正是晨练的人们回家吃早餐的时辰。三个人在一个街头食摊胡乱吃了点东西，就到一家超市买了一堆砖茶、方块糖、点心、烟酒。这些东西是准备送给草台子村的农民妥十六的。

出了超市，封大朋把车子开到特区大世界，在一家叫拉斐克的俄罗斯酒店前面停下。封大朋进去，十多分钟后才出来，后面跟着一个前挺后撅、金发碧眼的俄罗斯小妞。封大朋介绍说她叫娜佳，几天前才认识的。

从大世界出发，已经11点钟。封大朋很会投其所好，放起了苏联歌曲，头一首就是《山楂树》，娜佳十分兴奋，随着音乐摇头晃脑，双手打着响指，还在封大朋的脸上吻了一下，封大朋也撅起嘴回吻一下。王寅生就笑一笑，贾雨时冷着脸，鄙夷地牵一下嘴角。

贾雨时不想看前面的调情，转脸对王寅生说："我没有见过你打枪，听说你枪法不错，到了浅山，我要好好领教领教。"

王寅生说："我有一年没有动过枪了，有了《野生动物保护法》，用枪的机会越来越少，如今也就浅山能去。你呢？你用的是什么枪？怎么从来没听说过你也喜欢打猎。"

贾雨时说："我没有枪，也不会打猎，我听说你们要进山打猎，就想跟你们出去散散心，临时决定的。"

王寅生说："浅山荒凉得很，草台子也是个穷乡僻壤，路还挺远，你去了准会后悔！"

贾雨时说："我这两天心情不好，总是窝憋在这个乌烟瘴气的城市里，压抑得很，得换几口新鲜空气。"

城市的确乌烟瘴气，车子跑了半个多小时，才冲出乌龟壳一样笼罩在头顶上的烟雾，过了南郊的那些矮山，天空突然变亮变蓝了，阳光像金粉一样耀人眼目。前面的田野、树木、村庄、河泽明明灿灿,加上俄罗斯歌曲,让人赏心悦目。

封大朋回头说贾雨时:“你这个鸟人就是心事太重,无病呻吟,好端端的你压抑个鸟啊!”

封大朋说着就出了道测试题,让大家回答,说过一条小河,有五种方式,划船、游泳、荡秋千、踩鳄鱼背、过独木桥,任选其一。娜佳说她非常喜欢游泳,就选游泳过河吧。王寅生选择过独木桥。贾雨时踌躇一会儿,选择了荡秋千。

封大朋就说王寅生是性冷淡,贾雨时是浪漫型,娜佳是实干型。封大朋说:“测试结果说明,雨时是个情种,生性浪漫,多情善感;寅生是个冷血动物,冷硬荒寒。娜佳实干不实干,我得用用才能知道!”

封大朋说着像马叫一样大声笑着,在娜佳大腿上摸了一把。几个人跟着笑。说话间已经出了绿洲,前面是灰褐色的大戈壁滩,高速公路与左侧的天山山脉平行延伸。在公路的另一侧,大戈壁缓缓地倾斜下去,沉入到一片蓝紫色的迷蒙中,像大海一样深不可测。在那“迷茫大海”的远方,隐隐约约露出一些红色矮丘,嵯峨如同礁尖。阳光炽烈,热风灼人,大地蒸腾着袅袅的白色火焰。封大朋把冷气打开,密封了起来的车里,便充斥弥漫着娜佳的香气。

车子在高速公路上跑了大约80公里,拐向左侧一条岔路,这是简易沙土路,向天山的山前大缓坡伸去。横亘在前面的天山山体雄浑荒凉,大缓坡广漠无垠,弥漫着一片灰蓝的尘雾,烈日灼烤着,无形的火焰燃烧得更加猛烈。前面出现了一团水面,像片小镜子,若隐若现,似有似无,依稀还能看到一些树,一些稀薄的绿色植物。戈壁荒漠很容易出现幻影幻象,但这片水不是幻景,它就是草湖。

草湖距离高速公路约莫30公里,湖水由地下水和天山雪水积聚而成，湖面很不规则，周遭长满了芦苇、芨芨草和茅拉(菖蒲)，还有稀疏的胡杨、梭梭和柽柳。湖里有成群凫水的野鸭，草丛里有五更鹚、斑鸠、阳雀、百灵、布谷。湖很小，但水草的腥气很重。南岸还有几个渔工的窝棚，泊着几条破船。

封大朋把车子停在沙滩边的一棵胡杨树下，让大家下车，说草湖水质很好，他要游泳。说着，就脱得只剩三角泳裤。娜佳跟着脱，那边湖岸上，几个渔工伸长脖子看女人脱衣，黑脸白牙地咧嘴笑着。脱得只剩泳装的娜佳丰乳肥臀，金色的汗毛在阳光下看上去像细密的金粉。封大朋拍拍她的屁股，说："娜佳，亲爱的，你太性感了！"一边朝王寅生和贾雨时喊；"脱啊！你们傻瓜一样愣着干什么！"

王寅生早有准备，脱了衣服，见贾雨时不动，就说："脱吧，天热得像馕坑，正好到水里凉快凉快！"

贾雨时犹豫着，说："我没带泳裤，我不知道还有这么个湖。"

王寅生说："要泳裤干什么？你就是一丝不挂，娜佳也不会在乎，人家是洋三陪，什么世面没见过！"

贾雨时就脱，脱得只剩裤头时，他发现王寅生突然瞪大了眼睛，好像受了惊吓一样。

"怎么啦？我哪儿不对头了，你怎么这么看着我？"他说，一边低头看自己身上。

王寅生连忙扭过脸去，他往湖水里走。他不想让贾雨时看出他的失态。

三

贾雨时水性不行，他在湖边浅水里泡了泡就上岸了，坐在树下吸烟。他看着王寅生往湖心游，奋臂劈浪，脑袋埋在水里，忽左忽右地换气，很快就游进一个苇湾里。王寅生不见了，他就看封大朋和娜佳。他们一直在离岸不远的浅水里嬉笑调情。湖水的遮掩使他们的水下动作肆无忌惮，贾雨时发现女人的躲闪其实是一种变相的挑逗，就像诱饵一样让男人贪欲的本性一点点往外显露，直达无耻。几乎所有的女人都喜欢男人中间的无耻之徒。眼前这道人欲的风景就是一个证明。

贾雨时对封大朋和梁谨的私通一直毫无觉察，不仅毫无觉察，而且还认为绝无可能。封大朋是个粗俗放浪的人，缺乏起码的教养，属于梁谨不愿用正眼瞧一下的那种角色。几次家庭聚会，梁谨都对封大朋印象不佳，说他吃没吃相，坐没坐相，举止放肆，言语粗鲁，这样的人，往后不要再往家里招了。贾雨时听从了女人的警告，那以后无论何种聚会，家里家外的，只要有梁谨在，就不叫封大朋。他做梦都没有想到，他不在的时候，这两个人会狼狈为奸，行苟合之事。

贾雨时并没有将两人捉奸在床上。他去了一趟泰国，又在广州、深圳滞留了几天。回来后的第二天，收到一封信，从里到外，所有文字都是电脑打印的。信里的文字告发了两个人的三次幽会，时间、地点都是具体确凿的，没有落款。这个目击者到底是谁，贾雨时猜测有可能是封大朋的前妻，但那个和封大朋离异五年的女人现在住在另一座城市里，且重新组合了一个家，她会为了前夫和一个与自己不相干的女人的偷奸犯科专程跑来，耗时半月，跟踪盯梢吗？排除了封大朋前妻寄匿名信的可能，贾雨时又罗列了一些人，包括两人可能的或潜在的仇人，挖空心思，费心劳神，最后终于悟出，目击者是谁根本就不重要，重要的是两个人私通这个事实。为了澄清和落实这个事实，他不动声色地观察梁谨的举止、言谈，甚至脸部神情的变化。在他故意提到封大朋的时候，观察得尤其仔细。他很想把那封匿名信拿出来让梁谨看看，好好过一回察言观色的瘾。但后来还是决定暂不拿出。慢慢地品尝妒恨让他产生了一种奇怪的绵长的快感，他不想让这种快感由于自己的莽撞很快消失。

昨天，他又当着梁谨的面，故意给封大朋打电话，一边偷看女人的表情。梁谨正躺在床上读一本书，薄如蝉翼的粉色睡衣显出优美的身体曲线，他发现她好像在听且目光凝住不动，就拖长通话的时间和封大朋东拉西扯，一边观察梁谨的面部神情。封大朋说明天要到山里打猎，问他想不想去？他就灵机一动，说心里正憋屈着呢，巴不得出去散散心。

贾雨时上床的时候告诉梁谨明天要和封大朋去浅山，并且决定和她做一次爱。他把做爱当成一次测试。测试的结果是，梁谨毫无激情，四肢摊开，一副任人宰割的样子。

如果换了封大朋呢？

贾雨时现在看到的就是封大朋和女人调情的场面。他们先是在水里嬉闹追逐，后来就拥在一起，狂热亲吻，然后两个人手拉手上了岸，钻到一个草丛后面。那个丰乳肥臀的俄罗斯妞儿在草丛消失的最后背影重叠出梁谨的影子，贾雨时的妒恨立刻像野草一样疯长起来。

四

王寅生躲在那个苇湾里，仰面躺在一堆矮芦苇上，矮苇倒伏在湖水里，他的四肢连同脖子都浸在水里，只露出眼鼻。他看到的天空被烈日烤得发白，白蒙蒙的，一如他的心情，空洞而且荒凉。那个疑团迅速扩大，骤然而至，使他猝不及防。同样的裤头出现在一个没有想到过的男人身上，这样巧合的概率有多大呢？赖小宝有这样的裤头吗？如果赖小宝压根儿没有把裤头忘穿上，贾雨时这个人难道不值得怀疑吗？

王寅生立刻想到脱衣服时贾雨时的犹豫样子，于是贾雨时和马婵娟有可能偷情的一些细节就浮现出来。躺在一个背静的水湾里进行联想和推理，使他的注意力高度集中起来。如果不是那条水蛇突然从苇丛里游出来，惊飞一群野鸭，他还会继续猜想推理下去。水蛇的出现使他意识到潜伏的危险，他没有游回去，而是就近上岸，绕着湖岸回停车的地方。

封大朋和娜佳躲藏的那个草丛非常隐蔽，他们以为非常隐蔽就毫无顾忌，两个人都脱得一丝不挂，交媾的动作疯狂而且热烈。两具强悍的肉体纠缠交合得惊心动魄。王寅生屏住呼吸，躲在一个野蔷薇丛后面，看得目瞪口呆，面红耳赤。后来发现对岸的渔工朝这边指指画画，他才蹑着手足离开。

王寅生无意中看到这个野合的场面风景，看到贾雨时后心情变得更加复杂。同样心情复杂的贾雨时一直在望着那个草丛，他没有想到王寅生会突然绕回来，好像吓了一跳一样。这个细小的神情变化又被王寅生捕捉到了。他的目光不由自主地又盯住贾雨时的下身。

贾雨时给王寅生扔了一支烟，王寅生接住，点烟的时候，他问："你这裤头非常特别，还有上面的字母，那是几个什么字？"

贾雨时低头看着自己的下身，说："这是我在芭提雅买的大路货，足足买了一打，一起去的同事，差不多都买了，还有鳄鱼皮皮带、珍珠鱼挎包，象皮钱夹。这上面的字母是暹罗文，大概是好运的意思。"

王寅生说："你是运气不错，可能还包括桃花运在内！"

王寅生想含沙射影一下，但他发现贾雨时并没有把他的话听进去，他听的是草丛那边传来的声音，他把身子像鹿一样竖立起来，好像还嫌王寅生站在前面碍事，伸手拨拉了他一下。草丛里那桩事好像进行到了欢乐的高潮，他们同时听到急促的粗喘和尖叫似的呻吟，那些草好像也受到感染和刺激，剧烈地抖动了起来。

王寅生看着贾雨时缩下身子，就说："你好像对这种事很感兴趣？"

贾雨时说："我的确很感兴趣，今天尤其感兴趣。"

王寅生说："我对你也很感兴趣，今天尤其对你感兴趣。大朋说你是个情种，你恍恍惚惚的倒真像个情种。一个人太恍惚了不行，太恍惚了就会漏洞百出，丢东忘西，你说我说的在不在理？"

贾雨时心不在焉，眨着眼说："你说的话，我听不懂，我觉得你有些神神道道，你还盯着看我的裤头，我就弄不明白，裤头有什么好看的？男人盯着看男人的裤头这正常吗？"

王寅生笑起来，说："你怕我看你的裤头了？你一定是想起哪儿出了个纰漏，所以你就怕了起来？"

贾雨时站了起来，他听到了手机响。王寅生侧着耳朵听贾雨时和手机里的人对话，里面好像是个女人的声音。他想凑近一点听，但贾雨时立刻护着耳朵走开。王寅生偷听不成，灵机一动，翻出自己的手机，看马婵娟在干什么。马婵娟正忙着跟别人通话。王寅生就又给赖小宝拨电话，赖小宝关机。他就盯着看贾雨时，贾雨时的通话没完没了，他裸身站在湖岸，穿着那条非常扎眼的泰国裤头，跟手机里的女人说个没完。

王寅生转身到车上，端出他的双筒猎枪，连他自己都没闹明白，他怎么就跑到车子那儿端出枪来。他端枪的样子像个挨了枪子的伤兵，两腿岔开，枪口朝下，耷拉着脑袋，眼白全部退到下眼，好像还歪着嘴。这时野合完毕的封大朋正好从草丛钻了出来，看见他这副怪样子吓了一跳。一边喂喂叫着，一边朝他跑了过来。

封大朋喘着粗气说："你昏头啦！草湖的鸭子不能打，你狗日的又不是不知道！"

王寅生说："我知道，我不打鸭子。"

封大朋说："不打鸭子也不行，草湖禁猎，打什么都不行！"

王寅生眨目眼说："打蛇行不行？我看见了一条毒蛇，老在我眼前晃，我想打死它！"

封大朋说："打蛇也不行！蛇又没有惹你，它惹你了吗？"

贾雨时说："王寅生今天不太正常，他以前不是这个样子，今天好像中了邪，变得神经兮兮的！"

王寅生说："你才中了邪不正常！我看你恍恍惚惚，鬼鬼祟祟，像个贼！"

封大朋拍着娜佳的光膀子，说："当着外国朋友的面，你们给自己留点面子好不好？我看都是这个草湖惹的祸，这湖有点鬼里鬼气，咱们还是赶紧离开，赶路要紧！"

五

草湖到草台子是30公里的爬坡路，缓坡上稀疏地长着马莲、骆驼刺、铃铛草、芨芨、琵琶柴、优若藜、白刺藜等植物，看不到一棵树，但远远近近的红柳、梭梭、野蔷薇使这片荒寂的原野有了比戈壁沙漠丰富一些的层次。往远处看，稀疏的灰绿汇成厚重的绿海，汹涌着铺向天边。这样的地方，是野兔、狐狸、狼、獾、旱獭、鹅喉羚等动物的天堂。封大朋和王寅生早年的狩猎，就经常选在这个缓坡平原上，后来这儿有了3个戴红袖筒的哈萨克族护林员，他们就只好往更深更远的山脚下走。这也是他们出猎次数一年比一年少的原因所在。

在一道有一股细水流经的浅沟里，封大朋发现了两只正在低头饮水的鹅喉羚，它们站在一个小水洼旁边，姿态优雅，黄棕色的皮毛和翡翠色的角被西斜的阳光照得分明。目测距离大约150米左右。王寅生跳下车，朝远处望，没有发现骑马的哈萨克，就朝封大朋挥了一下手，然后猫着腰往前跑去。封大朋抓着他的小口径枪，跟在王寅生身后。他们跑到一丛红柳后面，还没来得及端枪瞄准，那两只羊就箭一样跳开了，它们奔跑的姿势矫健优美，扬着尘烟，眨眼间就消失得无影无踪。

封大朋转回来，望着那串尘烟，说："现在草滩上的动物都学乖了，闻见人的气味就跑，就连呱嗒鸡、兔子都变机警了。"

贾雨时说："你是入侵者，浑身邪气，不怀好意，它们能不跑么？有等着挨枪子的动物吗？"

封大朋说："有，去年老寅射中的那只幼鹰，就傻乎乎的，老寅就藏在崖下，枪口对着它，它竟然一点都没有觉察。它当时可能只顾了等母鹰。母鹰正往回飞，鹰爪上缠着一条蛇，枪响的时候，母鹰在空中尖利地叫了一声，像飞机一样俯冲下来。幸亏老寅开了第二枪，不然，母鹰的利爪会把他的脑袋抓个透明大窟窿！老鹰的复仇心是非常可怕的。"

贾雨时看着王寅生，说："你把幼鹰打得粉碎，还拔了它的羽毛，当家里的装饰品，真够残忍的！"

王寅生说："你在我家里见过那些羽毛是不是？你好像是我家的常客，连我家墙上的装饰品都知道得一清二楚！"

贾雨时指着封大朋说："我没有去过你家，是他告诉我的。有人倒是我家的常客，我是说我不在家的时候，这个人经常光顾我家，他还以为把我蒙在鼓里，以为我什么都不知道呢？他把我也当成一只傻乎乎的幼鹰了！”

封大朋听着，瞪圆了眼，说：“贾雨时你这是说谁呢？这些天你一直阴阳怪气，指桑骂槐，我到底伤着你哪根筋了？我又没有强奸你老婆，我就是想强奸也不会强奸梁谨那样的，梁谨不过是一具漂亮的木头模型，我宁愿奸尸也不愿奸木头！”

贾雨时说：“真是强奸倒也好了，我可以送你去蹲大狱！”

封大朋又像马叫一样哈哈大笑起来，说：“不是强奸，通奸就更不会了！梁谨怎么会跟人通奸？她那样的木头人怎么会懂得通奸的乐趣和妙处！她连你都伺候不好，还会去伺候别人吗！”

封大朋笑得前仰后合，好像笑痛了肚子，他用一只手捂着腹部，一只手指着贾雨时和王寅生，说：“神经病！你们都是神经病。”他笑得眼泪都出来了，娜佳就跟着他一起笑。后来王寅生和贾雨时也加入进去，莫名其妙地笑了起来。

六

缓坡大草滩快到尽头的时候，变成了一片庄稼地，高地的气温低些，庄稼成熟得晚，这里的麦子还没有开镰，苞谷的叶子还是绿的。村子歪歪斜斜、破破烂烂，被天山的裸山压着，远看很像一堆晒干了的狗屎。

车子在高低不平的土路上颠簸着，老牛喘气般进了村，路边几个灰头灰脸的村民都弯起腰，像瞅鼠洞一样往车里看，同时露出猩红的牙床，丑陋地笑着。他们看见了一个洋女人，也看清了封大朋和王寅生，就用凉州话喧聊起来。

“是妥十六的朋友，妥十六！”

“快跟妥十六说去，真美死他！”

草台子一色的凉州人后裔。妥十六当然也是凉州人。他们都长着差不多一样的狭长脸，像河西走廊一样的长脸，脸上的每道折皱都盛满了尘灰，树皮一般，头发都乱蓬蓬的，芨芨草一样朝上炸着，像越狱的囚犯。

妥十六站在他家的干打垒院墙那儿，搓着手板，咧开黄板牙，远远地笑着。院墙上面，依稀还能看出“油炸韩大泡子！”的“文革”标语。在他身后，他的瘸子婆姨和几个破衣烂衫的孩娃，早早做好了迎候的表情。

“哦嗬哦嗬！来啦！来啦！”

妥十六哦嗬着，火灼了一般，伸手和每个人握，边握边说，“我就知道是你们来了，我思谋着你们也该来了！”

妥十六把一干人迎进他的屋院，就让大家坐在一张破桌子四边，桌子上满是污垢，爬着硕大的苍蝇。封大朋把超市买的那些礼物堆放到桌子上。妥十六让它们堆放了一会儿，他要让院墙外边的那些熊人眼馋一下，然后才让他的瘸腿女人搬回屋去。这时太阳已经沉下去了，那些驼峰一样的裸山都被染成了金黄色。

喝茶的时候，妥十六又搓起了手板。

“我的鸟铳坏了。”他说。

“我打不成猎了。”

“我知道你们要来，我给你们留了一块熏腊，是野猪的熏腊……”

封大朋说：“我们不稀罕吃肉，我们稀罕你院子里的东西。”

妥十六的院子很大，种着满院子的茄辣瓜豆，不施化肥和农药，用的都是农家肥。还有蒸红薯、蒸南瓜和老玉米；还有凉拌的野荠菜、椒蒿和苜蓿尖。晚餐就是这些东西，堆了一桌，中间是一盆辣子熬的野猪熏腊。就在葫芦架下面吃，吃得非常过瘾。后来就开始喝酒。酒是城里带来的,4瓶伊犁英雄特,5个人喝。娜佳也很能喝。

以前是3个人喝。封大朋和王寅生是在浅山碰到妥十六的,妥十六那时用的就是那根老掉牙的鸟铳。那是5年前,他们合伙撂倒一头野猪,就在妥十六家住了3天,吃了3天的野猪肉,喝了3天劣质酒。就这么,八竿子打不着的3个人成了朋友,以后每次来,都要在妥十六家吃住、喝酒,海扯神聊。

4瓶酒喝完,好像都醉了又都没有醉。这时已经半夜了,月亮高高悬在空中,黑压压的天山如同剪影。妥十六让娜佳跟他的瘸腿老婆睡一个屋,封大朋说:“老妥你还是睡你婆姨去吧,娜佳她要跟我睡,我们睡你家的大炕!”

妥十六笑着说:“哦嘀哦嘀,那你们睡,你们好好睡!”

王寅生和贾雨时到院子外边,两个人都解开裤子,对着一个陈年麦垛撒尿。他们同时打了一个酒嗝,然后互相看着对方。

“我没有去过你家。”贾雨时说。

“我真没有去过你家,我得特别申明一下,你是个疑神疑鬼的人,你的样子让我感到不寒而栗!”他说。

“我有一条你的裤头,你的裤头又没有长翅膀,它会自己飞到我床底下?”王寅生说。

“那不是我的裤头,去过新马泰的人多了,你怎么就一口咬定是我的裤头?你怎么不怀疑封大朋呢!封大朋也有这样的裤头,老实说我也怀疑他,他是个没有廉耻的人……”

他们没有继续讨论下去。因为这时候封大朋也跑出来撒尿,他的尿跟马尿一样,尿势猛烈,打得麦草啪啪乱响。人没有廉耻他的尿也就不懂得廉耻,他们都觉得封大朋的尿有一股冲鼻子的狐臊味。

封大朋尿完了，躬一躬屁股，收拾了裤裆，他说："今晚恐怕要委屈你们了，三男一女在一张炕上，有什么办法？妥十六就只有这么一张炕……包涵呵，你们要多多包涵啊！"

封大朋说完就去搂娜佳睡觉。

王寅生和贾雨时躺在炕上，炕那头的折腾让他们一夜都没有睡好。

七

草台子就在山脚下。看起来像在山脚下，但真往浅山山沟里走却还有很长的一段路。山太高太大太雄伟了，路的长短就看不出来。这段爬坡路上看到的尽是巨大的黑石头，好像被烟熏过一样，焦黑焦黑，远看像满地的驴粪蛋，但近看却都大得吓人，有的比哈萨克的毡房还大。妥十六说，这些石头有的还会走，今年在一个地方，明年来看，它就跑到另一个地方去了。妥十六还说，民国初年，草台子至少有11个人亲眼看见过，黑石滩这个地方降落过一个锅盔一样的东西，那个大锅盔足有一个麦场那么大，天黑得像锅底，大锅盔发出鬼火一样的幽光。瞎子韩生万让这光照了一下，眼睛忽然就复明了，但韩大泡子的爹照了这样的光，第二天就死了。壮得像熊一样的一个人，说死就死了，你们说日怪不日怪？

妥十六说这些天方夜谭时眼睛像癞蛤蟆眼一样鼓出来，神色诡秘，像个幽灵。这样就使得这段进山的路有了一点神神鬼鬼的味道。加上天又是个阴天，很厚的黑云盖在头顶上，使周遭的景象变了样子，连王寅生和封大朋都怀疑起来，是不是走迷了路。

但不久太阳就从云层里钻了出来，路没有错，他们进的还是浅山那条沟。沟口很宽,但越野车开进去后,沟就分岔了,分成了3条干沟,沟底没有水,但有草和小半灌木,还有稀稀拉拉矮小的树。下了车子,他们就在这样的乱沟里寻找猎物。如今只剩下这样荒僻的山沟可供狩猎。这里没有戴红袖筒的护林员,就是草台子的乡民,也不会到这沟里来,这里除了沟就是山,重重叠叠、绵延无尽的荒山,不要说放枪,就是扔颗飞毛腿或爱国者导弹,也不会有人听见。

王寅生和封大朋满沟乱转,枪都上了膛,随时准备射击,碰到什么射什么。鸟铳坏了的妥十六带着两个没有枪的人,跟着。山沟里安静得就像坟场,没有碰到什么猎物,连一声鸟叫都听不到。他们都觉得非常奇怪,这时候空气里好像掠过一道风,一团黑影在地上移动。妥十六先抬起脑袋,看见半空里的那只鹰。那只鹰就在他们头顶上盘旋,好像发现了什么猎物。封大朋就在脚下的草丛和杂木丛里巡睃,鹰盘桓不走的地方,肯定有野物活动。不是狐子,也应该是兔子、旱獭之类的小走兽。

封大朋没有找到任何小走兽,只发现了一条秃尾巴花蛇,是条很大的蛇,足有两米长,好像吞进去了10只山鼠。这蛇爬不动了,它往一个野蔷薇丛里逃逸时,斑斓的身子暴露在浅草里,王寅生朝它的脑袋开了一枪,蛇头变成了肉酱,四处飞溅,蛇身如一条彩带在地上乱挣。封大朋用枪挑起来,仰头朝天空望,他想把那只鹰引诱下来,但鹰不为所动,高高地在半空盘旋。

封大朋掂着蛇的分量,说:“这条蛇少说也有四五千克,要是广东人,又是一道美餐!”

贾雨时说:“广东人连老鼠、猫、猴子、蚂蚁都吃。”

封大朋把死蛇扔了,蛇腹朝上躺在草地上,是惨白的一条带子。鹰并没有俯冲下来，他们走开了，那只鹰还在半空悬着，对那条肥大的蛇似乎毫无兴趣。

封大朋继续往沟里走，妥十六屁颠屁颠地跟着。王寅生看见贾雨时躲在一个杂木丛里撒尿，就停下脚步，等贾雨时。

“你昨天夜里没有喝醉吧？”王寅生说。

“我喝了不少，但没有醉。”贾雨时说。

“但是你说醉话了，你说封大朋也有你那样的泰国裤头，好像全世界的男人都有那样的裤头，这是不是你的意思？”

“我觉得你这人很无聊！”贾雨时说。

“不是一般的无聊，而是非常的无聊！”

贾雨时说完，就像躲“非典”病人一样慌忙逃开，他越来越害怕王寅生这个人。

贾雨时追上了妥十六和封大朋，他们好像发现了呱嗒鸡，封大朋举着枪朝一个山坡瞄准。山鸡的颜色跟裸山的颜色都是黄褐色，很难分辨，但它们的喙和细细的腿是枣红色的，就是这些细小的红色在山坡移动，被他们发现了。这群山鸡大约有20只，封大朋朝其中的一只开了一枪，坡上溅起了一团烟，那些呱嗒鸡立刻跑得一个不剩。

封大朋没有打中山鸡，仰起头望天上的那只鹰，他觉得是这只鹰把沟里的鸟兽吓跑了，但他无可奈何。妥十六觉得这鹰总在头顶上盘旋，有点奇怪。这种鹰是浅山一带最大的飞禽，翼展差不多有两米，能把一只羊叼到半空，但再厉害的鹰也怕带枪的人，这鹰一直跟着人，就有点蹊跷。

妥十六对封大朋说：“你不要打鹰的主意，你死了这条心吧！”

封大朋就把举起的枪放下了，无可奈何地叹了口气。但后面赶来的王寅生却朝天上放了一枪，子弹在空中炸开了一朵烟花，鹰好像冷笑了一下，一抖翅膀，飞走了。

他们继续往山沟深处走。后来的山，渐渐变成了草山，鸟叫声多起来了，他们猫着身子东张西望，又翻了两架矮山，终于发现了几只岩羊。

那几只岩羊在一座陡山的半山腰上，崖很陡，像一面立起来的篮球场。岩羊们总喜欢在险峻的绝壁上活动，它们不喜欢吃沟底的草，只喜欢悬崖上的那些灵草。它们在山岩上跳跃自如，神态安详，靠近它们非常困难。王寅生看到了真正的猎物立刻亢奋起来，他在山下观察山势，要缩短射程，只有从左侧攀缘到山腰，左边的山坡也很陡峭，但比正面的绝壁要好攀登些。

王寅生抓着枪往山上爬，封大朋跟了上去。妥十六和娜佳留在山脚下，贾雨时也应该留下的，但他在岩缝里看见了旱龟壳，他想捕一只旱龟，就跟着爬山去了。妥十六后来跟人说，是鬼把姓贾的那个人招上去的。

他们3个人是沿着一条岩缝往山上爬的，大约攀到离地30米时，一块空出的裸岩挡住了去路。王寅生抓住一棵伏地柏登上了那块裸岩，但封大朋登上去后，伏地柏齐根断了。壁虎一样紧贴着岩壁的贾雨时伸出了一只手，让上面的王寅生拉他一把，王寅生犹豫了一下，好像想了一会儿，才弯下腰，把枪管伸下去。

这时候，那只鹰又出现了，封大朋感到一阵强劲的冷风袭来，他认出了那只鹰，大喊了一声，但鹰已经呼啸着俯冲下来。事情就是在这几秒钟之间发生的，鹰的利爪如同重锤般砸向王寅生的脑袋时，他的枪同时响了，抓着枪管的贾雨时被那颗子弹从肩胛穿进了胸膛。和王寅生站在那块裸岩上的封大朋没能躲过那只母鹰巨翅的劲扫，他和两个人一起，像滚木一样摔下山去。

母鹰完成了它的复仇之后没有立刻飞走。

它在陡崖的上空悬停着,翅光森森,冷目炯炯。它看到那个枪杀幼鹰的人血浆迸裂,在空中划了一个弧,尖叫着滚落下去。它等待了一年,终于等到了这一天。从这个挎双筒猎枪的人钻出越野车的那一刻,它就认出了他。它知道它的机会来了。

母鹰搞不清那声枪响是怎么回事,鹰对人间的是非恩怨不甚了了。冷眼看完这惨烈的一幕后,它又在空中盘旋了一圈,然后长啸一声,扶摇而去。

和母鹰一样,草台子的庄户人妥十六也弄不明白王寅生那一枪是怎么回事。他是个过气的猎手,他知道鹰是非常机警凶猛的飞禽,记性好,记仇。但妥十六对人的了解绝不会多于对鹰的了解。他想那一枪可能是王寅生不小心走火了。人在情急慌乱的时候是会走火入魔的。妥十六知道从此之后,他的与世隔绝的破屋院里不会再有城里的朋友光顾了,他们曾经的过往,会和他那杆作废的鸟铳一样,成为他寂寥一生中唯一有点说道的回忆。

妥十六在向村人们讲述这个惊险故事时,没忘了糟蹋一下跟3个男人睡一炕的那个洋女人,说人都死伤个球了,她还哭着说小费怎么办呢?妥十六说,我又没有睡你,我怎么知道怎么办?真是的。

代尔维什的蚂蚁

蚂蚁先生是个越南人。在西北地区，越南人很难见到，我说的是在乌鲁木齐这样的大城市里。但这位蚂蚁先生我却是在远离乌鲁木齐3000多里地的一个维吾尔族聚居的乡里见到的。这个乡名叫代尔维什，汉译的意思近于苦行者、苦行僧，该乡位于中巴公路一侧，有一条名叫台勒维曲克的小河流经全境。天气晴朗的时候，能望见南面的帕米尔高原紫色的群山，从这里到巴基斯坦，也就是二三百公里半天的汽车里程。这地方一般在地图上是找不到的，倘若硬要在雄鸡形状的中国地图上找到它的大致位置，那它应该是在鸡尾巴的最西端了。在这样一个偏僻闭塞的地方，见到一个越南人，可以想见我是多么地感到惊奇。

那天天气寻常，太阳似有似无，没有风，南疆的冬天老是这样，晴不晴阴不阴的。代尔维什乡政府院门的营业食堂里，几个年轻人正在聊天，门大敞着，以便于他们的视线不断地朝外巡睃。他们一边烤火，说些粗俗的笑话，一边不时目光炯炯地往外望一眼，巴望着外边的路上有个外乡的姑娘路过，或者，发生点别的什么新鲜事。忽然，大嗓门的食堂帮工居马洪在窗子那儿大声叫起来："蚟莫乃！看呵！蚟莫乃，蚂蚁！我们可爱的老朋友蚂蚁先生来啦!”

沿着居马洪的手指的方向看去,就看见左前方的麻扎(坟墓)台地下面,一个人摇晃着朝这边走来。远处的河水泛着弯曲的白光,他的影子就这么在黄色的台地和白色的河光中一颠一颠地走近来。身材矮小,样子像个老港客,带顶盔式灰色风帽,一件破旧的绿色大毛衣长可过膝,下身却是一条鲜艳的棕色运动裤,里面的黑棉裤长出来一大截,脚上的翻毛皮鞋像破手风琴一样张开大口。他脸色很不好看,蜡黄蜡黄,像马粪纸。嘴角叼一个大号的桑木烟斗,年纪像有六七十岁的样子。在非常讲究辈分礼节、长幼秩序的维吾尔族眼里,这该是个受人尊敬的年龄,但蚂蚁先生似乎得到的不是尊敬,而是和尊敬不沾边的没大没小的亲热。这些冬日里无事可干的年轻人,见到他走来都亢奋了起来,纷纷起来给他让座,像亲兄弟一样勾肩搭背地同他开粗鲁的玩笑,说粗俗的乡间土话,像马嘶般地哈哈大笑。他们已经有差不多一两个月没有见到蚂蚁了。他是个有单位的人,单位就在麻扎台地的东面,距乡政府大约有六七里路,那是新疆生产建设兵团三师的一个建筑公司预制厂。但蚂蚁很少在单位待着,老是像游魂一样地四处转悠,他半句维吾尔语也不会说,可是在这个维吾尔族占百分之九十九以上的乡镇里,似乎人人都熟悉他,他也似乎熟识所有人。

“呵,蚯莫乃!蚂蚁先生!这些日子你老人家上哪里去了?你不知道我们是多么的想念你呀!”年轻人七嘴八舌地说。

“病了……我病了呢!”蚂蚁像冬眠后的蛇一样有气无力。他的汉语发音稀奇古怪,是他的母语加粤语,加维吾尔语,加当地汉语方言的杂交的产物。但奇怪的是,他们双方交谈,彼此却都能听得懂。

“我们都以为你见老天爷去了呢!”年轻人说。

“老天爷不会收留一个越南蚂蚁的……”

蚂蚁先生吃力地拱动他的嗓喉，有板有眼地说，“我……我是个老不死的家伙！”

众人怔了一下，立刻像马一样哈哈大笑起来，蚂蚁瘦小的身子被粗壮高大的小伙子们夹在中间，瘦脖子像安了轴承一样转动着，仰望着两边大笑着的脸，也跟着咧嘴直笑。他乐起来嘴大张着，参差不齐的几颗黄牙乱七八糟地闪现出来，没有肉的两腮塌陷成两个深坑。

很快地他就发现了食堂的角落里坐着一个陌生人。代尔维什乡难得看见一个汉族人。蚂蚁把试探的目光投向我后，乡政府的年轻干事便把我介绍给他。这里的老百姓习惯上还把首府派来的干部叫作“工作组”，而且每个这样的干部后面都给挂上“组长”的衔。蚂蚁立刻称呼我为赵组长，而且从口袋里摸出一包皱皱巴巴的丝路牌纸烟，恭恭敬敬地递给我一支。他自己抽烟斗，纸烟是专门给别人准备的。

我说我们是被派下来参加南疆农村奔小康大讨论的，跟过去的工作组不是一回事。

“这里的老百不怕穷，穷高兴呢！他们再穷也高兴呢！”他突然冒了这么一句话。

这话是有点成问题的。也许，他想表达的不是这个意思。看他眼睛眨巴眨巴的，好像是想说一句褒奖本地老百姓乐天性格的话，但说出来的意思却有点走样。

“这是什么话呢？蚂蚁先生，蚂蚁老爹，世界上难道有越穷越高兴的人吗？能吃上抓饭，薄皮包子，谁愿意去啃苞谷馕呢？”

果然，他的谬论遭到了大伙儿的一致反驳。他嘴里啧啧了几声，表示众人误解了他的意思。忽然危坐起来，一手擎起，一手做怀抱状，且抖动五指，尖声唱了几声。原来他是在学弹拨尔都塔尔琴的样子，模仿的几声尖唱苍哑而不伦不类，唱毕，他献媚地笑了，说："那歌子里不……不是这么唱的吗，除……除了死，剩下的……都是高兴么？"

"除了死，剩下的都是欢乐！"有人纠正说，而且说这是一首阿图什民歌里的歌词，跟他说的意思毫不相干。

"那……那你们为什么不去砖厂干活儿呢？"蚂蚁怔了一会儿，忽然反唇相讥了："你们自己的砖厂，倒叫司文通给承包了，让那个四川盲流把你们的票子大把大把地往自己的口袋里装……看看你们自己的口袋吧！连买一瓶醋的钱都没有呢！"

他的话使大伙儿都沉默了。蚂蚁先生便有点得意，趁机告诉我，乡里的砖厂是为了解决贫困户脱贫致富办起来的，但在乡里招的贫困户民工干了不到一个月人都跑光了，嫌砖厂的活儿又苦又累，还要起早贪黑。于是，四川盲流司文通瞅准机会把厂子承包了，从喀什大街上招来一帮内地民工，干了几年，这些人都挣了不少钱。他们中有的人在老家把楼房都盖起来了。

年轻人对蚂蚁先生的话有点抵触，他们认为蚂蚁是在泄私愤，因为他跟那个四川盲流司文通有过一些钱财上的纠葛，那个人结结实实地坑过他一回。年轻人突然间醒悟到这一点后，便讥笑和批评起他来了。说他的克朗(肚子，肚量)有些太小了，不应该老是记人家司厂长的旧账，司文通承包砖厂，年年给乡里交几万元，是个有贡献的盲流嘛！

"蚂蚁先生，蚂蚁老爹，盲流盲流这样的话以后不要讲了嘛，都是中国人嘛，在自己的国家干活儿，不管是在四川，还是在代尔维什，都奥克夏希一个样嘛！"乡里的年轻干事雅阔夫有板有眼地说。

蚂蚁先生的蜡黄脸好像变得更黄了，吞吞吐吐地说："那么，你们是说我……我是个盲流了么？我是个国际盲流么？我……我在中国，都40多年了呢……我有工作，我是个有单位的人呵……”

“看你都想到哪儿去了嘛！蚂蚁老爹！”年轻人发现他有点难堪后，立刻异口同声地向他表示亲热，居马洪甚至还捧起他的老脸亲了一口：“你是一个有身份有来历的人，蚂蚁老爹，我们喜欢你呢！你老人家永远都是我们最最最最……亲密的朋友！就像一个娘肚子出来的兄弟一样嘛！”

代尔维什乡政府所在地只有一条散散漫漫的大街，与穿境而过的中巴公路垂直相交。土街上只有两家小商店，一个邮电所，两个用铁皮造的维吾尔族人开的杂货铺，还有四张颜色极鲜艳的台球桌，摆在两个杂货铺之间的露天空地上，时常有些年轻人和半大小子在那里乱捣一气。这种由欧洲绅士们发明的玩意儿，堂而皇之地摆置在这样的穷乡僻壤，让人感到十分新鲜。土街上永远是尘土飞扬，车辆碾过，黄尘滚滚，路边卖甜瓜和烤馕的农人无动于衷，稳坐如泰山。买者亦不嫌瓜和馕上土大，交了钱便张口就吃。尘土是南疆特有的风景，只有当地人才能适应。

这地方的另一风景是老鸦特别多，天上飞时密布如云阵，落到树上黑压压一片，聒噪声如雷贯耳，在汉族人看来，终日老鸦叫不是好事，维吾尔族人却把他们当吉祥鸟，反把喜鹊说成是凶鸟。我们工作组住的宿舍，就在乡政府院门的一侧，门临土街，进门后有一个炕席大的小院，恰有一棵百年老核桃树，这大树最招乌鸦，终日鸦声不止，一不小心，便会被从天而降的鸦屎打个劈头盖脸。宿舍门前斜对面，是个名叫恰克玛克的跛子开的馕房，恰克玛克酷爱音乐，馕坑上经常摆着一台老掉牙的录音机，放着各种各样的流行音乐磁带，特别是维吾尔族流行歌曲和巴基斯坦歌曲，还有《拉兹之歌》之类的印度歌曲，秃头跛足的恰克干活时不断被音乐所激动，手舞足蹈，大呼小叫。破录音机噼里啪啦，震耳欲聋，让人觉得随时都有爆炸横飞的可能。

蚂蚁先生几乎每天都要到这土街子上来转悠转悠，跟所有遇到的人套近乎，在恰克那里摇头晃脑地欣赏一阵音乐，然后钻进我们搭伙的营业食堂里。这里比较暖和，灶台之外，另生了一个炉子，炉火总是烧得很旺，冬日里无事可干的人都喜欢到这儿来烤火闲聊。蚂蚁在单位的宿舍很寒碜，怕冷，便总爱往暖和处钻。另外，他可能生性就喜欢热闹，和众人在一起，可以使他笑口常开。七老八十的人，他显得有些神神道道，常常给大家不着边际地瞎吹神编。例如，他说他的眼睛有透视功能，有病的人往面前一站，就通体透明，哪块骨头上有个霉点他都能看个一清二楚。还说他会酿制一种用阿魏、锁阳、桑葚、沙棘、野枸杞、大芸、阿月浑子、无花果，加昆仑山上的矿泉水和五月草地上采集的新鲜朝露泡制的百味益寿酒，此酒包医百病，有病治病，无病大补。霍乱流行的那几年，他在巴楚疫区用这种酒救过21个垂危病人的命，还顺带救活了一匹病骡，一头瘟驴。那些被霍乱折磨得奄奄一息的人们，肠子都薄得像塑料地膜一样，如果不是喝了他的百味益寿酒，必死无疑。被他灌了两杯后，那些垂死的人立刻像鱼一样活蹦乱跳了起来。还说他懂得设计，脑子特别灵光，真给他个机会，他连航空母舰都可以搞得出来。

“我是个有才能的人，这一点你们不要不相信，我就是没有施展而已！”

他吹嘘的这些，大伙儿都知道是胡说八道，不过还是愿意听他说。穷乡僻壤，生活比较枯燥，有时候真需要一点胡说八道。

蚂蚁先生本名蚁金水，这是和我们相处比较熟悉以后，他告诉我们的。还说他是西贡市人，抗美援朝时应征入伍，帮助中朝打老美，但部队开拔到鸭绿江边就停战了。他没有回国，自愿留在中国，后来流落到了新疆，进了生产建设兵团，一待就是40年，光棍一条还被关过好几年。

“世界革命呢，我革命把自己革到班房子里去了……”他说，嘴角叼着大烟斗，笑着，往天上吐着烟圈。

“革命嘛，受点委屈磨难，经受考验，这样的事情是难免的嘛。”老胡同情地说。老胡是我们这个5人工作组的头儿，5个人分别来自5个不同的单位，老胡是某厅政治处的副处长，是个前“牛鬼蛇神”，十年浩劫中，也被关过班房，进过五七干校，当过羊倌。他平时不苟言笑，很有些领导干部的派头威仪。

“老蚂，你自己有名字，为啥还要叫蚂蚁呢？”组员阿尤甫问他。

“我喜欢蚂蚁，我从小就喜欢蚂蚁呢。”蚂蚁先生说。而且说，他所以要用这种全世界到处乱爬的小虫子做他的名字，是因为叫起来顺口，好记。

他在小心翼翼和我们接触一段时间后，便成了我们宿舍的常客，晚上营业食堂打烊后，就钻到我们的宿舍来。比起营业食堂，我们的炉火更加暖和，还可以看到电视。他每次都拥着炉筒坐着，两脚叉开，炉火烤得他的衣裤直冒白烟，还带出一股酸菜气味。他总是没话找话说，知道我是作家协会的干部后，便说他懂法语和中文翻译，还翻译过素友的诗。在东北的时候，还亲眼见过丁玲和白朗，她们那时风韵犹存，明眸皓齿，光彩照人。这些话，无论真假，都无法落实。但他毕竟知道世界上还有个素友、丁玲和白朗。这时候，这个干瘪瘦小的老头儿，在我面前便变得朦胧和神秘了起来，仿佛他身后拖着一片厚重混沌的云烟，总也望不到他跌跌撞撞的来路。

一次，新闻联播里正放着总理访问越南的消息，他危坐着直盯着荧光屏看，问他在祖国还有亲人吗？如今越南也在改革开放，为什么不回自己的祖国去，偏要待在这么闭塞偏远的异国他乡？叶落归根嘛，人老了都该回到自己的老巢去。

“我是一个世界公民，国际主义者。”

他摇着花白脑袋，表示没有回老巢的想法：“习惯了，我在这里过习惯了，这里的冬天不太好，再过两三个月就好看了，连河水都变清了，到处都是花，鸟叫……”他叼着烟斗，痴迷得望着窗外，窗外的月光很亮，公路上有赶车的农人在唱歌，狗叫声此起彼伏，他倾听了一会儿，喷口烟雾，说：“我这辈子就是当盲流的命，我喜欢这个地方，这是前世注定的，这个地方的人，老百姓很快活，我喜欢快活……”

这以后不久，他便让我看他写的几个状子。这些状子都是递给县检察院的，还附有维吾尔文，被告是四川盲流司文通。司文通前些年曾聘请蚂蚁帮忙追债打官司，答应除交通、住宿费外，还每天补助他15元。蚂蚁为姓司的工作了一年，追回债款21万元。但司文通却没有兑现他的诺言，只支付给他少许差旅费，其余一律赖账不给。他状告那个四川盲流不守信用，想追回拖欠的几千元补助费，外加3年利息。

“司文通是个烂桃子！社会主义初级阶段的臭虫、苍蝇、无赖！”

他好歹把案子的原委说清楚了，义愤填膺地诅咒着那个坑骗了他的人。但看他写的申诉材料，却让人莫名其妙。似通非通的文字，胡乱堆砌，不知所云。由此可见，翻译素友的诗，纯粹是吹牛。老胡看罢，说这样文理不通的状子不要说有没有事实依据，都不可能告得赢，何况，谁是谁非还不一定呢？

蚂蚁先生还要申辩，四川盲流司文通恰巧也来串门，一看就明白怎么回事，笑着在蚂蚁先生肩头上拍了一把，说："老蚂！你又在背后告状，你总是背后告状，你真是个货真价实的小人呵！"

司文通五大三粗，脸上横肉堆积，样子非常雄壮，对桌上乱扔的那些状子不屑一顾。蚂蚁稍显尴尬，干咳了几声，笑道："你身子上肉肥得很呢，不告你告谁呢？"

"格老子的，你那样小小一个身板，能告得动我就只管告吧！"四川盲流豪爽地说。

"只要我还活着，我就一直要到官府诉讼你，我得让你知道，不把欠我的钱还给我，你连觉都睡不安稳呢……"

"我睡得巴巴实实呢老蚂！我谢谢你个老家伙，我后半辈子都离不开你呢！我喜欢你挠我的痒痒呵，我喜欢你呵老家伙！"

四川盲流高声武气地说，同时又拍了国际盲流一把。

司文通的老婆从老家来看他。他摆了桌酒席，请大家到他家去热闹热闹。请我们工作组全体，同时也邀请了蚂蚁先生："你也来，老蚂，官司归官司，格老子的，我还是把你这老家伙的当好朋友哩！"

司文通走后，蚂蚁神气起来，说："这个家伙最怕我，他最怕我呢！"

这晚上除老胡之外，我们工作组其余几位都去了砖厂，蚂蚁先生也如约前往。被邀请的还有乡里的几个头儿，还有本乡几个会说笑话会弹都塔尔唱歌的热闹人物。大家通宵达旦的热闹了一夜，喝了30瓶昆仑特曲，吃掉了两只羊，又唱了半夜的歌,吼得屋顶直往下掉土。蚂蚁先生不顾高龄,喝得醉眼蒙眬,眼睛红得像吃了死人肉一样。还不伦不类地跳了个萨曼舞,之后忽然伤感得哭了起来,老泪纵横,说他可能快要死了,他不想死,想快活地活着。司文通搂着他瘦小的身躯,说人都有一死,圣人草民都一样,活就好好活,活一天快活一天,等于给自己增了阳寿,死也不亏枉。蚂蚁先生破涕为笑,大家于是搂着他伴着都塔尔高唱起那首《除了死剩下的都是快乐》的阿图什民歌,唱得热气腾腾,大汗淋漓。

这以后,蚂蚁先生再也没有提起告状的事。对自己在司文通家酒后失态哭鼻子的场面,并不讳言。说在此之前,他曾做过一个梦,梦见自己当真变成了一只蚂蚁,一只黄甲壳蓝肚子的大蚂蚁,钻进了一个深不见底的洞。这不是个好征兆,所以想起来不免有些伤感。同我们日益熟悉后,他出入我们工作组宿舍就像他自己的宿舍一样随便,这个无家可归的人,愈是感到生命终点的临近,愈是恋着炉火和有人群的地方。但老胡却不太欢迎他来。一是,蚂蚁不是本乡的人,和工作组毫无关系,成天泡在工作组宿舍不合适;二是,蚂蚁到底是个什么身份,来历不明。不久,他就听到一个消息,说蚂蚁根本不是什么越南志愿军,而是南越伪军的一个兵油子,跟北越打仗时,被中国军队抓了俘虏,然后就被发配到新疆来了,因不好好改造,常有不良言行流露出来,所以被关了几年班房。

"我早就嗅出,这人身上有股味道不太对头。"老胡说。让我们往后注意,跟这个人不该说的不说,报纸、上面的文件不要乱扔,要锁起来。

但蚂蚁还是照来不误。一次,老胡到县上开会,他说老胡身上有很多霉点,是个病入膏肓的人。有几次他硬要给老胡看手相，被老胡愤怒地拒绝了。

“唯物主义者，我不信这一套！”老胡说。

老胡不愿看手相，蚂蚁就给我们几个看。

这天早饭后，他拎着一捆废橡胶带，又摇摇晃晃地来了，说是特意捡来给我们引火架炉子用的。这天是个星期天，起风了，屋外黄尘滚滚。老胡要写一个汇报材料，我们则无事可干，蚂蚁来了，便请他继续给我们看相。他看面相，手相，谈疾病，不完全是胡说八道。他说他确实懂一点医术，平时也给本地维吾尔族乡民看看病，这是事实。昨天他看了我的相，说我的内分泌有点毛病，肝脏可能有点问题，肠胃也不好，有较严重的便秘和痔疮，便基本上都在点子上。

阿尤甫让他给看看，身体有什么毛病没有。蚂蚁先生便同阿尤甫面对面坐下，先看其脸部，凝视片刻，忽然一笑，说阿有甫眉毛零乱耷拉，昨天夜里必定干好事了。

“干什么好事？蚂蚁老爹，昨天晚上我哪儿也没有去！工作组的人，胡里麻堂的事情能干吗？你说，那样的事情我们能干吗？”阿尤甫笑着说。

蚂蚁先生目光炯炯地盯住他，说：“我是说，你晚上躺在床上，自己给自己干了好事情嘛……”

阿尤甫的脸便有些红起来。蚂蚁先生于是非常得意，像老鸦一样笑了起来，说：“这样的事情，男人们都试过的，我年轻的时候也这么快活过的呢，没有女人嘛……”

他说罢便开了一个粗鲁的玩笑，劝我们趁年轻的时候，多快活快活，多找几个女人快活快活，边说边做了一个不文雅的动作。他没有发现老胡早就停止了写作，正用异样的眼神儿望着我们。

蚂蚁先生继续劝告我们及时行乐，星期天不要窝在房子里,找姑娘们玩耍去。男人不喜欢女人叫什么男人呢?

他露骨的煽动使我们屏声息气,听得目瞪口呆。阿尤甫长长地吁了口气,笑着说:“老天呀!你这是叫我们到天堂里去呢?还是到地狱里去呢?女人又不是路边树上的杏子,难道可以随随便便摘到的吗?”

蚂蚁先生正色说:“男人想的事,女人也一样在想呢!”

他还要接着往下说,忽然被老胡喝住了。老胡的样子非常生气,他是个瘦高个,双臂很长,眼睛原本就有些暴突,现在因为生气更加暴突,眼看要崩裂出来一样。他站了起来,骨节很大的手臂朝门口扬了一下,这是忍无可忍的动作。

“不像话!你这个人真是太不像话了!”老胡说,嘴唇激动得直哆嗦,两眼像两个鹅蛋一样暴突着,用手指着门:“你赶快给我离开这里!马上就走!”

蚂蚁先生怔愣着,结结巴巴说:“说笑话呢……胡组长,胡大人,我跟他们说……说笑话呢……我们说笑话玩耍呢……”

老胡的长胳膊仍像铁棍一样指着门说:“你走吧!从今天起,你不要再来了!”

蚂蚁先生就有些尴尬,磨蹭着站起来,朝我们笑了笑,伸出手像枯枝一样在空中扬了扬,低声咕噜了几句越南话,慢慢地朝门口走去。这场面使我们也有些难堪,只好目送着他离开。外面的土街上正刮黄风,他瘦小的身影在风里摇晃着,不一会儿就什么也看不到了。

这以后,他没有再来。连营业食堂,也没有再见到他了。

开春的时候,在我们离开代尔维什乡的前夕,司文通来给我们辞行,顺便提起蚂蚁先生,说蚂蚁先生住院了。这两年,老家伙的身体一天不如一天,经常住医院。而且告诉我们,住院期间,从巴楚他原来待过的地方,来过一位妇女,年龄说不清楚有多大，在医院伺候过两天，等蚂蚁先生出院后才走。这个搞不清年纪的女人给蚂蚁不为人知的生平增添了更加神秘的气息。但有一点是肯定的，他确实是个越南志愿军，没打过一次仗，就到中国来了。司文通跟预制厂的人熟，预制厂的人告诉他，10年前有过一封从越南寄来的信，是寻找蚁金水下落的，转给了他，不知道为什么他没有写回信。这个浪迹天涯的人，有些事是别人永远无法弄清楚的。

蚂蚁先生在我们离开代尔维什乡大约半年后死了。他的棺木是司文通给准备的，连寿衣寿被也都是这个四川盲流准备的。这是到乌鲁木齐办事的代尔维什乡干事雅阔夫告诉我们的。他落葬的地点在台勒维曲克河岸的一块黄土高地上，那里有片杂木林子，特别招鸟和乌鸦。一个喜欢热闹的人，死了也不寂寞，总能听到鸟叫和河水流淌的声音。雅阔夫说，蚂蚁先生的坟两个月后就肿出来一个大包，像烟囱一样引人注目，原来那是一个蚁巢，亿万只蚂蚁密密麻麻地在那烟囱般的蚁巢上蠕动着，忙碌着，非常壮观，看着让人肉麻。雅阔夫风趣地说，代尔维什乡的这个蚁巢很可能就是全世界蚂蚁们的司令部。蚂蚁先生说不准真变成一只黄甲壳绿肚皮的蚂蚁大王了。

米鸠什先生的耳朵

我是在老城的红磨坊杂货铺里听说了米鸠什这个人和他的古玩店的。

杂货铺离我借住的维吾尔族朋友家不过一箭之地，我在这个铺子里买过一次土肥皂，一次5号电池，一次巴基斯坦香烟，一来二去，就和杂货铺的店主莫明混得有些脸熟了，第4次去的时候，莫明称赞起我的维吾尔语说得十分地道，并且请我到他的店子里面坐一坐。喀什老城的一些小店铺里都备有桌椅，顾客可以坐下喝茶或者喝酒，顺便聊聊天，这样的小憩多半都是在柜台之外进行，但莫明的铺子却把茶房放在一个拐弯抹角的地方，我望着铺子后门那条长长的过道，有些迟疑，莫明说："进去吧，我这个地方全世界的人都可以进来聊天，昨天还来过三个日本人和两个非洲人呢，像你这样玩笔杆子的人，经常听一听人民的心声，是非常有好处的！"

地处高台的老城住户都把房屋造得层叠参差，连接起来，如入迷宫，我在莫明的带领下，进了那条狭窄的过道，又上了十几道台阶，到了一个摆满无花果和石榴的土台上，从这里可以看到烟雾弥漫的城区一角，陡岸一样的高台如同一道海湾，堆满了漂浮物似的残樯断楫，看上去有些扎眼，这是败絮其外、金玉其中的高台民居的特点,莫明家的这个高坎,还能看到在烟云中明明灭灭的吐曼河,以及东湖的半湾湖水,但莫明的隐蔽茶室却把这些开阔的好景致都挡在外边,四壁连一个窗户都没有,只有一个脸盆大的天窗,把一束光打在房间的中央,光柱被昏暗包围着,坐在里面的人都是影影绰绰的,不仔细看,连五官都分不清楚。

"昏暗可以让人安静,聊天儿不受外界干扰,400年前,我们的老祖先们就是坐在这间房子里喝茶聊天来着,这就是人们为什么喜欢到这里来的原因!"

莫明把这间土泥房的好处介绍过后,就让他跛脚的弟弟塔依尔给我找了个座,我落座后,才看清正在喝茶的不过5个人,其中的4个坐在天窗下正中的位子,莫合烟在他们的头顶弥漫,好像正在议论一个什么人,这4个人的神情语气都显得有些激动。另一个人显然和他们不是一伙的,这人的头发乱蓬蓬的,长着一只漂亮的鹰钩鼻子,大鬓角修得很齐整,神情看上去很是懒散。他坐在屋子的一个角落里,背靠着墙壁,一条腿踏在长凳上,正在自斟自饮。但他喝的不是茶,而是酒,在这样一个封闭的小房间里,茶和酒的气味是很好分辨的。

一瘸一拐的塔依尔给我上了茶后,我就听这4个人的交谈,很快就听出,被他们议论的人叫米鸠什,而议论的主要内容,是这世界上的事情真是让人费解,勤劳正直的人过不上好日子,而像米鸠什那样东游西逛、不务正业的人倒是活出了人样。

"他小时候简直就是个无赖,念过的书满打满算也超不过两年,一个真正的白痴,黑肚子!他怎么就能想到赚古董钱这条路子呢?难道他那比驴还笨的脑袋瓜子真得到了什么神示天启吗?"

说这话的人叫帕克,他的眉毛和上唇胡子一样黑,看上去有些凶恶。

“帕克哥，要找到那家伙致富的原因，恐怕得怨我们自己，他是从我们恰马古巷子起家的，是我们首先养肥了他，当初是你第一个拿了马林科夫的丝织像跟他换酒喝的，马林科夫的丝织像现在可是很难见到了。”

插话的这人是这个巷子里的土陶匠吾买尔，他的话低声细气，但帕克却愈发的沮丧。

“不光是马林科夫的像，还有那些20世纪50年代的老唱片，我现在还记得那些歌名儿，《金子花和紫罗兰》《自由的生活》《你的天空有没有月亮》多么美妙的歌声，现在想起来都让人心疼！可是谁又能抵御得了他的死缠硬磨，花言巧语呢？迪逊江哥，你不是也把你家的老留声机卖给他了吗？那还是英国人留下的玩意儿呢！”

叫迪逊江的人是个在邮局大门口替人写信的人，如今写信的人越来越少了，他就闲散下来，他的眼镜掉了一条腿，脸孔出奇的白，手背上也有许多白色的斑块。

迪逊江叹了一口气，说：“他连地契、几十年前枪毙人的布告，‘文革’时的各种传单，英国人、俄国人在喀什时期留下的酒瓶子，所有那些我们原来以为是一钱不值的东西，他统统都要，当初我们还都嘲笑他呢，现在才知道，那家伙并不是个傻瓜，真正傻的倒是我们这些聪明人！”

坐在土陶匠旁边的沙吾提也有些后悔，说他犯的一个错误是把家里的一把铜锁也卖给米鸠什了，那样的铜锁如今是打着灯笼也找不到了。

“傻子和聪明人不过一步之遥，有时候真不好说谁更傻一些。”沙吾提瓮声瓮气地说。

土陶匠愁眉不展地说：“你们说的这些东西当然值点儿钱，

但是好多奇奇怪怪的东西值大钱是我们做梦都想不到的，我听说米鸠什从巴楚收的一只油壶，北京来的收藏家愿意出5万块买呢！5万块呢，我辛苦上20年，也挣不来这个数！如今还有谁像我这样的出死力气呢？世界变了，维吾尔族人的生活变了，我的土陶碗呀、盆呀、坛坛罐罐呀，买的人越来越少了，我怎么办？哥哥们，难道让我也学着米鸠什那样死乞白赖地走家串户，花言巧语地去骗人吗？”

帕克说：“吾买尔哥，你有手艺，我要是你，就专做一些仿古的玩意儿，就像汗沃依王宫遗址出土的那些东西一样，你把它们做出来后，用灶灰、脏土、烂泥使劲地打磨，弄得就像刚从古代的沙土挖出来的一样，拿到市场、巴扎去卖，或者，干脆就卖给米鸠什，那位伟大的收藏家，我就不信他那对青光眼真的能鉴别出真假来！他受骗上当的时候难道没有过吗？”

迪逊江摇着脑袋，说：“帕克哥，如今的人都学精了，他们不会轻易上当的，更不用说米鸠什那样狡猾精明的家伙了，你得承认，那家伙现在确实比我们要伟大一些，我在想呢，时代不同了，我们的脑子是不是真的出了点儿什么问题，为什么我们要对他义愤填膺呢？毕竟我们原来做过街坊邻居呵！”

“你的意思，是要我们跟那个阔佬去套近乎？”沙吾提说。

“多少次了，我在他那个收藏馆门口遇见他，我都懒得跟他打招呼，我讨厌他那副暴发户做派！他对着我笑，让我觉得很不舒服！只有小人得志，才会有那样的可恶嘴脸！”帕克说着，使劲咽了口唾沫，粗大的喉结像老鼠一样拱动着。

迪逊江抻一抻雪白的脸，说：“那是不对的，帕克哥，你得想办法让自己舒服点儿才对，我听说米鸠什给起信息费来还是比较慷慨的，为什么我们不在这方面多动动脑子呢？兔子汤的兔子汤，虽然味道很淡，毕竟有些营养，有些轻而易举的事，我们为什么不做呢!”

“让我像条狗一样的在米鸠什面前摇尾乞怜！那样的事我是不会干的,何况我从来也没有听说过他给过谁什么信息费,米鸠什是个独狼,从来都是个吃独食的家伙!”

莫明这时也上来了,打发他的跛脚弟弟下去看店,接着帕克的话茬,说:“在生气中过日子总不是办法,帕克哥,信息费的事我确实听说过,米吉提,你是跟米老板打过交道的,你说有没有这回事呵?”

叫米吉提的正是那个酒鬼,见所有的人都把脸扭过去看他,就伸出双手搓自己的脸,好像不打算和这些人说话一样,帕克于是就有了厌恶的表情,望着这个连脖子都喝红了的人,说:“真有什么信息费,也都进了他的酒瓶子里了!”

但米吉提这时却站了起来,走向天窗下的亮处,喷着酒气说:“关键的问题是得有真玩意儿,好好地想一想,你们的家里还有没有什么好东西没有被发现,比方说,哈喇汗王朝、贵霜王朝的马钱,明朝的桌椅,甚至于有些年代的女人盖头,马鞍马鞭,手盆尿壶,这些东西,可能就藏在你们家的杂物房里,经过了一代一代的熟视无睹,一点用处都没有,但到了米鸠什那里,会让他那对烂桃子一样的眼睛放出光来！假如你们的家里确实进行过认真的清理,没有什么让米鸠什惊喜的东西,那就开动脑筋好好想一想,你们的亲戚,或者亲戚的亲戚,朋友,或者朋友的朋友,他们会不会有哪些让米鸠什先生愿意掏钱的东西？有的话,就把它们收购过来,再高价转卖给那位伟大的收藏家,假如你买不起,把信息告诉他也行,信息费是确有其事,尽管那家伙给得一点儿也不慷慨,但是你得懂得如何跟他砍价,不能把来钱的路子轻易地送给他。”

酒鬼的思路清晰,说话也有板有眼,于是人们对这个来路不明的人略有好感，沙吾提说："怎么跟他砍价呵？把你的窍门儿给我们说说吧，你跟那个吝啬鬼是怎么打交道的？"

"没有交道了，兄弟们，我跟伟大的收藏家的关系现在搞僵了！我给过他一些纸钱，收的时候，卖主信誓旦旦说是真的，米鸠什相信了我，给了我3000元，后来被证实是假的，米鸠什说我是个骗子，我现在远远地看见他就想躲呢，哪里还有什么交道！"

米吉提说着，打了一个响亮的酒嗝，在帕克旁边的椅子上坐下说："我是一个喜欢交朋友的人，今天很荣幸地碰到各位，愿意和各位喝上几杯，不知道哥哥们赏脸否？"

"你太客气了！"沙吾提显然来了情绪，咧开两排友好的黄牙说："你是第一次光临我们这个巷子吧？怪不得以前没有见过老哥呢。"

"我是个云游者，莫明哥知道我，我穿街走巷，居无定所，是个没有什么出息的人，从前过过几天好日子，但现在成了一个不折不扣的流浪汉。"

莫明笑着说："你们还记得沙衣马洪喜剧里的那个男配角吧？他就是演那个角儿的，只是现在不干那行当了，但是他现在干什么，我可是真不知道，我和他有三年没有见过面了，他就像个幽灵一样，不过，是个带酒气的幽灵！"

众人就哄笑起来，流浪汉得到了大家的好感，又由于他相邀喝酒，连一脸凶相的帕克也变得和颜悦色起来。

流浪汉向莫明扬一扬手，说："莫明哥，再来两瓶二锅头，外加一盘面肺子！我今天要喝他个一醉方休！"

沙吾提兴奋地说："二锅头好呵！比我们新疆的巩乃斯大曲还厉害呢！"

"主要是便宜，老哥，二锅头便宜，"酒鬼说："像我这样的穷人，只好喝点二锅头之类的便宜货，谁不愿意喝伊犁王、茅台、五粮液呢？想想米鸠什如今过的日子，我就为自己糟糕的命运感到难过，他现在住着多么宽敞豪华的房子呵，一条领带就够我们过半年的日子，他都50岁了吧，眼睛就像烂桃子一样，可他新娶的老婆连20岁都不到，长得就像王宫里的公主似的，一想到天堂和地狱的区别，我就想哭！兄弟们，我真想哭呢！”

于是几个闲汉便都显出痛楚的表情，对流浪汉的感叹非常同情，有的摇头，有的叹息。

迪逊江对流浪汉说：“自从米鸠什从这条巷子搬走以后，他对于我们就越来越陌生了，现在我们都得仰着脸看他，真闹不清他到底是怎么走到天堂里去的？难道仅仅是运气好吗？为什么我们的眼睛就发现不了那些值钱的玩意儿呢？是谁给了他那样的特异功能呢？”

莫明说：“让我为收藏家说句公道话吧，他现在成为行家不是一朝一夕的事，他吃过不少的苦头呢！米吉提，这一点你应当比谁都清楚，你不是曾经做过他的小舅子吗？在他穷困潦倒的时候，他过得连乞丐都不如呢！”

流浪汉红着眼，说：“是这么回事儿，他的第二次、第三次婚姻和第一次一样，都失败了，那时候他的确是个穷鬼，最狼狈的时候连半个馕都买不起，如果身上有一块钱，他惦记的不是让老婆吃饱肚子，而是要拿那一块钱去倒腾点什么他认为可以生钱的旧玩意儿，有哪个女人能忍受得了这样的破男人？所以，我姐姐离开他无可厚非，不过，有时候我忍不住会刺痛她一下，干吗不坚持一下呢！咬牙切齿坚持上两三年，好日子就开始了！一听到我说这样的话，我那日渐憔悴的姐姐就气不打一处来，把我骂得狗血淋头，她把自己婚姻的失败统统怪罪到我头上，好像是我要她扔掉了那位伟大的阔佬一样！这真是岂有此理!”

莫明笑道:“也许那时候你真没有起什么好的作用,人要能预测未来多好呵!”

帕克说:“他那段短暂的婚姻我们毫不知情,怪不得我们谁都不认识你呢!”

“你们当然不认识我,米鸠什当时的那个破家我连一次都没有去过。”

流浪汉沮丧地说:“谁会想到一个连乞丐都不如的人一夜暴富呢! 难道你们想到了吗?”

迪逊江叹口气说:“拥有财富毕竟是件好事,我觉得我不能再犯嫉妒人的老毛病,我在想你刚才的提醒呢,我家里可能还有些东西没有好好的清理,说不定真有被我忽略了的宝藏呢!”

被酒精烧得满脸通红的帕克点头说:“与其生气,不如做点儿来钱的实事,家里没有什么好东西,但我想起来了,我的一个白什克纳木村的远房亲戚阿里木江家里,有好几个比库车馕还大的盘子,据说是民国时期的东西,那东西应该值点儿钱的,就是不知道他愿不愿意出卖? 我当然没有钱买那些玩意儿,可是我可以得到些你们说的那种信息费,坦率地说我现在有点后悔,我跟那位伟大的收藏家,关系搞得实在太坏了,现在让我去见他,还真有点不好意思呢!”

吾买尔也说:“我也想起来了,挖陶土的时候,我在依克沙克村认识了一个叫艾山江的老爷子,他经常把玩一串珠子,据说是琥珀的,有几百年的来历呢,那珠子居然可以治病,有肝病的人戴10天就好,这也应当算是一件稀罕物吧,可是我的问题和帕克哥是一样的,我和收藏家也搞得很是难堪,在他饿着肚子的时候,曾经向我借过一次钱,那时候我的光景不错,竟然让他空手而归,这事儿让我很是后悔,大约我真是鬼迷心窍了!”

流浪汉说:“不好意思见他的人大有人在,我也一样,尽管他曾经做过我的姐夫,我是一个脸皮很薄的人!”

这些恰马古巷的闲汉们纷纷对自己过去的行径表示忏悔,检讨曾经有过的那些对不起米鸠什的地方,这都是由于酒的作用,酒让大家变得有些伤感,有些温情脉脉,有些婆婆妈妈。在第二瓶酒见底的时候,土陶匠哭了起来,不知道是因为想起了往事,还是因为土陶的命运让他担心,总之他哭得泪水滂沱,而那个流浪汉米吉提这时却歪在了椅子上,嘴角流着涎水,打出了排山倒海般的鼾声。

我向莫明打听清楚收藏家的地址,决定去见见这个人。

恰沙社区的吾库沙克巷是条古巷,巷子里有一座600年历史的清真寺,土色的房屋都经历了久远年代的风吹雨淋,街子上洒了不少水,满鼻子都是泥土的气味,鸽子在10月的天空飞来飞去,尖锐悠长的鸽哨飘近飘远,所有的店铺都是出售当地土特产品的,包括土陶、小刀、维吾尔族乐器在内,据说所有来喀什噶尔旅游的人都喜欢到这土街上来,外国人更是喜欢它的古香古色。米鸠什大概就是看上了这一点,10多年前把家搬到这条老巷子,后来大兴土木,就在古寺旁边盖起一座多层的新宅,新宅是砖混结构,与满巷的土色有些不甚谐调。

我在巷子里很容易就找到了这座与众不同的新宅,临街的大门边挂着写有“米鸠什收藏馆”字样的木牌,进了大门,穿过一条短短的甬道,是一个羽毛球场大小的院子,院子里摆着几个巨大的牛车轮子,几幅比门还大的毛主席画像,还有奇形怪状的巨石,昆山玉,各式各样的坛坛罐罐,以及车排、马鞍、生锈的兵器之类物事。陈列室锁着门,从无花果的枝叶缝隙中仰望上去,可以看到雕饰华丽的二楼和三楼,一个漂亮女人从三楼往下飞快地探了一下头，几分钟后，就有一个20岁左右的小伙子跑下来给我开陈列室的门，并且把灯打开，让我看那些柜架和玻璃柜子里的种种收藏。收藏家收来的东西真是不少，从钱币、金银珠宝、器皿、服饰、马嚼套、兽角，到各种版本、材质的《古兰经》，真是琳琅满目，应有尽有，久远年代的气息从那些满满当当的柜橱架子的缝隙里飘散出来，让我有点头晕目眩。

小伙子警惕地盯着我，发现我并没有要买什么的意思，热情就多少打了点折扣，我问他老板为什么不在，他懒洋洋地说，他父亲到博物馆去了，那里有部分展品是他爹提供的，还有一个门市部，他去看看那里的生意情况怎么样。

我问小伙子，他父亲大概什么时候能回来？我想见见他。

小伙子说："你认识我父亲吗？你也是收藏家吗？"

我说："我从恰马古巷来，我在那里听说了你的父亲，我对你父亲很感兴趣。"

"那些人不会说我父亲什么好话的！那巷子就像根烂肠子一样！"

"你叫什么名字？你为什么不喜欢以前住过的地方？"我问。

"我8岁的时候从那儿离开，8岁的年龄分得出好坏了，我不喜欢那里的人，尽管只隔着两条街，我一次也不愿意回去看看它，它让我很伤心呢！"

我和德黑兰正在交谈时，米鸠什回来了，身后跟着三个埃及人，他给他们看那几本很厚的《古兰经》，其中两本是羊皮的，两本是金粉书写的，都是手抄本，来自于和田和阿图什的民间，他费了很大的力气才找到它们，把它们买下来又费了更大的周折。我在一边打量这个现在已是本城著名的收藏家，确实看不出多少过人之处，体态敦实，面相平庸，眼睛好像的确害着不轻的眼病，看上去毫无光泽，灰蒙蒙的，帕克说他一脸蠢相虽然有点过分，但是我从这张脸上确实也没有看出多少机灵和智慧。

埃及人买走的是一本手抄本的古代游吟诗人则勒力的诗集，收藏家要了他们2000元，等那几个异国的穆斯林走后，他对我说，则勒力的诗集是从麦盖提乡下一个小学教师那里收来的，花了300元，现在赚1700元不算多，11年前的300元比现在值钱得多。

我说："你的致富之路的确与众不同，当初你是怎么想到这条生财之道的呢？"

收藏家用他的模糊眼睛看着我，说："贫穷和走投无路逼的，老兄，难道恰马古巷的那些朋友没有告诉你吗，我那时是多么的穷愁潦倒，但是恰马古巷同时也是激发我灵感的源泉所在，那里原来也有一家古玩店，我饿着肚子的时候曾经进去过几次，被店主当贼一样地赶开，有一次还挨了重重的一个耳光，正是那一耳光唤醒了我，我喜欢古董，就是从那时候开始的！"

在南疆，会维吾尔语会给你带来很多意想不到的便利，我的维吾尔语得到了收藏家的夸奖，加上我的作家职业，更是大得收藏家的信任。

"恰马古巷的朋友们只看到我从一个穷鬼变成了一个富人，而我冒着严寒酷热，顶风冒雪，披星戴月，在南疆的大地上疲于奔命，含辛茹苦的时候，他们是根本看不到的，看看我的眼睛吧，那是巴楚雪地的阳光刺得，还有我这满腿蚯蚓样的静脉曲张，是长途跋涉又得不到很好的休息才搞成这样的，无数次的风餐露宿，被野狗和狼追得魂飞魄散，所有这些艰难困苦，除了我自己，还有谁知道？女人知道吗？她们什么都不知道！所以她们一个一个地都离开了我，三个呢，现在她们后悔了，世上难道有后悔药可买吗？当初她们抛弃我的时候想过我的痛苦吗?”

我说:“那些离开你的女人,有一个就是流浪汉米吉提先生的姐姐吧?”

收藏家笑道:“你知道的事情可真不少,是的,那是我的第三个妻子,阿仙古丽,人长得非常漂亮,如果你见过米吉提那张可爱的脸的话,你完全可以想象他的姐姐是多么可人,可是那位漂亮的弟弟却把他的姐姐出卖给了一个浪荡子,那时候那个人有点儿钱,后来生意做砸了,终日在酒里过活,阿仙古丽于是第二次离婚,这个可爱的女人一生两次离婚,都跟她那个可爱的弟弟有关。”

对于这段婚姻,收藏家显然不想谈下去,于是我就问,像他这样文化水平不高的人怎么成了古董方面的专家的?

“学习,老兄,读书学习,如饥似渴地学习,还有一次一次的上当受骗,不经过这样的磨砺,这碗饭是吃不起的,我为此交了昂贵的学费,包括眼泪在内,我为了获取这些知识流过成吨的泪水!”

这时德黑兰抱了一个西瓜进来,米鸠什把长桌上的几只陶碗拿开,把瓜切了,递给我一块,说:“这几个陶碗,你能看出它们之间的区别吗?”

我吃着瓜,看那几只碗,都古香古色,显然都有了些年代。米鸠什把刀子上的瓜水滴在两只碗的碗沿上,一只的瓜水渗进碗沿里,一只挂在碗沿上,渗进水的,是10年的土陶,用刀刮一刮,冒出粉烟,敲击的声音发闷;而另一只是英吉沙出土的古陶,至少也有500年以上的历史,色泽如釉,底有纹章,敲声如磬。至于古代衣物,可用最简单的方法鉴别,放大镜显微,可看花饰、工艺,还可抽出纤维,以火烧燎,闻气味。这样的方法虽然简单,但是很管用。

收藏家谈了一会儿收藏方面的事，就同我聊起了维吾尔族文学，从古代的诗歌到当代的小说，幸好我知道一点皮毛，并且告诉他，他提到的维吾尔族几位作家，我在乌鲁木齐经常见面。

“呵，咱们越说越近了！他们都到我家里作过客，其中一位还和我下过一次乡，亲眼看见我收买一幅疏勒老地图的全过程。”

他说着，就钻进陈列玉器的玻璃柜台，在下面的一只箱子里翻出那幅地图。小心翼翼地摊开让我看，地图是羊皮的，手绘，上面的山川河流、城镇村落，虽然褪色，但看上去仍很清晰。

“这是清朝的东西，年代标得很清楚，”收藏家说，“这样的地图，整个南疆都找不到第二幅，谁会想到它会藏在疏勒县一个目不识丁的农民家里呢！幸亏我去得还不算太晚，我第一眼看到它的时候，它的边角已经有了霉块，好几个地方让虫子蛀出了洞孔，这是很遗憾的事情，品质受影响了嘛！”

我说：“这些东西，你是怎么打听到的呢？”

收藏家抻一下脸，说：“得经常下去跑，不辞辛劳，跑的地方越多，耳朵会越灵，假如你的耳朵不够用，那就借用别人的耳朵，再加耳朵的耳朵！就是这么回事儿，干我这行的，得有很好的耳朵，眼睛很重要，耳朵也同样重要！”

我适时地说：“假如有一只耳朵听来了一个信息，告诉了你，你会给这只耳朵一点报酬吗？”

收藏家认真地说：“我是一个慷慨的人，假如真有那样的好消息，我是不会让那样的耳朵失望的！我知道钱该用在什么样的地方，前两天我还给过敬老院一笔捐助呢。”

我表示了想跟他看一次收购古董的过程，收藏家笑逐颜开，说：“这是你们作家收集素材的途径，我的作家朋友跟我跑过那么一趟，听说还写了一篇小说，发表在北京的《民族文学》

上,可惜我没有读到,我太忙了,忙得连刮胡子的时间都没有!"

收藏家其实没有多少胡子,他长着一头浓发,却没有茂密的胡子,岁月给他的年纪打下的痕印,是头发有些灰白了,眼袋很大,抬头纹非常显,而且眼睛总是湿乎乎的,好像真是烂了的桃子一样。

他说正好明天他要去一个地方,假如我真有兴趣的话,他愿意邀请我一起去。

"我没有人们传说的那么阔气,只能骑自行车去,我可以为你准备一辆车子,骑车子的好处是可以锻炼身体,更主要的是让人感到平等,人在任何时候都不要得意忘形,神气活现,在这个变化莫测的世界,做一个富人跟做一个穷人一样,并不容易!"

和收藏家告辞后,我在古巷的一个卖草药的地摊上意外地碰上了帕克,但他显然不想看见我,很快就扭过脸去,给我一个穿袷袢的背影,装作仰头看天空鸽群飞翔的样子,直到我走出巷口,回头看,他还在原地站着,我忽然有些明白他在那里犹豫什么,就给自己笑了笑。

他站的那个地方,离米鸠什收藏馆很近,只隔着三个店铺,一个清真寺。

米鸠什在我吃过早饭后给我打手机,说他有点事要耽搁两个小时,让我12点钟到他的店里去。

他骑的车子很不像样子,给我备的飞鸽车子也破破烂烂的。说这样的破车子他在南疆各地扔了几十辆,每到一个地方,就骑上这样的破车子走村串户。

这天的天气微晴,出城后能看到昆仑山的冰峰雪岭,蓝紫色的远方迷茫一片，十月的阳光洒在空旷的大地上，虽然稀薄，但是并不冷，主要是没有风，在南疆，只要不刮风，就没有讨厌的浮尘，再荒凉的地方，都显得安详而宁静。

米鸠什走到半路上才告诉我，要去的地方是上阿图什的白什克纳木村，那儿有些民国时期的东西。

“是民国时期的大盘子吗？”

“除了大盘子，也许还有什么别的东西！”

“是哪只耳朵告诉你的？是帕克吗？”

收藏家在车子上笑而不答，骑了一段，才说话。

“到处都有我的耳朵，老兄，只要有点这方面的消息，我很快就可以知道，帕克想告诉我恐怕也晚了，我很了解那个人，我穷得没裤子穿的时候，他可以和我勾肩搭背，称兄道弟，只要我穿上一条稍像点样子的裤子，他那张像马一样的长脸就会眼睛不是眼睛，鼻子不是鼻子！自从我搬离了恰马古巷子后，他见了我都没有过好脸色。”

我想，既然不是帕克，那么会是谁告诉他这个新的信息的呢？于是我把红磨房杂货铺兼茶坊见到的那几个人一一过了一遍，包括莫明和他的跛脚弟弟塔依尔在内，想来想去，觉得还是他那位前小舅子最为可疑。

但我的这个猜测很快被证明是不对的。

白什克纳木村并不远，大约30公里路程，但是位置有些偏僻，距离它最近的村子也有10公里，穿过一大片戈壁滩和红柳窝子，才看到这个靠在浅山山脚的小村落，米鸠什虽然体态笨重，但在蜿蜒的沙地上骑车却非常轻松自如，我和他的年纪差不多，却骑得气喘吁吁。

进村后，收藏家在一个小卖部买了一块砖茶，两包方块糖，问清了阿里木江家的位置，就朝村子的南边骑去。这家是个独院，在村子的最南端，在车马道上南望，缤纷的群山红灰相间，好像火山上的山一样，只在远山的最高处，能看到寒光闪闪的冰峰雪岭。那该是古代被称为葱岭的帕米尔高原了。

到了阿里木江家大门口，听到了院子里的吵嚷声，米鸠什支好车子，不忙着进去，侧耳听了一阵，对我笑笑说："咱们晚来了一步，有人比我们来得更早！"

我也听到了一个尖锐的声音，觉得有些耳熟，想了一下，才想起来，是流浪汉米吉提的声音。收藏家向我摊摊双手，说："你没有想到会是他吧？但是我可是想到了，我这个小舅子可是个雄心勃勃的人，一心想成为第二个米鸠什呢！"

"咱们怎么办？进去还是回去？"

"当然进去。"

米鸠什推开院门，拐过一排葡萄架，就看见他的前小舅子正在和一个50多岁的人撕扯，旁边还有个年轻人和一个50岁左右的女人，都涨红了脸指着米吉提说他是个无赖，在他们的脚下，是一只摔碎了的盘子，到处都是盘子的碎片，米吉提的腋下还夹着一大一小两只盘子，小心地护着，所以只能用另一只手抓住阿里木江的衣领。由于激动，他的脸也是红红的，高大的鹰钩鼻子喷出一股一股的粗气。

原来，米吉提收了阿里木江两大一小3只盘子，收价是2000元，交易完成后，阿里木江的儿子赶了回来，说2000元给得太少了，应当再加500元，米吉提不同意，于是就争执起来，撕扯中一只大盘子掉到地上摔碎了，双方都说是对方摔破的，米吉提要求赔偿，要牵走一只羊，阿里木江一家当然不同意，就这样撕扯扭打了起来。

米鸠什的突然出现让米吉提感到惊喜，好像遇到救星一般，大声地说："哥，你来得正好！评评理吧，假如你还记得你这个小舅子的话，假如你还有点良知和公正的话，你就说句像点样子的话，难道我的钱就不是钱吗？难道我的钱是从马路上捡来的吗？难道一只骨瘦如柴的破羊能赔偿我的巨大损失，包括精神上受到的可怕伤害吗？"

阿里木江以为来了收宝的同伙，用愤怒的目光盯着米鸠什，挥着大手，说："如果你是来替这个无赖说情的话，就请你赶快离开！不要以为乡下人都是好欺负的，我们是老实人，但不是任人宰割的人！"

收藏家微笑着，从流浪汉腋下把那两只盘子拿出来，仔细地看了一阵，然后把笑脸转向那个愤怒的乡下人。

"阿里木江老哥，如果他不坚持牵走你的羊，你还坚持要他再追加那500元吗？"

那位同样愤怒的年轻人抢着说："被这个暴徒拿走的是我家的传家宝，是清朝时候上阿图什一个伯克家的东西，赏赐给了我的祖上，我父亲不懂得它们的价值，把它们当民国的东西卖给了这个花言巧语的人，我让他再加500元已经够便宜他了，而他居然还有脸牵走我家的羊！世界上居然还有这样厚脸皮的人！"

"我好不容易才凑足了2000块钱，很真诚大方地跟你们谈成了交易，凭什么又要加500元？难道我是开银行的吗？现在盘子已经是我的财产，被你们打坏了一个，你们理所当然得赔偿我的损失！"

米吉提的嘴仍然很硬，收藏家上前两步，把牵羊的绳子抓过来，同时拍了拍前小舅子的肩膀，并不理会那个年轻人，仍然对阿里木江微笑着。

"老哥，我已经不偏不倚提出了一个解决的办法，现在得你拿主意了。"

阿里木江显然也不想僵持下去，挥着手，说：“尽管这样不是很公正，但我实在不愿意再多看他一眼，让他走吧！让我自认倒霉吧！”

流浪汉继续在吵嚷，米鸠什抓住他的一条胳膊，让我帮着把米吉提拖出院子，出了院门，米鸠什放开了他的前小舅子，对他说：“你这两个盘子，真正值点钱的不是大盘子，是这只小盘子，它是个英国货，懂吗？英国人学烧中国瓷，上面的花饰图样跟中国瓷不一样，正因为不一样，它才有点意思。”

“那依你看，它能值多少？”流浪汉被新的激动所激动着，很快忘了刚才的不快，急切地请教他的前姐夫，双眼放出热烈的光芒。

收藏家说：“你不是一直在学做这行吗？它能值多少钱，你难道心里一点数都没有吗？”

流浪汉扭捏了一下，说，“换个别的什么人，我可能要装出半个行家的样子，但在亲爱的姐夫面前，我得承认我连半瓶醋都算不上，你知道我的，我做什么事都是有一搭没一搭的，要是能一直跟着你该有多好呵，所以有时候我会埋怨我姐几句，我忍不住呵！瞧我们现在把日子过成什么样子了！”

收藏家好像经常听到这样的忏悔，微笑着说：“走吧，快走吧，替我问候你的姐姐，毕竟我们曾经在一起生活过两年。”

流浪汉说：“我听你的，亲爱的姐夫，你是一个胸怀宽厚的人，我现在就走，这两只盘子，假如我找不到合适的买家，我还会去找你的，你总是会适时地帮助我们，我在任何时候、任何地方都为你歌功颂德呢！”

“好吧好吧，但愿你能卖个好价钱，能开个你自己的古玩店当然更好，祝愿你有好运气，别再到处晃荡了！干点儿正事吧！”

“我这不是在学你吗？当初你不是这样过来的吗？”

“这样的话我的耳朵都听出老茧了，你还是赶紧走吧，夜长梦多，别等着人家第二次反悔，你到手的这两只盘子不错，赶快走人，别再饶舌了！”

流浪汉扬起手中的盘子，高兴地说：“有你这句话我就放心了！亲爱的姐夫，咱们可是说好了，假如我卖不上个好价钱，我还会去找你的，你是不会亏待我的，难道你能让自己的兄弟吃亏吗？”

“够了够了，快走吧快走吧！”

目送着米吉提上了村道，米鸠什对我说：“他回到城里，会把借来的2000块成倍的叫卖出去，然后全部变成酒和女人，到一文不名的时候再投机取巧一次，所以他的古玩店永远都是挂在嘴上的！”

我说：“现在咱们去哪里？这家的盘子已经没有了，咱们真是晚到了一步。”

收藏家说：“这家可能还有点让我感兴趣的东西，让我们再逗留一会儿吧。”

阿里木江显然没有想到我们又回到他的院子，他和老婆帕力旦、儿子玉素甫还在讨论得到的2000块是否划算，米鸠什笑着说，被拿走的盘子能卖到这个价并不吃亏，地里一年的收成也不过两三千元，何况那些盘子闲放着也没有多大用处，变成了活钱用处可就大了。

收了米鸠什的砖茶和方块糖后这家人变得客气了起来，把我们让进屋里，上了热茶，米鸠什像个老农一样和阿里木江拉起了家常，谈了一阵田地里的事，就拐弯抹角地说到了正题，问主人家里还有什么过时的老旧玩意儿，有的话，可以拿出来看一看。

“不瞒老哥说，我就是干这行当的，说我是个收破烂的也行，我要的都是你们不要的毫无用处的东西，我把它们带走，留下的是人民币和友好的情义，我不像刚才的那个人，把一件好事儿做得毫无体面，样子就像个翦径的强盗。”

“比起我们说的无赖，你说的强盗更加贴切！那个大鹰钩鼻子的样子真像个强盗，你说得没错，我喜欢你这样心平气和的人！”

在阿里木江同我们聊的时候，玉素甫和女主人开始了翻箱倒柜，被他们倒腾出来的东西有毛主席像章13枚，铜钱9枚，羊皮秤砣一副，“文革”时期上阿图什群众组织农民赤卫军红袖章一个，掉了弦的老桑木都塔尔琴一把，这些东西一件件都堆在收藏家面前，米鸠什装作饶有兴趣的样子，眼睛却不时地往窗台上看。那儿有个黑乎乎的东西，由于光线昏暗，看不清是个什么玩意儿。

米鸠什在土炕上挪动笨重的身体，挪到那窗台下，伸手把那东西钩下来，凑到亮处细看，看一阵，对阿里木江说：“这个黑陶疙瘩，估计你们也没有什么用处，把它和这些东西放在一起吧！”

玉素甫说：“这东西是我在老王宫附近捡来的，不知道是做什么用的，你愿意要，就拿走吧！”

阿里木江也大方地挥着手说：“拿去吧拿去吧！只要是你看上的东西，都可以拿走！我们已经是朋友了嘛！”

我把那东西拿过来看，是个陶制的沉甸甸的物件，约有一只香瓜大小，有3个隆起的角，底部有些模糊的铭文，里面好像进去了很多细砂，倒起后有砂烟喷出。

米鸠什正襟危坐，抻抻脸，对主人说：“这些东西，我全要了，说个价吧！”

阿里木江嘴张了张，看看他的儿子，又看看女人，犹豫一阵，说，“我把这么多的好东西都给了你，怎么说也得值点儿钱吧？你出1000块怎么样？我要的不算多吧？”

米鸠什爽快地说：“今天是个吉祥的日子，认识了你们我非常高兴，为了我们大家都高兴，我不能比刚走的那个人出得更少，我给你2200元吧，图个吉利！”

阿里木江兴奋地大叫起来：“呵，你真是个慷慨的人！愿老天赐予你更多的财富，你是一个好人，好人总是能得好报的。”

这家人由于意外的收获而更加好客，要留我们吃饭，米鸠什谢绝了，把那些东西一并收了，装在带来的褡裢里，往肩上一搭，便和主人握手告别。

骑车出了白什克纳木村，在一家路边店，米鸠什请我吃饭，要的是薄皮包子和抓饭，等饭的时候，他把那件黑陶玩意儿从褡裢里摸出来，把玩一阵，说：“这是个罕见的香炉，不会少于600年历史，不出到上万元的价码，我是舍不得转手的！”

我说：“你怎么一眼就盯上了它？难道真有什么神示天启吗？”

收藏家说：“好东西逃不过我的眼睛，我的锐利是藏在眼仁后面的。”

吃过饭，米鸠什问我感受如何，如果还想增添更多的感受，明天还可以和他一起跑一个地方。

“什么地方？那地方很远吗？”

收藏家说：“不远，依克沙克村，也是30公里。”

芬兰湾的冷苏眉

一

朱修义退休了，退了有两三年了，一直在家里待着，面徒四壁，生活过得十分乏味。不光乏味，还老得快，对着镜子看自己的老脸，不知道什么时候长出了好几个寿斑，老鼠屎一般，堆在面门上，真是惨不忍睹。再看自己的双手，手背上也涌出了黑的灰的斑点，好像要层出不穷地涌下去。

这都是久坐不动的结果呵老朱。亲家老余这样说他。你应当到处走走，不要成天把自己窝憋在个钢筋水泥笼子里，再窝下去，糖尿病呵，高血压呵，抑郁症呵，这些病都会来找你，说不定还要憋出个癌症出来。

老余说，你没事干可以去捡石头呵，如今捡奇石时髦得很，还有根雕，也是很有意思的活动，还能陶冶性情，你看我这几年在外边跑，身体越跑越结实，精神也好了很多，荒天野地，让人心旷神怡，人是从大自然来的，还是要回归自然呵。

老余加入了一支老年驴友社，一周出门两次，乐此不疲。朱修义听到一些风言风语，说老余在那支驴友社里和一个老女人乱搞，有一次居然还在芨芨丛里接吻，被年轻人看见，传得有鼻子有眼睛的。驴友社是个出绯闻的地方，老余光棍打了好几年了，又不到子弹枯竭的年岁，有点绯闻一点不奇怪。朱修义看老余的样子，总像是有些油头粉面，风流成性，有老婆的时候就不太安生，没有了老婆谁能管得了他呵。

朱修义是个孤僻的人，不爱热闹，疏于社交，当然不会参加什么驴友社，对捡石头和树根也没有什么兴趣，但对于四处走走的建议倒觉得可以接受，人上了年纪，长久不活动是会加速衰老的。他不想看着自己迅速地老下去，所以决定搞点户外活动。家里有辆轻型摩托车，是儿子留下的，扔在杂物房里有好几年了，他想起来了，就钻到地下室，把车子从杂物堆里拖出来，拭去厚灰，试了试发动机，还真能用。他把摩托车加足油，在小区的环形路上骑了一圈，那些在场坪上练功跳舞的老男老女都抬起头像羊一样不作声地望着他，这个套子里的人怎么也出门溜起轻骑来了？那种惊奇的表情就像看到一个什么怪物似的。

朱修义在城里转了几天，把小城的大街小巷子都跑了个遍，再跑，就觉得没劲。于是他决定去远一点的地方。

远一点的地方其实一目了然。小城地势是高的，放眼朝西北望过去，可说一览无余，大片楼房平房过去，就是农田和旷野，戈壁滩，蓝烟蒙蒙，一直伸到远方，那远方是黄的，边缘灰绿，渗进黄枯里，那是个死海。朱修义就近看了一回，对这片大得没有边际的沙漠不想再看第二眼。

视线所及，还有四十公里开外的另一座城市，朱修义跑过一回，就觉得不划算。他是个精打细算的人，会计出身，做什么事都要计算成本，他认为这样玩耍不足取，费了油应当同时有些收益才对。于是他决定弃车不用，改作步行。他现在对于四处转悠已经很有信心，践行月余，他感到腿力增强，饭量大了，更重要的是，嗜睡的毛病没有了，精神比以往真是好了许多。

小城面朝旷野，背依天山山脉。大坡上去，就是连绵裸山，有草和杂木及原始森林的山都藏在裸山后面，老余的那支驴友社就经常从峡门子进山，到冰草台子，最远的路是过哈熊沟，翻冰雪大坂，到南疆的次堆城。朱修义对这条路线不感兴趣，他不想走这么远的路，成群结队地扎堆赶路更是不愿意。他要独辟蹊径，走别人不走的地方，消消停停地漫步，也许真能捡个什么奇石怪根稀罕物件，他现在性情也有了些变化，对石头有了一些兴趣。他参观过亲家老余的一个朋友的奇石馆，受到触动，石头真是千奇百怪，千姿百态，遍地都是，碰巧了就能有所收获，既赏心悦目，还能卖钱，就那么香瓜大一个圆石，上面有个似是而非的人影，顶上有颗白点，就美其名曰，太白望月，还标个天价，十万元。

朱修义希望自己不经意间也能碰巧碰上这么一块石头。发笔意外横财，所以以后走路就多了小心，双眼总是盯着地面，期望有所收获，但他确实是个对艺术发现缺乏感觉和能力的人，类似好事一次也没有碰到。不要说奇石发现不了，就是眼前躺着戈壁玉和天山玉，他也不会认得。

但朱修义却有了一个其他的惊人的发现。这发现连他自己都没有想到。

是什么了不起的发现呢？

他在浅山里发现了一种鱼。

罕见的一种怪鱼。

二

那天是个半晴半阴的日子，很适于出行。但是到哪儿去呢？朱修义忽然想起浅山里的那个名叫其曼吾的小水文站。人就是这么奇怪的一种动物，有时候会突然想起一件事，一个地方，或一个人。就像闪电一样，毫没来由的，这些早被忘记的人和事，有那么一天的某个时刻，就突然闪显了出来。

那个叫其曼吾的小水文站他曾经住过四十几天。那是三十几年前，他那时还只是个半大小子，在山下的平原乡插队落户，跟了一帮社员进山兴修水利，疏通过山水道。吃住就在小水文站。搭锅搭在露天地，睡觉也在露天，是水文站的门前一块水泥裸地。那时正是六月天，天气和爽，裸山上开满黄色的小花，山里的溪水在水文站闸口奔腾喧响，吵得人耳朵发麻，可奇怪的是睡觉却睡得格外踏实。

有一件事，朱修义从来没有对人说过，这个水文站有个姓胡的女人，当时大约有三十来岁，好像是个苏北人，两只眼睛长得很开，脸上有很多痘，实在算不上好看，但是对于农民来说，这样长得不好看的女人也是能引起他们的注意兴趣的。唯一的一个女人嘛，献献殷勤骚骚情说不定会上钩的。他们不说出来，但是都想蹭蹭便宜，心照不宣，彼此明白，农民有时是很下流的，主要是他们发现水文站的那几个男人都对胡女没有兴趣，甚至还挤眉弄眼的向他们传达某种鼓励，但是他们想打的主意最终都没有成功。后来不知怎么就有了一种传闻，在男人们中间悄悄散布，说这个胡姓女人身上有蛇皮鳞，那是很可怕的皮肤病，男人见了恶心。

有一天水利队长让朱修义给工地送茶水，烧茶的时候，他听到女人在茅厕轻轻唱歌的声音，还听到浇水的响声。他知道这是女人在冲澡，身子不由紧绷起来，犹豫一阵，实在经不住诱惑，就蹑起足，悄悄绕进男厕，心怦怦跳个不止。

隔墙上有个鸡蛋大的洞，这是社员们偷偷挖的，为的就是要看这个女人的秘密。但是他们一次也没有得逞。姓胡的女人警惕性很高。但是现在朱修义相信女人不会知道他潜进了男厕。因为她一直在哼着歌。而且他是突然从工地回来的，女人不会想到有人藏在厕所里偷看她洗澡。于是他就放心地把眼睛贴上那个洞。他真是看到了女人的裸体。是曲线毕露的后背，很白，根本没有什么蛇皮癣，但是确实有一条蛇一般的胎记，青黑色的，从肩头一直绕到肥满的臀部。朱修义生平第一次看到全裸的女人身体，周身热血沸腾，下体膨胀起来，那物件坚强雄壮地竖着，但竖了只有眨个眼的工夫，很快就被吓了回去。

朱修义没有想到女人会突然转过身来，恶狠狠地盯着他的眼睛看。女人的那双隔得很开的眼睛真像两只死鱼眼，整个脸都变了形，鼻唇沟扯得像鱼鳍一样，整个一个鱼妖恶怪。两道冷光直射过来，吓得他魂飞胆丧，落荒而逃。

幸好第二天水利队撤回村，朱修义躲藏起来，没敢再见那妇女，回村没几天，随之被派到三线，他发现的胡姓女人的秘密还没来得及给社员讲，就从村里去了另一个很远的地方。时间一长，这事渐渐就被淡忘了。

淡忘是淡忘了，并没有遗忘。这两者是有区别的。

三十多年过去了，鬼使神差一样，朱修义突然像是心血来潮，想起了这个地方。想起了这个对他进行过性启蒙教育的女人。

偷看女人洗澡这件事，他没有对任何人说过。他是个没有什么知心朋友的人，像个正人君子，他不说，谁也不会把这等龌龊事同他联系起来。

他决定旧地重游，去看看那个被记忆淡忘了的地方。

那地方不算近，差不多有将近二十公里。步行距离有点长了，得骑车子去。

三

山路不好走，还是早年的那条砂石路，但是更加的坑坑洼洼，看起来这路长久没有人车走过了，在荒山秃岭间绕来绕去，尘土乱冒，路况比先前更糟。

朱修义完全可以骑到另一条柏油路上，那条路通山里的有色厂，那里的厂矿有好几个，距离其曼吾水文站都不远。然而他想怀怀旧，还是要走先前的老路。骑到柏油路上是全然没有感觉的。而且，柏油路上是不会有奇石和奇树根的——到现在为止，他对于巧遇奇根异石还没有完全死心。

大约一个多小时后，他就到了目的地，那个小水文站居然还在，不过只剩了残墙断壁，原先那条奔涌湍急的山溪改了道，让一人高的水泥粗管子从半山引开了，好像流到三四公里外的厂矿区去了。闸口没有了水，就成了条干沟，满眼颓败荒凉景象，让他看着扫兴。

朱修义站在残墙断壁前怀了一会儿旧，又想起了那个胡姓女人，现在不知道流落到了哪里，如果还活在人世的话，怕有七十多岁了，是个老奶奶了。他觉得人们的流言蜚语真是可怕，其实那女人三十多岁的时候还真是很能让男人动心的，她身上那条蛇形胎记，要在今天算得上是很时髦的文身刺青，好多女士想要还要不上呢。朱修义主要是看到过胡姓妇女的肉体，所以有此感想，他想那些看不到她私密的人会一直相信那些流言，让她背着肮脏的蛇皮癣，到死也不得平反。人言可畏这话真是不假，那个胡姓女人性气孤高，看不起周边的那些男人，那些男人没戏，包括那个上面来的什么水利处的头儿，把女人搞不到手，就编排了故事糟蹋人家。人啊，真是非常可怕的，无聊而且庸俗。

朱修义推着轻骑，沿着干沟边的砂石路往秃山走了一阵，两眼乱瞅，没有发现值得一捡的石头，却发现了椒蒿和野韭菜，它们都藏在野蔷薇，红柳和梭梭丛里，得钻进去才能采上。他决定采点野菜，拿回去让老婆做饺子吃，也算不枉来一趟。山里的野菜都是绿色的，很环保，比早市那些上了很多化肥农药的蔬菜好多了。

朱修义想，城里人自以为很优越，其实很可怜的，不得不吃那些化肥生长素催出来的菜，还有什么地沟油，想起来就让人恶心。农民在这方面可比城里人强多了，他们都留块地，种了菜粮自己吃，不施化肥，用农家肥。施了化肥农药的庄稼蔬菜是专给城里人准备的。在吃的方面，城里人的优越感实在是没有多少道理的。想到这里，他觉得人回归自然是对的。这寂静山野真是很好，微风和爽，满鼻子都是草木和泥土清香，五更鵽和阳雀子有一声没一声地叫，很寂寥，但很悦耳。

朱修义就是在钻这片灌木丛时看到了那个方斗一样的湖。

起先他以为是眼睛花了，出现错觉，揉了眼再三看，真是一个方方正正的湖。

奇怪呵，荒山野岭，怎么冒出这么一个绿得发黑的湖？早年这里是没有什么湖的呵。

那个湖大约有一个半篮球场大，好像故意藏起来，躲在一个山洼里，四周都是杂木乱草，葛藤缠绕，不仔细看，很难被发现。朱修义站在山坡的灌木丛里，朝下看那湖，四壁如同刀切，稍有倾斜，如同方斗，看样子原来该是个矿坑，注满了水，就成了个小湖。看水色发蓝泛黑，想必很深。这地方荒无人迹，也看不到牲畜粪便，朱修义很庆幸自己没有从陡坡上滑下去，真失足掉进这湖里，就是淹不死也休想从陡岸攀上来。

这个多少有点让人感到胆寒和恐怖的湖本来是留不住朱修义的，让他留了两个小时的是这个湖里的鱼。他看见湖面上有些什么东西在游动，划出阵阵涟漪，就预感到水里有鱼。后来他绕到湖岸，找到一个有石阶的地方坐下来，就近观察，真的是鱼，根据跃出水面的鱼的体型来看，估计有一二公斤重，看湖面的动静，这个湖的鱼不少。

朱修义兴奋得手脚都抖，周身燥热。一个鱼湖被意外发现了，这是多大的惊喜呵，这比在戈壁野滩找石头树根不知强了多少倍呢。

他在湖岸想了一阵，决计不把这个发现告诉任何人，包括家人在内。只要不走漏风声，就不会有第二个人找到这里来。这个湖是老天爷格外开恩，赏赐给我老朱的，为什么要让一些不相干的人来分享这天大的好处呵。

四

第二天一早，朱修义就驾了轻骑赶到湖边。昨天回到家，匆匆准备了钓竿和一张捞网，还有一只桶，这是必备的家什，今后要经常用的。他对于钓鱼，原来也是感觉平平，儿子留下的钓竿，在杂物房里翻了半天才翻腾出来。由于荒山的这个意外发现，他对打鱼一天之间就产生了浓厚的兴趣。

他在湖边的石阶上坐了不到半小时，就钓上一条大鱼。

鱼的重量足有两公斤，很是凶悍，挣扎得暴跳如雷，样子也凶，两眼暴突，两排利齿锋锐如同尖刀，浑身没有鳞，却长着尖利的鳍，朱修义从鱼嘴里取鱼钩时用了十几分钟，再三小心，还是被这凶鱼的獠牙刺了一下，出血不止，幸亏带了创可贴才把血止住。

朱修义钓出这样一条怪鱼，有点犹疑，这鱼以前没有见过，挖空心思想，也想不出该归到哪一类。要说肉肥，还真是肥厚多肉，多少有点像鲇鱼，还有点像棒棒鱼，只是模样狰狞，如同精怪，让他心里犯嘀咕。再钓第二条，还是一样，看样子钓不出别的种类，他于是不再钓。决定就带两条回家，烹饪一番，尝尝味道如何。同时也请教一下钓友，看看他们是否知道这是什么鱼品种。当然，请教是请教，以不泄密为原则。

他很高兴地回到家，先让老妻看他的钓货。老妻眼花，年纪比他大四岁，瞅了一眼，说鱼样子像鳖精蟹怪，这种怪东西能吃吗？

歪瓜裂枣好吃，鱼也一样，难看的凶相毕露的肯定味道鲜美。他对老妻说。

剖鱼的时候，他忽然灵机一动，想让亲家老佘和他一起品鱼，就给老佘打了电话，这天老佘正好没有出门，很高兴地答应要来做客，老朱是个不太好客的人，主动请人吃饭很是难得。老佘有点意外，但是扭捏了几句，问能不能再带个朋友一起来？朱修义一想，肯定是那个老女友，就说可以可以，能喝两杯的更好。老佘连忙说能喝能喝，蔺子秀这个女同志是很能喝，很能聊天的。

鱼的内脏发蓝，有股呛鼻子的气味。朱修义下了猛料，放了很多葱姜蒜，外加花辣和绍兴料酒还有橘子皮大料草果，两条鱼，饨了一锅，端上桌，老佘女友蔺子秀先就欢呼了起来。大家尝了一口，觉得有点异味，然而并不难吃，老余就说这鱼的肉形同蒜头，肉质紧密，味道有点像四十年前吃过的翻斗鱼，那是一种海鱼，扁大如同鬼怪式飞机，在海洋里游动，很是飘逸。

蔺子秀又吃了一口鱼，说这鱼可能也是海鱼，很像芬兰湾出产的一种鱼，也有点呛鼻子，有点天然的芥末味，是很名贵的一种鱼。就像我国南海的苏眉鱼一样，只能在二十米以下的海水里捕到。她说芬兰湾的时候，老余适时地介绍，说老蔺在芬兰住过两年，她的女儿和女婿在那个北欧国家工作。

老余介绍了自己的女友，再次说鱼的味道不错，像翻斗鱼。还回忆起吃翻斗鱼的那个年代，日子过得艰难，食堂炒菜都用蟒油代替，大竹篓子装的蟒油，腥得要命。蔺子秀也回忆起许多往事趣事，说在农村再教育的时候，吃不到肉，就打了老鼠烧了吃，连乌鸦肉都吃过，南方籍的男知青居然还吃癞蛤蟆，把北方的癞蛤蟆当成了南方的田鸡。这个女同志真是很能喝酒，而且健谈，朱修义是个内向的人，却很喜欢这样的客人，除了因为这个半老徐娘风韵残存，顾盼有神，还因为他们吃鱼吃得很高兴。

这到底是一种什么鱼呵？老朱你从哪里搞来的？亲家老余问了几次，朱修义都没有作答。不回答是对的，让他们去猜，越猜不出越显得神秘。

这两个客人让朱修义心里踏实了，总而言之，这鱼是可以吃的，除了有些刺鼻子气味，没有什么其他问题，他又等了两天，身体上也没有出现什么异常反应，于是更加相信，自己找到了一个取之不尽用之不竭的宝湖。不仅自家以后吃鱼方便，还可以出售给饭馆鱼庄，独辟一条财路，也算打开了一条致富之道，这样想下去，朱修义激动得连觉都不想睡了，老天爷真是有眼呵，让他这一辈子没怎么发迹的老会计老来得富呵。

五

朱修义想起了蔡咬金，他和这个人算有过几面之交。

蔡咬金这个人很有意思，他原来是个出苦力的棒棒，在重庆山城给一个客户扛两件精密仪器的时候，脚下让一块香蕉皮粘上，突然滑倒，从陡阶上摔到山脚下，仪器箱子碎了，里面的仪器摔了出来，主人揪住他的领子，要他赔偿巨大损失。龟儿子蔡咬金吓坏了，几万块的东西，就是买了他也赔不起呵。于是趁那人打电话报告情况的时候，一头扎进嘉陵江，逃之夭夭。一路往西，不敢回头。

朱修义见咬金的那年已是咬金犯事五年之后，他从山里搞了点木头，要打几件家具。听说这个四川盲流木工手艺不错，就把他请了来，在家里做木匠活。那时候朱修义还在平房住，有个小院，咬金干活，喜欢平房小院，方便施展手脚。让朱修义印象非常深刻的一件事是，这个盲流木匠干活只要一半工钱，条件是每天得给他两瓶泥巴烧，那种地产酒很劣质，一股青草味，价也贱，朱修义当然愿意。

后来这个咬金不知怎么忽然就开了个小饭馆，专营担担面，大众饭食，吃的人很多，搞得很红火。再后来，小馆变成巨流鱼庄了。两层小楼，十张桌子，外饰玻璃幕墙，“巨流鱼庄”四个字金碧辉煌，在小城里算是排得上号的一家鱼餐馆了。朱修义去吃过一次，见了蔡老板，真是今非昔比，这个四川龟儿子真是发了，胖乎乎的，红光满面，梳起了大背头，油光可鉴，胡萝卜一样的手指上戴上了大戒指，烟的档次高了很多，人也热情，说老朱哥老朋友了，很大方地免了单，还嘱咐老朱以后常来吃鱼，不要他的钱。都是老朋友了嘛。

他当然没有再去吃鱼，他和任何人都不会深交。但是现在他想见这个四川龟儿。

朱修义拎了一只塑料桶，穿了两条街，三条短巷子，到巨流鱼庄，来找蔡老板。

这个从前的盲流正在后堂一间小房里打瞌睡，见了朱修义，揉了一阵眼，才醒悟过来，好多年没见面的老朋友来了，就咧嘴笑起来，同老朱寒暄几句。客气话说完，老朱就把桶盖揭开，让咬金看里面的货色。

咬金很好奇，探了头往桶里看，看了两眼，缩了一下脑袋，又探了头再看。

桶里的东西有点吓人，龇牙咧嘴，瞪着玻璃球一样的暴眼，狰狞地望着他。

这是啥子东西嘛？格老子的好吓人呵。

四川盲道明知故问。朱修义就笑而不言，明明是鱼，龟儿子故意要搞得很夸张。

咬金说从南到北，他没有见过这样怪模怪样的鱼，鱼长獠牙，闻所未闻。

这鱼你肯定没有见过，老朱说，冷水鱼嘛，新培育的一种品种，原产地在芬兰湾，波罗的海北部水域才见得到，比南海的苏眉还稀罕，你开鱼庄的，不能总是鲤草鲫鲫鲢，也搞点上档次的，提升一下品位嘛。

这套话是早想好的，对付盲道出身的蔡老板这种人，得用忽悠的办法，刺激一下，立刻上钩，小老板一般都吃这一套的。

蔡咬金对鱼庄不上档次这种话果然有些反感，就有些激动，说朱修义，你是来向我推销这些怪物的吧？把这种怪物端上餐桌，就算上档次了？

朱修义说，这种鱼叫冷苏眉，很名贵的，你在鱼庄门口，写个牌子，做一下广告，介绍介绍，人们就会来吃，要不了多久，宣传开去，保你顾客盈门，名声日隆。

咬金就有些动心，说，老朱你什么门道搞来这种鱼？这鱼味道到底如何？我不能光听你吹，你得先让我尝尝，你送鱼上门，不会是专来放我的血的吧？

朱修义就笑了一下，然后敛起脸，说，这六条鱼，两条算白送，另外四条收半价，每条三十元，你愿意要，就收了，不愿意拉倒，我再找别人，想要的人多得很，咱们这十万人的小城里，光鱼庄就有五六家呢，因为咱们老熟人了，所以我就先来问问你。换了别人，不会有这种优惠的。

四川佬就又看那鱼桶，鱼确实很特别。就说，朱哥你一个知识分子，国家干部，怎么想起当鱼贩子了？

朱修义又凝着脸，说，我是受人之托，在咱们这地界开发新市场的，就是想找个餐馆鱼庄，搞个试点，你要把这个机会让给别人了，以后会后悔的。

蔡咬金慌忙说，那我就试试，那我就试试，谢谢你呵老朱，有好事先想到我，真够朋友呵。

朱修义就抻抻脸，说，我把丑话说到头里，这次是优惠，下回没有了，我做个中介人，不过赚点小钱，老做赔本生意，我吃多了撑的呵。

蔡咬金看他很认真的样子，不再犹豫，让伙计把六条鱼倒进一个水池子里，那些凶货立刻在池里狂挣乱跳，还发出撕裂般的尖叫，把那小伙计吓得不知所措。惊恐地直看老板。蔡老板从皮夹里抽出两张钱，给了老朱。问他，这鱼要是食客多起来，供货不会有问题吧？老朱就说没有问题没有问题，放心放心，什么时候要都会送货上门，只要打个电话就行。

朱修义拎着空塑料桶离开巨流鱼庄的时候，没忘了叮嘱四川盲道，冷苏眉多少有点异味，烹制的时候，应该多放点佐料，最近自己又试了两种做法，用野薄荷和紫苏与鱼同烹，除腥去异味都是很有效的。蔡咬金说朱哥我专开鱼庄的还用你提醒呵，我连大烟壳子都用过，不管啥子鱼都能让人吃了叫好。

六

有了巨流鱼庄这个销售渠道，朱修义觉得自己像是开了家小银行，隔几天就去取一次钱，不用存钱，只管取钱，世界上最便宜的好事真让自己碰上了。

蔡老板的宣传搞得不错，真在鱼庄大门口竖了宣传牌，大肆宣扬新到的冷苏眉鱼品种，原产芬兰湾，波罗的海北部水域珍稀鱼种，肉质鲜美，营养丰富，具有防癌抗癌之功效，非常有利于养生。朱修义到鱼庄门口看了一回，忍不住有点想笑，龟儿子真是能忽悠呵，连抗癌养生都写上了。照四川佬的意思，还要在市电视台做个广告，被朱修义适时地制止了，说凡事适可而止，宣传一下就可以了，货源就那么多，如果大家都来要货，不就乱套了么。咬金想想就同意了，他只想一枝独秀，遍地开花，确实于己不利。

朱修义往鱼庄送货的时候，看到鱼庄里吃冷苏眉的人不少，蔡咬金这贼盲道心狠手黑，定价定得很高，照样有人吃，尤其公款吃喝，必点芬兰湾出产的冷苏眉，舍此就好像显得不够档次品位，很掉价似的。朱修义每每看到鱼庄吃客盈门，就有点心理失衡，就忍不住要说咬金，你看你蔡老板，日进斗金呢，你给我才多么点回报呵，你看我是不是要涨涨价呵。

蔡咬金就笑着打哈哈，好了好了朱哥，你赚的够多了，咱们这是双赢呵，你当我不知道呵，你做的是无本生意，隔三岔五从我这里拿钱，就像掏自家口袋似的，格老子的你这钱拿得真是舒贴真是容易呵。

四川盲道说无本生意的时候，伸手拍了拍老朱的肩头，拍得意味深长。

这时候朱修义一点没听出龟儿子话里藏着话，他让得意的心情搞得心花怒放，人到了桑榆晚境，居然万事遂顺起来，每天吃条鱼，还能进钱，腰包迅速地鼓了起来，就有了一些其他想法，老余能做的事，我为什么不可以做呢，他当然希望也能结识一个像蔺子秀那样的女人，但是偷偷去了几次舞场，没有中意的，中意的人家都有伴了。他知道自己相貌平平，没有老余那样的气质风度，性格又不活泛，对女人是缺少一点吸引力的，于是决定不费这种工夫，找个风尘女子耍一耍得了，就偷偷买了几粒伟哥，鬼鬼祟祟进了几回号称三颗星的君醉楼，泡了一个二十岁的湖北妞，呵呀，真是妙不可言，返老还童呵。自古以来，烟花柳巷，青楼艳屋，都是文人墨客有闲钱有闲的男人去的地方，连皇帝都去呢，况百姓乎。呵，以前怎么就想不到这种消费呢，守着一个形容枯槁的老妻，马王堆干尸一般，居然守了几十年，真是迂腐穷酸得可以呵。

不过朱修义到底还是个谨慎的人，得意决不忘形，去君醉楼小心翼翼，贩鱼也是小心翼翼。每次去其曼吾鱼湖，都起得很早，不等晨练的人出来，就潜出城，进到秃山荒岭地带，神出鬼没，就把轻骑后面的鱼桶装满，他已经记不起去宝湖多少次了，打过的鱼该有一两吨了吧，可是湖的鱼并不见少，好像层出不穷，总能让他满载而归，有这样一个湖撑腰，活着真是来劲呵。

但是有一天出现了一个蹊跷的事，他骑着摩托正在秃山跑，发现后面有辆轻骑偷偷在跟着，那个人戴了头盔，看不清脸面，但形迹可疑，他的警惕性立刻生了起来，马上改道，穿过浅山缓坡，上到通有色厂的柏油路，一溜烟开到厂矿区，在那里徘徊了一阵，发现那里也有好几个矿坑，只是没有水，对着那些干枯的矿坑他陷于沉思。其曼吾鱼湖的水是从哪里来的呢？没有人放养，鱼又是从哪里来的呢？这是一个费解的问题，朱修义想了想，放久了的米面呀，食物呀，水果蔬菜呀，那些虫子蛆子哪来的呢，都是物质内部变化来的，这不就是无中生有么？这个道理让他想通了，就觉得世界万物，看起来复杂得很，认真想一想，其实并不玄妙，就像人的运气，好运来了，一通百通。

那个可疑的骑者，远远地望着他，不知道他对着那些岩石大坑想什么。

朱修义反正没有什么事，就又驱车往矿区深处走了一段，发现了一个污水湖，在秃山之间的开阔地上，黑乎乎的一大片水，恶臭扑鼻，熏得人头晕恶心。边荒地方，排污就是这样放任，无人管理，时间久了，周围寸草不生，连几株沙枣树都死了，他看了半天，没有发现鸟的踪影，连只乌鸦都没有。

那个骑摩托的人也跟到了这个污水湖，对被跟踪者的行迹，一定感到莫名其妙。

这期间老余准备和蔺子秀搬一起住了，也就是要再结一次婚，两个老恋人不想把事情搞大，就叫了几个驴友，和着亲家老朱老两口，聚一次餐。他知道亲家和巨流鱼庄老板来往密切，就让老朱帮着定了一桌，大家在二楼的小包厢里吃喝玩乐，很是高兴。蔺子秀唱了歌，喝了不少酒，还跟老朱和蔡老板要命名费。朱修义就有些莫名其妙，看着微醺的后亲家母，说，什么命名费呵小蔺？蔺子秀就笑着，指着他的鼻子说，外边的牌子上写的冷苏眉呵，芬兰湾呵，波罗的海呵，还不是我教你的呵？老朱哥你可真能白活呵，我什么时候说过冷苏眉呵，你忽悠世界人民呵。

朱修义不作答，就咧了嘴笑。大家都吃了冷苏眉，鱼庄的烹饪，川味十足，多数人都叫好，只有一个老驴友，不敢伸筷子，说此鱼样子很怪，鱼骨发蓝，是不是经过检疫部门通过了呵？这个人有点书呆子气，让人有些扫兴，但是大家都喝高了，没人在乎他说什么。朱修义多少有点心虚，散席之后，就跟蔡老板建议，还是把餐馆门口的宣传牌拿掉为好，凡事不可张扬过度，适可而止为好。

四川盲道朝他吐口烟，眯着眼，说，你是不是有点不踏实呵？是不是怕那个批发给你货源的渔业公司不给你供货了呵？朱修义就很鄙夷，用鼻孔哼着说，我是为了大家好，现在冷苏眉供不应求，如果我的进货渠道让别人占了，你和我就得喝西北风了。

蔡咬金就笑起来，说，你也有这种担心了？我看朱哥你这样担心是对的，钱来得太容易了不是好事呵，你一定是感到有些危机了，你想我蔡咬金能不这样想吗？真有那么一家渔业公司，我完全可以自己去提货呵，我为什么要拐天大的一个弯子让你从中赚我的辛苦钱呵，朱哥你想想我说的在不在理？要换了你你是不是也会这么想呵？

四川龟儿这种态度有点出乎朱修义的意料之外，他觉得这个家伙最近好像变得有些阴阳怪气的，卖鱼钱老是拖，就是给了也不太痛快。这是很岂有此理的，必须得让这个盲道醒醒脑子，这种利令智昏的小人不适时的敲打敲打就会得意忘形的。

于是他便板起脸说四川盲道，小蔡你不要过了河就想拆桥呵，没有我，你的鱼庄能有这么红火吗？你是不是不想同我合作了呵？不想合作我不在乎，求我的人多得很，你真是不想合作了那我就另外找合作对象，我跟人合作是为了心情愉快，你让我不愉快了我还找你做什么？

蔡咬金就叫了起来，好像被鱼刺扎了一样，连忙赔了笑脸，说，朱哥我跟你说笑话玩要呢你看你就生气了呵，我怎么会过河拆桥呢，格老子的我不是还在桥上呢吗，怎么会不跟朱哥合作呢，我们要合作呵合作呵，朱哥放心我们会一直合作下去的。

这种玩笑以后还是少开为好。他说蔡咬金，你不知道呵，我不是一个爱开玩笑的人，我很严肃的。

朱修义见龟儿点头哈腰的，就消了气，出门的时候，他让蔡咬金还是把宣传牌拿掉，就巴掌大一个小城，用得着天天宣传叫卖么？

他真是有点心虚。夹着尾巴做人还是比较明智的一种选择。他喝了一点酒，有点兴奋，让老妻回家歇着，他说还要到其他几个鱼庄溜达溜达，考察一番行情，姓蔡的龟儿得防他一手，老妻就劝他不要再弄那种鱼了，以后家里也要少吃或不吃，什么冷苏眉呵，迟早有一天要出事的，你看你这几个月好像连样子都长变了，你照照镜子看看，有时候连我都认不出你了，我有回做梦，就梦见你变成了一个鲇鱼精，两只眼暴突如铜铃，两根长须伸出来像蛇一样，背上长出来的鳍像黑旗一样，好吓人呵。

朱修义听老妻这类说道听得多了，只想让老妻赶紧回家，烦她絮叨，等老妻走开，就立刻买了瓶农夫山泉，吞了一粒伟哥，悄悄溜进了君醉楼，这个地方现在是他经常想来光顾一下的去处，他忍不住，就是想来。这个地方真是个温柔乡，让人销魂。人生苦短呵，人生得意须尽欢呵，有钱不花是白痴傻蛋，他活了六十多岁，好像如今才明白了这才是人的活法。他在单位当了多年的会计，任劳任怨，吃喝玩乐的事出公差兼公费旅游的事总是别人的，从来没有人想到他，当官的什么时候能想起他这样的小人物呵。

我现在要看谁的脸色呵？想起在机关那些漫长而被人冷落的岁月，他就觉得需要弥补的东西真是太多了，得只争朝夕了呵。

七

朱修义想想四川盲道那天说的那些话，隐隐约约觉得什么地方有点不对头。

他心里有个疑团越来越大，他发现那个戴头盔的摩托车手真是在跟踪他。试了几回，他相信这人就是在监视他。这天刚出城，这个人就从城关的一条巷子里跟了出来，一直跟在后面，他不敢往浅山方向去了，就驾了轻骑往峡门子那边开去，那个蓝头盔紧跟了上来，他看不清这人的脸，但是有了一种不好的预感，联想到蔡咬金最近的恶劣态度，他觉得这个人很可能是龟儿子派来探他底细的。

在峡门子没有把这个人摆脱掉，他就故意进了哈熊沟，这人始终若即若离地跟着，就像个幽灵。让一个鬼影一样的家伙这么跟着可不行，得发出严正的警告让他滚远点。

朱修义在出山的一片桦林里把蓝头盔截住，客气地让他把头盔摘下来，他不想跟谁玩捉迷藏的游戏，有什么话最好说在明处，鬼鬼祟祟的盯梢跟踪是不好的，人还是光明磊落比较好些。

他对那人说，你老是跟着我干什么？还老是戴个头盔，荒天野地，你戴个头盔不嫌热呵？

那个人把头盔摘了，红口白牙地朝他笑，朱修义认出来，真是蔡老板的人，巨流鱼庄的采购，四川盲道的小舅子。年轻人一点惭愧的表情都没有，跟踪别人没有丝毫的难为情，好像天经地义他就该被跟踪一样。接了老朱的香烟,朝天上吹了几个烟圈,然后对他说,大叔你不要生气呵,我也是受人之托,没有办法,蔡老板真是搞了一点调查研究,他觉得你这个人有些问题得弄弄清楚,结果弄清楚了,根本没有什么批发冷苏眉的渔业公司,因此开始怀疑鱼的来路不正,就让我暗中跟踪,想要搞清一些事情。

朱修义就冷笑起来,说,他想搞清什么事情呵?搞清了对他有什么好处呵?他这样做真是让我很不高兴呵,你可以向他转达我的态度,从今天起,我对巨流鱼庄的供应停止,沸腾鱼庄,还有太极鱼庄的老板都找过我的,我非要在一棵树上吊死呵?你告诉蔡咬金,他的调查跟踪还是终止的好,伤了和气,大家都难受。

小舅子答应说一定转告,说冷苏眉确实卖得很好,蔡咬金如果知道老朱不供货了,一定会很着急的。朱修义就抻抻脸,说,他这种人典型的下里巴人,苦力出身,脑袋里尽是糊糊,不晓得个高低深浅,挣了一点钱,立刻得意忘形,翻脸不认人,这种人能有什么出息呵。

查实了有人跟踪,朱修义就愈发谨慎小心了,他让自己的捕捞暂停一段时间,一方面是为了摆脱想要寻找货源的那些人,再一方面是要吊吊四川龟儿的胃口,让他知道一下停止供货带来的直接损失,他估计蔡咬金挺不了多久,还会涎着脸子低声下气地来求他,他等着那一天,他知道蔡咬金这种人为了钱是不会有什么操守的。

他在家里等了将近十天,大门不出二门不迈,出乎他意料之外的是,蔡咬金没有来求他,甚至连个电话都没有,这让他非常纳闷,还有点失望,第十一天他沉不住气了,于是决定到鱼庄看一看,出乎他意外的是鱼庄的生意还是一样红火,食客盈门,冷苏眉照样赫然列在菜单上，很多人都争点这道大菜。他在餐堂里看了几桌，不等蔡老板见面，扭头就走。他感到事态非常严重了，最近他没有送过鱼，巨流鱼庄的冷苏眉是哪里来的？他在路上想了一下，想清楚了，一定是四川龟儿搞的鬼，这个杂孙阴险卑鄙得很。

有种不祥的预感袭上心头，那个龟儿子知道他的底细了。

他立刻驱骑往其曼吾鱼湖去看个究竟。上了石坝，正好看到蔡咬金坐在鱼湖边上，看两个伙计在收网，他的身子发凉，但脑子里的血却直往上冲。他看见四川龟儿拉屎一般蹲在石阶上，吸着烟，脸上堆着惬意的笑，看网里的鱼跳跃挣扎，好像很享受的样子。让朱修义尤其愤怒的是，这个盲道看到他上了大堤，居然连站都懒得站起来，只朝他挥了挥手，红口白牙地笑了笑。

四川盲道完全无视他的愤怒，若无其事地说，老朱你发现的这个湖真是不错呵，你看你一直守口如瓶，连半点风都不肯向我透露，真是不够朋友呵，我费了多少周折才搞清你的财源地，原来你老朱哥的芬兰湾是藏在这片荒山里的，如果没有你的车辙印，还有你一路留下的烟头，我还真是找不到这地方，这地方真荒凉呵，还有点鬼里鬼气，你看连声鸟叫都听不到，一个人来这种地方，真是毛骨悚然，寒毛倒竖，就凭这点，兄弟我佩服朱哥的能耐胆识，我真是很佩服呢。

朱修义让自己平静了一下，点了支香烟，说，你在我身上用心思，我早有察觉，但是一时疏忽还是让你钻成了空子，你这种过河拆桥，见利忘义的人我没有提防，只能怪我自己，现在弄成这个局面，看来没有办法改变了，我只好自认倒霉，就忍个肚子痛认了吧。

四川盲道就笑起来，说，老朱你说的言重了，这个湖是你发现的没错,但是发现了并不能说别人就不能用用它的好处,毕竟它不是姓朱呵,你比我要有知识呵,这么浅显的道理你不会想不明白吧,所以我看我们继续采取合作的态度还是比较好的,咱们心平气和地谈一谈,你应该不会反对吧?

朱修义气愤地看着两个伙计正在收起的网里捉鱼,说,你用这样大的网捕捞,我和你有什么好谈的?这个湖就这么大,野鱼哪里经得住你这样捕捉,你要真想和平共处,咱们就约法三章,订个契约,从今往后,双方都按约定行事,规定捕捞数量重量,同等待遇,任何一方都不得违规,谁不按规矩办,定好罚金补赔对方,这就是我的解决方案,已经做出了最大的让步和妥协,如果不想这么办,那就只好撕破脸皮来做恶人了,我说这话小蔡你可不要不当回事,我是有点老了,但是你要是让我活得不耐烦了,咱们干脆一起同归于尽。

四川盲道就啧啧啧地砸嘴,笑道,老朱你不要吓人好不好?咱们老朋友了,什么事都好商量么,你是老哥我听你的就是,撕破啥子脸皮嘛。从今以后,你和我共同保护好这个湖,有鱼共享,有福同享,何其美哉。

他们正说着话,湖里一阵大喧响,有股浪在湖心涌,两个伙计指着浪心惊叫起来,原来是一条一米长的大鱼跳出湖面,乱鳍扎如黑旗,鱼头仰天,血盆大口张着,獠牙闪闪,寒光四射,朱修义和蔡咬金看得发起呆来,嘘唏一阵,看那斗湖四壁,陡如刀切,水深不见底,十分恐惧,真是掉进去,让巨鱼扯住,用那獠牙将人撕成碎片肯定是顷刻间的事。

看那巨鱼游远了,蔡咬金就说什么时候能捕一条那样的大家伙,一定能引起轰动。朱修义说你还是不要冒犯那家伙为好,搞不好让巨鱼拖进深水,成了鱼食,人肉是很香的,鱼们最爱吃的。他这样说本无用意,但是过后一想,也许这正是他所希望的结果,四川龟儿是个十足的恶人,厚颜无耻地占走了半个湖,让他不得不寻找新的主顾,和这样一个无赖搞到一起,以后肯定不会有好日子过。

他往四周巡睃,鱼湖藏在山坳坳里,周围都是秃山,四岸都是一人多高的灌木丛,芦苇,野菖蒲,还长满了葛藤黄缠,植物茂密得很,这样一个隐蔽的地方,如果不是自己一时大意,姓蔡的龟儿怎么可能找得到?看来这也许是老天爷的特意安排,要让龟儿参与进来,和他一起共事。天意难违,只好硬着头皮和龟儿周旋下去。真是闹翻了,也是难以收拾,不如妥协一下,握手言欢为好。这样一想,脸上渐渐有了些笑容,蔡咬金见他和颜悦色起来,就凑上前,点头哈腰敬烟,两人望一阵湖,四川龟儿说这湖实在有点奇怪,湖里的水到底是从哪里来的呵?四周都看不到进水的溪渠,山水早让管道引走了,又不见泉眼涌出,那湖底下是不是有看不见的暗河呵?朱修义认真看了龟儿一眼,说,你琢磨的问题我也琢磨了好久,我几十年前在这里待过,这个湖原来是没有的,也没有什么暗河,我想是山那边的厂矿有渗水注进了矿坑,久积为湖,我到东南边那山沟察看过,那里有矿区的工业用水,渗进地下,可能到其曼吾这里又渗出来。

两个人胡乱猜说了一阵湖的来历,到太阳偏西才下山去。蔡咬金捞了不少鱼,好像有些抱歉似的,对老朱说,朱哥对不起了呵,以后你就不要再给我的鱼庄送鱼了,你再找一个用户吧,反正要鱼的餐馆不少。

朱修义说,我一点不担心鱼的销路,我还是有些不放心你呵,你不会背着我拿大网来捞鱼吧?你人多势众呵,真是不按规矩办事,我能有什么办法?我如今很怕你呢,你要不想让我活了我还真是没法活了。

你看你朱哥都把我想成啥子人了,我小蔡是那样的人吗?

蔡咬金笑道，朱哥你看这样好不好？往后咱们约好捕捞时间，一起来这里，不管大网小网，是钓是捞，都二一添作五对半来分，我蔡咬金要是违章犯规，死无葬身之地。

老朱也笑起来，他心情好了许多，就笑了起来，龟儿这个人毒誓发得言过其实，但是听起来还是让人比较舒畅的。

八

亲家老余和新老伴蔺子秀有空会来老朱家坐一坐，他们喜欢谈天说地，精神显得饱满而快乐，除了徒步远足，近来他们还参加了文化宫组织的老年合唱团，分了声部，唱王洛宾的《半个月亮爬上来》，还有两首苏联歌曲，唱得投入而忘情，他们提议老朱两口子也去参加一下文化宫的活动，不爱唱歌没关系，跳跳舞，学习学习书画，都是可以的，有益于身心健康嘛。

老朱说他的身体是健康的，没有什么大毛病，再说才六十岁出头，离老态龙钟差得还远，联合国教科文组织不是规定六十八岁才算进入老年嘛，我离那道坎还有好几年呢。但是两个客人加上他的老伴却说他的脸色不好，表情和神态动作有时让人觉得陌生，老余甚至有点怀疑他的甲状腺是不是出了什么问题，怎么看着两只眼越发有些暴突了，就好像那种怪鱼的眼一样。他们还劝老朱不要再经营那种鱼了，听说有关卫生检疫部门去几个鱼庄和川餐馆搞突检，对入口的东西越查越严格了。

他对亲家和老伴总是免谈鱼的事，这几个人说起鱼事总是往不好的方面去联系，而且，还经常含沙射影，甚至危言耸听，影响他的情绪。但是客人走后，他还是照了一下穿衣镜，凝视着镜子里的自己，的确有些陌生之感，人老了，身体会缩短，耳朵和鼻子会变长变大，眼睛的变化是明显的，首先是眼袋增大，眼变小变浑浊，毛发颓败，脸面上皱纹出现，色斑层出不穷。所有这些变化都是必不可免的，但是变化不会把人变成另一种样子，再老也还是原来的那个人呵。变得让人无法辨认，这就有问题了。呵，镜子里的这个人是我吗？怎么像哈哈镜里的人一样，变得怪模怪样的呵。还有，身上总好像有股奇怪的味道，以前是没有的，是不是人老了都要发出一些异味呵，他发现好像连家里的小狗毛毛和小猫花花都在有意地躲开他，不让他表示亲热和爱抚，只要他一靠近，两个小家伙立刻跑开，脸上露出厌恶的表情。

在君醉楼的小包间里，他泡的年轻小妞也变得不像以前那样小鸟依人，娇媚可爱了，除了赤裸裸的让他掏钱，连一点温存都看不到，应有的服务变得潦草而匆忙，表情也变得像毛毛和花花一样满是厌恶和不耐烦。有一次小娘们居然撇起嘴，用小手揙着鼻孔，说，呵呀你身上什么怪味呵，好难闻呵。在街上，他不止一次地发现，迎面而来的路人见了他总要惊愕一下，然后绕开，好像他脸上有什么引人注目的怪东西一样。

呵，人在变老变丑变难看，这是没有办法的事情。老到一定时候，就双腿一蹬，两眼一翻，长出最后一口气完球蛋，这就是自然法则，圣人草民都一样，无人可以幸免，所以，用不着为容颜的改变和不能回避的事情伤感烦恼。

但是，让他烦恼和窝火的事还是不断发生。四川龟儿信誓旦旦，其实都是在演戏，根本不把他朱修义放在眼里，那些口头契约在龟儿眼里连狗屎都不如，想什么时候进山捞鱼就进去，根本不同他打招呼，而且，捞捕得非常贪婪，那种大网撒下去，一网至少也是几十公斤，就那么大一个小湖，能经得起几网捞呵。为此，他已经找龟儿交涉了好几回了，龟儿的态度很是蛮横，不是百般抵赖，就是强词夺理，看得出来，龟儿认为他是个老而不中用的人，除了忍气吞声，还能有什么办法？

和四川盲道这样的人渣无理可讲，他只好改变策略，多捕多捞，每天都去那鱼湖，但是跑得再勤，也没有四川龟儿打的鱼多，真不是四川龟儿的对手呵，他因此非常焦急起来，就这样败在一个棒棒军出身的盲道手下，他真是感到愤怒和屈辱，好几天以来，他感到胸堵气短，一口气憋在心口，让他痛得彻骨，失眠日重，偶尔睡着，也是噩梦连连，有一回的梦让他惊出一身冷汗，他在山上的灌木丛里踩空了，半空里裁下崖，在陡壁上滚下一个黑湖，湖水呈墨绿色，万丈水草蛇一般在水里飘舞，在裁进黑水的刹那间，一条牛大的黑鱼伸出巨钳般的獠牙，把他拖进冰水之中，万丈冰冷和黑暗没顶而来，他失魂丧魄地叫了起来，挺起身危坐在床，看到老妻吃惊地看他，才知道自己周身都是冷汗，是让一个噩梦给吓醒了。

他用了好几天时间进行静思默想，觉得有必要和姓蔡的最后认真地谈一次，他想好了，就谈这一次，得让龟儿知道，骑在别人头上拉屎，是要付出代价的，兔子逼急了也会咬人呢，何况人呢。受一个盲道的欺压，像强盗一般的掠夺，这样的侮辱无论如何是不能承受的，如果再不做出反应，依然保持沉默，连他自己都要耻笑自己了。

呵，人争一口气，佛争一炉香，龟儿子让他忍无可忍了。

堂堂一个知识分子，国家干部，让一个盲道压迫成这样，这口气，怎么可以咽得下去呵？

在巨流鱼庄的办公室，他和蔡老板见了面。四川盲道坐在大桌子后面，没有起身，但是咧了嘴朝他笑。他很厌烦这种笑，但是忍住了厌恶，龟儿扔了一支香烟给他，他接着，看龟儿的打火机伸过来，就低了脑袋把烟点着了。他不说话，就吸烟。四川盲道也点了支烟，眯眼瞅着他的脸，说，老朱哥，你是不是有些气不顺呵，怎么每回见面，你都这样苦着脸子，你对人难道就不能和气一点么？看来你对我意见不小呵是不是？

朱修义觉得可以说话了，就抻抻脸，说，我是来给你说一声，你让我无路可退了，我就是想告诉你一声，你明白我的意思吧？

四川盲道眨巴眼睛，仰起头好像想了想，笑一声，又摇摇头，说，不太明白，我怎么让你无路可退了呢？

四川盲道又笑起来。

朱修义皱起眉头，说，你不要笑，我的话没有什么好笑的，你最好不要把我说的话不当回事，我是认真的，你现在还可以弥补你欠我的损失，把我们约定好的那部分钱还给我，我提醒过你，你都当成了耳边风，现在我想最后问你一回，你到底想不想还我钱？想还现在还为时不晚。

四川盲道还是想笑，说，朱哥你就是气不顺，钻到死牛角尖出不来了是不是？那个湖又不是你家的，你可以在湖里捞鱼，我当然也可以捞，我又没有挡住不让你捞，你有什么想不通的嘛，这些天，你不是天天都进山么，天天在那里捡钱你还嫌钱捡得少了呵，你还想让我给你分成，我啥子时候欠过你的钱呵？你跟我分啥子钱么？你提出这样的无理要求难道不觉得很可笑，很滑稽么？

朱修义就长吁了一口气，说，看起来你一点愧意都没有，都闹到这步田地了你还是这样强词夺理，蛮不讲理，我对你真是不抱任何希望了。

四川盲道大笑，说，朱哥你对我最好不要抱任何希望，我满足不了你的那些希望，对我生气是没有用的，因为我根本就不在乎人家气还是不气，所以我劝你赶紧消消气，生气不好呵，生气不利于身体健康，你不是想长寿么，想长寿最好不要生气。

我早该想到你会是这种态度，我还是高看你了，你这种人天生的下三烂，根本就无可救药。

对蔡咬金这样的无赖没有道理可讲，朱修义就不想再在鱼庄浪费时间，他站了起来，很想伸巴掌在龟儿的肥脸上掴几下耳光，然后忍住了。但是出门的时候，他扔了一句话。这句话是在心里说的，四川盲道听不到，但是他说得咬牙切齿。

蔡咬金不在乎老朱骂他，还笑得很开心的样子，好像老朱越生气他越享受一样。

那天分手的时候，蔡咬金很客气地把老朱送出门，他真忍不住就想笑，他觉得这个穷秀才又可笑又可怜，喜欢认个死理，执迷不悟，还爱钱如命，活到这把年纪，还是这般迂腐穷酸，真是不可救药了。这样想着，四川盲道就有些悲天悯人，就和老朱握了两次手。他哪里想得到，这个除了生闷气还是生闷气的自虐症患者，最后会干一件惊天动地的壮事，这件事会永远定格在他最后的记忆里，一个瞬间的目瞪口呆，是他最后的生动表情。

九

朱修义到鱼湖边的时辰，太阳已经出山有几尺高了，他在一个山湾里等了一个多小时，这里有很多杂木灌丛，草也长得茂盛，九月天的山野山花早败，但是清香依旧，鸟儿的叫声和昆虫的吟唱响得悦耳。他躺在半人深的茅草中间，没有人会发现这里藏着一个人。蔡咬金带着几个渔工从山湾走过，丝毫没有察觉他埋伏在那里。他在草棵的缝隙间看着那几个人朝湖边走去，知道他们今天要捕大鱼，四川龟儿早就说过，要捕一条顶大的鱼，掏空腹脏，制成标本，放在鱼庄供案上供起，天天烧香，祷福,同时招揽更多顾客。

蔡咬金确实是这样打算的,今天他带了三个伙计,还拖了一只羊皮筏子,准备下到湖心下网,羊皮筏子他是从一个甘肃人那里借的,这东西轻巧,使用方便。四川龟儿是江边长大的,水性很好,湖虽然深黑可怖,但见久了也就不怕。他带的三个伙计,也都是有水性的年轻人,蔡老板许以丰厚酬劳,所以跟了来。

朱修义站在岸上,居高临下看四川龟儿和几个帮工在陡岸壁上忙活。斗湖四壁都很险陡,石壁如刀切一般伸在湖水里,只有正面大坝,有一道石阶陡直地下湖,蔡咬金几个人就是贴着这石阶下去,然后上到羊皮筏上去的。他们划到湖心地带,就开始下网了,他们的注意力都集中在湖里,没有人往岸上看,朱修义所以就很从容地实施他的计划。

他用轻骑摩托载了一个很重的包,足有二十公斤重,这是两个月前开始准备的,三十多年前在三线打洞子的经历让他成了一个炸药专家,好多人都不知道这个不苟言笑的老会计有过钻研爆破的专长,这个人平时沉默不语,好像很有城府,极少向人透露往事,就是过去的老同学,也不知道他在三线建设时期的那段经历,因为当时去三线的知青并不多,对于朱修义这个同学的性格,同学们的评价几乎是共同的,就是朱同学最适于当特工和特务。性格适合,长相也是,五官平平,没有特点,让人记不住。老同学甚至说,咬人的狗才不叫,朱修义这种性格的人,要是记了谁的仇,谁就会倒血霉,他肯定是有仇必报的那种人。

炸药哪里来的呢?这是一个难解的谜团。在它的制造者不能说话讲明真相以后,无人能弄清这个问题。

朱修义很从容地用吊绳把炸药包从岸壁放下去,顺着陡壁滑进湖水，炸药包上连着引信和导火索，当然都是经过他精心处理过的，不会被湖水打湿。把这东西放置好以后，他点了一支香烟，吸了几口，然后他朝湖心喊了一声。

他喊的是蔡咬金，他让那个羊皮筏上的盲道往他这边看，蔡咬金看见了他，看到他的手在空中亮了一下，看到他笑眯眯地点着了一个什么东西，紧接着他看到了哧哧哧哧的火星和白烟，在快速地向湖面溜下去。一瞬间蔡咬金的双眼瞪得很大，三个年轻人同时听到他撕裂般叫了一声："老朱，你干啥子你？"

这是四川龟儿在人世喊出的最后一句话。

回答他的是一声爆响，天崩地裂，地动山摇，群山回响不绝，如同滚雷。

十

惊天大爆炸让两个当事人永远地失去了知觉，他们都还活着，但只能躺着苟延残喘，失去记忆了。所以上年纪的那人不知道他是怎么躺倒的。也许他是太相信自己了，想不到爆炸的冲击威力会有那样巨大，他以前的确没有用过这样大的炸药包，再说几十年没有用过了，难免有些生疏。他没有来得及从坝边撤开，就被掀到空中，然后重重地摔下，后面的事不再出现在脑海里。四十多岁的那一位也一样。他站在羊皮筏子上，被巨浪和浓烟抛到天上，在天空打了几个旋，然后流畅地掉进东岸的灌木丛里。

两个人没有死，但是无法庆幸自己还活着。

羊皮筏子救了三个年轻人，使他们免遭成为植物人的厄难，他们只是短暂的昏迷，醒来后在医院躺了几天，然后相继出院。他们没有挣上打鱼的那几个工钱，但身体毫发无损，受了一些惊吓，但见了一回用钱买不来的世面。老天爷是公正的。

那个鱼湖已经不复存在，爆炸使石坝一面决口，瞬间矿坑即被摧毁，几个小时后湖底暴露，蓄在湖里的水沿溪道奔流而去，很快冲进山下平原旷野，消失得无踪无影。留在矿坑里的，是一些怪模怪样的鱼尸，狼藉一片，恶臭冲鼻，几天后被鹰鹫和野物抢食，只剩了一片雪白残骨，那些残骨也是狞恶怪异，触目惊心。后来有环保专家、生态专家来这里看过，说矿坑里的水是附近厂矿的渗漏工业用水，高度污染，营养出变异物种，繁殖极快，幸亏这秘湖被炸毁，如果任其繁殖发育，后果难以想象。

这个结论公布以后，那些在鱼庄吃过鱼的人们，个个后悔不迭，同时对两个没有知觉的当事人，充满了愤懑和谴责。有那么一段时间，人们十分惊恐，怀疑冷苏眉的余毒残存体内，会引起癌变。市立医院排起了长队，一时人心惶惶，排队的人都觉得空气中有股异味，而且都很懊丧，纷纷自问，吃怪鱼的那个时候，鼻子到哪里去了？

好的所在

一

王锁扣喜欢种菜。他是机修厂的老技工,却改不掉农民的习惯,总喜欢给自己弄块地,种各种各样的菜。

他原先物习的那块菜地大概比一张炕席的面积略大一点,地点在老鸦渠(当地人把鸦,念成娃,老娃)的北湾渠畔,靠近机修厂三栋房的那块碱坡地,那里的盐碱很重,碱壳子很厚,长着稀稀拉拉的苇子,还堆满了断砖残瓦,水泥坨子等建筑垃圾。王锁扣师傅把这些垃圾填埋到附近的一个洼坑里,连带挖掉的那些泛黄的碱壳子,还有一丛丛的苇根,全都转移到那个一人深的洼坑。然后,找来一辆带拖斗的三轮车,跑到三栋房东边的坡梁下,拉了不下十车黄土,基本完成了他的土壤改造第一步要做的事情。这年的半个秋天,整个冬天,他都在为积肥而奔忙,当然,是在下了班之后,人们常常可以看到他的身影在厂区,各家属区,以及街巷里弄晃动,像个老农一样,肩头上挂一个柳条筐,手里拎只铲,两眼盯着地面,见到粪便,不管是人的粪便,还是牲畜猫狗的粪便,两眼就放出幽光。

由于有足够的底肥，他的这小块地肥力充足，开春时节，把各种菜籽种下去，一两个月过后，他的小菜园子就开始绿了，茄辣瓜豆，韭菜，萝卜等，争相生长，生机蓬勃。有些菜是开花的，像豆角，开紫红色花，丝瓜，开白花，再比如南瓜，开很大的花，黄灿灿的，老远就能看见，像金喇叭。王锁扣最喜欢种的就是南瓜，他爱吃南瓜，蒸着吃，煮着吃，都行，炒着吃，比肉香。而且，南瓜便于贮存，可以存到冬天吃，不会坏。他种的南瓜子是他到农科院种子所挑的优良品种，专家推荐的。对于南瓜，王锁扣还有一点朴素的感情，这东西在粮食不够吃的时候，是可以像土豆，红薯一样代替口粮的，是能救人命的。他饿过肚子，所以对能代替粮食的蔬菜情有独钟。

他的这个菜园子太小，不能种土豆和红薯，所以，就多种南瓜。南瓜藤蔓是往上长的，不占地，他给瓜秧搭架，让它们立体发展。他这块小菜地虽然小，但被人称为菜园子，不是信口叫出来的，他用枯树枝，锈铁丝，朽木板圈起一个封闭的篱笆墙，还造了一道门，是用两个坏了的抬笆子扎起来的，铁丝捆着，和整个篱笆墙联在一起，外表看上去乱糟糟的，里面却是个严丝合缝的独立小天地。

王锁扣住在三栋房第一栋的第一间房里，那是机修厂的职工宿舍，从那间房的门窗，可以清楚地看到小菜园的动静。但是王锁扣并没有总盯着那里看，也不怎么担心有人偷他的菜。那些年，老百姓的生活并不富裕，但社会风气还是比较好的。没有人惦记他的那点劳动成果，就是园子里的西红柿红透了，不经他的同意，没人会闯进去摘一个吃。实际上，小园子里的蔬菜，他一个人吃不完，也来不及吃，多半都送工友了。他只有一样东西是舍不得送人的，那就是南瓜，他每年都要留十来个南瓜，贮存在他的宿舍里，隔个十天半月的，就杀一个，每顿饭都有南瓜,吃得津津有味,心满意足。

在老鸦渠畔开地种菜,因为有王锁扣师傅开了这个头,厂里有些人也跟着他学,零零星星的沿渠扎起一个个的篱笆圈,圈起的小块菜地都不及王师傅的大,地里的菜不管怎么物习都不如王师傅的菜长得好,但人们好像都上了瘾,越弄越有心劲。小菜地给人带来了快乐,调剂了枯燥的生活,还可以经常吃到自种的绿色蔬菜,不施化肥,不打农药,对人的身心健康大有益处,对生活比较困难的家庭,还真可以省出一笔菜金,凡此种种,都说明王锁扣师傅开的这个头,是很得人心的。

当时的机修厂的领导是比较开明的,有人把私开菜地的现象反映上去,领导说,那条渠沿畔荒着也是荒着,连苇子都长不好的破地,能长出绿叶菜来,方便了群众,这是好事嘛!

领导点头,原先观望的那些人也没有顾虑了,纷纷到渠沿寻合适的地块,然后,也像前边的人一样,找些枯枝败木,铁丝毛毡等把篱笆扎起来,看上去像鸟窠,很多这样的鸟窠样的东西串在一起,形成了绵延了几里路的一道很奇特的景观。

加入到这道风景线的百姓,后来扩充到了相邻的一些厂子和单位,那段时间,有人细数过,老鸦渠畔的小块菜地,一共有一百三十四片,他们的主人,认识的或不认识的,都是王锁扣师傅的追随者。

那时候,老鸦渠流经的这个区域,是所谓城乡接合部,还没有形成真正的社区,不断地有新的单位和企业搬来,占据那些空置的荒滩地,这个城市扩展的过程,持续了好多年。

老鸦渠是这个区域唯一的地面水系,它在北湾那里大幅度地拐了个弯,擦过大多数新建单位的围墙,朝西边的旷野奔泻而去,远方地势低,呈蓝紫色,迷蒙一片,像个大湖。

老鸦渠畔种菜的好光景大约持续了三四年,然后就衰落了。

直接的原因是渠的上游,新迁来一家皮革厂,这家厂子把洗皮子的黑水,排到渠里,渠水一夜之间就变浑变黄变臭了,而且,这股臭味很呛鼻子,到处弥漫,刺激人的呼吸系统,招来一片声讨,都说这个污染环境的厂子不应该落脚在渠的上游,它应该搬到远处的戈壁滩去。就在大家忙着抗议皮革厂排污破坏环境的当口,王锁扣悄没声地给自己另找了一块菜地。第一个放弃了他的渠畔菜园子。

王师傅看得很清楚,渠畔种菜长久不了,即使没有上游污染,随着城市发展和扩充,这条渠会被统一规划,不可能一直这么乱糟糟的存在下去,实话说,沿渠两岸的那些篱笆圈子,王师傅自己看着都觉得堵心,实在是太难看太有碍观瞻了。

果然,新市区的建设规划很快就下达并且付诸实施了。老鸦渠被改名为碧流溪,比以前的名字好听多了,社区的名称也跟着成了碧流溪新区,规划中的碧流溪流域,将打造成集绿化,园林,休闲为一体的新区景观带。所有违章建筑一律拆除,这道命令没有任何人有异议,在王锁扣放弃他的渠畔菜园子后的第二年,再也没有人在渠畔上种菜了。

二

王锁扣给自己找的新菜地在东梁坡上,那是个人踪罕至的地方。

东梁坡属天山山脉的缓坡地带,地势高出碧流溪新区数十米,绵延几十里,直通远方浅山,植被稀疏,少见人烟。城市在山坡下星罗棋布,车水马龙,坡上却寂无声息,就是鸟儿的叫声,都是有一声没一声的,零落而寂寥。

东梁坡在碧流溪新区这一段，是很陡直的地形，差不多有十几层楼高，势如刀切，很难攀登上去。王锁扣找到一条隐蔽通道，轻而易举地就上去了。

他看中的那片地，在小路的西侧，约有百十步距离的一处灌木丛里，差不多快到梁坡崖畔沿上了。荒地的面积，至少有渠畔菜园子八九倍大，他要不了这么多的地，只开了不到一半面积，这里的地是黄土地，不含砂石，土层很厚，施点基肥，不愁长不出东西。最要紧的是，这里有水，没有水，办不成事，但这犄角旮旯，却不缺水。

灌木丛往东，数步之外，有股裤带水，从远处的一片残墙断壁中蜿蜒而来，在杂草间明灭着，最后流到一个碉堡一样的水泥建筑里。王琐扣知道那片残墙断壁，是个废弃的砖厂。在东梁坡上广漠的旷野，他能看到的建筑物还有两处砖厂和一个蛭石厂，它们都在很远的地方，快到博格达山山脚下了。

王琐扣决定在灌木丛里开地的时候，意外地发现这里藏着五座坟包，这是他原来没有想到的情况。五座坟，都被红柳，梭梭，野蔷薇，铃铛草，骆驼刺，野枸杞等遮掩着，看样子很久没有人来祭扫过了。他对几个坟头鞠躬，作揖，一一打个招呼:

"对不起，打扰了!"

他以后经常对那些坟头说这样的话。

"啊，对不起啊，打扰了，打扰了!"

这些埋在地下的陌生人不足以让他改变主意，他喜欢这个地方。

这个地方实在是好，安静，空旷，鸟儿的叫声明亮而寂寥，空气里满是艾蒿草的气味。一抬头，就能看到蓝色的远山，还有水晶一样闪光的博格达雪峰。

回过头往崖畔下看，也很壮观，人间城郭，繁华街市，蓝烟蒙蒙，尽收眼底。

王锁扣找了根塑料管子，连上了那条裤带水，把水引到他新开的地边。同时，在地块的西侧搭了间窝棚，用废砖厂的残砖剩料，还在窝棚里支了张行军床，累了，可以在棚子里休息。他已经到了退休的年纪，用不着每天到厂里上班了。

种这块菜地的头一年，他抽空给五座坟头整了容。把坟包上的杂草除掉，豁洞填上新土，让它们每座都变得像新坟一样。这五座坟，都有墓碑，四块是石材的，上面的字都不是镌刻上去的，是书写的，时间长了，有些模糊，能认全的只有两座，一个是，“显考王俊才大人之墓，”下面有立碑人的名字，“子，端成，端果立”。第二座是，“显考妣，陈江郎，万月娥大人之墓，子忠良，忠诚立”。认不全的两座，一座只有一个“楚”姓，其他字迹都驳蚀得看不清，另一座也只有一个字，是个“澜”字，该是个名，不是姓氏。

石碑之外，还有一块木质碑，像只倒插的船桨，完全枯朽了，轻轻碰一下，就粉一样往下掉木渣。王琐扣估摸着，这坟头下的人，死了至少该有一百年了。

五座孤坟，只有能认全字迹的两座有人祭扫过，这是从坟头碑前的花圈残架看出来的，纸花零落，全都褪了色，灰白灰白，推算一下，至少是三五年前供献的物事。

王琐扣是个胆大的人，机修厂的人都知道他，他是不怕死人的，但他还是比较讲迷信，他觉得人家在这里睡得好好的，你闯了来，不速之客，得获得人家认可，得尽点礼性。为此，他认真准备了一些果品，卤制品和点心，每个坟前摆一个供盘，放上供品，筷子，再放上酒杯，特意开了一瓶古城大印酒(这是很贵的酒，奇台古城酒系列中的极品)，给每个坟头毕恭毕敬地敬一杯。

他大声说，“南郑草民王琐扣，给各位父老尊长敬杯酒！从今往后，我要来给你们做伴了，不到之处，希望你们原谅我，包涵啊包涵我啊！”

他觉得坟头下的人能听到他说的话。只要有虔诚的态度，阴阳两界的人是可以交流并且取得谅解的。

他以后常常给几位地下高邻敬酒，他喜欢喝点酒，有时候把酒带到梁坡上来喝，喝高兴了，就给每个坟头敬上一杯，他喊他们老哥老嫂，还跟他(她)们说话，像拉家常一样自言自语。有时，干活累了，就在窝棚里过夜，行军床上睡倒，一觉睡到天亮，他和地下高邻相安无事，觉睡得很沉很香。

以前跟随他种过渠畔菜地的工友，有人跟着他到崖畔菜地来看了看，他们没有想到王琐扣师傅是在这样的地方开的地，那几座坟让他们望而却步，原来还想学王师傅上梁坡种菜，看了现场，立刻打消念头。他们还听说，东梁坡上是旧战场，光是军阀盛世才和马仲英血战，就在梁坡扔下几百具死尸，这种白骨累累，鬼火乱闪的地方，只有王琐扣这种人才敢来开荒种地，换谁都不会来。

关于鬼火，坡下有很多传闻，说得神乎其神，还带几分恐怖和惊悚色彩。

王琐扣经常在窝棚里过夜，真看见传闻中的那种鬼火了，那天深夜，他睡在行军床上，让一泡尿憋醒了，出窝棚，钻过灌丛，边尿，就看满地的蓝火乱闪，整个旷野，蓝莹莹地一大片，滚动明灭，像无数只幽蓝色的火炬聚散，他觉得这景象很好看，但也只看到了这一回，还想看，再也看不到了。原来，幽冥之美，是很难看到的景象。

三

王琐扣听从了机修厂几个老工友的建议,在西陆街上摆起了菜摊。这几个老朋友说,你种菜不能总是送人,总送人,人也不好意思要,反正你已经退休了,你还是摆摊卖菜吧,生意错不了。

他的崖畔菜地种什么菜都长得好,无论绿叶菜,还是根茎菜,挂果菜,都有很好的卖相,人们都抢着买他的菜。他做菜摊生意从不缺斤少两,不跟人为一毛两毛的争来争去,也不自我标榜,说他的菜从来没用过化肥农药,他施的肥都是他积的肥,真正的农家肥,有机肥,所以地里长出的是地地道道的绿色菜。这些不用他自己讲,早有人替他宣传做广告了。

他的菜摊,早先摆在西陆街的一个街角,这里有两棵沙枣树,离机修厂大门很近,旁边有间羊肉铺,还有个馕铺,开馕铺的叫尼牙孜,开羊肉铺的叫索朝贵,一个维吾尔族,一个撒拉族,两个人他都熟。他们原来都是机修厂的老工人,退休了干上了铺店生意,贴补家用。他在两棵树和两间铺店间的空地上把新鲜蔬菜摆上,要不了多长时间,所有的菜都会一抢而光。抢买的人有一半是机修厂的,是熟人,但大家愿意花点钱买王师傅的菜,他的菜吃着放心,以前,王师傅的菜是不收钱的,但是正像他那几个老友说的,老吃他白送的菜,大家都不好意思了。

王锁扣在这个街角摆摊摆了两三年,城管不让随便摆摊了,就和尼牙孜,索朝贵一起转移到相邻的南冠街上,那边有个巷子,叫西疆月巷,长约二百米,宽约十二三米,是碧流溪新区统一的集贸市场所在地。巷子两边各类店铺,饭馆,小吃店,摊铺一个挨着一个，蓝烟弥漫，人头攒动，很是热闹，卖菜的地摊摆放的位置在巷子尾闾地带，是个丁字路口，这里相对清静些，王琐扣喜欢这个地段，站在这里，能清晰地看到东梁坡崖畔他的菜地，他亲手搭的豆棚瓜架和那些一簇簇的野蔷薇，红柳等灌丛，是很明显的标记。这里有个栖霞面包店，是一对年轻夫妻小高小邵开的，店面不大，就在菜摊对面，从这个店里飘出的那股甜甜的香味儿，让他心里暖融融的。面包店旁边，是悦三的奇台拌面馆，悦三祖籍民勤，家在奇台县北道桥子，自称是镇番驼队领房子的后代，领房子其实就是带队的，驼队头领，他偏要说得让大家听不懂，以显示自己确是镇番后裔。他说镇番人先辈都是军人，他家祖上在军队里就是厨师，火头军，擅长做面食，所以，他的面食天下无双，门上广告有点大言不惭，不过他的奇台过油肉还是货真价实，奇台过油肉是奇台县的美食招牌，做法很有讲究，许多小馆都喜欢打它的牌子，但粗制滥造，味道差得远。王琐扣喜欢吃悦三店里的过油肉拌面，贵虽贵点，但味道非常正宗地道。

与悦三拌面馆紧邻的是个浏阳蒸菜馆，店主王绪寿，四十岁上下，人很斯文，面皮白净，瘦瘦的，说话慢条斯理，一口浓浓的浏阳北盛腔，言谈举止像个知识分子，一点不像开饭馆的，但他的蒸菜却是巷子的一绝，每天只蒸三百二十碗，卖完关门。

蒸菜馆另一侧，是万春来的春来鱼庄，万春来是四川万州人，主营万州烤鱼，生意也很红火。

还有吉木萨尔小伙古海的北庭大盘鸡馆，专营大盘鸡，盘子很大，比一般大盘鸡店的盘子至少大出一倍，炖进去的洋芋又沙又甜，量足味美，他的大盘系列还有大盘鹅，大盘鱼，大盘红嘴雁，都可配宽带拉面。他还兼营黄面，酿皮，配料独特，对外保密，自称机密黄面，比著名的米泉羊毛宫的黄面还要地道。

古海有个卖烤羊肉的朋友艾里盖希，三十来岁，南疆阿克陶人没有铺店只有摊位，他的烤肉摊一直摆在古海店门口一侧，烤肉槽子旁边，摆着两棵大桶栽的无花果树，绿意盎然。艾里盖希长相英俊，眼光明亮，表情丰富，两撇漆黑的小胡子，让人看着亲切。

艾里盖希是个音乐爱好者，尤其热爱印度和巴基斯坦的电影歌曲，他有一套不错的音响设备，一边做生意，一边听音乐，陶醉其中，眉飞色舞。

古海说，有艾里的烤肉和音乐，我的生意也红火了，我们相互照应，这叫双赢。

艾里盖希说，我跟古哥在一起，每天的日子都是很快乐很快乐的。

他最爱说一句阿图什民歌歌词，有时用维吾尔语说，有时用汉语说，说的时候，挥手昂头，如同演说。

这句话是"除了死，剩下的都是欢乐。"

这句歌词，在西疆月巷子传播甚广，时常被人引用。

王琐扣觉得这是句大实话。

王琐扣在西疆月巷子确实感到很快乐，上面说的几个摊店主，现在都成了他的忘年交朋友。他对巷子有了感情，经常心里说，幸亏摆上了菜摊，让他过上这样惬意的日子，遇上了这些有意思的人。

这几个小饭馆小摊店，王琐扣都挨着光顾过，摊子上的菜卖完，想吃点啥，抬脚就进去一家。大家都喜欢这个上了年纪，和善亲切的人。

但是，王师傅最喜欢的小馆，还是忽胖子的杂碎店。

忽胖子叫忽天庭，块头大，红脸，酒糟鼻子，是土生土长的本地人。跟王琐扣年纪相仿，为人很直率，杂碎店主是他，但忙的却是他的大女儿和大女婿，他是个甩手掌柜，只要遇上个聊得来的人，他可以陪上酒菜，跟人聊个彻夜不休。

忽胖子不缺钱，他家的老屋院在拆迁的时候，由于位置好，得到好几百万的补偿款，但是在碧流溪新区最好的居民小区里住着，他觉得太冷清了，太无聊了，儿女各奔东西，老婆子成天打麻将，根本不着家。从前的邻里朋友，死的死，搬的搬，几年聚不了一回，有些穷朋友主动不跟他来往了，因为他有钱了，有钱，跟人就有了隔阂。忽胖子在碧流溪雅居里过得无趣，决定重新捡起他的老本行，开他的杂碎馆。

王琐扣喜欢吃这家店的杂碎，羊杂，猪杂样样有，卤的，炖的，炒的齐全。他最喜欢这店里的两样，一是杂碎汤，两种，猪杂汤，羊杂汤，肝肠肚肺都收拾得很干净，调料独配，久炖入味。二是爆炒，用辣皮子，火候掌握得好，吃起来辣香辣香，妙不可言。这家的卤制品也不错，牛羊头蹄，猪肚肝，味道上乘，王琐扣有时专来买它的卤羊头，羊蹄，牛筋，打包拿回家下酒。

忽天庭给他的杂碎店取了个文雅的名号，望博杂碎店。

他的灵感是，从巷子往东边望，就能望到博格达峰，所以，望博。

他说，碧流溪新区好多街道铺店名号都很文雅，西疆月，葱岭，西陆，南冠，北溟，都是从唐诗宋词借来的，比如"西陆蝉声唱，南冠客思深"，多有诗意，比那些洋名儿，什么荷兰小镇，维多利亚新城之类高雅多了。他的文化水平只有高中程度，但不认为自己是个粗人。有时也读点诗书。

王琐扣把摊子上的菜卖完，肚子饿了，先想的是进望博杂碎店。《老年报》上老说杂碎胆固醇高，最好不要吃，但他忍不住，还是要进，一来二去，和忽老板也成了好朋友。

忽老板店里有间临街的休息室，里面有张长沙发，两把椅子,一个茶几,他喜欢在这个小空间同王师傅喝酒聊天。两个八竿子打不着的人,你一杯我一杯的,居然聊得十分投机。

忽老板发现王师傅爱吃他店里的爆炒杂碎后,就跟他搭讪上了,他知道他是机修厂的职工,不是菜贩子,菜是自己种的,非常环保,很重要的一点,这个人跟自己同岁,追根寻源,也算同籍,他祖上是汉中人,家谱上有记载,白纸黑字,这同龄人一头灰白浓发,身板挺直,面目和善,他觉得亲切,聊了一回,很投机,就邀进他的休息间长聊,王琐扣是个独身老汉,回宿舍也是一个人,乐意和这个热情的胖掌柜天南地北的闲话,反正不要自己花半毛钱,菜是胖子亲手炒的,酒也是好酒,不是五粮液,就是汾酒,古井贡,最次也是伊犁特酒。喝高兴了,平时不说的话也说,忽胖子坦率地说,他虽然年过花甲,对女人的兴趣还有,对老婆子没有兴趣,但是换个人,特别是年轻风骚的,还是老枪不倒的。

胖子直截了当地问王琐扣,怎么一直打单身,找不到合适的女人吗,六十多岁的人,不至于有枪没子弹,对女人心如枯井吧?

王琐扣回避这个话题,牵扯色情的内容更是一言不发,让忽老板更加确定他是个正派人,正人君子,人品好。

忽天庭通过闲聊,把王琐扣的基本情况摸得很清楚了,这个王师傅,老家南郑,出身南郑城关菜农世家,十八岁从军,当过五年工程兵,后来复员到桥工队,稍后到筑路机修厂,是机修厂的建厂元老,在这个厂子当木模工,直到退休。

位处碧流溪社区的机修厂初建时的情形,忽老板还有印象,那时这一带全是戈壁沙滩,机修厂的先遣人员住了整整两年帐篷后,才有钢筋水泥结构的厂房车间。

他还了解到,王师傅有过一次婚史,很早时候的事情,后来离了，一直没有再婚。

忽老板把王师傅的基本情况摸清后，觉得这个人是个合适的人选。

他一直留意观察，希望能碰上一个合适的人。

他想做一次媒人，办一件成人之美的好事。

王琐扣对胖子的动机一无所知。他跟胖子喝酒聊天非常惬意，忽掌柜的休息室真是个不错的小天地，小门一关，谁也不来打扰，窗外就是街景，芸芸众生，川流不息，各色人等，各自忙活，人间万象，都从这窗口徐徐流过，认真看，真是况味纷呈，精彩万分。王琐扣想，古画上的清明上河图，大概也就是这个样子。无论何朝何代的人，都跳不开这红尘浊世，一样的饮食男女，古今同理，吃喝玩乐，谁也不能脱俗。

四

忽掌柜跟王琐扣说："王师傅，我想跟你到东梁坡上去，看看你的菜地。"

王琐扣说："要爬坡呢，一百多层台阶，跟爬华山道差不多，你这么胖，能爬动吗？"

胖子说，"我的三高比较严重，就得多走路锻炼，我想多活几年，跟你老哥天天喝酒喧聊。"

他比王琐扣小三个月，对他以老哥相称。

上东梁坡要从新区群艺馆院子穿过。王琐扣把看大门的郭显成也叫上。正好郭显成换班，很乐意爬梁，老郭是机修厂的老翻砂工，是王琐扣的老朋友之一，退休后，闲得难受，儿子有些人脉，托人帮忙，在群艺馆找了个看大门的事做。

通梁坡的小路在梁坡裂开的一个豁口间，五十五度斜角，有点陡，一路杂草葛藤，攀爬不便，王琐扣开挖出百十个台阶，比原来的草蓟路好登多了。

三个老汉爬到坡上，胖子累得气喘吁吁。

老郭上来过好几次了，忽掌柜头次看王师傅物习的菜地，面积差不多有一个篮球场大，各样菜都有，林林总总，蓬蓬勃勃，正值盛季，豆棚瓜架，花团锦簇。胖子大惊小怪，不住地夸王老哥能干，不愧是菜园子世家，这么大块地，一个人物习，真是了不起。

他放眼看了四周，城市和旷野，开阔而苍茫，就又夸老哥选的这个地方真是好，视野深广，心旷神怡。他是个喜形于色的人，一激动就要抒发一下胸怀。说人还是要登高临远，经常来这样的地方看看，天高地广，心情立马不一样。老窝在个小巷子，人挤人，人看人，熙熙攘攘，喧哗嘈杂，时间久了，光是油烟，都把人熏成腊肉了。

王琐扣爱听胖掌柜这样说话，他选的这片菜地，机修厂几个老朋友都说好，胖子这么夸，他很高兴。

他有个想法，有一天死了，就埋在这个地方，这想法到底什么时候产生的，他说不上，但是好像越来越坚定了。人总是要死的，圣人草民都一样，自己就一个普通模型工，能埋在这样一个地方，该算是烧高香了。

他这个想法，埋在心里，没跟人说过。

老郭头说，他听来的一个小道消息，野马风流集团大老板杜国胜已经出资把东梁坡中段一万五千多亩地买下来，要建西游记风情园，还要建高尔夫球场。这些工程真干起来，快得很，东梁坡就成为一个大建筑工地。

老郭对王琐扣说，“杜国胜如果开工，你这菜地，能不能种长，还是一说。”

王琐扣说，“我快奔七十的人了，也没想一直种下去，不让种了就歇着呗。”

忽掌柜也听说杜国胜承包东梁坡的消息，说杜国胜这样的强人真要干什么事，雷厉风行，不会拖泥带水。这个世界真是变得太快了，城市翻天覆地，日新月异，一两个月不出门，好多地方不认得了。

就说碧流溪新区的发展吧，就是个最好的例子，前前后后不过三四十年的时间，戈壁荒滩变成现代新城了。

他说小时候老鸦庄子不过二十几户人家，一年里看不上两三回电影，看个病还得跑几十里，村子里连个会看头痛脑热的人都没有。跟今天的碧流溪新区比，真是云泥之别啊！

他可以说天壤之别，大家都听得懂，但偏要说成云泥之别，显得自己不是粗俗之人。

几个老汉感叹了一阵世事的沧桑巨变，后来，注意力转移到灌丛之间的坟墓，开始研究起五座坟包的残碑来。忽天庭认真把各碑看了一遍，说朽木碑的主人，有可能是民国时期跟王高升一起烧迪化商街的陕甘哥老会，死后被同党秘密掩埋在东梁坡上，木碑上无字，仅仅做个记号用，主要怕官府追查。这个说法，他是听老辈人说的，不敢肯定这个木碑就是为这个人立的。另外四座，两座残字碑，十有八九，是勘探队的人留下的，二十世纪五十年代末，有支勘探队在老鸦庄旁边驻扎过几年，后来迁走了，忽天庭对那支勘探队还有点印象，那是一群年轻知识分子，戴眼镜的人多，赶上了饥荒年代，有人没有撑过去，加上病患，不知道当时出了什么事，反正人死了。他说有村人亲眼见过，白布裹着的人在担架上躺着，被人抬着往梁坡上送。两副薄木棺材先等在崖畔上，红得扎眼，埋在什么地方，肯定在豁口小路顶上，不会远埋，说不定，这两个墓包就是。

他说那时老鸦庄子这一带，人烟稀少，几个村子各有自己的坟园，当地人不会当孤魂野鬼，死了都进家族墓地，所以，埋在梁坡上的，只能是外乡人。

忽掌柜说的，只是推测，或叫猜测，墓碑下的人，从来没有人来祭扫过，没人理会他们的来处，搞清他们是什么人，没有任何意义。

王琐扣的看法就是这样，这些连碑文都没有的人，连亲属都不来看一下，旁人怎么能搞得清他们的来龙去脉？对他来说，墓碑下的人是什么身份，一点都不重要，不管他们是谁，现在都是他的高邻。

但是忽掌柜还是有点伤感和纠结，说无字碑和残碑就算了，那两座字迹清晰的碑，应该是葬下没有多长时间的，他们的亲属居然也不来烧烧纸，磕磕头，太不像话了！

王琐扣说，“他们的亲属也可能各有自己的难处，不是不想来，是来不了。世事难料，活人不易，意外的境况谁家都可能碰上。”

老郭头对忽掌柜说，“这种事情有啥想不通的？我死了，儿女可能清明节来烧把纸，十年二十年过去，还来不来扫墓，难说了！孙子辈，更不要指望，他们认识你是谁？”

胖子鼻子哼一声，说，“我可能还不如你，我要死了，逢清明，重阳节，寒食节，儿女都不一定来，他们只认钱，钱是他们的祖宗！”

郭显成说，“城市的人，没有家坟祖坟了，死了不进家坟祖坟，祭扫过不了三代，有的人，连三代都没有，我估计，我老郭就属这种情况。”

王琐扣有点想笑，但是笑不出来，郭师傅有牢骚他是理解的，胖子看上去油光满面，也是一肚子怨气，闲聊中憋不住，给他吐过儿女不孝的苦水，几百万拆迁补偿款，你争我夺，反目成仇，现在互不来往，只有大女儿，还能同他合力齐心，把望博杂碎店经营下去。但经营这个馆子，父女也是有约在先，利润分成，分得水清。

出门来的时候，忽掌柜特意带了酒菜，三个老汉坐在窝棚里，边喝边聊，感慨很多。这天的天气很好，晚霞满天，整个城市都让霞光染红了，群山，雪峰，荒野一派辉煌，这样的景色不多见，让他们屏声息气，感动了好一阵子。

忽天庭说，"我真得减肥了，从明天开始，我每天走一万步，只能多不能少，我到世上来一趟不容易，不能匆匆而过，得让自己多活几天！"

郭显成说，"掌柜的这么说，我也得振作起来，我练太极拳呢，三天打鱼两天晒网，想要好身体，这么下去可不成！"

王琐扣说，"我种菜也算锻炼，但是不种菜的时候多，往后也跟你们一起参加体育活动吧。"

他们还想看看传说中的鬼火，酒喝完了，晚霞一点点消退，夜幕上一弯新月高悬，月光温柔，四周很静，虽然坡下的城市市声喧哗，崖畔上面还是一片寂静，三个老汉没有下坡，一直眼巴巴地等着，想看那片幽蓝幽蓝的星星满地奔跑闪烁，但是他们都没有看到。

这夜里真是鬼火显灵了，蓝莹莹地铺了一地，一直延伸到远远的浅山脚下，闪闪烁烁，如幻如梦，和天上的星星交相辉映，美得让人窒息。可惜他们都睡过去了，毕竟上了点年纪，酒劲上来了，把难得一现的幽冥美景给错过去了。

五

王琐扣的菜摊,来了一对母女,母亲大约五十出头,女儿三十岁上下。她们要买的菜,是荆芥,西红柿,菜瓜。蹲下挑菜的是女儿,母亲笑眯眯地站在一边看,怀里抱着一只小白狗,王琐扣的顾客差不多都是熟人,这对母女他是第一次见,母亲不胖不瘦,头发梳得很齐整,五官端正,是个干干净净的半老太太。女儿偏瘦,看上去好像有点憔悴,但是礼貌周到,挑菜的时候,总叫王琐扣大叔,嘴甜,而且,不断找些话头和他说话。

王琐扣菜摊上的西红柿有两种,红柿子和黄柿子,跟别的摊上那种硬邦邦的柿子不同,他的西红柿个大,味甜,尤其黄柿子,现在菜市上很难见到了,他的菜摊被抢买最快的就是西红柿,可以当水果吃,是货真价实的绿色菜。

母女俩只买上了荆芥和菜瓜,没抢上西红柿,离开的时候,让大叔明天务必给她们留两公斤,最好是黄西红柿,她们明天还来。

第二天,她们又来了。

王琐扣专摘了几斤黄西红柿,给她们留着,母女俩这回来得早,黄柿子买上了,如愿以偿。

这以后,差不多天天都来,母亲怀里,总是抱着那条白色小狗,笑眯眯的,女儿总要跟大叔聊几句,王琐扣是个随和慈善的人,对谁都是笑容相迎,他喜欢跟有笑容的人打交道,因此,他喜欢这对母女,就连小白狗,他也喜欢,小狗叫臭臭,很干净,这一家人,都干干净净。

王琐扣没看出来,这母女跟忽掌柜有什么关系,她们没有进过忽胖子的杂碎店,一次也没有,就是进了,也只会把她们当下馆子的顾客,他怎么也想不到胖子要给他做媒人。

忽胖子不想过早暴露他和她们的至亲关系,他想让他们先自然地接触接触。

忽掌柜为了促成这段姻缘,很是沉得住气。一直不告诉王琐扣,那母女俩,是他的亲妹子,亲外甥女。他自己的一家子人闹得分崩离析,却有闲情逸致,管老妹子的闲事。

忽掌柜想开了,要去澳大利亚新西兰旅行了,他说趁着腿上还有几斤力气,看看世界,以前只知道出力流汗,没有活明白,连北上广都没去过,这回干脆去个远的,以后再去欧美,包括俄罗斯,南美洲和非洲,国内的好地方,先往后放放,环游世界,得只争朝夕。

他说,他把老伴也动员上了,他不想让她死在麻将桌上。苦口婆心,总算把老太婆说动了。

又说,这是个二十四人团,康辉旅游公司组团,大家差不多都是熟人。熟人出国游,可以互相照应。

他眨巴着眼,笑着对王琐扣说,“我把我妹妹和外甥女也报上了,团费我出,我把她们母女也带上,让她们开开眼界!”

王琐扣说,“你反正有的是钱,带上她们,理所当然,也给自己积功德。”

忽掌柜还是满脸笑,说,“你跟她们也算认识了,她们说,我们走了,臭臭怎么办?我说,好办,可以交给王师傅,她们都说,臭臭认识你,让你代看半个月,她们最放心。”

王琐扣这下明白了,原来那母女俩,是忽掌柜的至亲。他只得应允下来,忽掌柜开口了,不可能拒绝,再说,他确实喜欢那只小白狗。母女俩给他的印象也不错。

小白狗已经十一岁了,相当于人类的八十岁,不像以前那么好动了,总喜欢让人抱着,也不太喜欢吃狗粮,王琐扣发现它喜欢吃鸡肝羊肝，就每天煮肝，然后切成小块，一块一块给小狗喂，臭臭的食欲明显增加。夜里，小狗喜欢偎着他睡，像个孩子一样。这段时间里，他带着臭臭上过几次梁坡，快十月了，菜地收获完结，小狗陪他收了最后几个南瓜，然后，二十天过去了，忽天庭和他的妹妹及外甥女回来了。

这年他已经搬进了厂子的集资房，不在三栋房住了。忽掌柜领着母女俩来找他，在家属区楼群里转了一个小时，才把他住的新楼找到。他们来接臭臭，同时也向他表谢意。

母女俩带了一兜东西，都是大洋洲澳大利亚和新西兰的好东西，有鱼油，马努卡蜂蜜，蜂胶，牛初乳含片，全是给王师傅补身体的。臭臭让王师傅带了将近二十天，不但没有瘦，还变精神了。母女两个感激不尽。

忽掌柜也给王琐扣带了一样新西兰特产，鹿鞭，很大的一根鞭，盒子装的，精装，是临走时偷偷放在他床上的。

胖子看出来了，他的妹子忽天阙对王师傅的印象非常好，外甥女也有很好的评价。他觉得条件成熟了，该跟王师傅打开天窗说亮话，把自己的想法挑明了说。

其实，王琐扣已经隐隐地觉察到了。

这天晚上，忽掌柜把他邀到了望博杂碎馆，两个人又喝上了，胖子先说了一阵此次大洋洲之行的感受，墨尔本，悉尼，黄金海岸，奥克兰，罗托鲁阿，火山温泉浴，毛利胖美女，波利尼西亚风情，风光无限，美不胜收，真是开了眼界，王老哥以后也应当跟人组团去这些地方看一看。

王琐扣笑笑，说，“我不像你，我没有多少闲钱，去不了那些地方，以后不种菜了，去苏杭或者云贵川看看。”

忽掌柜说，“你这观念太落后了！热心旅游的不一定都是有钱人，如今穷游的人多得很，再说，你老哥也不怎么缺钱，到大洋洲也花不了多少钱，这边的冬天，正好是那边的夏天，不影响你种菜。”

他说着说着，忽然话锋一转，说起了他的妹妹，说他和妹妹忽天阙感情很深，他四十岁时得过一场大病，需要天阙献血，她二话不说，两次紧急献血，献了1000CC，这是骨肉深情，救命之恩，永生不忘。

胖子又说，天阙人好，性格温和，心地善良，嫁的人也挺好，妹夫跟她是师范同学，斯斯文文，很会体贴人，照顾人，却在四年前得了一场急病，小县城医院耽误了两天，转到大医院来治不了了，那病叫肺栓塞，也叫肺梗，死亡率极高。妹夫就这么走了，天阙几年都缓不过来，他把她从郊县接过来，现在跟她女儿晓晴住一起，经常有人开导，精神上好多了，慢慢又有笑容了。

胖子抻一下胖脸，说，“王老哥，我家天阙说你有点像我过世的妹夫，她看你觉得亲切，她愿意同你来往，加深了解，你呢？给我个痛快话，愿不愿意同我家天阙往前发展一下？”

王琐扣不知道该怎么说，胸口觉得有点堵。

忽天庭有点失望，对方没有给他热烈的反应，出乎他的意料。

“我是不是让你为难了啊？”

王琐扣苦笑了一下，说，“有个情况，我应该告诉你的，拖着没有说，怪我。”

忽天庭紧着脸，说，“啥情况？啥情况没有说？”

王琐扣说，“我是个废人。”

忽掌柜吓了一跳，瞪大了眼。

“啥意思？啥是个废人？”

“我有病，我要不了女人了。”

王琐扣把忽掌柜的礼品摸出来，往胖子前面推一下，说，

“谢谢你啊忽掌柜，这东西是壮阳之物，我用不着，还是你留着吧。”

六

春天到了，王琐扣又登上东梁坡，杜国胜的万亩荒坡开发计划并没有大张旗鼓地搞起来，只找了一些临时工，在荒地上开始植树。远处的砖厂和蛭石厂开始拆除，植树先从东边搞起。王琐扣估计，野马风流集团的绿化荒坡计划，实施到他这块崖畔菜地，至少还得三五年。

他不想闲下来，还是想继续种他的菜。

他积了一冬的肥，新翻的土地黑油油的，在阳光下蒸腾着岚气，施上追肥，有股很好闻的泥土的香味散发出来，这股香味和荒野的艾蒿草气味混合在一起，让人陶然欲醉。播种的时候，他多播了一垄西红柿种子，多半是黄柿子。他还记着那对母女对他的叮咛，她们让他多种一点黄西红柿，他履行诺言，特别重视施肥。

积雪消融后，几个坟包又出现塌陷的孔洞，他抽出时间，培上新土，这些高邻和他相处了好几年了，夜里替他值守，从来没有给他添过任何麻烦，他们的宅子不能跑风漏雨，这是他对高邻起码要做的事情。绝对不要疏忽。

菜地最早可以面市的菜是半春萝卜，这种传统小菜，早没人栽种了，但王琐扣还是种，他知道有人喜欢这种过时的菜，上了点年纪的人，尤其喜欢，可能他们有点怀旧情结，菜市上越是稀罕越是过时的菜，他们越有买的兴趣。

他的半春萝卜是粗洗过的，鲜嫩可爱，早早被抢光。

半春萝卜打头，他地里的菜，不同品种，源源不断上市，买他菜的他都认识，包括忽老师母女，他和忽天阙的缘分不到，成不了一家人，并没有影响他和她们的往来。她们还来买他的菜，还是带着小白狗臭臭，小狗每次都要让他抱一抱，有过二十天的朝夕相处，小狗记牢了他，看到他，两眼就晶亮晶亮的，满含深情，在他的怀里，不停地伸舌头舔他。

和忽天阙没有谈成恋爱，也没有影响他和忽天庭的友情，两人还是隔三岔五聚头，有时还叫上老郭头，王琐扣在机修厂的那几个老工友参加过一回这样的聚会，一来二去，也和胖掌柜有了往来，大家年纪都差不多，抱团取暖，在一起地北天南的有话说。

忽掌柜弄清楚了，王琐扣师傅为啥说自己是个废人。

事情很简单，王琐扣三十岁那年，跟筑路队到南疆野外作业，出了一个工伤事故，受伤的三个人，他的伤势最重，人最后救活了，却落下个残疾，没有性功能了。

忽掌柜一想自己送的那支鹿鞭，就有些愧疚。让王老哥原谅他的冒失。他从老郭头和那几个老工友那里听到更详细的事故经过，以及王老哥不给厂里找麻烦的一些作法。

王琐扣说厂子是个穷厂，很困难，为他的伤已经竭尽全力了，不能再提额外的要求。工伤是命中注定的劫难，躲不掉的，不能把责任都推到厂里。

他这个态度，让当时的厂领导非常感动，说王师傅不愧建厂元老，人好觉悟高。

王琐扣出院以后，休息了一段时间，请假回了一趟老家，与小他五岁的妻子办了离婚，她还年轻，不能让她跟自己守一辈子活寡。发妻哭得死去活来不愿离，但他离意坚定，毫不妥协，还说服了亲友做劝说的工作，妻子认为他绝情，一气之下，办了手续，不久改嫁。事后有族人暗示过他，女人哭死哭活，不过做做样子,其实早就红杏出墙了。野男人就是她改嫁的这个人。

王琐扣没废之前,回老家探家,听到过一些风闻,想把妻子调到身边,但是隔着千山万水,工作环境不断变动,条件艰苦,就只好拖着,等以后有机会再办。但是没有等到这一天,女人没有耐住独守空房的寂寞,跟人私通了。他知道了一些内情,盘问过她,女人死不承认。他当时的反应,是刀割一般的心疼,怒火中烧,想找那个男人,拼个你死我活,但是那人躲起来了,只要他一回乡,那人就躲得不见踪影。

一个总是躲起来的人,你能拿他有什么办法。

现在好了,他没有了愤怒,也没有了嫉恨,爱的权力和资格从此失去,只剩下不时袭来的隐痛,一直陪伴着他,这样的内心煎熬,没有人能体会得到,他是一个很能隐忍的人,心里疼,就喝酒,但他喝酒也是节制的,酒只是起一种中和作用,他从不让自己喝醉,从来没有人看到过王师傅醉醺醺的样子。

忽掌柜知道了他的这段经历,很替他的命运鸣不平,说老天爷对他太不公了,他这么好的一个人,人长得也精神,居然一辈子打光棍,顺带又骂他的前妻,真是不守妇道,只有骨子里的荡妇,才能干出偷汉的丑事。

但是王琐扣不让他骂她,事情都过去几十年了,爱恨随风,早就吹得无踪无影了。

他说,"我没有恨过她,毕竟,她还给我留了一条根呢。"

留了一条根,忽掌柜好半天才明白过来是什么意思。

这又是忽掌柜没有想到的,原来王师傅并不是无后,他有个儿子,判给了母亲。一直在老家,他从没有给他提起过,完全出乎他的意外。忽掌柜觉得王师傅的一生,真够离奇曲折的。

这个插曲的细节部分,是老郭头补充的,这个儿子,王琐扣办离婚的时候不到一岁,族人不主张他带走这个孩子,因为女人风流成性，拿不准是不是他的种，加上女人坚决不撒手，最后归了前妻。

忽掌柜替王琐扣算了一下这儿子的年龄，应该有三十多岁了。

他问王琐扣，“后来你们父子相认了？你怎么肯定，他是你的根？”

王琐扣说，“他长得像我，错不了，是我的儿。”

忽掌柜忍不住又去问郭师傅，老郭头说，王琐扣这人烂忠厚，每年都要给前妻和儿子寄钱，老了以后，寄得更勤了，他那个前妻老了境况不好，丈夫没有活过五十岁，得癌症死了，她的身体也是每况愈下，痛风，骨质疏松，精神抑郁，几种顽疾搅在一起，日子过得很是凄惶。

忽掌柜跟王琐扣当面落实了一下，真有这么回事，王琐扣不回避，说他现在跟儿子的联系比以前多了，钱确实也寄一点，给前妻的，毕竟是儿子的生母，遇到难题了，处境不好，帮衬一下，是应该的。

他还透露，儿子在老家是搞基建的，带着一支建筑队，想到边疆城市承包些工程，打开局面，问他这边有没有发展的机会？

王琐扣想让忽掌柜帮忙，找些关系，给他儿子承接个项目。他跟西疆月巷子的几个年轻人也讲了，跟老郭和厂里的老工友都打了招呼，请大家帮帮忙。他没有别的路子，只能求这些朋友和街坊邻居，大家都是平头百姓，没有过硬关系和人脉，能不能帮上忙，他心里无数。

这天王琐扣在菜摊上又见到忽天阙和晓晴了，她们来买茴香，准备包饺子吃。小白狗见到他，眼睛立刻亮了，他从天阙怀里接过臭臭，发现狗儿的肚子有点异常，好像比平时鼓涨了一些，仔细看，小家伙连头都懒得抬，简单地舔了他一下，就偎在他怀里,一动不动。小狗没有了往日的精神,让他有点不放心。

他对忽天阙说,“忽老师,狗狗没有精神,是不是得啥病了?”

忽天阙的眼睛有点湿了,说,“它是老了,我带了它快十二年了,从来没有这样过,它不想动了。”

王琐扣摸摸小狗肚子,说,“好像有点腹水,这样的情况,有几天了?”

忽天阙的泪水没忍住,流出来了,一边摸出手帕拭眼睛,一边说,“王师傅也知道,腹水不好,我的小臭臭没有几天日子了,我心里刀子割一样疼,它陪了我十几年,没想过有一天它会离开我。”

王琐扣以前曾经养过一只小狗,知道一般狗狗的寿命,也就是十二年上下,一旦出现腹水,狗狗的生命差不多到尽头了。

但是他不想这么直接地说,他想安慰一下这个悲伤的女人,他说臭臭还不到最后的时刻,她还会陪她一段时间。就是真离开她了,她也是一只幸运的狗狗,主人这么爱它,它到世间来一趟一点不亏。

他说,“忽老师,好好保重自己,你自己的身体要紧,想开点吧,生老病死,想透彻了,就坦然了。”

这些话,有点像大道理,他有点奇怪,怎么就跟一个当老师的知识分子说这些空话。但是,忽老师很认真地在听他说,泪眼婆娑地点头,她喜欢听这些话,他真是安慰了她,她需要有人这样安慰。

王琐扣看惯了忽天阙的笑脸,这么悲伤的面容还是第一次见,不笑的忽老师楚楚动人,让他心生感动。

七

小狗狗臭臭一个多月后死了，这消息是晓晴跑到西疆月巷子来告诉王琐扣的，她说妈妈抱着臭臭哭得不行，她不能陪着总是哭，得想办法赶紧把狗儿葬了，她想把臭臭埋在小区的草地里，但是小区的草地根须结成厚网，铁锹镐头根本挖不动，再说，小区有严格规定，不能随便开挖草坪，偷偷挖了，还要处罚。

也想过把臭臭送回县城，但是不方便，还得找车，母亲已经搬到首府，不愿意把臭臭孤零零的埋在县上。

晓晴只好来找舅舅和王大叔帮忙，忽天庭知道外甥女的意思，也是母女俩的意思，她们不好明说，他替她们说了。

他说，“王老哥，只好麻烦你了，让小狗到你菜地边上去吧，埋你地里，我妹妹才放得下心。”

王琐扣草草把菜摊收了，和忽掌柜晓晴赶到母女俩现住的沧浪小区，臭臭还在忽天阙的怀里抱着，一直舍不得松手，两眼哭得都红肿了。趁忽天庭安慰妹子的时候，王琐扣从忽老师怀里把小狗抱过来，他看见了地上的小木箱，这是母女俩提前请木匠做的小棺材，晓晴往里面铺上两层小褥子，一层小褥单，在臭臭的身边把它平时最爱玩的怪米老头和小布熊放上，又盖上一层绣了很多小动物的小被子。王琐扣认真看了一下小狗狗，眼睛闭着，好像睡熟了的样子，嘴角上扬，是做着一个好梦，它是在笑呢。

它是一只幸福的小狗，它到这个世界来了一趟，一直被爱着，它是带着笑容离开这世界的。

王琐扣把这话，他心里说的这些话，又对忽老师说了一遍，忽老师不哭了，含着泪点头，她想通了，她给狗狗的爱给得很彻底，没有一点保留，送它走了，她没有任何遗憾。

给小狗送葬，郭师傅也跟来了。

王琐扣把小狗埋在他的窝棚旁边，一丛野蔷薇下面，这是母女俩和忽掌柜共同相商的地点，这个地方既能看到雪山，也能俯瞰城市，视野开阔，风水宝地。

忽掌柜凝神眺望四周，哑声说，“我死了，也希望能埋在这样一个地方！”

老郭头也说，“到时候，我们都到这里来聚吧，这地方确实挺好！”

几个老头，到了这个年纪，不约而同，想到了归宿问题。

八月的一天，上午，王琐扣从巷子早市收摊，没有回家，直接到梁坡菜地，悦三的拌面馆，要他地里的茄子，辣子，还有芹菜。浏阳蒸菜馆则要朝天椒，王绪寿的客人好多都是湖南人，四川人，不怕辣，就怕不辣。王琐扣有一小块辣椒地，就是专为吃辣的人准备的，种的全是特辣的朝天椒。他还要给古海的女儿摘几个西红柿，他本来带到早市去的，被人抢买了，只好再摘几个。

王琐扣正在弯着腰摘菜，一个人从小路上攀上来，往菜地走来。王琐扣抬眼看了一下，是个四十岁上下的陌生人，红黑大脸，载着一顶白色草帽，肩上挂一个很大的绿色背包，远远地就露着笑脸，他想了一下，坡上没别人，这笑容是冲着他来的，但确实不认识。这人是干什么的？

这人走到菜地边上站住，恭恭敬敬给王琐扣鞠个躬，说，“大叔，多谢你老人家，把我父母的坟墓修整保护得这么好！”

他说他叫陈忠诚，昨天来过一趟了，带了工具，要给父母修坟，烧香祭扫的，五年没有上过坟，没有想到坟头整得跟新坟一样，一根杂草都没有，连墓碑都擦得干干净净，这是谁做的好事？陈忠诚说他把相邻的几个坟都看了，明白了，做这功德的只能是种菜地的大叔，他在窝棚里坐等了两个小时，没等着大叔，只好回旅社，今天总算见上了，他说他跟他远在哈萨克斯坦的哥哥陈忠良一家人通了电话，告诉东梁坡上父母墓地情况，五年没来祭扫，原以为杂草埋得找都找不到，没有想到一个非亲非故的种菜大叔一直在看护着坟墓，这样的恩德，何以为报。

陈忠诚说，"大哥电话里说，一定要好好谢谢老人家，这样的好人世上绝无仅有，我们能遇上，是天大的造化。"

又说，"要在旧社会，按山东老家的礼性，是要向恩公行跪叩礼的，如今不兴这个礼，那就再给大叔鞠个躬吧！"

就又站直，深深鞠了一个躬。

王琐扣不习惯这样的礼性，慌忙止住，说自己打扰了高邻，替高邻做点除草培土的事是应该的，举手之劳而已，他没有想到会有人来祭扫，又只顾了摘菜，压根儿没有往陈家坟头看，这坟是在灌丛中间，有野蔷薇挡住视线，所以没有看到墓碑前摆的供品，烧过的纸，燃尽的香，陈忠诚昨天来，已经在父母墓前跪哭过了，他代表全家人向父母请罪，望他们原谅五年来没有前来祭扫的大不孝。

五年前，陈忠良，陈忠诚兄弟，从他们所在的预制厂辞工，远赴哈萨克斯坦，承包了几百亩地，也是种菜，异国他乡，万般艰难，两家人含辛茹苦，咬牙坚持，奋斗数年，渐有起色。

那个预制厂是临时的，当时也在梁坡下，砂石太粗，场地小，效益很差，兄弟俩看不到前途，只好另谋生计。他们的父母，就是在这期间去世的，回不了老家，只好把老人葬在高处。

陈忠诚说，出了国，弄了一摊子事，身不由己，每逢父母忌日，清明，寒衣节，重阳节，只能在当地烧点纸，遥祭。

王琐扣看陈忠诚，脸确实晒得很黑，几近非洲人肤色，再看两只大手，真是劳动人民的手，粗黑有力，说话也很爽快，就觉得亲切。对陈忠诚说，你们在外国谋生做事不容易，以后不用老惦记墓地祭扫的事，只要有我在，你们只管放心，你们的高堂，我会好好照顾，我这块菜地，他们也一直在帮我看护着呢。

陈忠诚很实在，说这次回国，是要咨询冷藏设备购置安装等一些有关事项，想在那边把蔬菜冷藏问题解决了，这是个大事，有了冷藏库，好多菜都可以进库，随季节调配，就有了主动权。这件事办差不多了，抽空到墓地来扫墓，很快就要回去。他的大背包里装着几瓶伏特加，两条哈国香烟，一大听哈国蜂蜜，一定要让王琐扣收下，同时塞给他一个鼓鼓的信封，把王琐扣惹急了，满脸彤红，差点跟陈忠诚翻脸。

陈忠诚看老汉真急了，也不勉强，收了信封，说，“大叔，晚辈请老人家吃个饭，总可以吧？”

王琐扣说，“吃饭可以，咱们都是种菜的，正好我也可以同你聊聊种菜的事，听你讲讲国外种菜的新鲜故事。”

他把蜂蜜留下了，烟和酒拿到饭桌上，大家一起聚，热闹热闹，这个建议也是忠诚提出来的，说大叔多叫几个朋友吧，人多热闹，多久没有在国内聚餐喝酒了？很想聚一聚，同大叔好好说说话。

王琐扣把老郭叫上了，到忽掌柜的望博杂碎馆，忽胖子当机立断，把那间休息室变成了雅座包厢，茶几换成四方桌，方便围坐。王琐扣送菜给悦三，王绪寿，古海，三个人听说陈忠诚的来历，也要参加，还说忽叔的馆子只有杂碎，他们各带两个炒菜过来，不一会儿，临时雅座坐满了，所有人都有好兴致，放开吃喝，放开喧聊，地北天南，热气腾腾，听陈忠诚讲述在哈国创业的种种经历，听得聚精会神，感叹创业不易，大赞陈家兄弟拖家带口异国他乡打天下，坚强勇敢，不折不屈，是百姓奋斗楷模，人生榜样，纷纷同忠诚碰杯敬酒，忠诚毫不惧酒，逢碰必干，四瓶伏特加很快喝完，忽掌柜又添加两瓶泸州老窖，大家喝得酣畅淋漓，尽兴而散。

风尘仆仆的陈忠诚心满意足地走了，匆匆来去，但是把该做的事做了，祭扫了高堂，还相识了一位忠厚长者，以及几个能喝能聊的朋友。走时和众人又是握手又是拥抱，说以后要争取常回，和大家常聚，在哈国很寂寞，不是为了生计，谁去哪种人生地不熟的鸟地方？还是国内好啊，国内真是热闹，他还是喜欢热闹。

让王琐扣没有想到的怪事接着又发生了一起，让他暗自称奇。

陈忠诚走后大约第六天，快到午时，王琐扣正在菜地摘薄荷，(他在窝棚旁边随便撒了一些野薄荷籽，就长出了一小片薄荷，很旺盛)这是野菜，但是性凉降烧有奇效，可以泡水，可以打汤，做汤饭有异香，还可以除腥，王绪寿的蒸菜馆用它代替紫苏，蒸鱼，很受欢迎。

他是和忽老师，裴晓晴母女俩一起摘这野菜的，母女俩只要做鱼，就要到梁坡上来，她们喜欢用野薄荷炖鱼，王绪寿教她们的做鱼法，这样做鱼真是好吃，有特殊的香味。

自从小狗臭臭埋在这里，母女俩就经常来看臭臭，每次来，都要带点小零食，小狗平时爱吃的东西，用小盘子装着，放在那小坟包前，好像小坟包里躺着的是个孩子，听得懂她们说的每一句话。

王琐扣看见小路上走来三个年轻人，两男一女，一边走，一边东张西望，一个男孩，手里还握着一张纸，上面好像标示了什么，不住地往纸上对照。看到菜地和窝棚，他们欢呼了一声，跑了过来。

他们是来祭扫楚和澜的。一字碑的主人,从来没有人来看望过他们。突然就来了三个这样的孩子。王琐扣看他们的脸,都像花儿一样,鲜润光亮,超不过二十岁,装扮很潮,这样的年纪,让王琐扣有些不敢相信,他们会是楚和澜的后代吗?他们走了差不多半个世纪了,现在还有人记得他们?

三个孩子跟着王琐扣,看楚和澜的墓。他们找到了墓地,立刻有了庄敬的神情。大一点的孩子告诉了他们前来祭扫的原委。他们是到西部来旅游的,出发前,他们的爷爷和奶奶(女孩叫姥爷姥姥)交给他们一个任务,务必抽出时间,去看看他们在勘探队时牺牲的战友,代他们献束花,表示缅怀之情。

他们老了,喜欢怀旧,不能远行,只能面对面坐在夕辉之下,回忆故人和往事。他们想起了埋在荒山坡上的楚和澜,泪流满面,内心愧疚,恨不得飞越千山万水,来向战友表达哀思。但是他们已经垂垂老矣,来日无多,只有委派孙儿们,替他们还这个愿。

孩子们说,临行前,老人们给他们一张标示图纸,标着东梁坡上墓葬的大致位置,坡下有个老鸦庄子,只要找到庄子的位置,再找到能通坡背的小路,就可以找到战友的墓地。

他们找老鸦庄费了些事,因为早就没有这个庄子了。他们在碧流溪新区穿街走巷,打听了很多人,都说不清楚,后来终于在机修厂旁边的派出所问到庄子所在的大致位置,然后,找到了上山的小路。

王琐扣把三个孩子带到楚和澜的墓前,让他们看只有一个字的墓碑,剥落的碑面是被长期风蚀日晒造成的,两个字其实也快掉了,是他小心翼翼地抹上水泥浆固定住,又用毛笔描了一下字迹。

三个孩子用手机拍下现场,匆匆走了,说他们明天再来。

孩子们办事麻利，雷厉风行，第二天带来工匠，很快把墓碑换了，新碑像一册翻开的书，分别嵌着楚和澜的相片，这是爷爷和奶奶从他们过去的相册上翻出来的，通过翻拍，放大，看上去虽然泛黄，还有斑迹，但还算清晰。相片上罩着钢化玻璃，王琐扣现在知道两位高邻的全名，一个叫楚季真，一个叫江澜，两个人的年龄，也就二十岁出头，瘦瘦的，眉清目秀，其中的楚，王琐扣觉得有点面熟，想了半天，搜肠刮肚，想起来了，是电影上见过好多次的面孔，《南征北战》看过多少遍啊，楚像冯喆演的那个高营长。

孩子们给墓地献上鲜花，肃立默哀的时候，王琐扣的鼻子有点酸，这两位高邻的年纪，应该跟自己差不多，大也大不了三两岁。他们才二十多岁就赴黄泉，老天爷对他们太不公平了。但是他心里有点安慰的是，他做了他们的邻居，现在是阴阳两界的邻居，要不了多久，就会成为真正的邻居，可以在一起聊天，一起望月，人生自古谁无死，死后能有几个高邻，这是多么欣慰的事啊！

想到这里，他又不由得笑了。

三个孩子也向他献了一束花，他们当场用手机向远在南方的爷爷奶奶报告祭扫的情况，还传了视频，让两个白发苍苍，老态龙钟的老人看到菜地种植者的模样，两位比他老的老人感谢他为逝去的战友所做的善举，他们在视频里看到了他，很认真地看了一会儿，他们认为他比他们年轻，精神，硬朗，这都是劳动和接触土地阳光的结果。

孩子们让王琐扣扶着锄头，站在阳光下，站在菜地的南瓜中间，让南方的老人看他的菜地，窝棚，还拍了墓地的全景，老人们不断地发出啊啊哦哦地惊呼，神情和声调都有点夸张，他们进而看到了蓝烟蒙蒙的城市，看到水晶样闪烁的博格达冰峰，王琐扣看到他们的老脸上挂上了泪水，这是他们年轻时生活和工作过的地方，青春驻足过的地方，他们真是激动了，王琐扣理解他们的激动，人只有活到这么老了，才会有这样的激动。

三个孩子走了。他们很阳光，很漂亮，他们不是楚和澜的后代，但是他们来了。

以后的日子，想起这三个漂亮孩子，王琐扣心里都暖融融的。

八

这以后，王琐扣又种了几年菜。只是，面积一年比一年小，对于越来越老的他来说，爬坡的路越来越难了。

他到西疆月巷子的次数也越来越少，没有那么多的菜需要他去摆摊了。

老朋友见面叙聊的时候也越来越少了。大家都老了。

但这期间他把儿子的事情办成了。

是奇台拌面馆的悦三帮的忙，悦三虽然好说大话，但这件事办得非常认真。非常给力。

野马风流集团开发建设东梁坡的计划开始全面推开后，悦三有个北道桥子老乡汪继堂成了万亩西游记风情园的开发工程主管，悦三找到这个人，说了王琐扣儿子裴晓天的情况，正好汪继堂需要有这样的工程队接包开发分支项目。了解了裴晓天建筑队有正式资质，不是临时的草台班子，就让本人来洽谈见面。

裴晓天就这样来了，和汪主管见了一次面，很快，他那支三十八人的建筑工程队从南郑开来了。

汪主管给裴晓天工程队的承建项目是西天乐土园，整个西游记风情园八个主题区划之一，这个极乐世界，正好就在王琐扣菜地相邻的地块，这是上苍冥冥中对一个人的成全。王琐扣听说承包工程要送重礼，他准备拿出毕生的一点积蓄，为儿子开道，但这份重礼没有送成，汪主管连他的一条烟一瓶酒都没有要，请吃一顿饭都没有机会，他是个大忙人，悦三想见他都很困难。

儿子裴晓天也很忙，极乐世界是片很大的区域，要修很多的路，园林，楼台亭阁，还要来一支古建筑队，和他们通力合作，造一座辉煌的极乐大殿。他的任务很重，但他干得很好，工程质量好，进度快，汪主管很高兴，悦三推荐的这个人，可堪重任。

但是，再忙，有些事裴晓天也得听从父亲的安排，没有时间也得挤出时间。

老父亲让他和晓晴正式见一次面，谈谈心。

忽老师也对晓晴说了同样的话。

这是王琐扣和忽天阙暗中达成的共识。他们俩没有成为眷属，却不谋而合地想让他们的儿女走到一起。两个孩子的名字，一个裴晓天，一个裴晓晴，冥冥天定，天作之合，他们就该是一家人。

两个其实已经不太年轻的年轻人，都经历过离异，有过失败婚姻的教训，不再冲动，轻易动情，而是冷静地观望，打量，斟酌，等待。

他们其实见过多次了，相互都有好感，长辈撮合，有过几次来往，他们真走到了一起。

他们过得很甜蜜，很幸福，第二年就有了爱情的结晶，王琐扣师傅和忽老师有事做了，他们一起为儿女带孙子，安享天伦之乐。

王琐扣虽然有孙子了，菜地还是常去。他舍不得离开那个崖畔环境，那是一个温馨的地方，是他的乐园，而且，不断地有新景可看，万亩西游记风情园的建设日新月异，从前的荒滩渐渐真成极乐世界了。

他对儿子说，“我死了，你就把我埋在菜地，就是烧成灰，也要葬在那里，葬在那，我就入土为安了。”

他说烧成灰，是因为土葬越来越不提倡了，他作了骨灰葬的思想准备。他的老友，老郭，忽掌柜等，也有这样的交代。

他做过这番交代的次年，便驾鹤西去了。

六月的一天傍晚，月亮升起来的时辰，裴晓天和裴晓晴两口子，在坡上菜地的窝棚里，找到睡着了的父亲。老人睡得很安详，面目清癯，稍带浅笑，月光洒在他的脸上，他们看到的是心满意足的神情，一点痛苦和遗憾都没有。

他们认真想了一下，老人这一生不是没有痛苦，没有遗憾，他遇到过的痛苦和遗憾甚至超过很多人，但都被他从容化解，有些事，别人做不到的，他做到了，这是怎么回事呢？他们很认真地探索这个问题，时常觉得这个平凡的父亲，是一个不简单的人，让他们有些费解。又有些钦佩。

裴晓天遵从父亲的遗愿，把他葬在他想葬的地方。

他给老人的墓前，种了一棵樟子松，给那几位父亲的高邻，都种上了樟子松，甚至给小狗臭臭的小坟也栽了一棵伏地柏。后来的几位长辈，葬在这里的，他都给种一棵这样的树。

后来，极乐世界风情园专开了一片地，做树冢，地点就在菜地旁边，这个建议是项目经理裴晓天首先提出来，得到领导层的高度重视，认为这个创意非常好，树冢园后来正式命名为相思园，很多老人都愿意来这个地方参观，这个地方非常安详，温暖，他们看过了，不再觉得死亡有多么可怕，死了，变成一棵树，仿佛生命有了延续，多好！

晓晴觉得丈夫做人行事，有很多地方很像他的父亲，勤劳，细心，周到，心好，稳当，从容，等等，就一点不像，面相和身材，太不像了！老人是长脸，眉目清癯，高挑个子，丈夫却是四方脸，浓眉大眼，身量粗壮，这样的差别，实在太大了。

一次，带着他们的孩子，他们来墓地扫墓，对着老人的遗照，看祖孙三代的模样，晓晴终于憋不住，说出她的疑惑，问丈夫，"晓天，给我说老实话，你真是王大叔的亲儿子吗？"

晓天笑了笑，说，"我知道你一直想问我这个问题，这问题真有那么重要吗？"

晓晴明白了，心里说，我以后再不会问你了。